수상한 에이스는 유니폼이 없다

본격 야구 미스터리 소설

수상한 에이스는 유니폼이 없다

최혁곤
이용균 지음

황금가지

헤밍웨이는 양키스와 조 디마지오를 썼고,

하루키는 스왈로스와 야구장 외야 관중석의 여유에 대해 썼다.

이렇듯 야구는 선수들과 그 경기에 대한 관심을 넘어서

인생과 사유의 스토리다. 미국과 일본에서 선수로 활약할 때,

그 나라 국민들이 경기의 스코어, 결과로서의 야구가 아니라

일상의 시간, 일과로서의 야구에 대해

많은 대화를 나누고 있다는 것이 부러웠다.

프로야구 역사 35년이라면, 이제 우리나라도

그런 야구 문화를 가질 수 있는 시대다.

그런 점에서 누구나 즐겁게 읽을 수 있는 책이다.

야구단 운영을 둘러싼 에피소드가 명랑하고 유쾌하게

잘 버무려져 있는, 이 책의 등장이 반갑다.

— **박찬호** (전 메이저리거)

차례

>>>>

감독님은 왼손 파이어볼러가 싫다고 하셨다

마흔아홉에 익숙한 일을 그만둔다는 건 어떤 의미일까. 인생의 낙오를 의미할까, 새로운 무대를 향한 도전을 의미할까. 아니면 생존을 위한 밥벌이 고민에 내몰려야 한다는 뜻일까.

썬더스의 오필성 수석코치가 구단의 계약연장 제안을 거부하고 팀을 떠났다는 기사를 휴대폰으로 읽으면서 그런 생각을 했다. 투수 조련과 마운드 운용에 관한 한 국내 1인자로 꼽히는 인물이 끝내 감독에 오르지 못했다. 선수시절 통산 171승을 거둔 투수였고, 투수코치로 세 번 수석코치로 두 번, 도합 다섯 번의 한국시리즈 제패. 다들 아니라고 말하지만 나는 지방 공고 중퇴에 소년원 출신이라는 멍에가 그의 발목을 잡았다고 확신한다. 야구계를 떠날지 알려지지는 않았으나 그 붉은 딱지는 영원히 그의 뒤를 따라다닐 것이다.

그런 상념에 빠져 있는데 휴대폰 화면 위에 문자메시지가 떠올랐다. 단장이 보냈다. 자신의 집무실이 아닌 회의실로 호출.

운영 1, 2, 3팀과 홍보마케팅팀, 경영관리팀을 차례로 지나쳐 복도 끝에 보이는 묵직한 나무문을 밀자, 교실 3분의2 정도 되는 공간이 나왔다. 길쭉한 직사각형 테이블과 그 양옆으로 늘어선 의자들. 원숭이 로고가 수놓아진 대형 깃발이 중앙 단상 앞에서 반겨주었다.

인구 100만 고양시를 연고지로 하는 프로구단 조미 몽키스의 홍희 단장이 팔짱을 낀 채 바깥 풍경을 내려다보고 서 있었다. 그녀는 늘 창가 자리를 선호한다. 16층에 위치한 회의실 통유리 너머로 재작년에 신축한 홈구장 몽키스 파크 전경이 들어왔다. 옆으로는 보조 훈련장과 3년차 이하 젊은 선수들이 주로 거주하는 생활관도 보였다. 11월의 한낮 대기는 뿌윰한 스모그를 품은 듯 탁했고, 색이 누르스름하게 변한 그라운드 잔디가 조금은 스산했다.

내가 마른기침을 하며 다가서자 홍희 단장이 특유의 무연한 표정으로 돌아봤다. 굵은 웨이브 머리에 눈이 크고 콧대가 오뚝하다. 조금 야위었지만 키 때문에 왜소한 느낌은 들지 않는다. 오히려 격식 있게 차려입은 회색 정장에서 나이에 어울리지 않는 무게감이 풍긴다. 연장자를 부려야 하는 업무 특성상 일부러 젊게 입지 않는다는 건 다들 안다. 환한 눈매 뒤에는 경쟁심이 끓고, 겸손한 말투 뒤에는 정확한 계산이 숨어 있다는 건 나만 안다. 유독 짙은 눈 화장이 어쩌면 유약한 내면을 위한 감추기 위한 그녀만의 변장법이 아닐까 의심해 본다.

그런 의뭉스러움이 나쁘다고는 생각 안 한다. 대학시절부터 봐왔으나 늘 그랬다. 레오 듀로서 감독이 남긴 야구 격언도 있질 않나. *사람 좋으면 꼴찌.* 그 말은 경기 뿐 아니라 구단 운영에도 적용된다. 그녀는 재계 11위 조미그룹 회장이자 어머니인 한명숙 회장의 피를 이어받은 천성 경영자였다.

"일은 좀 어때? 신 팀장."

그녀가 느긋한 인사를 건넸지만 미묘한 목소리의 떨림은 숨기지 못했다. 무슨 일이 생긴 것이다.

"그렇지 뭐. 아직 적응기라."

나는 바지 주머니에 손을 찔러 넣고 일부러 어정쩡하게 웃었다. 나를 영입해 온 장본인이고, 둘이 있을 때는 말을 편히 하라지만 쉽게 될 리가 없다. 신별이라는 나의 이름 대신 굳이 신 팀장이라는 직함을 붙여서 부를 땐 그녀 나름의 계산도 서 있는 법이다. 친분관계와 별개로 상하관계는 명확히 하겠다는 의지. 그 정도는 나도 각오했다. 역시, 마흔아홉에 그라운드를 떠나는 것만큼 서른넷에 직장을 옮기는 것도 이래저래 애매했다.

홍희 단장의 시선이 다시 창문 너머로 향했다.

"골치 아픈 일이 생겨 버렸어. 어찌 보면 좀 어이없고……. 여기 회의실 와 본 적 있지?"

나는 고개를 끄덕였다. 한 달 전, 내가 8년을 근무한 일간지의 스포츠부 야구팀장 자리를 박차고 나와 구단 간부들에게 첫 인사한 자리도 바로 이곳이다. 홍희 단장이 직접 나를 소개했다. 내게는 단장 직속의 '에이스팀' 팀장 직함이 주어졌다. 관할이 없는 잡다

하고 애매한 업무를 처리하는 자리였다. 메이저리그로 치자면 단장 보좌(Assistant General Manager)쯤 되겠지만 쉽게 말해 고충처리반. 부하 직원이 하나 뿐인 부서라도 직무감찰 업무가 포함된 탓에 그날 회의실에 모인 간부들 얼굴엔 경계의 눈빛이 번뜩거렸다. 아직도 선명히 떠오른다. 똑같은 구단점퍼를 입고, 무릎 위에 두 주먹을 턱 얹은 채, 시뻘건 눈깔로 양복 차림의 나를 공공의 적 보듯 하던 사람들.

그날도 느꼈지만, 몽키스는 창단 4년 된 신생 구단임에도 확실히 코칭스태프와 프런트*의 연배가 높다. 창단 때부터 팀을 이끌고 있는 고창수 감독이 패기 대신 경험을 택했기 때문이다. 올 1군 리그 입성 두 번째 시즌에 4위라는 놀라운 성적표를 받을 수 있었던 것도 현장과 프런트의 유기적 소통 덕분이라는 세간의 평가였다. 프런트 절반이 선수 출신. 특히 스카우트팀과 전력분석팀은 100%다. 한 다리 건너면 다 아는 바닥이라 다들 형제처럼 끈끈한 결속력을 과시했다. 몇몇은 나의 기자 시절 취재원으로 안면이 있는데도, 내가 조직에 들어오자마자 적대시하는 게 서운했다. 물론 업무 탓이다.

나는 텅 빈 회의실을 한번 휘 둘러보았다.

---

* KBO리그의 코칭스태프는 일반적으로 감독, 수석코치, 투수코치, 타격코치, 수비코치, 배터리(포수)코치, 작전주루코치로 이뤄진다. 여기에 불펜코치, 타격 보조코치 등이 더해진다. 프런트는 구단 직원을 뜻하는 말로 선수단을 지원하는 역할을 한다. 사장, 단장을 중심으로 운영팀, 스카우트팀, 홍보팀, 마케팅팀 등으로 이뤄져 있다.

"어이없는 일이라는 게 이곳이랑 관련이 있는 거야?"

"응. 여기서 회의도 하지만 평소에는 조용해서 민감한 얘기들 많이 나누지? 차 마시며 수다 떨고 낮잠도 자고 사적인 통화도 하고……. 회의실이란 게 원래 다용도실이잖아."

"어랏, 공주님이 평민들 세계를 쫌 아신다."

비꼬듯 깐족거리고 나니 과한 듯해 재빨리 뒷말을 이었다.

"그래서? 말 빙빙 돌리지 말고. 이 방에서 기밀이라도 샌 거야?"

"와! 촉 살아 있으시다."

홍희 단장이 허리를 젖히며 깔깔 웃었다. 그러고는 팔짱을 풀면서 손바닥에 쥐고 있던 물건을 내밀었다. 일회용 라이터와 비슷하게 생겼는데 가운데 둥근 은색 버튼이 달려 있었다. 기자들도 자주 사용해서 바로 알아봤다. 녹음기였다.

"이게 회의실 테이블 사이에 끼워져 있었어. 어제 빌딩 시설보안팀에서 점검 나왔다가 발견했대. 우리 관리팀에 조용히 연락을 해왔더라고. 백화점이 입주해 있는 빌딩이라 화장실이나 탈의실에 몰래카메라 같은 게 설치 됐나 주기적으로 체크하는 모양이야."

그 얘기를 듣기는 했다. 21층짜리 조미빌딩은 복합업무용이다. 10층까지는 백화점으로, 11층부터는 그룹 계열사 사무실로 사용한다. 꼭대기 층에는 영화관이 입주해 있다. 지하 2층의 출입 통로는 야구장과 지하철역으로 연결된다. 일반인들이 수없이 들락거리는 건물이라 보안 점검은 필수였다.

"그럼, 그동안 도청당했다는 거잖아. 여기가 무슨 신기술 보유한 연구소도 아니고……. 뭘 노린 걸까? 아, 한창 눈치작전 심할 때니

FA* 영입 전략을 염탐하려고 했나?"

"그러니까, 이제부터 그걸 알아보려고 신 팀장 부른 거잖아. 보고가 올라왔는데 어물쩍 넘어갈 순 없고. 내가 책임져야 하는 상황인지라."

"뭐 책임까지야."

말은 그렇게 했지만 책임져야 할 상황은 맞다. 사장 국동석은 갑작스런 허리디스크 수술로 병가 중. 자금 착복 소문이 나돌던 참이었다. 그는 조미 몽키스 창단 때 그룹에서 낙하산으로 내려온 인물인데 야구도 모르면서 직원들을 쪼기만 해 별명이 '쪼다왕'이다. 평판이 꽝이었다. 지금 구단의 최고결정권자는 홍희였다.

"신 팀장. 내가 백화점에도 근무해 봐서 아는데 이런 일 쉽지 않아. 바로 범인 잡고 그러기 힘들다고. 보고를 받은 이상 소문이 안 날 수 없으니 상황을 무마시킬 적당한 결론이 필요해. 조사하는 액션만 내 줘."

"그야 어렵진 않지만……. 내용은 들어봤지?"

---

* FA는 Free Agent의 줄임말로 자유계약선수다. 프로 야구 선수가 되기 위해서는 구단들이 돌아가면서 신인 선수들을 뽑은 '드래프트'를 거치는데 이를 통과하면 '서비스 타임'이라고 하는 일종의 의무복무기간이 생겨 그 팀에서만 뛸 수 있다. KBO리그는 1군 등록일수 145일 이상을 기준으로 9시즌을 뛰고 나면 어느 팀과도 계약할 수 있는 권리를 얻는다. 메이저리그는 6시즌을 채우면 FA가 된다. FA 자격을 얻었다는 것 자체가 선수의 실력을 어느 정도 보장한다. 구단들은 시즌이 끝난 뒤 FA 영입을 통해 취약한 포지션을 강화하는 등 전력 향상을 꾀한다. FA 선수 숫자가 많지 않아 영입 경쟁이 치열한 경우가 많고 이 과정에서 해당 선수의 몸값이 올라간다.

홍희 단장이 그냥 입술을 샐쭉거렸다.

"뭐, 다행히 대단한 건 없더라. 홍보팀 민 대리와 관리팀 경아 씨가 사내 커플이라는 건 처음 알았고. 웃기지? 둘이 막 싸우던데."

하얀 치아를 드러내며 깔깔댔다. 저런 때는 고상 떠는 재벌가 장녀가 아니라 이웃 부서의 수다쟁이 동료 같았다.

그때 회의실 출입문이 벌컥 열렸다. 구단 점퍼를 입은 젊은 남녀. 둘 다 심각한 얼굴로 들어서다가 우리와 눈이 딱 마주쳤다. 짧은 머리에 금테안경 남자는 낯이 익다. 홍보팀의 민 대리였다. 그렇다면 긴 생머리 여자가 관리팀의 경아 씨일까. 둘이 동시에 낯빛을 붉히며 고개를 까딱. 바로 뒷걸음질로 물러났다.

홍희 단장이 두 어깨를 들어올렸다.

"봤지? 회의실은 회의 이외의 용도가 더 많다는 거. 사내 데이트 장소로까지 이용되는 건 몰랐네. 뭐 그걸 트집 잡을 생각은 없다만. 아씨, 근데 엄청 부럽다. 그지?"

나는 대답 대신 한쪽 무릎을 꿇고 회의용 테이블 밑쪽을 살폈다. 나무와 나무를 잇는 연결 부위 깊숙한 곳은 어두워 잘 보이지 않았다. 그 틈에 녹음기를 끼워 두면 작정하고 들여다보지 않는 한 발견하기가 힘들겠다.

"이거 완전히 흥신소 직원 같잖아. 이런 일 시키려고 날 모셔온 거야? 사내 연애 스캔들만 줄줄이 나오는 거 아냐?"

내가 구시렁대자 홍희 단장이 퉁명스럽게 대꾸했다.

"까칠하게 또 왜 그래. 성격 참 안 변한다. 원래 에이스팀이란 게 이런저런 잡일하는 거잖아. 에이, 그러면서."

"할미넴 농담은 집어 치우시고. 업무 분장 애매한 일을 맡아 달라고 했지 이건……."

"그럼 이런 일은 어디 담당일까? 스카우트팀? 마케팅팀? 요 앞 새 건물에 흥신소 들어왔다던데 거기 맡겨? 경찰 부를까? 소문 퍼지고 난리 날 텐데? 진짜 에이스팀에 똑 떨어지는 일 같지 않아? 그지?"

그 능청에 할 말을 잃었다. 원래 남 엉덩이를 보고 쫓는 게 기자 일이라 잡다한 업무에 이력이 나 있지만 이런 종류는 저급하다 싶었다. 그러나 더 토를 달지 않았다. 그녀 말대로 적당한 결론만 만들어 주면 된다. 스포츠잡지 기자로 시작해서 지방구단 사장까지 올라간 인물의 성공스토리가 전설처럼 회자되는 바닥이지만, 그건 나의 길이 아니다. 그런 포부를 갖고 이직하지도 않았다. 내게는 일생을 통해 정리해야 할 다른 일이 있다.

"이건 좀 딴 이야기인데, 치타스의 심택수 어때? 올 FA로 풀리는……. 50억은 쥐어 줘야 한다네. 솔직히 평가해 줘."

솔직하고 말고도 없었다.

"서른넷의 승률 반타작 기교파에게 그 돈은 아니올시다야. 나라면 100억이 들더라도 확실한 좌완 에이스 봉준우를 잡겠다."

"그렇지? 알았어. 아무튼 이 일의 중간보고는 이틀 뒤야."

홍희가 내 손에 녹음기를 쥐어 주었다. 멀어져 가는 힐 소리를 들으며 되새겨보았다. 적당한 결론을 만들라. 무마시킬 구실을 만들라. 말만큼 쉽지는 않아 보였다.

어디선가 옅은 소독약 냄새 같은 게 풍겼다. 뽀글뽀글 파마를 한 중년여자가 청소 집기가 든 카트를 밀고 회의실 안으로 들어왔다.

* * *

짧은 머리에 턱이 각지고 어깨가 단단한 남자였다. 서른 중반인 내 또래로 보였다. 외주업체 파견직이겠지만 백화점 로고가 붙은 감색 재킷이 단정한 느낌을 주었다. 왼쪽 가슴에 김은태라는 이름표를 달고 있었다. 녹음기의 최초 발견자였다.

그를 만나기 위해 건물 지하 2층에 위치한 시설보안팀 사무실을 찾았을 때, 첫 느낌은 갑갑함이었다. 조립식 건물 문을 열자마자 유해 전자파를 한가득 품은 뜨뜻한 공기가 덮쳤다. CCTV를 감시하는 사각 모니터와 불규칙적으로 깜빡거리는 빨강, 노랑 불빛의 신호들. 웅웅대는 기계음까지 겹쳐 신경에 거슬렸다.

"깜짝 놀랐지 뭡니까. 테이블 밑에 그런 게 붙어 있다니. 아마 작정하고 구석구석 훑지 않았으면 몰랐을 겁니다."

사각턱은 큰 공을 세웠다고 판단했는지 두 어깨를 들어 올리며 으스댔다. 목소리에도 힘이 들어갔다. 나는 눈동자를 굴려 주위를 살피며 물었다.

"그런데 입주 회사 사무실을 조사하는 일이……."

"아, 흔치야 않죠. 영화관, 백화점 내 화장실과 의류매장 탈의실 정도만 주기적으로 확인하는 정도고. 하지만 저희는 백화점 뿐 아니라 이 건물 전체에 대한 보안과 관리 책임을 맡고 있으니 직무에 벗어난 일은 아닙니다. 또 넓게 보면 다 조미그룹 한 가족이고……. 거기 단장님이 백화점에 근무하실 때 제가 VIP 주차관리 업무를 해서 안면도 있고.”

사각턱이 은근히 홍희와의 친분을 과시했으나 딱히 더 궁금하지 않았다. 대신 다른 궁금증이 일었다.

“회의실 점검은 누구 요청이었습니까?”

사각턱이 두툼한 손바닥으로 파릇한 턱을 쓰다듬으며 고개를 갸웃거렸다.

“그게 딱히, 누구의 요청이었다기보다는……. 최근에 도난사고가 있어서 사람들 많이 드나드는 공용공간을 점검해 보자는 것이었으니까. 저는 그냥 지시 받는 입장이라. 휴대용 전파 탐지기로 확인하는 거라 뭐 오래 걸리지는 않습니다.”

애매한 대답이었으나 거짓말로 들리진 않았다. 그렇지만 평소 하지 않던 업무를 하다가 녹음기가 발견됐다? 누가 봐도 자연스럽지 않다.

“점검은 혼자서? 아니면 일행이…….”

“팀장님이랑 같이했는데 야구단 회의실이 있는 16층은 제가 맡았습니다.”

사각턱은 서운한 표정이었다. 칭찬은커녕 되레 사람을 보내 꼬치꼬치 캐물어서인지 양미간이 찌그려졌다. 오해를 풀어 줘야 할 것 같았다.

“단장님이 고마워하십니다. 그래서 제게 특별히 지시하신 거고. 만약 그게 발견 안 됐으면 어떤 불상사가 생길지 모르잖습니까. 생각만 해도 아찔하죠.”

적당히 구슬려도 사내의 이마 주름이 확 펴지진 않았다.

"그래, 경찰에 신고는 하셨습니까?"

나는 고개를 흔들었다.

"제가 1차로 조사한 후에 판단할 예정입니다. 별일 아닌 일이 괴소문으로 번질 우려도 있고 해서. 그때는 수습이 불가능하니까요."

사각턱은 이해한다는 듯 고개를 끄덕였다. 내가 몇몇 질문을 더 던졌고 원론적인 답변만 돌아왔다. 녹음기를 발견 때 모습 그대로 뒀어야 했는데 뜯어내서 후회했다, 하지만 자신은 보고 체계를 정확히 따랐다고 거듭 강조했다.

"녹음기가 검은 버튼 달린 거, 그거 맞죠?"

사각턱이 고개를 까닥. 그러면서 시계를 찬 왼손을 들어 보였다.

"오늘 팀원들과 점심 회식이 있어서……. 암튼 제가 아는 건 그게 답니다. 더 궁금하신 게 생기면 전화 주십시오."

나는 떠밀리듯 사무실을 나서야 했다. 모니터 앞에 앉아서 일 보는 척, 우리 대화에 귀를 열고 있는 백발의 보안팀장이 묘하게 신경 쓰였다. 그는 키보드에 손가락만 얹은 채 한참을 두드리지 않았다. 사각턱도 곁눈질로 백발의 존재를 의식하는 게 확연히 느껴질 정도였다. 그리고 점심 약속은 나도 있었다.

사각턱이 밖으로 나서는 내 등에 대고 말했다.

"혹시 내년 홈 개막전 티켓 좀 어떻게? 직원들 몫으로 나오는 게 있다고 들었는데……."

나는 찡그린 얼굴을 보여 주기 싫어서 그대로 고개만 끄덕였다.

* * *

백화점 10층은 문화센터와 고급 식당가다. 개방형으로 만든 북카페 앞 간이무대에 행사를 알리는 플래카드가 붙어 있었다. 양키스 모자를 눌러 쓴 덩치 큰 털보 사내가 내야 그라운드가 그려진 칠판 앞에 서서 뭔가를 열심히 설명했다. 그 앞 탁자에는 똑같은 책이 탑처럼 쌓여 있었다. 100여 명은 될 법한 청중들이 집중하고 있었다. 평일이어서인지 쇼핑백을 든 주부가 많았다. 간간이 웃음과 박수가 함께 터졌다.

무심히 강사 얼굴을 들여다보다 깜짝 놀랐다. 플래카드를 다시 올려다봤다.

'야'자도 모르는 초보들을 위한 야구 교실

오전에 기사에서 본 인물이었다. 썬더스의 수석코치였던 오필성. 양키스 모자 때문에 바로 몰라봤다. 얼마 전 야구계 얘기를 엮은 책을 냈다는 얘긴 들었는데 독자 만남 행사가 오늘 백화점 북카페에서 열리는지는 몰랐다. 몇몇 스포츠지 기자들이 사진을 찍고 있었다. 유능한 수석코치의 갑작스런 변신은 팔리는 얘깃거리이리라. 털보의 털털한 웃음이 보기 좋으면서도 기껏 행사 돌면서 추억팔이, 책팔이나 하다니 싶은 마음에 실망감도 들었다.

나는 행사장 맨 뒤 플라스틱 의자에 잠시 걸터앉았다.

"여러분들, 지방 원정 다닐 때 가장 큰 즐거움이 뭔지 아십니까?

바로 그 동네 별미를 먹는 겁니다. 선수들이 제일 좋아하는 음식요? 고기? 노노! 고속도로 휴게소의 달다구리들이죠. 특히 호떡을 외국인 친구들이 아주 좋아해요. 호호 불어가면서 먹죠. 선수들 입맛이 의외로 섬세하죠? 야구도 입맛처럼 섬세한 스포츠랍니다. 좀 머리 아프다 싶은 규칙은 요리 레시피 외우듯이 익히면 가족들과 저녁에 내기 야구도 보고……"

구수한 입담이 귀를 세우게 했다. 현역 시절에도 요점 있는 인터뷰를 잘했지만 오늘도 야구를 요리에 빗댄 비유가 잘 먹혔다. 야구를 저토록 애지중지하면서 왜 그리 쉽게 물러났을까.

그는 통산 171승을 거둔 레전드급 투수지만 '국민' '국보' 등의 수식어가 붙을 만한 임팩트는 없었다. 비교적 전력이 약한 지방 비인기 구단에서 선수 생활을 이어간 탓이 컸다. 그보다는 투수코치 시절 키워낸, 또 한 명의 코리안 특급 오단희의 스승으로 더 유명했다. 오단희는 작년 뉴욕 양키스와 계약했고 최근 끝난 포스트시즌에서 2승을 거두는 맹활약으로 국내 팬들 새벽잠을 설치게 했다. 둘은 마침 성이 같아서 부자지간처럼 자주 비춰졌다. 양키스 모자를 쓰고 나온 것도 출판사의 홍보 전략이리라.

돌이켜보면 오필성의 선수 생활 은퇴도 전격적이었는데 당시 구위로 봤을 때 좀 더 던질 만했다. 감독과의 불화로 홧김에 때려치우기엔 자기관리가 뛰어난 선수였다. 여전히 선수 시절 은퇴의 이유는 알려지지 않았다. 이번 퇴진과 더불어 생각하니 궁금증이 증폭됐다. 역시 소년원 출신 딱지가 발목을 잡은 것일까. 자신의 굴레에 굴복한 것일까.

점심 약속까지 시간이 좀 남아서, 털보의 행동을 담담히 눈으로 좇으며 귀에 이어폰을 꽂았다. 문제의 녹음기 속 내용을 정리해 둘 필요가 있었다. 꽤 많은 사람이 등장했고 목소리는 잡음 없이 깨끗했는데 대신 음량 차이가 좀 컸다.

홍희 단장이 직접 들어보라고 한 이유도 알 수 있었다. 슬프게도 나에 대한 비난이 상당했다.

"그 시키 뭐야? 얼굴만 희멀건 게 기자 출신이라고 바로 팀장이야. 역시 단장 빽이 좋아."

"신경 끄이소. 어차피 거쳐 가는 낙하산. 단장도 얼른 실적 내서 그룹 요직으로 돌아가고 싶어 할끼고. 직접 델꼬 왔으니 함께 가겠지예."

"그래도 신임 단장이 우호적이긴 해. 올해 성적에 놀랐는지 전폭 지원하겠다잖아. 두 시즌 만에 4강은 확실히 대단하단 말이야. 지금 전력이면 내년에 폭삭 망하는 일은 없을 테고. 요렇게 살살 세월 가는 것도 괜찮은데……."

"뭐, 올해야 그놈만 FA로 잡으마 완전 왔다지예. 콱 물어 줘야 할 낀데. 작년에 묵은 놈이 워낙에 큰 탈이 나서. 그나저나 큰 행님은 우짤라꼬 또 사고를……. 에휴, 나이도 잡쉈는데 고마 작작하시지. 역시 야구판을 보면 돌고 도는 남자들 인생게임 같단 말이지예."

"그 얘긴 그만해라, 마. 뭔 일이야 있을까. 그 정도야 작은 형님도 이해하실거야. 어쩌겠냐. 인연이 그런 걸."

"그나저나 트레이드 건은 우째 될까예? 2선발급과 유망한 신인 타자라니. 랩터스도 급하기는 한 모양이네."

그때 다른 목소리가 끼어들었다.

"팀장님들. 야구가 아무리 투수놀음이라지만 내년 시즌 후에 FA로 풀리는 노장을 우리 몽키스 싱싱이 타자와 바꾸는 거 좀 그렇지 않나요? 멀리 내다본다면……. 고은돌이야 귀한 유격수 자원에 인물까지 왕자님인데. 프랜차이즈 스타로 상품성 충분하잖아요?"

"하하, 그 문제는 고마 신경 끄고 지들한테 맡기이소. 어련히 알아서 할라꼬예."

셋 중 앞의 둘의 목소리는 알겠다. 첫 번째 꺼칠한 목소리는 실제 성격도 꺼칠했다. 내가 인사하던 날, 두꺼비처럼 입을 다물고 눈만 끔벅이던 운영부장. 투수 출신으로 스카우트로 오랫동안 잔뼈가 굵은 몽키스 프런트의 최고 실세다. 두 번째 깐족대는 경상도 사투리는 전력분석팀장. 현역 시절 공수주 어느 하나 특출 난 것 없는 고만고만한 내야수였다. 야구 명문대 출신이라는 연줄과 의외로 선수 보는 눈은 있어서 오히려 프런트로 변신 후 인정을 받았다. 마지막에 끼어 든 중성적인 말투는 모르겠다. 은근히 무시당하는 걸로 봐서 선수 출신은 아닌 것 같고.

홍희와 대화한 내용도 흘러나왔다.

"단장님, 리포트 따로 올리겠습니다만, 일단 고창수 감독님 이하 현장의 강력한 요청입니다. 전력 유지에 꼭 필요한 선수라고. 전력분석팀도 같은 의견입니다."

운영부장인 두꺼비의 꺼칠한 목소리였다. 응대하는 홍희 목소리는 밝았다.

"그러니까 치타스에서 FA로 풀리는 심택수를 잡아 달라는 거잖아요. 올해 9승11패. 평균자책은 4점대 후반. 그런데도 최소 4년에 50억. 투수들이 씨가 말랐나 봐요? 그래도 감독님의 요청이시니 무슨 수라도 써 봐야겠죠? 하하."

"허허. 여긴 메이저가 아닙니다. 타고투저에 쓸 만한 투수가 절대적으로 부족한 리그라. 감독님은 계산 가능한 완성형 투수를 원하세요. 최근 3년간 평균 28번 정도 꾸준히 선발 등판했다는 것만으로도 가치는 충분하죠. 심택수만 영입하면 올 5할 승률에서 최소 플러스 5~6승. 내년에 급추락은 없다고 자신합니다."

"좀 걸리는 게 나이도 그렇고 토미 존 수술* 전력도 있고. 게다가 9이닝당 삼진 비율이 계속 떨어지는 중이라서……. 차라리 김한이는 어떤가요? FA치고는 어린 스물여덟에 왼손. 다 알다시피 공의 스피드는 있지만 고질적인 제구력 불안. 데뷔 초부터 선발과 불펜을 왔다 갔다 해서 이미지가 나빠졌을 뿐, 한쪽으로 결정해서 잘 다듬으면 가능성이 있지 않을까요?"

---

* 공을 던지는 손의 팔꿈치 안쪽 인대를 재건하는 수술이다. 손상된 인대는 재생이 어렵기 때문에 자신의 몸 다른 곳에 있는 인대를 떼어 그 자리에 이어 붙이는 방식이다. 과거에는 팔꿈치 인대를 다치면 곧 은퇴를 뜻했지만 1974년 메이저리그의 토미 존이라는 투수가 처음으로 이 수술을 받은 뒤 164승을 더 거뒀기 때문에 첫 수술 선수의 이름이 붙었다. 수술의 성공률은 95%에 이르지만 재활 과정에서 이전 기능을 회복하지 못하는 경우가 있다.

홍희의 저자세. 그래도 주장할 것은 한다. 또 말을 자르고 끼어드는 목소리. 뺀질이 전력분석팀장이다.

"지는 택수를 잘 알지예. 매년 10승씩, 그리고 이닝이터로 몇 년은 쓸 만하다, 요 둘은 확실하이 말씀드릴 수 있심다. 부상이야 메디컬 체크하면 되는 기고 어깨 부상이 문제지 팔꿈치야 뭐. 삼진 비율 역시 마 원래 투수는 나이 들면서 경험으로 던지는 거 아이겠습니까. 후배들 장악하는 카리스마도 있어서 귀감이 될 깁니다. 그리고 김한이는 뽈만 빨랐지 워낙에 기복이 심해서. 선택과 집중을 해야 합니데이."

홍희 단장도 바로 물러났다.

"현장과 프런트 판단이 그렇다면 존중하겠습니다. 심택수 잡는 데 집중하죠. 곧 확답 드리겠습니다. 운영부장님, 봉준우는 아예 힘든 거죠?"

"전에도 말씀드렸다시피 걔는 돈보다 연줄이 작용할 겁니다. 이제 야인이 된 오필성이의 마지막 작품이라……. 자기밖에 모르는 삐딱한 놈인데 더그아웃 분위기를 꿀꿀하게 만드는 재주가 있는지는 알 수 없죠. 흐흐."

동시에 낄낄대는 두 남자의 음침한 웃음이 한참 이어졌다.

FA 영입 얘기가 오가는 계절이다. 원 소속구단과의 우선협상기간이 폐지되면서 모든 구단과 동시 접촉이 가능해졌다. 투수 시장이 아무리 흉작이라도 준척급 노장에게 50억은 거품이다. 가능만 하다면 100억을 들여서라도 최대어를 잡는 게 맞다. 좌완 파이어

불러는 지옥에 가서라도 모셔오라고 하지 않는가. 몽키스가 더 치고 올라가려면 절대적인 에이스가 필요하다.

재계 11위 조미그룹이니 그 정도 자금력은 있다. 자본주의의 저렴한 맛을 대중화하고, 정치권에 요령껏 빌붙어 재벌로 우뚝 선 전설의 국민 조미료 기업. 현재는 유통 매출 국내 1위에 식음료, 방송, 물류, 호텔과 레저사업이 주력이라 현금 유동성이 좋다.

'조미'란 이름은 창업자이자 홍희의 외할머니인 고 조미자 여사 이름에서 따왔다는 설도 있고, 조미료 팔아서 성장했다고 조미라는 설도 있다. 웃음거리가 되자 몇 해 전 JM그룹으로 고치자는 이야기도 나왔으나, 한명숙 회장이 그것만은 절대 양보하지 않았다. 구단 이름이 몽키스로 결정된 이유도 고 조미자 여사와 한명숙 회장이 다 잔나비 띠여서라는 풍문도 돌았다.

민 대리와 경아 씨의 사랑싸움이 나오는 부분은 오글거려서 빨리 넘겼다. 민 대리가 뭔가 애원조로 사정하는데 경아 씨가 임신을 한 모양이다. 연애 작업은 야구 분석만큼 치밀하지 못했나 보다.

또 다른 대화가 흘러나왔다. 두꺼비 운영부장과 스카우트팀장. 대화의 흐름상 홍희 단장을 만나고 하루 뒤 같았다. 처음으로 고창수 감독 특유의 쉰 목소리도 들렸다. 프런트 팀장들과 잠시 여담을 나눈 모양이다.

"감독님, 어제 단장님께 말씀드렸고 심택수 영입 오케이 하셨습니다."

"허허허. 알아서들 하게. 올해는 실수 말고."

고 감독의 느긋한 한 마디. 그게 다였다. 그가 최근 구단 사무실에 들른 것이 사흘 전. 그날 나도 복도에서 잠시 인사를 나누었다. 몇몇 사실을 끌어 모으니 녹음기를 설치한 시점을 좁힐 수 있었다. 더듬어 올라가면 엿새 전이 확실했다. 음성이 들릴 때만 작동하는 신형이라 녹음시간은 19분 44초에 불과했다. 그 외 이런저런 대화가 더 있었으나 거의 직원들 잡담.

결론적으로 똑 떨어지는 내용은 없었다. 어느 선수가 사람을 때렸다든가, 금지약물이나 승부조작에 손을 댔다든가, 외부에 노출됐을 때 파장을 우려할 만한 건 아무것도. 우려 중 그나마 다행이었다.

홍희 단장도 다 들어봤을 테고, 그렇기 때문에 의도도 알 것 같았다. 문제될 건 없으나 재발 방지와 경고 차원의 조사를 맡긴 것. 오래전부터 지속 반복적으로 설치됐다면 또 다른 문제지만 그건 지금 알 수 없었다. 그렇게 정리하자 마음이 가벼워졌다.

그래도 굳이 걸리는 건 세 가지. '또 사고를 친 큰 행님'이란 표현. 현재 2군 감독 조웅칠을 지칭하는 게 분명하다. 코칭스태프 중 제일 연장자라 다들 그렇게 불렀다. '돌고 도는 남자들 인생게임'의 의미도 알 것 같았다. 조웅칠이 오래 전 지방구단 사령탑으로 있으면서 부리던 코치가 지금의 고창수다. 또 하나는 '올해는 실수하지 말라'는 표현. 작년엔 어떤 문제가 있었다는 뜻일까.

홍희 단장의 저자세도 조금은 불편했다. 불과 두 시간 전, 내 앞에서 녹음기를 건네며 심택수 영입에 회의감을 표하지 않았던가. 그녀는 야구를 모르지 않는다. 여자로서는 드물게 박식한 이론가였다. 올 시즌 성적이 좋았으니 그냥 현장과 프런트 의견을 존중하기로 방향을 잡았나 보다.

일을 어떤 식으로 풀어나가야 할지 막막했다. 기자들이 늘 맨땅에 헤딩하는 것 같지만 사실은 믿을 만한 소스를 들고 착수한다. 경찰의 힘을 빌려 녹음기 지문 대조나 성문 분석을 할 수 있는 상황도 아니다. 대화 내용도 특별하지 않다. 답답함에 빠져 있는데 누가 뒤에서 어깨를 툭 쳤다.

"어이, 시벌이. 아니지 이제 팀장님이지. 간만이야. 일찍 왔네."

* * *

10층 식당가 초밥집 창가에 자리를 잡았다. 그곳에서도 몽키스 파크가 잘 내려다보였다.

서울 광화문에서 손님이 찾아왔다. 서울스포츠의 손은재 기자. 그는 입사 이래 야구부만 구른 전문기자로 나와는 현장에서 오랫동안 부딪힌 사이다. 그가 오늘 아침 갑자기 일산에 온다기에 궁금했는데 알고 보니 강연에 나선 오필성을 인터뷰하러 온 것이다. 얼마 전 한국시리즈를 끝으로 올 시즌 모든 일정이 끝났다. 야구 기자들은 스토브 리그* 때 다음 시즌 전력분석이나 선수들의 결혼, 연애 같은 화제성 기사를 생산해 내야 한다. 시즌 중에는 담당 구

---

* 야구 시즌과 시즌 사이 겨울을 뜻하는 말. 야구팬들이 야구가 끝난 겨울 난롯가에 모여서 다음 시즌에 대한 기대와 전망 등에 대한 이야기를 주고받는다는 뜻에서 이 말이 생겼다. 미국에서는 '핫 스토브 리그'라고 쓴다.

단을 따라 순회하고, 비시즌에는 이런저런 행사나 소문을 좇는 게 야구기자들의 삶이다.

"칼럼 반응이 꽤 좋아. 오래오래 해 주라. 오늘 밥은 내가 사마."

손은재는 빈말을 하는 사람이 아니다. 인사가 립 서비스로 들리진 않았다.

나는 지난주부터 서울스포츠에 격주로 '베이스볼 카페'라는 칼럼을 맡고 있다. 구단에서 일하면서 느끼는 단상을 가볍게 쓰는 코너였다. 8년간 일한 친정 신문을 놔두고 타 매체에 기고하는 일이 편치 않지만 손이 워낙 사정조였는데다, 내 앞날도 깜깜이라 야구 독자와 끈을 유지하는 건 나쁘지 않아 보였다.

"원고 맘에 안 들면 연락해. 바로 잘려 줄 용의 있으니까."

나는 맘에 없는 소리를 했다.

손은재는 장어 초밥을 입 안에 쑤셔 넣으며 시선을 딴 데로 틀고, 그냥 흘러가듯이 툭 던졌다.

"구단 안에서 녹음기 발견됐다더라. 풀 좀 해봐 봐."

삼키던 밥알에 목이 메는 줄 알았다. 야구판 비밀은 하루를 못 간다더니. 하긴 담당 출입 기자한테 구단 내 빨대 하나 없을까. 녹음기의 존재를 아는 사람은 셋. 단장과 나, 그리고 관리팀장. 관리팀장이 팀원들에게 말했다면 그쪽에서 흘러나갔을 공산이 크다. 업무 특수성을 감안하면 최초로 발견한 시설보안팀에서 외부로 누설했다고 보기엔 무리가 있다.

"왜 쓰게? 거리가 되나?"

내가 장국으로 입안을 헹구며 피식거렸다.

"어랏. 그새 몽키스 직원이 다 되셨군. 어디서 연막질이셔. 야마는 이제부터 만들면 되지."

"그러시든지."

"어, 진짜 기사 나가도 괜찮은 거야?"

"나는 매체 상대하는 홍보팀 직원이 아니라고. 궁금한 건 그쪽에다 문의하셔야지. 말린다고 안 쓸 놈도 아니고. 뭣이 중한지 알아서 판단하겠지. 다만 팩트는 정확하게."

"말 잘했다. 팩트가 정확하려면 추가 정보가 있어야 할 것 아냐? 누구 소행인지, 어떤 내용인지, 어디서 발견됐는지. 구단 운영과 관련 없는 단순히 직원들 사생활 문제일수도 있잖아?"

지적이 날카롭다. 대체 어디까지 알고 있는 걸까.

사내 커플 한 쌍이 떠올랐다. 진짜 해프닝성 치정극이면 그들만 상처를 입는다.

"우리 신 팀장 업무가 고충처리반이지? 분명히 해결 명령 떨어졌을 거라고."

기자일 땐 몰랐는데 반대의 입장에 서 보니 쑤시고 들어오는 측이 부담스러웠다. 내가 다시 장국을 후루룩 들이켜며 꾸물거렸다. 입이 달싹거리는 걸 참았다. 입사 겨우 한 달여. 친분 때문에 정보를 흘릴 순 없었다. 조직에 대한 최소한의 예의다.

내 얼굴에서 불편함을 읽었는지 손은재는 더 캐묻지 않았다. 하지만 내 불편한 얼굴이 그 업무를 맡았노라 자인한 꼴이 돼 버렸다. 나는 애써 대화를 다른 쪽으로 끌고 갔다. 털보 오필성 코치가 물러난 사연이 궁금했다. 오늘 행사 전에 인터뷰를 했다니 혹시 알지 않을까. 순전히 개인적 호기심이었다.

"그 형님도 뭔가 많이 쌓였는지 아무 말 않더라고. 그냥 정신적으로 지쳤다고만 하네. 변명 없이 그러니 더 수상쩍단 말이야."

"수상쩍다니. 뭐가?"

손은재가 좌우를 한번 살피더니 입을 가린 채 말했다.

"최근 제보가 있었어. 2년 전 업계에 유명한 디자이너께서 출몰하셨다고. 놀라운 건 트레이너가 아니라 닥터래."

'디자이너'는 약물을 제조해 선수들에게 뿌리는 업자를 칭한다. 대개가 트레이너들이지만 전문의가 가담했다면 도핑테스트에서 적발이 힘든 신제품이 나왔단 의미였다.

나도 그 소문을 듣긴 했다.

"그러니까, 그 디자이너가 오필성이랑 관련 있다는 거야?"

"모 구단의 코칭스태프가 깊이 가담해서 선수들에게 유통시켰다는 소문이 파다해. 게다가 주로 전지훈련지인 미국 애리조나에서 새 옷 갈아입히고 그랬나 봐. 연결책으로 의심 가는 몇몇의 이니셜이 흘러나오고 있는데 그중 하나가 털보야. 오단희와 워낙 밀접한 사이다 보니 미국 쪽 디자이너가 연결됐을 개연성도 그럴 듯하잖아. 썬더스 쪽에서 증거를 확보했고, 그래서 물러날 수밖에 없었다, 뭐 그런 시나리오지."

"오버 아냐? 물증은?"

"있었으면 벌써 썼지. 오필성이에겐 두 명의 양아들이 있잖아. 오단희야 타고난 놈이라 그렇다쳐도 오랜 무명이던 봉준우가 최근 갑자기 날았지? 2년 연속 18승에 방어율 2점대. 아무리 올해가

FA로이드* 시즌이라고 해도 커쇼**급이잖아. 그런데 걔가 스승으로 모시는 오필성이 돌연 팀을 떠나 버렸어. 반대로 오필성 입장에서도 뭔 꼬인 일이 있지 않고서야 지 새끼를 놔두고 떠났을까. 자기도 봉준우가 있으니까 구단에서 발 뻗고 큰 소리 칠 수 있는 건데. 그러니 의심해 볼 수 있는 시나리오는 오필성이 모든 책임을 뒤집어쓰고 나갔다, 뭐 그런 얘기지. 나도 여기까지만 말할래."

"대외적으로는 재계약 거부지만 사실은 구단에서 내친 거다, 체면만 살려주는 모양새로. 최악을 대비한 일종의 꼬리 자르기. 그런 얘기지?"

손은재가 고개만 까닥.

"흠, 근데 웬일이래. 그건 소스를 술술 풀어놓으시고."

"너 이제 기자 아니잖아. 혹시 찌라시에 실리면 네놈이 떠벌린 줄로 알게. 실은 내가 오늘 온 게 행사 취재를 핑계 삼아 오필성이를 찔러 보고 싶어서야. 근데 꿈쩍도 않더라. 증거가 필요해. 내가 곧 디자이너의 고객 리스트를 확보해 줄줄이 엮어 주겠어! 사퇴가 책임의 끝이 아니란 걸 알려 주겠어! 야구부 기자도 한국기자대상 탈 수 있다는 걸 보여 주겠어!"

손은재가 오른 주먹을 불끈 쥐었다.

"시즌 때는 야구부, 비시즌 땐 사회부로군. 암튼 포부 하나는 야

---

* FA와 스테로이드의 합성어. FA 자격을 앞둔 시즌 성적이 크게 오르는 현상을 말한다. FA 대박 계약을 위해 마치 금지약물인 스테로이드를 복용한 듯 뛰어난 활약을 펼친다는 뜻이다.

** LA 다저스의 에이스 투수 클레이튼 커쇼는 메이저리그를 대표하는 좌완 투수다.

무지고 보기 좋다."

내가 비식거리자 그가 좀 멋쩍어 했다.

"흠흠. 그나저나 너 회사 옮긴 거 말이야, 여전히 뒷말이 무성해. 데스크랑 싸웠냐? 간살쟁이 정 부장 말이야. 너는 야구기자 오래 할 줄 알았더니."

"아니. 그냥 지치고 싫증났을 뿐이야. 반복적인 루틴 업무, 그건 선수들에게나 필요한 거지. 다른 세계에 발을 담가보고 싶었다고. 인간 하나 싫어서 회사 떠날 만큼 나약하고 어리석지 않아."

"뭔 말이 뜨뜻미지근해."

"야구와 기사, 두 개를 곁에 끼고 산다는 게 어떨 땐 행복이고 어떨 땐 구속이더라. 너도 알다시피 더 늦기 전에 우리 영감 사건도 처리해야 하고. 그러려면 좀 더 가운데로 들어가야 하지 않나 생각이 들어서."

내 말이 비장하게 들렸나 보다. 우리는 잠시 고개를 돌려 창밖의 그라운드를 내려다봤다.

손은재를 엘리베이터 앞까지 배웅하고 청계천 전파사에서 일하는 발바리에게 전화를 걸었다. 그는 군 복무 시절 후임이다. 능글능글 간들간들한 목소리가 바로 튀어나왔다.

"아이고, 신뱀. 가능합죠. 가능합니다요. 몰카 뿐 아니라 녹음기도 탐지 가능합니다요. 30미터 거리에서도 반응하는 놈들도 나옵니다요."

"녹음기는 요즘 몇 시간이나?"

"배터리랑 메모리 용량 따라 다르긴 한데 요즘은 소리 날 때만 작동해서 열흘도 갑니다요."

"음량 차이가 좀 크긴 해도 잡음은 거의 없던데?"

"녹음기술이야 뭐. 증폭 성능이 향상 돼서 아주 깨끗들 합죠."

"최뱀, 그러니까 전파 탐지기 쓰면 디지털기기는 다 잡아낼 수 있다, 그 얘기지?"

"그럼요. 신형 몰카 뜨면 신형 탐지기 나오는 게 이 바닥 아니겠습니까요. 창과 방패처럼. 인류 역사는 또 그렇게 발전해 온 것이고요."

"어……, 몰카 기술이랑 인류 역사랑은……."

"뭐 그렇다는 얘깁죠. 그나저나 소문에 기레기 짓 때려 치시고 조미료 먹는 원숭이네로 가셨다던데? 언제 야구 티켓 들고 한번 들러주십쇼. 고기 구워 먹을 수 있는 패밀리존 있잖습니까? 거기가 보고 싶은데 표 구하기가 별따기라. 크크. 제가 사랑하는 블랙캣츠랑 하는 경기면 더더욱 좋고. 제가 또 모태 야옹이네 팬 아니겠습니까요. 밥줄 끊어져도 야구는 봐야죠. 인생 뭐 별거 있습꽈."

희한하게 오늘은 종일 티켓 타령이다. 말대로 진짜 별것 없는 인생, 그렇다면 티켓 따위로 꼬질하지는 말아야지.

* * *

내가 에이스팀 사무실로 돌아왔을 때, 기연은 이마를 책상에 박은 채 졸고 있었다. 스타벅스 라떼 컵이 머리맡에 엎어져 있다. 인기척에 화들짝 놀란 그녀가 고개를 쳐들자 긴 말총머리가 허공을 한 번 휘저었다가 내려앉았다.

에이스팀 사무실이라고 해 봐야 책상 두 개에 다용도 탁자 하나 놓으면 꽉 차는 공간. 그래도 빌딩 모서리 쪽이라 창이 두 면으로 나 있어 채광이 좋았다. 나름 팀에 대한 배려인가 싶었더니, 그것도 기연의 설명을 듣고 깨져 버렸지만.

"팀장님, 요 위치가 지금은 견딜 만한데 한여름에는 하루종일 땡볕을 안고 살아야 합니다. 블라인드 없으면 눈도 못 뜰 지경이지 말입니다."

나는 낮잠이 덜 깨 입을 가린 채 하품하는 기연을 다시 쳐다봤다. 유일한 팀원. 좋든 싫든 믿어야 할 테고, 실제로 능력은 신뢰할 만하다. 전직 태권도 선수에다 경찰 출신답게 행동이 매사 적극적, 부들부들 성격 좋고 조직 사정에도 밝다. 가끔 업무처리가 엉뚱한 쪽으로 튀고 결정적 순간에 허튼소리를 한다는 점만 빼고는. 운동으로 단련된 몸매라 직원 중에 구단 점퍼가 가장 근사하게 어울리는 것도 장점일까.

"기연 씨, 이거 좀 들어봐."

우리는 다용도 탁자 앞에 머리를 맞대고 앉았다. 내가 한가운데에 녹음기를 올려놓았다. 입조심을 전제로 단장의 지시 사항을 전했다. 기연도 사안의 심각성을 깨달았는지 눈을 동그랗게 뜨고 두 손으로 볼을 다다다 두드렸다. 민 대리와 경아 씨의 오글거리는 사랑 다툼에 키득 댔을 뿐, 입술로 볼펜을 물고 한참을 집중했다.

"뭐 좀 짚이는 거 있어? 윗선에서 모르는 직원들만의 세계에서 떠도는 괴담 같은 거. 내가 신입이라 뭘 돌아가는 걸 알아야 일을 하지. 젠장."

내 투정에 기연은 엉뚱한 소리를 했다.

"목소리마다 음량 차가 의외로 크지 말입니다? 다들 회의실에선 문 앞이 아니라 창가 쪽에 서서 얘기를 하잖아요. 근사한 야구장을 내려다볼 수 있으니까. 근데 좀 어수선한 느낌이랄까."

"뭐, 전문가 놈한테 물어봤더니 요즘 녹음기는 성능 차이 없다고 하더라고. 그건 그렇고 혹시 누군가가 민 대리 커플 훼방 놓으려고 사적으로 벌인 일은 아닐까? 경아 씨와 삼각관계 벌이다 욱하는 마음에."

"우하하, 팀장님도 아침드라마 꽤 보시는 모양입니다. 그럴 가능성이 없다고는 장담 못합니다. 경아 언니가 참해서 인기가 좀 있지 말입니다."

"그래?"

"지난달 납회 갔을 때도 요즘 핫한 연하의 모 유격수가 경아 언니한테 전화번호 달라고 달라붙더란 말입니다. 이건 비밀인데."

"요즘 핫한 연하의 유격수는 고은돌밖에 없잖아?"

"옴마! 그, 그런가요."

"그럼 진짜 아침드라마 같은 상황이 나올 수도 있는 거네?"

"설마 그럴 리가요. 민 대리님이야 성실하고 얌전한 분인데. 비록 엉뚱한 부서에서 일하고 있지만 야구 통계 분석의 능력자시고 말입니다. 뭐 얌전하다고 사고 안 치는 건 아니지만……. 암튼 관리팀에 가서 회의실 사용일지부터 챙겨보겠습니다."

"그런 게 있어?"

"형식적인 겁니다. 어차피 회의실에서 이런저런 행사를 하잖습니까. 시무식도 하고, 초청강연도 하고, 팬클럽 운영진과 모임도 하고, 감독님이랑 코치님들 들어오시면 차도 한 잔씩 하고……. 그런 내역을 기록해 놓는 대장이죠. 제가 잠시 그런 일이랑 물품 담당을 했지 말입니다. 그거랑 대조해 보면 일단 녹음된 시기를 압축해 볼 수 있고, 외부인의 소행이라면 용의자를 추측해 볼 수 있지 않을까 해서 말입니다."

나는 고개를 끄떡였다. 그녀 말대로 녹음 시간대를 확정하는 게 급선무였다.

다른 쪽도 좀 파 보고 싶었다. 시즌이 막 끝난 요즘, 구단 내에는 평온함과 함께 다른 기대감이 공존하고 있다. 몽키스는 올해 호성적과 맞물리면서 관중 동원이 기대 이상이었다. 지역색 약한 신도시를 연고지로 가졌음에도 안착했다는 평가가 지배적이었다. 그 상황에서 구단주의 장녀가 단장으로 부임했으니 다들 두둑한 성과급을 기대하는 눈치였다. 셋만 모이면 그 이야기였다.

"기연 씨, 딴 이야기인데 신임 단장에 대한 사원들 평가는 어때? 아, 다른 뜻은 아니고 혹시 그쪽에서 동기를 찾을 수 있지 않을까 해서."

기연은 손가락으로 볼펜 돌리는 걸 멈추고 잠시 주저했다.

"뭐, 정 궁금하시다면야……. 솔직히 질투와 선망의 시선이 함께 있지 말입니다. 여직원들은 젊은 금수저 언니가 편할 리 없고, 한편으로는 남성 주도적인 업무 분위기가 좀 개선되기를 바라는 맘도 있고. 아시다시피 구단 운영이 좀 권위적이잖습니까? 거친 일이 많다 보니 이해는 가지만 여직원들 전문성을 키워 주는 쪽하고는 멀고……. 스포츠 관련 지원 업무라면 차라리 그룹 내 여자농구단으로 가고 싶어 하는 사람도 있지 말입니다. 특히 홍보팀장 공 여사님이 좀 그렇죠. 자기보다 열 살이나 어린 단장 모시게 생겼잖습니까. 지금은 폐단된 미래 엘리펀트 시절부터 야구 관련 업무를 해 오셔서 공 여사님도 야구 보는 내공은 상당하시거든요. 근데도 전력 외 부서에다가, 현장 출신이 아니라고 은근히 따 당하고. 게다가 요즘엔 툭 하면 단장님이 부르신대요. 다녀오면 여사님 얼굴이 완전 어둡다고."

"남자들은?"

"마찬가지죠. 재정 지원에 관한 기대감이야 높지만 왜 단장으로 내려왔는지부터 의아해하지 말입니다. 나이 어려서 당장 사장보다 단장이 편할 수 있겠지만, 호시탐탐 그 자리 노리던 고참 팀장들 입장에서는 알 박는 모양새가 돼 버렸으니 떨떠름하겠죠. 아시다시피 요즘 선수 출신 단장들 꽤 있지 말입니다."

기연은 한번 입을 열기 시작하자 거리낌이 없었다.

"거기다 대학 동창 끌어다가 팀장 자리에 앉히는 건 뭔 구태냐고. 그런 말들도 여기저기서 흐…… 흘러……."

역시나 말실수. 나는 눈을 동그랗게 뜨고 검지로 내 가슴을 찍어 보였다. 기연도 눈을 동그랗게 뜨고 말을 잇지 못하다가 이내 당당한 표정을 되찾았다.

"뭐, 꼭 팀장님 얘길 하려는 게 아니라, 전체적인 분위기를 전하면 그렇다는 말입죠. 구단이 모기업 지원에 의존하다 보니 낙하산도 많고 직원들 사기 꺾는 이런저런 불합리성이 있다, 그런 말을 하려고 했던 거지 말입니다. 에헴."

역시 내가 시간을 두고 극복해야 할 문제겠지만, 그래도 주변의 시기 질투와 반발심이 예상 외로 강하다니 놀랐다. 천하의 홍희 처지도 모양새 빠지긴 마찬가지. KBO리그 최초의 여성 단장이라고 밖에선 화제의 인물이지만 정작 사내 여직원들조차 우군으로 휘어잡지 못했다. 취임 한 달여. 그녀 또한 시간이 필요하리라. 사람의 마음을 움직인다는 건 그렇게 쉬운 일이 아니니까.

"그런데 왜 녹음기일까? 보통은 도청기잖아."

기연이 전직 경찰이라서 물어본 것인데 역시 바로 답이 나왔다.

"에잉, 팀장님 그건 말입니다, 도청기는 외부에서 장비를 가지고 수신을 해야 합니다. 엄연히 불법이고 범죄의 느낌이 강하죠. 그런데 녹음기는 그런 불법 의식이 희박하지 말입니다. 모든 휴대폰에다 탑재될 정도니까. 또 쉽게 드나들 수 있는 곳이라면 굳이 복잡한 도청기가 필요 없죠."

정확한 지적이었다. 도덕적 무게감도 전혀 다르다.

"쉽게 드나든다……. 그 말은?"

내가 기연의 얼굴을 바라보며 물었다.

"넵. 내부자 소행일 가능성이 크다 이 말입니다. 회의실 출입이 자유로운."

경찰에서 수사 업무를 배워서인지 확실히 접근 방식이 체계적이다. 회의실 사용일지 같은 건 생각도 못했던 부분. 그러나 거기서 또 막혔다. 침묵이 이어졌다. 기연이 기지개를 켜고 얕은 하품을 했다.

"팀장님, 아무래도 범인잡기가 쉽지 않아 보입니다. 일단 경찰에 신고하기는 뭣하지 말입니다. 사람이 죽은 것도 아니고, 금전적 피해가 난 사건도 아닙니다. 단지 목적 모를 녹음기가 발견됐을 뿐입니다. 그게 뭐라고. 행여 범인을 잡아도 업무용으로 사용하던 걸 회의실에서 분실했다고 잡아떼면 어쩔 겁니까. 범인이 제 발로 나타나면 모를까. 척 봐도 그럴 확률은 희박하지 말입니다."

다 맞는 말이다. 밑도 끝도 없는 일 같았다. 제 발로 나타나게 하라. 어쩌면 그게 유일한 방법이다. 사냥감을 쫓을 수 없다면 덫을 놓는 수밖에.

하나의 묘안이 떠올랐으나 확신은 없었다. 손가락 끝으로 탁자를 두드리며 주저하다가 유선 전화기를 들었다. 상대와 바로 연결이 됐다. 그는 일산에서 서울로 나가는 지하철 3호선 위에 있었다.

"친구야, 부탁 좀 하자. 한 가지 조건을 걸고."

* * *

몽키스 구단 사무실이 있는 대화역에서 내가 살고 있는 백석역 오피스텔까지는 지하철 네 정거장. 누군가가 뒤를 쫓아오고 있다는 느낌을 받은 건 퇴근길 역에 내려서 들른 대형 마트 식품관에서부터였다.

장을 보는 내내 머릿속에는 오후에 면담한 홍보팀 민 대리와의 대화가 조각난 채 떠돌았다. 민 대리는 사생활 유출에 직접 소명하겠다고 펄쩍 뛰었고, 달래느라 많은 이야기를 나누지 못했다. 그는 원래 통계학을 전공하고 한 포털의 야구 커뮤니티에 깊이 있는 세이버메트릭스* 분석 글을 올리다가 특채된 케이스. 하지만 비선수 출신이 현장 조직에 녹아들기란 쉽지 않았는지 지금은 전력분석 업무에서 배제돼 의욕을 잃은 상태였다.

흥분한 민 대리를 보고 나니 운영부장과 전력분석팀장을 바로 만나기가 좀 애매해졌다. 그들의 대화 내용이 꽤 불순하게 느껴졌으나 상황 파악 없이 접근했다간 정보만 노출하는 꼴이 된다. 면담은 그 다음이 좋을 것 같았다.

그런 생각에 잠겨 계산대를 빠져나오다가 깜빡 잊은 영수증을 챙기려고 몸을 트는 순간, 뒤따라오던 한 남자의 스텝이 미묘하게 꼬이면서 뒤뚱거렸다. 회색 나이키 후드를 머리에 뒤집어쓰고 선글라스를 걸친 젊고 퉁퉁한 사내였다. 예상치 못한 내 행동에 당황한 것이 분명했다. 내 눈에 의심을 살 정도면 전문 미행꾼은 아니리라. 그리고 미행이 붙었다면 이유는 하나 뿐. 오전에 홍희 단장에게서 넘겨받은 녹음기. 그것 외에는 선량한 시민이라고 자부하는 내 주변을 얼쩡거릴 인간은 없었다. 오른쪽 바지 주머니를 눌러보았다. 녹음기는 잘 들어 있었다. 미처 복사본을 만들어 두지 못한 게 아쉬웠다. 매사 철저한 홍희 단장이 해 놓았으리라. 그렇게 믿으면서도 서둘러 집으로 가고 싶었다.

---

* 전통적 야구 통계를 넘어 보다 심화된 야구통계를 뜻하는 말. 미국야구연구협회(Society for American Baseball Research)의 약자 SABR에 측정을 뜻하는 metrics라는 말이 합쳐져서 만들어졌다.

보폭을 빨리하며 마트에서 지하철역으로 이어지는 지하 연결통로로 빠져나왔다. 방해물 없이 널찍한 그 길을 반쯤 걷다가, 나는 작정하고 히뜩 돌아보았다. 통통이는 보이지 않았다. 대신 코까지 덮는 사이클용 마스크를 쓴 남자가 노란 백팩을 메고 스쳐갔다. 내 착각일까. 아니다. 나는 내 촉을 신뢰한다. 어쩌면 오늘은 겁만 주려는 의도인지 모르겠다. 구단 여기저기 파헤치고 다니면서 탐정 흉내 내는 짓은 그만 두라는.

지하철역 출구로 올라가면 바로 오피스텔 정문. 엘리베이터가 올라오기를 기다리는데 누군가가 등 뒤에 다가와 멈춰 섰다. 공기가 흔들리는 걸 느꼈다. 뒤돌아볼 용기가 나지 않았다. 반질반질한 엘리베이터 철제문을 살폈다. 3층에 아빠와 사는 여고생의 체크 교복이 비쳤다. 안도의 한숨이 나왔다. 엘리베이터가 지하 3층에 멈춰서 한참을 움직이지 않자 여고생은 계단 쪽으로 달려갔다.

나는 다시 통통이의 인상착의를 기억해 내려고 애썼다. 늦가을에 어울리는 않는 후드와 선글라스. 쇼핑백을 들거나 카트를 밀지 않았다. 장을 보러 온 것이 아니다. 몇 번을 생각해도 미행자가 맞았다.

눈앞에 엘리베이터가 멈춰서고 문이 열렸다. 통통이 생각에 집착하느라 순간 방심했다. 낯익은 백팩이 시야에 들어왔다. 어, 저 노란색? 지하철 통로에서 봤던……. 아, 입술을 벌리는 순간 깡마른 사내의 주먹이 허리 뒤에서 휘어지듯 튀어나와 내 가슴 가운데로 파고들었다. 커억! 비명도 숨도 내쉴 수 없었다.

* * *

간밤에 잠을 이루지 못했는데 그건 분하고 머리가 복잡해서였다. 통증은 못 견딜 정도가 아니었다. 간헐적으로 가슴이 쑤시긴 했으나 새벽이 되자 거의 가라앉았다. 화장실에서 웃옷을 벗어 보니 명치에 검붉은 피멍이 생겼다.

부주의로 일이 커져 버렸다. 자책감이 깊어졌다. 빼앗긴 녹음기의 대화 파일이 외부에 떠돌면 아이러니하게도 가장 큰 피해자는 민 대리였다. 경아 씨와의 관계가 들통 나고 심각한 사생활 침해를 받게 된다. 단순 해프닝 같던 사건이 제대로 꼬였다. 두 손바닥으로 볼을 비비며 끙끙대도 답은 보이지 않았다.

호출은 아침 7시부터 시작됐다. 기연이 휴대폰으로 문자를 보내왔는데 기사 하나와 링크가 걸려 있었다.

바로 접속해서 읽어 보았다.

모 프로야구단 사무실 내부에서 도청장치 발견

서울스포츠 손은재가 팩트만 썼다. 사실관계가 다 정확하지 않지만 그렇다고 틀린 표현은 아니다. 회의실이라고 직시하지 않았을 뿐 내부는 맞다. 몰래 설치한 녹음기도 일종의 도청장치라고 볼 수 있다. 몽키스 홍보팀은 녹음기의 존재를 몰랐던 모양이다. 기사 마지막 단락에, 해당 구단 관계자는 "사실 관계를 확인 중이다"라는 뻔한 해명만 내 놨다. 아마도 홍보팀장 공 여사겠지.

좀 별나다 싶은 프로야구 기사는 포털 메인에 걸리는 시대다. 댓글이 순식간에 1000개로 불어났다. 어느 구단이냐, 내용이 뭐냐, 추측이 난무했다.

머리를 더 굴려 보았다. 폭력배까지 동원하는 무리수를 둬서 녹음기를 탈취해 간 목적은 뭘까. 파일 복사본이 있으리란 건 충분히 예상되지 않는가. 그렇다면 가정은 두 가지. 녹음기 외형 자체에 신분이 드러날 표식이 있거나, 아니면 녹음된 대화 내용 자체가 궁금한 것. 그리고 주모자는 내가 녹음기를 가진 걸 아는 사람. 그 외에는 달리 해석이 불가능했다. 녹음기 겉을 더 세밀히 살폈어야 했는데 아쉬웠다.

그래도 포기는 이르다. 손은재에게 정보를 주면서 회의실이란 장소를 특정하지 말아 달라고 했고, 녹음기 대신 도청장치로 써 달라고 했다. 이제 구단 내부에 소문은 다 돌았다. 포위망을 좁혀 압박을 가하면 초조해진 상대는 움직이리라. 아니, 벌써 움직였다. 굳이 자위하자면 그 점에서 소득은 있었다.

실수는 실수고, 보고는 보고다. 모양새는 확실히 빠져 버렸지만.

낯선 놈이 덮쳐서 녹음기 분실. 미안해. 일이 더 커져서. 혹시 백업 파일 있음?

문자를 날리자마자 홍희 단장의 답장이 날아왔다.

어머 씨발. 어느 미친 쉐이들이 우리 신 팀장을. 두들겨 맞은 겨? 몸은 괜찮은 겨?

교양 있는 상사의 저렴한 위로가 묘한 안도감을 주었다. 홍희 단장은 더 토를 달지 않았다. 끝까지 믿고 맡겨 두려나 보다. 오히려 기연이 출근을 재촉하는 문자를 쏟아냈다. 감당이 불감당이리라.

9시가 되기를 기다렸다가 오피스텔 관리사무소에 들렀다. 입주자 신분을 밝히고 어제 저녁에 겪은 상황을 설명했다. 관리소장이 당황해하며, CCTV를 담당하는 기사가 야간 당직을 해서 점심 때 출근한다고 했다. 경찰이 출동하는 사건으로 번질까 봐 신경 쓰는 눈치였다. 약간의 회유가 필요했다. 나는 신분증을 내보이고 사건 발생 시각과 메일 주소를 남겨 놓으며 영상을 요청했다. 그것만 보내주면 문제 삼지 않겠다고.

구단 사무실 출근과 동시에 홍보팀장 공 여사가 무서운 얼굴로 들이닥쳤다. 옆에서 기연은 손을 비비며 어쩔 줄 몰라 했다. 마초들이 득실대는 야구판에서 20년을 구른 사람이다. 괄괄하면서도 예민한 성격이라는데 말을 섞는 건 처음이었다.

"신 팀장님, 솔직하게 말해 주십시오! 지금 모든 언론사에서 확인 전화가 와서 미치겠습니다! 돌아버리겠다고요!"

그제야 깨달았다. 굵직한 저음의 중성적인 목소리. 녹음기 대화 속 세 번째 등장인물. 남자가 아닌 여자였다.

"제가 뭘 말씀이신가요? 뭔가 오해가 있으신 것 같은데 저는 모르는 일입니다만."

공 여사는 천장을 보며 숨을 들이켰다가 내쉬었다. 애써 분노를 조절하는 듯 보였다. 끝내 손바닥으로 테이블을 탁 내리쳤다.

“어제 점심 때 초밥집에서 서울스포츠 손 기자님과 식사하는 거 봤습니다. 진짜 우연히요. 그리고 손 기자님 이름으로 기사가 나왔어요. 죄송하지만 정보 유출자로 신 팀장님을 의심할 수밖에 없는 상황입니다. 단장님께는 이미 보고 드렸습니다.”

당했다. 쉽게 봤다.

공 여사가 확인 사살하듯 나와 손이 밀담 나누는 사진을 휴대폰 화면에 띄워 눈앞에 들이밀었다. 예의에 어긋나는, 과하다 싶은 행동이었다.

하지만 나는 말문이 막혔다. 이마가 뜨뜻해지면서 땀이 배어나왔다. 기연에게 곁눈질로 도움을 청했으나, 그녀는 난데없이 책상에 수북이 쌓아놓았던 스타벅스 종이컵을 정리한다며 부산을 떨었다. 일이 꼬일 대로 꼬여서 흘러갔다. 침착하려고 애썼는데 피멍이 든 명치 끝이 갑자기 쑤시기 시작했다.

* * *

압박이 통했다. 오피스텔 관리사무소에 부탁해 놓은 영상이 점심시간이 끝날 즈음 도착했다. 1분 정도 분량이고 아쉽게도 엘리베이터 내부 위에서 내려찍은 데다 사이클 모자와 마스크 때문에 얼굴을 알아볼 수 없었다. 키가 크고 마른 남자라는 윤곽 정도 외에는. 공용 현관도 마찬가지였다. 등 뒤에서 모니터를 훔쳐보던 기연도 고개를 저었다.

"글렀네요. 그 시간대 동네 일대 방범카메라 뒤져야지 싶습니다. 그건 경찰에 신고해야 한다는 얘기고. 뭐 그래봐야 사이클 마스크에 헬멧 눌러 써서 얼굴 식별 힘든 건 마찬가지지만 말입니다."

"어찌 안 될까? 경찰 인맥 동원해서."

기연은 단호하게 고개를 저었다.

"저를 범법자 만들지 마십시오. 경찰이 그리 허술한 조직 아닙니다. 대신 팀장님이 한방에 훅 가는 영상은 제가 못 본 걸로 해 드리지 말입니다."

배려인지 무시인지 헷갈렸는데 더 토를 달 수 없었다.

"아무튼 이거 좀 보십시오."

기연이 내게 프린트한 용지 한 장을 내밀었다. 최근 회의실 사용 기록.

지난 일주일새 두 번의 행사가 있었다. 비고란에는 참가 인원, 구단 기념품 제공 개수가 적힌 칸도 있었다. 15일에 전체회의가 열렸다. 고창수 감독이 들어온 날이다. 16일에는 올 시즌 활동한 인턴 해단식. 각 구단마다 대학생을 몇 명 인턴으로 위촉해 홍보업무에 활용한다.

"이상하지 않습니까?"

"뭐가?"

기연이 가는 손가락으로 종이 위 한 부분을 가리키며 설명을 곁들였다.

"회의실 사용 기록이랑 녹음된 대화 내용을 결합해서 시점을 좁혀 보면 13일에서 어제 사이가 확실합니다. 근데, 깔깔깔 웃음소리가 빠져 있단 말입니다."

"깔깔깔?"

"해촉식 때 인턴 하나가 원숭이 댄스를 췄어요. 웃겨서 다들 난리가 아니었는데 녹음기에는 그 행사가 통째로 빠져 있습니다. 저도 참석했지 말입니다. 행사 시간이야 짧았지만 정말 시끌벅적했다고요. 중간에 낀 그날만 녹음기가 작동 안 됐다는 건 말이 안 되지 말입니다."

머릿속에 섬광이 번쩍였다.

"뭐야, 그건 녹음 내용이……."

"네. 편집됐습니다."

"돌겠네. 알맹이는 안 보이고 왜 자꾸 의혹만 부풀어 오르느냐고. 회의실 출입이 자유로운 내부인 소행은 거의 확실하잖아. 독안에 든 쥐를 못 잡는 처지라니. 젠장."

나도 모르게 말투에 짜증이 섞였고 기연이 고개를 끄덕였다.

"아마도요. 꼭 구단 직원이 아니더라도 이 방 저 방 쉽게 다니는 출입증을 가진 사람일 수도 있고."

그 말을 듣자마자 중년의 한 사람이 떠올랐으나 입 밖에 내지는 않았다.

"아참, 알아보라고 한 2군 큰 행님 얘기는?"

"며칠 전에 고속도로에서 추돌 사고가 났답니다. 새로 뽑은 BMW 7시리즈가 반파 됐답니다. 다행이 큰 행님은 무사하시고, 음주나 뺑소니 그런 건 아니랍니다. 역시 BMW 짱!"

"고창수 감독이 언급한 작년처럼 실수 말라는 건 그 먹튀 얘기겠지."

"당연한 말씀이지 말입니다. 몽키스의 최대 고민거리! 몽키스 공공의 적!"

"4년 FA계약을 맺은 거포 진만송이 시즌 시작하자마자 금지약물 복용 적발로 60경기 출장 정지, 후반기 복귀해서는 허리부상으로 시즌아웃, 내년 시즌에도 재기 불투명. 가정 폭력 의혹까지 겹쳐서 구단 이미지까지 개판 만들고……. 올해 거기만 시나리오대로 활약했으면 플레이오프도 넘봤을 텐데. 계약이 아직 3년이나 남았다는 게 함정."

"에이, 팀장님도. 야구를 잘 아시는 분이……. 진만송 삽질 덕에 기대 안했던 루키 박상호가 1루 자리 꿰차고 초대박 쳤지 말입니다. 신인 최초 20홈런 20도루. 준비된 자에게 기회는 온다는 진리를 몸소 보여 주면서. 야구란 게 그런 거지 말입니다. 어퍼 스윙의 제왕! 박상호 짱!"

맞는 말이다. 서당개 3년이면 풍월을 읊는다고 다들 야구 전문가다. 타율 5위에 오른 유격수 고은돌도 올 시즌을 벤치멤버로 시작했다. 몇몇 깜짝 신인의 등장이 없었다면 어쩌면 몽키스는 악몽의 시즌을 보냈을 수도 있었다. 고창수 감독에게 운이 따랐다. *야구 몰라요.* 지금은 고인이 된 유명 해설가의 어록이 생각났다.

* * *

사건의 특이성 때문인지 '프로구단 도청 파문'의 파장이 심상찮

왔다. 몽글몽글 호기심을 타고 추측성 보도가 쏟아졌다. 그럴수록 내 마음은 속이 탔다. 흰 셔츠 소매를 걷어붙이고 점심도 거른 채 집중했다. 실타래의 한쪽 끝만 찾으면 술술 풀어낼 것만 같았다. 기연이 곁에서 더 도와주기를 바랐으나 그녀는 점심시간은 무엇과도 바꿀 수 없는 직장인의 권리라면서 유유히 사라졌다.

희한하게 홍희 단장의 저자세가 계속 신경을 긁었다. 나는 그녀를 잘 안다. 대학 시절부터 봐 왔다. 쉽게 굽실대지 않고, 행여 굽실댈 땐 반드시 이유가 있다. 단서를 뒤지다보니 구단 홈페이지에 남아 있는 그녀의 단장 취임사까지 찾아서 읽게 됐다. 시즌이 끝난 직후였으니 불과 한 달 전의 내용. 똘똘 뭉쳐 더 좋은 성적을 내자, 마케팅을 강화해 남녀노소 모두에게 사랑받는 야구단을 만들자, 묵묵히 일하는 사원 복리후생에 더 신경 쓰겠다. 듣기 좋은, 하나마나한 소리였다.

입술이 마르고 갈증이 났다. 단서들은 여전히 흩어져서 논다. 물 한 잔을 들이켜고 오피스텔 관리사무소에서 보내온 영상을 다시 살폈다. 노란 백팩의 얼굴을 확인하지 않고서는 답이 없었다. 나도 모르게 볼펜 끝으로 책상을 탁, 탁, 탁 두드려 댔다. 그러다가 떠오르는 단어들을 정리해 보았다.

회의실 탁자, 녹음기, 도청, 시설보안팀, 정보 유출, 민 대리와 경아 씨, 금지약물, 디자이너, FA 영입, 운영부장 일당, 편집된 파일, 단장의 저자세, 노란 배낭의 습격, 2군 감독의 사고, BMW…….

그것들을 다시 뒤에서부터 소리 내 읽어 보았다. 뭔가 흐름이 자연스럽지 않았다.

특히 마지막 단어가 목구멍에서 탁 걸렸다. ……회의실 탁자.

탁, 탁……. 두드리던 볼펜 끝을 멈췄다. 회의실 탁자?

불길한 느낌 하나가 엄습했다. 허리를 숙이고 책상 아래를 들여다보았다. 이상이 없었다. 의자에서 걸어 나와 기연의 자리를 살폈고, 그 다음은 다용도 테이블 아래.

"어엇!"

때마침 기연이 문을 밀고 들어왔다. 손에는 역시 라떼 컵. 나는 손가락 끝으로는 탁자 아래를 가리켰다. 녹음기가 달려 있었다. 기연은 보지 않고도 눈치가 빨랐다.

"와! 요것들이 대놓고 쑤시고 드네. 갑자기 기분 확 더러워지지 말입니다."

"그러게. 이런 식으로 농락하는 범인을 못 잡는다는 건 우리 팀의 자존심이 걸린 문제지. 이제 방법은 하나뿐인가."

기연도 고개를 끄덕이면서 얼굴에 강한 결의를 내비쳤다. 나는 지하 2층 시설보안팀에 전화를 넣었다. 사각턱은 다행히 자리에 있었다.

"혹시 내일 도청기 탐지장비 좀 빌릴 수 있을까요? 아뇨, 구체적으로 어디를 조사한다기보다는 그냥 사무실 이곳저곳 쓸 곳이……. 아닙니다, 안 도와주셔도. 그냥 좀 수상쩍은 느낌이 있어서요. 사람들 앞에서 시끌벅적 보여 주면 재발 방지 효과도 있을 테니……."

수화기 너머 사내는 시답잖은 핑계를 대며 주저했다. 내가 재빨리 한마디 덧붙였다.

"단장님께 보고했더니 그러라고 하시네요."

역시나 바로 오케이. 기연이 나를 보고 눈을 동그랗게 떴다. 그런 거짓말도 할 줄 아세요, 뭐 그런 얼굴.

나는 두 어깨를 들어보였다. 이판사판. 못할 것도 없었다.

그 다음은 기연을 앞세워 복도로 나섰다. 쓰레기 비닐봉투를 끌고 가던 중년의 뽀글머리 미화원이 인사를 건넸다. 점심 식사를 끝낸 경영관리팀 직원들이 거의 들어와 있었다. 건너편의 홍보팀과 마케팅팀 직원들도 다 보였다. 내가 조금 큰 소리로 시선을 끌었다.

"혹시 여기 놀고 있는 탁자 없습니까? 우리 게 갑자기 다리가 흔들려서."

슬쩍 민 대리와 경아 씨 표정을 살폈으나 별다른 특이한 움직임은 없었다. 경영관리팀장이 애꿎은 안경을 벗어 이마에 걸며 인상을 구겼다.

시끌벅적하게 소동을 피워 놨다. 외부 첩자가 아닌 이상 모를 리가 없다.

* * *

몽키스 파크의 실내 훈련장 방문은 처음이었다. 주축 선수들은 휴식 기간이고, 젊은 유망주들은 일본 미야자키의 교육리그에 참가 중이라 낯선 얼굴 몇몇만 인조 잔디 위에서 몸을 풀고 있었다.

연습복을 입은 깡마른 사이드암 투수가 간이 마운드에 섰고, 역시 연습복을 입은 땅딸한 포수가 공을 받았다. 실내라서 팡팡거리는 미트질의 울림이 더 크게 느껴졌다. 등번호 93번의 늙수그레한 남자가 투수의 오른팔 각도에 대해서 손가락질하며 질책했다. '큰 행님' 2군 감독 조응칠이었다. 예순을 넘겼어도 불같은 목소리는 쨍쨍했다.

몇 번의 시도 끝에 겨우 그와 눈이 마주쳤다. 그가 턱짓으로 그물망 아래에 있는 구석자리 벤치를 가리켰다. 마치 나의 방문을 기다렸다는 듯이.

"사이드암 치고는 구속이 대단하네요. 비시즌에 저 정도면……. 역시 문제는 컨트롤인가요?"

내가 마운드에 시선을 두고선 가벼운 이야기로 운을 띄웠다. 못 보던 얼굴인데 등록선수가 아닌 육성선수인 모양이다.

"그래, 용건이 뭔가?"

조응칠이 턱을 쳐들자 늘어진 볼살이 출렁거렸다. 두 팔을 점퍼 주머니에 찌르고, 아랫배를 내밀고 퍼져 앉은 그의 얼굴이 심드렁했다.

"몸은 좀……. 최근에 교통사고를 당하셨다고?"

"간단하게 끝내게. 그래 뭣이 궁금한가?"

그러면서 가래침을 퉷 뱉었다. 작정하고 방어막을 치고 나왔다. 영감이 나를 모를 리 없다. 오래전 나는 그에 대한 비난 기사를 쓴 적이 있다. 그가 만년 하위권 지방구단 사령탑을 맡을 때인데 유망주를 마구잡이로 등판시키는 근시안적 안목이 팀의 리빌딩을 망친다고 조진 것. 지금 보면 통계에 근거했다기보다 감정적 기사이긴 했다. 오늘은 두 번째 악연. 하지만 지금 못마땅한 표정은 기사 때문이 아니다.

"소문 들으셨는지 모르겠지만 구단 안에 도청사건이 일어났습니다. 내용 중에 감독님에 대한 언급이 꽤 있어서요. 뭐 다른 뜻은 없고 그냥 내용 확인 차. 단장님이 워낙 단호하게 진상을 밝히라는 지시한 사안이라."

"크하학! 녹음기에 나오는 얘기는 다 헛걸세. 애들이 흘러가는 농담처럼 떠든 걸. 설마 그런 걸 믿나? 그걸 조사하네 마네 하는 것도 우습고. 냉정하게 처리하길 바라네."

걸려들었다. 감정을 감추지 못하는 단순함. 능력 있는 지도자는 아니다. 도청사건이라고 물었는데 녹음기라고 직시해 주고, 애들끼리의 농담이라면서 상황 설명까지 곁들인다. 직접 녹음기를 보고, 파일 내용을 듣지 않고선 알 수 없는 얘기. 영감이 이번 사건에 깊이 연루된 건 확실하다. 더 물어볼 필요도 없었다.

나는 의도적으로 삐친 사람처럼 입을 다물어 버렸다. 조웅칠도 내 표정에서 뒤늦게 자신의 실수를 깨달았는지 다음 말을 못 찾고 누런 눈알만 휘돌렸다.

마운드에선 여전히 깡마른 투수가 팔을 옆구리 쪽으로 돌려 빼며 공을 뿌렸다. 자세가 흐트러지면서 공이 홈플레이트 앞에서 튀었다. 공을 허리 뒤에서 감추는 자세는 좋아 보였으나 중심이 흔들렸다.

"팔꿈치 각도!"

영감이 신경질적으로 외쳤다. 내 쪽을 힐끔거리던 투수와 마침 내 눈이 마주쳤다. 기억났다. 옆구리에서 돌아 나오는 오른손의 궤적. 그 공을 받아 주는 통통한 포수의 마스크 속 입매.

나는 천천히 마운드로 걸어갔다. 눈을 치켜뜨고 부러 시비를 걸 듯, 주먹으로 말라깽이의 가슴팍을 툭, 툭 쳤다. 모멸감을 줘서 자극하고 싶었다. 말라깽이가 글러브를 내밀며 어설픈 방어 자세를 취했지만 나는 더 세게, 다시 두 번을 쳤다.

"어이, 젊은 친구! 팔은 공 던질 때 써야지 사람 팰 때 쓰는 게 아니지. 몹쓸 짓 돕다가는 네 인생도 한방에 훅 가는 수 있다. 알아!"

버럭 소리를 지르고 포수도 한번 째려봤다. 영감에게도 큰 소리로 쏘아붙였다.

"감독님, 제가 예전에도 그랬죠. 앞날 창창한 애들 인생 함부로 다루지 마시라고! 정식계약 해 주겠다고 약속이라도 하셨슴꽈? 뭔가 찔리는 일이 있으십니꽈!"

"이 새끼가 보자보자 하니까."

영감의 콧등과 입술이 일그러지며 씩씩거렸다. 내려 쥔 두 주먹이 부들부들 떨리고 있었다. 나는 입안에서 꿈틀거리던 걸 바로 뱉었다.

"FA계약 주선해 주고 진만송이한테서도 뭐 좀 챙겨 드셨습니꽈. 최고급 차로 바꾸시니 좋습니꽈."

영감이 입을 떡 벌린 채 아무 대꾸도 못했다. 역시 표정을 숨기지 못하는 단순함. 넘겨짚었는데 급소를 제대로 찔렀다. 미트질 소리가 들리지 않았다. 사이클 헬멧과 나이키 후드는 겁에 질려 그 자리에 굳어 버렸다.

정적을 깬 건 내 재킷 안주머니의 휴대폰이었다. 기연이었다.

"따끈한 속보입니다. 사표를 냈지 말입니다."

"누가? 민 대리?"

"아뇨. 쪼다맨! 아, 죄송. 병가 중인 사장님."

"이유는?"

"지병이 악화되셨답니다. 하하, 요즘 세상에 디스크가 무슨 불치병입니까."

"사장 말이야, 병가 들어가기 전에 안 좋은 소문 돌았지?"

"자금 착복설."

아, 그 사실을 놓치고 있었다. 뒤늦게 자책했다. 거기까지 연결된 건가.

"바로 사무실로 들어갈게. 슬슬 꼬리가 보이기 시작하는군."

휴대폰이 다시 한 번 울렸다. 이번에는 손은재였다. 목소리가 급했다.

"갑자기 사의를 표한 이유가 뭐래?"

"낸들 알겠냐. 대외적으로는 허리수술 때문이라잖아. 요즘 세상에 디스크가 무슨 불치병이냐."

"엥? 아팠어?"

"뭔 말이야? 지금 국동석 사장 얘기하는 거 아냐?"

"에잉, 에이스팀장이 이렇게 정보가 느려 터져서야."

* * *

새벽 1시. 에이스팀 사무실을 어둠이 잠식했다. 창문의 블라인드까지 내려놓아 책상 위의 초록색 디지털시계만이 유일한 불빛이었다. 나는 엉덩이를 의자 깊숙이 파묻고 꼼짝하지 않았다. 몇 해 전에 끊은 담배 생각이 간절했다. 필터를 힘껏 빨면 구석구석 막혔던 머릿속이 뻥 뚫릴 것 같았다. 화악 타오르는 빨간 불빛은 지혜의 길을 밝히는 등대가 돼 줄지도 모른다.

나는 하나의 결론을 내놓고 만지작거리고 있었다. 그 외에는 달리 해석할 방법이 없었다. 미끼는 던져 놨고 확인만 남았다. 만약 그 작업이 실패한다면 결국 미제사건으로 남는다. 최대한 빨리 사실관계의 빈 곳을 메우고 싶었다.

이번 소동극으로 인한 직접적 피해자는 없다. 그렇다고 이득을 본 사람도 없다. 사건만 있고 실체는 모호한, 희한한 사건이었다. 구단은 외형상으로는 잘 돌아가고 있다. 바지사장이 사실상 물러나고 실세 단장이 부임해 다들 기대에 차 있다. 프런트와 선수단 간 융화도 끈끈하다. 어느 누가, 어떤 목적으로, 균열을 일으키고 판을 깨려고 하는가. 만약 2군 감독이 미끼를 물지 않았다면, 폭력배까지 동원하는 무리수를 두지 않았다면, 의심조차 없이 묻힐 사건이었다. 이 모순적 상황을 어떻게 설명해야 하는가. 대체 무엇을 노리는 것일까.

사건의 처음으로 되돌아가 미심쩍은 부분부터 되짚어 봤다. 밀려드는 정보를 최대한 단순화시켜서.

우선 녹음기를 처음 발견한 사람의 거짓말. 사각턱은 테이블 아래에 붙어 있던 녹음기를 뜯어냈노라고 했지만 사실은 나무 틈 사이에 끼워져 있었다. 사소한 차이지만 둘은 분명히 다르다. 검은 버튼이 맞느냐고 슬쩍 떠 봤을 때도 고개를 끄덕. 어쩌면 사각턱은 애초 녹음기를 못 본 게 아닐까. 다른 사람한테서 그냥 전해들은 건 아닐까. 그러면 녹음기를 왜 시설보안팀에서 발견해야 하는지 설명이 된다. 관련성이 없어 보이는 제3자가 발견함으로써 사건의 객관성 확보. 왜 그런 거짓말을 했는지는 의문이지만.

혹시 임신한 경아 씨가 민 대리의 변심을 막기 위해 보험용으로 녹취했을 가능성은? 그걸 민 대리가 뒤늦게 알고 펄쩍 뛴 것이고. 그러면 진짜 막장 치정극 아닌가. 아니다. 그런 의도라면 굳이 책상 아래에 녹음기가 아니라 주머니에 감춘 휴대폰으로도 충분하잖은가.

혹시 그 반대의 경우는 어떤가? 민 대리에겐 동기가 있다. 갈망하는 전력분석 업무에서 밀려나 떠돌고 있다. 자신을 무시하며 내친 팀장들이 연루된 부정을 알았다면? 일부러 자신의 치부까지 녹음기에 담아서 자신의 소행임을 감춘다? 어차피 결혼할 사이라면 경아 씨도 그 정도 추문쯤은 감내할 수 있지 않을까. 그래도 의문은 남는다. 자신의 존재를 드러내지 않고선 계략이 성공해도 전력분석 업무에 복귀할지 장담할 수 없잖은가.

2군 큰 형님에게 나의 방문을 흘린 사람은 운영부장 일당이 확실하다. 그건 다수가 연루됐고 조직적이라는 의미. 그들이 감춰야 할 치부는 과연 무엇인가. 녹음된 내용으로 봤을 때 지난해 FA 영입과 관련됐을 가능성이 농후하다. 진만송이 시장가치보다 훨씬 큰돈을 받은 것은 맞지만 결과론적으로 먹튀가 됐다고 비난할 순 없다. 야구판에서 흔한 일이니까. 수십억이 오가는 계약이 당시 결정권자인 국동석 사장의 갑작스런 사표와 관련 있는가. 올해는 성적도, 관중 동원도 성공적이어서 그 정도 과오는 묻으려면 묻을 수 있었다. 그런데 그깟 허리병으로 물러났다. 자금 착복 소문이 흘러나오더니만 떠밀려난 모양새. 왜 하필 지금일까. 누구에게 약점이라도 잡힌 걸까. 아쉽게도 당장 확인할 길은 없다. 진만송은 따뜻한 곳에서 재활 훈련을 하겠다며 지난달 괌으로 떠나 버렸다.

생각이 거기까지 미치자 한줄기 한기가 온몸을 휘감고 갔다. 물을 한 모금 들이켜고 정신을 가다듬었다. 담배 생각은 줄었다.

녹음 내용이 편집됐다는 것은 어떤 노림수인가. 그건 녹음기가 누군가에게 발견되기를 바랐고, 꼭 들려주고 싶은 '핵심'만 담았다는 의미가 분명했다. 소문이 퍼지더니, 결국 단장에게까지 전달이 됐다. 그걸 달리 해석하면 구단의 최고 결정권자가 꼭 들어줬으면 하는 이야기. 아니다. 그럴 바에는 처음부터 최고 결정권자에게 내부제보를 하면 됐잖은가. 간단한 방법을 놔두고 왜 그리 요란한 소동극을 택해야 했을까. 앞뒤가 맞지 않다. 몇몇의 의심스런 행동이 머릿속에 떠돌지만 각자 따로 놀 뿐이다. 왜 내부제보를 하지 않았는가. 왜! 왜!

녹음기를 설치한 인간만 찾으면 의문은 다 풀린다. 기회는 오늘 밤 뿐. 미끼는 던져놨고 물어 주기를 기대하는 수밖에.

그때 복도 쪽에서 인기척이 들렸다. 삐릭. 문 옆에 붙은 카드인식기가 가벼운 전자음과 함께 반응했다. 누군가가 출입증을 갖다 댔다. 에이스팀의 문이 열렸다. 한밤의 침입자였다.

두려움보다 쾌감이 앞섰다. 마침내 미끼를 물었다. 시설보안팀에 내일 사무실을 점검할 예정이라고 통보했고 경영관리팀에서 테이블을 바꿔 달라고 소란을 떨었다. 소문은 다 났을 테고 오늘밤 반드시 녹음기를 회수하러 오리라.

실루엣으로 보이는 그림자는 발소리를 죽이며 한 발 한 발 내디뎠다. 장소가 익숙한지 플래시 없이도 바로 다용도 탁자까지 접근했다. 손바닥을 탁자 아래에 쓱 밀어 넣고 한참을 더듬었다. 나는 숨을 멈춘 채 그 모습을 주시하다가, 나지막한 목소리로 불렀다.

"누구시죠? 녹음기는 거기 없습니다."

그림자가 그대로 동작정지. 내가 덧붙였다.

"물론 탁자 다리도 부러지지 않았고."

그림자가 내 쪽으로 고개를 트는 게 느껴졌으나 얼굴을 확인할 순 없었다. 정적. 둘 사이의 공기에 팽팽한 긴장만 흘렀다. 그러다가, 그림자가 한 발 두 발 뒷걸음질 치는가 싶더니, 냅다 뒤돌아 뛰었다. 출입문을 거칠게 열어젖히는 찰나, 옅은 불빛과 함께 누가 막아섰다. 잠복하고 있던 기연이었다. 그림자는 태권도 유단자의 적수가 되지 못했다. 쭉 뻗은 오른발이 바로 그림자 복부를 강타했다. 검은 몸뚱이가 스프링 반동에 튀기듯 다시 사무실 안으로 들어왔다. 기연의 오른발이 연달아 나가려는 순간 내가 실내등 스위치를 올렸다. 사방이 환해졌다. 기연이 쓰러진 침입자의 얼굴을 보고 두 손으로 입을 막았다. 두려움 따위를 모르는 그녀가 이번에는 진심으로 놀란 표정.

"옴마! 이를 어째. 저 이제 직장생활 망했지 말입니다."

기연은 거의 울상이 되었다.

* * *

비상소집. 회의실에 구단 직원들이 다 모였다. 선수단을 제외하면 60여 명에 불과한 조직이지만 자리가 부족해 일부는 창가에 일렬로 늘어섰다. 단상의 홍희 단장 얼굴이 눈에 띄게 수척했는데, 목소리만은 구국의 유세라도 나선 지사처럼 결연했다. 듣기에 따라서 자신의 능력 부족을 진심으로 사과하는 것처럼 들렸고, 역설적으로 자신을 중심으로 뭉치라는 압박으로도 들렸다.

"안타깝게도 우리는 유능한 선장을 잃었습니다. 다시는 그런 감독님을 모실 수 없을 것입니다. 제가 부임하기 전에 일어난 사건이라고 변명하지 않겠습니다. 꼼꼼하게 살피지 못한 제 불찰입니다. 이번만 너그러이 용서해 주십시오. 아울러 부탁드립니다. 몽키스 구단이 이 세상에 태어난 4년 전처럼, 이 자리에 계신 분들이 다시 새로운 역사의 주인공이 돼 주십시오. 저부터 다시 달리겠습니다."

홍희 단장이 강연대 옆으로 물러나 두 손을 모으고 90도로 고개를 숙였다. 예상치 못한 행동이었다. 팔짱을 끼고 짝다리 짚고 서서, 혹은 시큰둥한 표정으로 다리를 꼰 채 경청하던 사람들이 흠칫 놀라 자세를 바로 잡았다.

"여러분, 같이 일하던 동료들이 불미스런 사건으로 물러나는 일은 참으로 안타깝습니다. 하지만 팀을 사랑하지 않는 현장과 프런트는 그만둬야 합니다. 앞으로도 절대 용납하지 않겠습니다. 이번 사건을 교훈 삼아 미흡했던 시스템을 재정비하도록 하겠습니다. 대신 여러분들을, 팀원 하나하나의 능력을 믿겠습니다. 충분히 보답하겠습니다."

말이 좀 격해졌으나 동시에 묘하게 위로하는 카리스마가 느껴졌다. 나도 한쪽 창가 환풍구에 걸터앉아 직원들 얼굴을 일일이 살폈다. 뭔가 시큰둥하던 표정이 움직이고 있었다. 열정, 의욕, 갈망 따위의 기운이 차오르는 게 보였다. 역시 홍희는 사람 다루는 법을 알았다.

도청장치 사건의 불똥이 생각지도 못한 곳으로 튀어 들불로 번져 버렸다. 고창수 감독의 사퇴 기사가 손은재 기자의 '단독'으로 나왔다. 사장 국동석이 진만송과 FA계약 때 부상 의혹이 있는 걸 알고도 강행했고 그 과정에 큰 행님과 패거리들의 압박이 있었다는 것. 고창수 감독은 이 모든 과정을 인지하고도 방치했다는 게 요지다. 국 사장과 2군 행님 일당이 계약 성사의 대가로 진만송에게서 리베이트를 받았는지에 대해선 조사 중이나 형사책임은 불가피해 보였다. FA 선수들이 실제 발표 금액보다 더 많이 받는다는 것은 공공연한 비밀이다. 그 발표액과 실제 금액의 차이에서 '부정'의 가능성도 커질 수밖에 없다.

오래전부터 내부 첩보로 떠돌던 게 왜 이제야 터졌을까. 고창수 감독은 잘못된 선수 영입에 대한 책임은 차치하고, 이로 인한 성적 부진의 책임은 고스란히 자기 몫인데 왜 거부하지 못했을까. 큰 행님한테 인생의 약점을 잡혔다고밖에는 생각이 안 든다. 돌고 도는 남자들의 세계는 그런 거니까.

홍희 단장이 연설을 맺으면서 질문을 받았다. 다들 단장 눈길을 피해 고개를 숙였는데, 통역 업무를 담당하는 막내가 호기롭게 손을 들었다.

"새 감독님 선임에 대한 대안은 있습니까? 너무 갑작스런 일이라 유능한 분 모셔오기가 쉽지 않을 듯해서요."

"마련 중입니다. 조만간 말씀드릴 수 있을 것 같아요. 확실한 건 여자 감독은 아닙니다."

다들 깔깔 웃었다. 나도 입술이 근질거렸다. 궁금증이 넘쳐나는데 질문을 못할 이유는 없다. 침을 삼키면서 손을 들었다.

"한 가지만 여쭙겠습니다."

사람들 눈동자가 일제히 내게로 모아졌다. 최대한 또박또박 담담하게 물었다.

"단장님에게, 야구란, 무엇입니까?"

몇몇이 과장되게 웃었으나 홍희 단장은 진중했다. 눈매의 힘을 풀고 한없이 부드러운 얼굴로 말했다. 나는 안다. 어떤 계산도 없을 때 나오는 진실한 표정. 대답은 좀 엉뚱했지만.

"제가 생각하는 야구란, 모두의 야구입니다."

* * *

아침부터 늦가을비가 내렸다. 휘몰아치던 감독 퇴진의 역풍이 잠시 소강상태였다. 한 주 내내 시한폭탄을 품고 살다가 겨우 타이머를 떼어낸 기분. 지금부터 잘 매듭짓는 일처리가 중요했다.

단장 명의의 '팬들에게 드리는 말씀' 원고 작성은 홍보팀이 아닌 나의 몫이었다. 그것도 에이스팀의 업무인지 알 수 없었지만 토를 달지 않았다. 일부러 야구장 안에 있는 커피 가게에 틀어박혔다. 종일 그 작업에만 집중했다. 열성 팬들을 자극하지 않으면서도 상황을 이해시키기 위해 신중하게 단어 선택을 했다. 앞날에 대한 청사진까지 제시해야 했고. 그렇게 조심스럽게 쓴 원고는 기자 생활 8년 동안 산처럼 쌓은 글 속에도 없었다.

기분 전환을 위해 잠시 그라운드에 내려가 잔디를 밟아 보았다. 촉촉이 젖은 흙내와 무른 촉감이 좋았다. 봄이 오면 파릇파릇 새싹이 돋아나겠지. 그 너른 초록 융단을 상상만 해도 즐거웠다.

오후에 나를 찾으러 온 기연에게 원고를 보였다. 그녀는 내 심기를 건드리지 않으려고 옆 테이블에서 원고를 세 번 정독했고, 엄지와 검지를 동그랗게 모아 오케이 신호를 보냈다. 그러고는 확인하듯 몇몇 질문을 했다. 따지고 보면 그녀가 사건 해결에 결정적 단서를 준 셈이다.

"팀장님, 그러니까 결과적으로 도청 공작은 없었다는 게 맞죠? 편집된 목소리가 든 녹음기를 그냥 회의실에 걸어 놨던 거고."

"응, 기연 씨가 많은 의혹을 풀었어. 고르지 않은 음질에 대한 의문. 까르르 웃음소리가 빠졌다는 점. 구단 직원들에 대한 시시콜콜한 정보들."

"하핫, 뭘요. 다 월급 받고 하는 일인데요. 그런데 우리 사무실에까지 녹음기를 왜? 솔직히 불쾌하지 말입니다."

"무슨 약점을 잡으려는 게 아니라 진상 조사가 어떻게 흘러가나 하는 동향 파악용. 그렇게 보는 게 정확할 거야. 완벽하게 일처리를 하려다가 나온 헛발질이지. 팍팍한 조직에서 생존하려다 보니 의심이 많아지고 사나워지고, 그러다 피해 의식과 집착증이 생기고. 또 오랜 홍보 업무에 길들여져서 하나하나 꼼꼼하게 챙기는 습관을 못 버린 거지. 손은재 녀석과 만나는 사진을 내 눈 앞에 들이밀 때는 솔직히 놀랐어. 그냥 말로 했어도 됐을 일을."

"네, 예민하신 탓이겠죠. 아니, 조직이 그런 피해 의식을 키웠겠죠. 스트레스가 심했나 봅니다. 지척에서 오만방자 치근대는 운영부장님이랑 전력분석팀장님이 미웠나 봅니다. 대화를 몰래 녹음해 어찌어찌 해 보려고 했던 모양인데 그게 전혀 엉뚱한 결과를 낳아버려 당황하셨을 테고 말입니다. 같은 여자라서가 아니라 남자들 틈에서 그렇게라도 하지 않으면 생존에서 밀려날까 하는 두려움. 그 점에 대해선 좀 짠하지 말입니다. 이해되는 부분이 있다 이 말입지요."

"공 여사님 몸은 괜찮으신지?"

"다행히 갈비뼈가 부러지진 않았답니다. 압박붕대를 하고 일단 출근하신대요. 무리 안 하셔도 될 텐데. 하긴 쉰들 마음이 편할까."

평소의 기연답지 않게 얼굴을 심하게 붉혔다.

"시설보안팀에서 공 여사님에게 정보 흘렸을 거야. 빌려간 장비로 내일 사무실 뒤진다고. 덩달아 우리까지 책상 다리 부러졌다고 뜬금없이 난리를 치니 그 밤에 오지 않을 수 없었던 거지."

"녹음기를 처음 발견한 그 시설보안팀 직원과 공 여사님과의 연결고리가 있나요?"

나는 가볍게 고개를 끄덕였다. 사각턱이 왜 그렇게 했는가에 대해선 의문이 남지만.

"사직서 내야 할까요?"

"단장 의지에 달렸겠지."

"참 어려운 문제지 말입니다. 팀장님 생각은요?"

"나도 어려워. 하지만 침묵하고 싶진 않아. 그 전에 공 여사님 스스로 거취를 판단해 주면 좋은 거고. 그 일의 촉발로 감독 목까지 날아갔다는 게 중요해. 대형 사고지."

기연은 자책감 때문인지 연신 한숨을 내쉬었다.

나는 사무실로 돌아와 책상 옆에 걸어 뒀던 갈색의 몽키스 유광점퍼를 처음으로 입었다. 거울 앞에 섰다. 낯설고 어울리지 않았다. 검은 정장바지 때문이리라. 퇴근길 백화점 매장에 들러 유광점퍼와 어울리는 워싱진을 사야겠다고 맘먹었다.

원고를 결재판에 끼워 넣고 단장실을 찾았다. 단발머리 비서가 손가락으로 복도 끝을 가리켰다. 텅 빈 회의실 창가 자리에 홍희 단장이 팔짱을 낀 채 서 있었다. 웬일로 파마머리를 넘겨 뒤로 묶었고 와인색 셔츠에 검은 면바지 차림이다. 그리고 굽 낮은 스니커즈를 신었다. 내 판단이 옳았다. 그녀 옷차림의 변화가 그런 확신을 주었다.

비가 멎었고 서녘에서 먹구름 사이로 햇빛이 피어났다. 그녀 얼굴에도 유리창에 반사된 밝은 빛 그림자가 어른거렸다. 내가 마른기침을 하며 다가서자 특유의 무연한 표정으로 돌아봤다. 닷새 전에 봤을 때의 긴장감 대신 녹진하게 피로한 얼굴이다. 일파만파 도청 사건이 어설프게라도 정리가 돼서일까.

내가 결재판을 펼쳐서 내밀었다.

"구단 홈페이지와 SNS에 올릴 내용이야. 봐야지? 단장실에 놔두려다가 급해서. 보도자료도 뿌려야 하고."

"알아서 잘 썼겠지. 그냥 처리해. 순리대로 하면 돼."

그녀가 사인을 했다. 바로 뒤돌아 나오려는데 목 끝에 딱딱한 뭔가가 걸렸다. 순리. 그 단어 때문이었다.

"공 여사님은?"

"책임져야지. 그런 사고를 쳤으니. 의심도 지나치면 병이야. 그룹 내 여자농구단으로 보낼까 해. 귓구멍 막힌 인간들 득실대는 바닥은 몸서리난다고 본인이 원하기도 하고."

"그렇군. 그나저나 기분 어때? 지금."

"지금? 내 기분?"

"응, 순리라는 말을 들어서 말이야. 마음이 편치는 않겠지만."

홍희가 말뜻을 파악 못하고 화장기 없는 눈만 끔벅거렸다.

"아끼는 사람을 잃었으니 기분을 묻는 거야. 순리는 아닌 듯한데 말이지."

홍희의 눈빛이 노려보듯 살짝 날카로워졌다.

"그래서, 하고 싶은 얘기가?"

"뭐 이런 얘기지. 우리가 들었던 녹취 내용은 여기 탁자 아래 숨겨져 있던 녹음기에서 녹음된 게 아니야. 그래야 이번 사건의 수수께끼가 다 풀려. 휴대폰으로 녹음해 온 대화 내용을 짜깁기해 미리 심어 놓고선, 마치 녹음기가 몰래 돌아갔던 것처럼 소문을 낸 거야. 그래서 대화마다 음량 차이가 들쑥날쑥 했던 거고. 공 여사님은 운영부장이랑 전력분석팀장이 꼴도 보기 싫었나 봐. 그들과 대화 때마다 막말을 녹음하고 약점을 잡아서 어찌해 보려고 했던 모양인데, 그게 전혀 엉뚱한 결과를 낳아 버렸지만."

홍희 눈동자가 동그랗게 커졌다.

"신 팀장, 결과론적으로 달라지는 건 없잖아? 공 여사가 몰래 녹음기를 설치했든, 여러 녹음 파일을 긁어모아 하나의 파일로 만들었든."

"하하, 그리 단순한 문제는 아니지. 그 차이는 굉장히 커. 왜냐하면 두 번째의 경우는 조력자가 필요하니까. 예를 들면 녹음기를 최초로 발견한 시설보안팀 직원이나 자신의 치부까지 담은 홍보팀의 민 대리 같은."

"공 여사가 주도했다는 사실이 달라지진 않잖아?"

"아니, 제일 중요한 사람이 빠졌어. 설계자. 다 내려다 볼 수 있는 사람."

나는 그 말을 해 놓고 침을 삼켰다. 홍희는 긍정도 부정도 않고 침묵했다.

"홍 단장. 어리바리하게도 말이다, 나는 두 개의 의문을 이제야 깨달았어. 하나는 프런트의 집단 전횡과 비리를 알았다면 내부고발을 하면 됐을 텐데 왜 그렇게 복잡하게 꼬았을까. 다른 하나는 진상조사에 나서는 내게 주어진 사전 정보는 모두 진실일까. 그게 아니라면 속된말로 첫 단추부터 잘못 끼운 거지."

"하고 싶은 말이 뭐야? 빙빙 돌리지 마."

"나의 결론은 이래. 내부고발을 할 수 없었던 건, 자신이 내부고발자가 될 수 없는 사람이어서야. 그래서 도청장치라는 소동극을 일으켜 제3자에게서 제보를 받은 것처럼 처리하고 싶었던 사람. 조직에서 소외된 공 여사를 쉬이 움직일 수 있고, 전력분석 업무로 돌아가고 싶어 하는 민 대리의 청을 들어줄 수 있으며, 시설보안과 직원과도 안면이 있는 사람. 여기에 부합하는 인물은 한 명밖에 없지. 그래야만 각자 따로 노는 의문이 다 연결돼. 속칭 '꼰대 스태프 숙청 사건'은 우연히 발견된 녹음기 때문에 연쇄적으로 일어난 게 아냐. 잘 짜인 각본에 의해 연출된 거지. 각자의 연결고리에 서서, 모두를 관통하는 하나의 이야기를 만든 설계자에 의해서 말이지. 이런 말 있지. 관중석에서 보면 다 보인다. 아차차, 나도 일조를 했구나. 투우장의 소처럼 쑤시고 다니면서 마구 흔드는 역할. 저들을 당황케 만들었으니 제대로 한 건가?"

"비유가 심하군. 지금 말, 책임질 수 있지?"

홍희가 턱을 살짝 쳐들었다. 목소리도 반 옥타브 올라갔다.

"왜 책임져야 하는지 되묻고 싶다. 나는 구단 책임자의 명을 받들어 조사를 했고, 지금 그 책임자 앞에서 가능성을 보고하고 있는 거야."

내 딱딱한 태도에 홍희가 뭔가 대꾸하려고 입술을 씰룩이다 말았다.

"홍 단장, 공 여사가 마지막 궁금증을 참지 못해서 우리 사무실에 녹음기를 설치하지 않았다면 더 완벽하게 성공했을 거야. 자신의 위치가 흔들릴까 봐 타인을 믿지 못하는 행동. 안타깝지만 그간의 서러움을 이해한다 해도 그건 정신적 병이야."

홍희가 침묵한 채 다시 먼발치를 바라보는가 싶더니, 순간 돌변한 얼굴로 쏘아붙였다.

“내가 왜 그런 소동극을 벌여야 하지?”

“그래, 그게 문제야. 물증은 없고 동기는 모호하지. 그래서 성공한 작전이라는 거야. 궁금해? 사실과 의견은 다르니 여기서부터는 내 의견이다.”

나는 침을 한번 삼키면서 홍희의 눈치를 살폈다.

“이런 생각을 해 봤어. 프로구단에서 최고의 자산은 무엇일까. 당연히 선수들이지. 그런데 야구를 알 것 같지도 않은 구단주의 딸이 단장이랍시고 내려와, 맨 앞에 서서 그들 보스 목을 날리면 어떻게 될까. 당연히 신뢰는 깨지고 그들과 적대관계에 서게 돼. 더군다나 나쁘지 않은 성적을 내는 감독, 사단이 있을 정도로 따르는 이가 많은 감독을 날리는 건 더더욱. 따라서 감독과 결별을 하고 싶었다면 납득할 만한 모양새를 만들 필요가 있었어. 모래성 다루듯 조심스럽게. 그래야만 남아 있는 선수와 스태프를 포용할 수 있지. 과감한 전략이었어. 감독 외에 여섯이나 옷을 벗었지만 아무도 홍 단장을 욕하지 않잖아. 오히려 부임하자마자 잇단 악재에 동정심을 불러일으키고 있다고. 물론 사건 전모를 알고 있는 공 여사와 민 대리를 빼고는. 최고의 팀 플레이였다.”

홍희가 입술을 앙다물었다. 긴 침묵이 생겼다. 결국, 내가 참지 못하고 목구멍에 걸려 있던 뭔가를 입 밖으로 뱉고 말았다.

“유치하다. 이런 게임. 아주 나쁜 방식이야. 네 말대로 어머 씨발이다.”

뒷말은 참았어야 했다. 내 귀에도 냉소적으로 들렸다. 아무리 기분이 상해도 여기는 조직이다. 희석시키려고 뒷말을 이었다.

"통산 1000승을 올린 사람이야. 창단 때부터 팀을 맡아 1군 참가 3년 만에 4강을 만들었다고. 그런 감독이 물러났어. 아니 정확히는 자신이 아닌, 타인의 부정 때문에 밀려났지. 걱정 안 돼? 아니 후련해? 현장과 프런트 축이 무너졌다고. 물론 구태가 있었다는 건 인정해. 하지만 감독 잘못만은 아니잖아. 그런 식의 퇴진은 순리가 아니야. 다수의 틈에 자신을 숨기고 그럴듯한 소문과 충직한 부하를 선동해 늙은이들을 내쫓는 변칙일 뿐이지."

홍희가 팔짱을 풀었다. 말허리를 자르고 작정하고 들어왔다.

"좋아! 감정을 배제하고 사실만 말하자면 감독은 자의로 그만둔 거야. 구단 내에는 더 열정적인 인재들이 많아. 현장 경험은 지금부터 쌓으면 되는 거고 더 유능한 감독은 찾아서 모셔오면 돼. 그리고 구태가 있었다면 책임져야지. 그게 사령탑의 자리고 순리야. 파장을 우려해 조직원들을 안심시키는 건 단장인 내가 할 일이고. 눈곱만큼의 감정싸움도 없이 다 잘 정리됐잖아. 잘 수습하는 것도 능력이야. 뭐가 잘못됐지?"

나도 지지 않고 받아쳤다.

"선수가 무슨 게임 캐릭터야? 미국 있는 동안 메이저리그 너무 많이 보셨나 보다. 빌리 빈, 테오 엡스타인, 앤드류 프리드먼처럼 수많은 선수들 중에 척척 골라 꽂으면 되는 줄 알아? 여긴 한국 리그라고."

홍희가 다시 팔짱을 끼고 허리를 젖히며 깔깔 웃었다.

"오해가 있을까 봐 말하자면, 나는 고창수 감독이 무능하다고 생각 안 해. 아니, 사실 대단한 인물이지. 어쩌면 이번 일의 최대 피해자이고. 하지만 표현이 좀 그렇다만, 솔직히 구려. 시대가 달라졌다고. 신 팀장, 내 말 끊지 말고 들어봐. 머니볼 이야기가 나왔으니 말인데 거기도 이런 말 있지. '빌리 빈에게 팀의 선수들은 주식과도 같은 존재였다.' 듣기에 따라서 합리적 이야기 같지만 꽤 불편한 이야기지. 나는 고효율저비용의 신봉자도 아니고 그게 뭔지도 몰라. 한국처럼 선수 자체가 부족한 리그에서 선수 가치를 제대로 평가하기가 쉽지 않다는 것쯤은 안다고. 단, 적절한 투자로 적절한 성적을 내는 건 강한 게 아냐. 내 눈에는 10년간 꾸준히 상위권에 머문 팀보다 10년간 단 한 번이라도 우승한 팀이 나아 보여. 우량주에 장기 투자하라. 그건 그냥 주식 투자의 법칙이야. 야구에 대한 생각은 다 다를 수 있잖아. 나는 진짜 스토리가 있는 야구팀을 만들고 싶다고. 그깟 4위가 뭐가 중해? 2014년도 우승팀 어딘지 알지?"

"랩터스."

"그럼 4위 팀은?"

"……."

"야구 기자 출신인 너도 금방 대답 못하는 걸 몇이나 기억해. 말끝마다 그놈의 4강 타령. 약고 무능한 패거리가 생존용으로 들이미는 자랑질이 역겹더라. 아니지, 이제 다섯 팀 올라가니까 5강이다. 그런데 4강은 준결승 느낌인데 5강은 그렇지 않지. 그러니까 가을야구네, 가을행 티켓이네 어쩌고 하는 이상한 말을 쓴다고. 다 허무한 수사에 불과해. 냉정히 판단하면 올해는 요행이 더

해진 성적이잖아. 그런데 지들 세상인 양 주관과 친분이 개입된 리포트 올리고, 야구 모르는 허수아비 사장 약점 잡아서 긴 안목 없이 멋대로 선수들 사고팔고. 패밀리 결속력을 신앙처럼 떠받드는 꼴 보니 다들 광신도들 같더라. 나이 처먹고 더그아웃에서 성질부리는 건 통솔력이 아니라 꼰대짓이야. 젊은 애들 쫄아서 곁에나 가겠니? 중계화면 봐 봐. 심택수 옆에 아무도 없어. 그런데 후배 장악력이 뛰어난 선수라고 칭찬해 놨더라. 서른넷 먹은 5선발급을, 9이닝당 삼진 비율 쭉쭉 떨어져 4개 중반에 머물고 있는 선수를 50억 주고 잡아 달랜다. 새로 지은 우리 몽키스 파크 펜스 거리를 생각해 보라고. 가뜩이나 뜬공 투수 많은데 거기다 또 뜬공 투수를? 미친! 근데 말이다, 그것도 이해해. 그런데 누가 봐도 그 급에서는 김한이가 나아. 선발과 불펜 왔다 갔다 하다 보니 연이은 실패. 새가슴으로 낙인. 근데 그건 기록이 아니라 기억이라고. 기억은 가슴을 속이지만 기록은 속이지 않잖아. 대충이라도 세이버메트릭스 자료 한번 보라고. 볼넷이 많지만 삼진만 놓고 보면 압도적이야. 평균자책은 5점대지만 수비무관자책*은 수준급이지. 원 소속팀 스파이더스 내야가 아니라 우리 몽키즈 내야와 함께한다고 생각해봐. 불펜이 아니라 좌완 선발로 활용하면 더 터질 수 있다고. 그런데 리포트에는 죄다 약점만 늘어놓은 거야. 썅! 이것들이 나를 완전 눈뜬 장님으로 아나. 아무리 연출과 전화번호는 평생 따라다닌다지만

* FIP(Fielding Independent pitching). 투수의 기록 중 수비와 관계없는 홈런, 볼넷, 사사구, 삼진 등만으로 계산한 기록이다. 팀의 수비 능력과 상관없는 투수 능력을 비교할 수 있는 것으로 평가받는다. 평균자책과 마찬가지로 낮을수록 좋다.

그런 정신 상태로 우승은 개뿔. 나는 그게 너무너무 못 견디게 싫어. 더 짜증나는 건 투자 실패가 아니라 투자가 투명하지 않다는 거야. 요것들이 날 살살 압박해 대는데 완전 빈정 상했다고."

홍희의 감정이 격해졌다. 끼어들 수가 없었다.

"우리 외할아버지 한국전쟁 때 실종되고 외할머니가 국밥 다대기 팔아서 시작한 기업이야. 우리 아빠 일찍 죽고 엄마가 조미료 사업해서 일으킨 기업이라고. 야금야금 돈 빼먹는 곳간이 아냐. 고창수 법인카드로 아가씨 나오는 술집에서 양주 퍼먹는 2군 감독이나, 그 아래 딸랑이처럼 들러붙어서 전횡하는 스태프. 그들에게 둘러싸여서 고 감독은 그냥 허허허. 언론에서는 그걸 또 덕장이라고 표현하더라. 한때 지방구단에서 모셨던 2군 감독에게 쩔쩔 매는 걸 또 예장이라고 그러네. 참 나, 어이가 없어서. 고 감독은 야구를 보는 눈은 탁월하지만 사람 보는 눈은 없어. 식솔들이 헛짓해도 절대 도려내지 못해. 그건 천성이야. 나는 고 감독이 물러나지 않는 한, 그 아래를 칠 수 없다고 판단한 거야. 내년 목표도 그냥 중위권. 무슨 의미가 있지? 이런 식의 운영은 무능한 스태프들의 생명 연장 도구밖에 안 돼. 야구는 수익률 게임이 아니잖아. 승자와 나머지만 있는 게임이라고. 나는 진작 확신했어. 그들 용도는 여기까지. 싹을 자르지 않는 한 우승은 못한다. 그래, 네 말대로 관중석에서 보니 다 보이더라."

모든 게 명료해졌다. 홍희가 작업한 설계도의 의도를 알겠다. 희한하게, 조금은 고마웠다. 그녀가 품고 있는 속마음을 다 드러내 줘서. 나를 신뢰하고 있구나, 그런 착각을 하게 해 줘서. 그녀를 알고 지낸 이후로 저렇게 속내를 다 열어 보이기는 처음이다. 모두의 야구. 그건 그냥 흘러가는 취임사가 아니었다.

우리는 한동안 말없이 창밖을 바라보았다. 그라운드 잔디가 며칠 새 더 누렇게 변했다. 나는 의문의 빈 공간을 완벽하게 채웠다. 장담컨대, 홍희는 단장으로 부임하기 전부터 물밑작업을 했다. 구단의 시시콜콜한 정보를 수집하고, 문제점을 분석하고, 치밀하게 짠 밑그림을 가지고 왔다. 소스를 제공한 공 여사와는 그 이전부터 접촉이 있었고, 시나리오는 민 대리의 솜씨가 아닐까 추측해 본다. 나의 이직도 어쩌면 그 계획의 일부이고. 저기 보이는 몽키스 파크의 왼쪽 담장을 높인 이유도 단지 보스턴 레드삭스의 그린 몬스터*를 흉내 냈거나, 그 자리에 백화점 광고판을 넣기 위해서가 아니다. 모두 설계에 의한 것이다. 앞으로 구단을 이끌어 나갈 감독이 누구인지도.

"171승을 올린 털보를 이제 조미 몽키스의 새 감독으로 영접해야 하는가? 젠장."

내 기분이 바로 풀어지진 않았다. 홍희도 굳은 얼굴로 멋쩍게 엄지를 세워 보였다.

"이번엔 느렸어. 진작 깨달을 줄 알았는데."

"한국프로야구 첫 소년원 출신 감독에 첫 여성단장. 이러저런 말

---

* 보스턴 레드삭스의 홈구장 펜웨이 파크는 왼쪽 외야 담장이 95m로 짧고 외야 담장이 직선 형태로 가운데 펜스까지 뻗은 비대칭 구장이다. 이 때문에 왼쪽 담장에 11.33m 높이의 벽을 세웠고, 이를 그린 몬스터라 부른다. 높은 담장 때문에 당겨치는 우타자의 홈런 가능성이 줄어든다.

이 나오겠군. 그것도 홍 단장이 말하는 스토리겠지?"

"위대한 강타자 프랭크 로빈슨은 편견을 딛고 메이저리그 최초의 흑인 감독이 됐지. 무슨 일이든 처음이 중요해. 능력만 출중하면 소년원 출신 감독이 어때서? 그 비난은 오필성 감독 자신이 능력으로 극복해야 할 문제야. 성적을 올려 여론을 돌려세우든, 성적이 곤두박질쳐 손가락질 받든. 그 방향이 어디라도 그것은 하나의 발자취고 재밌는 이야기지. 그리고 하나 더."

"알아! 안다고! 왼쪽 담장 높인 거 봤다고! 어설픈 50억짜리 꼰대가 아니라 진짜배기 100억짜리 왼손 파이어볼러를 함께 영접하라 이 말이잖아. 정말 대단한 인맥, 아니 대단한 전략이었다. 역전 만루포야."

"영입 불가하다고 입으로 미리 선 긋는 게 최악이야."

"오필성과 봉준우 패키지 영입을 위한 교감은 시즌 끝나자마자, 아니 어쩌면 시즌 중에 이미 이뤄졌다는 얘기로군. 사전접촉 금지 조항이 있거나 말거나. 당연히 기존 코칭스태프의 정리가 필요했겠고 그 핵심에는 고창수 감독이 있었겠지. 그런데 뜻하지 않게 4위라는 그럴듯한 성적표를 받아서 몰아낼 명분이 없었을 테고. 그래서 때마침 첩보로 받아둔 전임 사장과 2군 감독이 엮인 부정을 소문내고 부풀려서 집요하게 고창수 감독까지 엮었다. 그게 사건의 전모겠지?"

홍희는 양미간을 찡그리며 입술을 쌜쭉거렸다. 듣기 싫다는, 하지만 인정한다는 표정.

그녀가 조금 무서워지기 시작했다. 조직의 한계를 명확히 진단하고, 투명 인간처럼 배후에서 조종했다. 구조조정 과정에서 남아 있는 직원들이 위축되지 않도록 배려했다. 분위기 쇄신을 하면서도 개인 비리에 의한 퇴출로 자연스런 모양새를 만들었다. 나를 풀어서 적들을 자극하고 옥죄었다. 그러면서 자신은 마지막까지 피해자 연기.

슬픈 의문이 들었다. 내가 만약 그런 계략을 미리 안들 거스를 수 있었을까. 거기에도 플랜B가 있었을까. 그녀는 겨우 대화 파일 몇 개로 조작된 녹음기를 만들고, 실체가 없는 소문만으로 자신이 원하는 조직의 그림을 쟁취했다. 부임하고 45일만이다.

"아참, 민 대리가 연말에 부산에서 결혼식 올린대. 내려가서 축하해 줘야지. 내년 여름에 아빠가 되는 모양인데 책임감을 가지고 일할 수 있는 조직을 만들 거야. 이번 일로 맘고생 많았을 텐데. 신 팀장도 갈 거지?"

"다른 팀원 일에는 관심 없습니다요. 그런 눈으로 보지 마. 진심이야."

진짜 진심이었다. 민 대리가 전력분석 업무에 복귀하리란 생각이 들었다. 외부에서 능력자들을 충원하고 그 동안 소외됐던 스태프들이 중용되리라.

홍희의 단장 취임사가 다시 떠올랐다. 구단을 사랑하고, 능력 있는 사람이 인정받고, 1군과 2군이 따로 떨어져 있지 않은, 그래서 위화감이 사라진 모두가 즐기는 야구단을 만들고 싶다고 했던가. 그 하나마나한 이야기는, 하나하나 진심이었다.

1988년도의 LA 다저스를 기억한다. 2013년의 보스턴 레드삭스도 그랬다. 직전 시즌에 리그 꼴찌를 하고서도 다음해 월드시리즈를 제패했다. 그 반대의 경우라고 없겠는가.

조미 몽키스의 모험이 시작됐다. 롤러코스터처럼 박차고 오르거나 급추락하거나, 내년엔 그런 짜릿한 경험을 하리란 예감이 들었다. 그게 '스토리'인지는 알 수 없지만.

홍희가 다시 창밖을 봤다. 해가 지고 있었다.

"그제 회의 때 고마웠어. 내게 힘을 실어 주는 근사한 질문을 해줘서. 내 대답은 좀 엉뚱했지만……. 하지만 진짜로 하고 싶었던 말에서 한 문장이 빠졌다고."

나는 여전히 어색한 유광점퍼 주머니에 두 손을 찌르면서 그녀의 붉은 입술을 바라보았다.

"야구는 남자들의 것이 아니다. 모두의 것이지."

야구가 강해지는 순간

야구가 강해지는 순간이 있다. 비싼 FA 선수를 데려오는 길이 아니다. 우승을 밥 먹듯이 한 명감독 한 명과 계약한다고 되는 일 역시 아니다.

캔자스시티 로열스는 오랫동안 '야구 못하는 팀'의 대명사였다. 1985년 조지 브렛을 중심으로 월드시리즈를 제패한 기억은 아련한 옛 추억이 됐다. 아메리칸리그 중부지구의 꼴찌를 도맡았다. 데이턴 무어 단장은 2006년 중반 캔자스시티의 단장이 됐다. 패배가 익숙한 팀이었다. 지는 게 당연하게 여겨지는 팀이었다. 팀을 바꿀 필요가 있었다.

무어 단장은 팀 원정 여행 스케줄 담당자였던 제프 데이븐포트에게 특별한 임무를 안겼다. 클럽하우스 관리 운영 책임자. 데이븐포트는 '환경 미화'에 팔을 걷어붙였다.

홈구장인 카우프만 스타디움 복도를 뜯어 고쳤다. 선수들의 동선을 파악해 선수들이 지나가는 모든 곳에 과거 영광스런 시절의 사진을 장식했다. 명예의 전당에 오른 팀 선배들의 플레이 사진이 걸렸다. 보고만 있어도 가슴이 뛰게 하는 사진들이 늘어섰다. 환경 미화 덕분에 모두는 캔자스시티라는 이름 아래 하나가 됐다. 데이븐포트는 "야구장 내 어디를 쳐다봐도 '아, 나는 캔자스시티에 속한 특별한 사람이구나.'라고 느낄 수 있도록 만들어야 했다"고 말했다.

2015시즌, 캔자스시티는 자신의 타점 기록에 신경 쓰지 않는, '닥치고 공격' 스타일의 새로운 야구로 월드시리즈를 제패했다. 마지막 우승 뒤 30년 만이었다.

시카고 컵스의 마지막 우승은 1908년이었다. 1945년을 마지막으로 월드시리즈에도 오르지 못했다. '염소의 저주'라 불리는 징크스는 반세기를 넘겨 계속됐다. 2016년 월드시리즈 7차전의 극적인 승부 끝에 컵스의 야구 역사가 다시 시작됐다. 저주를 깰 수 있었던 비결은 힘과 기술 또는 분석이 아니었다.

테오 엡스타인 컵스 단장은 저주 파괴 전문이다. 2002년 겨울 만 28세의 나이, 역대 최연소 메이저리그 단장이 된 그는 2년 뒤 보스턴의 밤비노 저주를 깨고 우승했다. 2012년 컵스로 옮긴 뒤 또 하나의 저주를 깨려 나섰다. 야구 데이터와 기록에 달인이었던 엡스타인은 이번에 새로운 길을 두드렸다. 힘과 기술, 숫자 대신 야구를 하는 사람에 집중했다. 엡스타인은 "최고의 기술이 아닌 최고의 정신력, 인성을 가진 선수를 뽑아야 한다"고 말했다. 스카우트 때 선수의 기록보다 동료, 상대팀 선수, 친구, 선생님, 가족의 평가와 의견이 더욱 중요했다. 어떤 구종을 어느 정도의 구속으로 던질 수 있느냐보다 그 선수가 어려움을 어떻게 극복했느냐가 더욱 중요했다.

단지 위기상황에서 보여 줄 집중력이나 침착함, 경기에 임하는 투지의 크기 등을 재기 위함이 아니었다. 엡스타인은 "사람들이 어려운 일을 맞닥뜨렸을 때, 이를 해결하는 열쇠는 '관계'에 있다고 본다. 팀 동료들과의 관계, 우리 조직 전체와의 관계, 내가 어딘가에 속해 있다는 소속감. 함께 나아갈 수 있다는 생각이 어려운 일을 헤쳐 나가게 하는 힘"이라고 말했다.

야구가 강해지는 순간이 있다. 승리의 결과 기억나는 것은 누군가의 활약이지만, 승리를 향해 가는 과정은 누군가의 야구가 아니라 모두의 야구다. '아, 나는 캔자스시티에 속한 특별한 사람이구나.'의 야구. '나는 컵스의 선수다. 우리는 함께 나아갈 수 있다.'의 야구. 모두의 야구 속에서 하나하나는 모두 특별해진다.

엡스타인은 "우리는 혼자 일하기 싫어하고 함께 일하기를 원한다. 그게 사람 사는 방식"이라고 말했다. 굳이 연대라는 말을 꺼내지 않더라도 우리는 함께와 모두 속에서 의미를 찾는다.

야구가 강해지는 순간은 모두의 야구일 때다. 선수 모두의 야구를 넘어 구단과 팬들이 모두 하나로 어우러지는 야구. 같은 곳을 보고 같은 꿈을 꾸는 모두의 야구. 몽키스가 꿈꾸는 야구다.

조미 몽키스 팀장

악마의 리스트에는 마구가 숨어 있다

거리에 캐럴이 울려 퍼지는 연말이었고 하품이 날 정도로 따분한 오후였다. 나는 아버지가 유품으로 남긴 스냅볼*을 한손으로 만지작거리면서, 메이저리그 출신의 너클볼 투수가 쓴 고백담에 빠져 있었다. 그때 홍희 단장이 빠른 노크와 함께 에이스팀 출입문을 열었다.

"자리에 있었네?"

같은 층의 사무실을 사용하고 있지만 직접 찾아오는 경우는 드물었다. 마침 기연이 잠시 자리를 비운 터라 단장님에 대한 예의 같은 건 치우고 편히 대화를 나눌 수 있었다.

* 실제 공보다 조금 더 무거운 연습용 공. 투수들이 공에 대한 감각을 유지하거나 손목 힘을 키우기 위해 사용한다. 미국에서는 weighted ball이라고 부른다.

"역시 겨울엔 녹차?"

내가 종이컵에 티백이라도 담아서 대접하려는데 홍희가 손을 휘휘 저었다.

"차는 됐고, 이것부터 좀 봐."

보나 안 보나 스타즈에서 보내온 보호선수 20명의 명단 때문이리라. 점심을 먹고 올라오는 길에 엘리베이터 안에서 신임 운영부장을 봤고, 그는 FA 보상선수* 결정을 위한 최종 회의가 오후에 열린다는 정보를 넌지시 흘려줬다.

"누구로 결정 났어? 역시 장덕배?"

내가 콧방귀 뀌듯 묻자 홍희는 고개를 끄덕끄덕.

"응. 감독님과 코치들이야 다 거기에 표를 던지지. 나도 그 판단을 존중해. 표면상으로 보면 당연하잖아. 근데 말이다, 아무리 봐도 촘촘하게 심어 놓은 지뢰밭에 발을 디딘 느낌이랄까. 사람 뽑는 일이 이렇게 고민 없이 풀리면 안 되는 거잖아. 그 일만큼 세상에 어려운 게 어디 있냐고."

"흠, 장덕배라……. 몸에 이상만 없다면 누가 봐도 보상선수로 최고의 선택이지. 지금이야 긴 이닝을 소화해 줄 수 있는 언더핸드 롱맨이지만 여차하면 5선발 합류 가능한 자원에 풀타임 선발 2시즌 경력이 있고. 요즘 유행하는 우타 거포를 전문으로 잡아내는 스페셜리스트는 아니더라도 오히려 좌타자 승부가 가능하다는

* FA 자격을 얻은 선수가 팀을 떠나 다른 팀과 계약할 경우 원 소속팀은 그 FA 선수와 계약한 팀으로부터 보호선수 20명을 제외한 선수 중 한 명을 보상선수로 데려올 수 있다.

점에서 한 시즌을 치르는데 무척 요긴할 거고. 근데 몽키스에는 이미 필승조에 148km 이상 던지는 한현, 추격조에 내구성 좋은 남한수 두 명의 잠수함 투수가 있어. 스타즈에서 장덕배를 20인 보호 명단에서 제외한 건 어쩌면 우리가 선택을 안 할 거라고 확신했던 거 아닐까? 그쪽도 일종의 도박."

"나도 처음엔 그렇게 생각했어. 근데 막상 그 명단을 보면 누가 그런 생각을 할까. 우리가 장덕배를 받고 남한수를 트레이드 카드로 써먹을 수도 있다고. 게다가 그쪽 단장이 무지 신경 쓰이는 존재잖아. 알지? 야구판의 인공지능으로 불리는 엄갈량. 그 인간 능글능글 눈웃음은 보기만 해도 질려."

그렇다. 당초엔 키워 쓸 만한 포수를 지명하려고 했는데 웬걸, 즉시 전력감이 포함돼 있는 것이다. 예상과 빗나간 명단이 넘어오는 바람에 칼자루를 쥔 몽키스가 되레 당황한 형국. 세상에 의미 없는 행동은 없다. 의심은 의심을 부른다. 신임 오필성 감독이야 시시콜콜 속사정을 모를 테고, 눈치 9단 홍희 단장은 단장대로 찜찜한 것이고. 제대로 찍어 놓고도 의심의 눈초리를 거둘 수 없을 만큼 엄갈량 단장은 뒤통수 잘 치는 수완가였다.

고요하던 연말에 느닷없이 난리가 난 것은 몽키스의 노장 외야수 전가야 때문이다. 잔류가 예상되던 그가 지난주 갑자기 스타즈와 FA 계약을 해 버렸다.

나이 서른다섯에 좌익수만 가능해 활용도는 좀 떨어져도 2할 7푼에 20홈런은 가능한 자원이었다. 원래 썬더스에서 4년 FA 계약을 맺었으나, 2년 전 몽키스로 트레이드돼 왔다. 이번에 두 번째

FA 자격을 얻었다. 나이를 감안하다 보니 계약 기간에 이견만 있었을 뿐 잔류 협상은 긍정적이었다. 그게 지난주 상황. 그런 그가 한순간 돌변해 스타즈로 떠나 버린 것이다. 언론 보도에 따르면 계약 기간과 연봉 총액은 몽키스에서 제시한 조건과 차이가 없었다.

"선수 생활의 마지막을 고향 팀에서 보내고 싶습니다."

이적한 전가야의 일성이었다. 좀 어이가 없는 게 잔류 협상 기간에는 그런 내색을 전혀 안 했다. 오직 계약 기간만 늘리려고 목을 매달았다. 그리고 지방 팀으로의 이적도 아니고, 수도권 안에서 옮기면서 웬 고향 타령. 고양 몽키스에서 한강 다리만 건너면 인천 스타즈였다. 결국 썬더스 시절 한솥밥을 먹던 오필성이 감독으로 오자 불편한 것이라고밖에는 해석이 안 됐다.

그 과정에서 잊고 있던 그 이름, 엄갈량이 부상했다. 절대 밑지는 트레이드를 하지 않는 것으로 유명한 단장. 상대의 가렵고 아픈 곳을 기막히게 찾아 들어가 거래를 만들어냈다. 스타즈 창단 초기 운영팀장 시절 엄갈량이 성사시킨 스파이더스와의 3대 7 트레이드는 프로야구 트레이드사에 전설로 남아 있다. 겉보기에는 스파이더스 골칫거리들을 한 번에 처리해 주는 어이없는 트레이드였다. 창단 특별지명 등으로 어렵게 데려 온 베테랑 강타자 한 명과 야구 속설상 절대 트레이드하면 안 된다고 여겨지는 주전 포수를 내줬다. 거기에다 첫 시즌에 12승을 거두면서 KBO리그 적응에 성공한 외국인 투수 한 명을 포함시켰다. 확률 낮은 외국인 투수 성공 가능성을 고려하면 무조건 잡고 있어야 했던 카드다. 대신 몇 년째 터지지 않아 기대감이 떨어지고 있던 유망주들을 골랐다. 가

뚝이나 경험이 부족한 신생팀에 젊은 피를 끼얹었다. 패기는 넘치지만 야구가 패기만으로 되지 않는다. 팬들은 물론 언론들도 '스파이더스 가을야구를 위한 짬짜미 의혹'을 제기했을 정도였다.

하지만 결국 승자는 스타즈였다. 명 내야수 출신의 젊은 초보 감독과 더 젊어진 선수층이 시너지 효과를 냈다. 당시만 해도 야금야금 점수를 낸 뒤 불펜으로 이를 지키는 경기 흐름이 지배적이었는데, 스타즈는 힘을 바탕으로 경기 후반 우당탕탕 몰아치는 스타일의 경기를 치렀다. 마운드의 안정감은 떨어졌지만 팀 전체에 몇 점이든 뒤집을 수 있다는 자신감이 넘쳤다. 대신 약점은 감독의 세밀한 수비 운영으로 채웠다. 엄갈량은 단지 팀의 약점 한 군데를 메우는 데 머물지 않고, 전체 그림을 보면서 판단하고 새로 그렸다.

때마침 외출했던 기연이 커피를 사들고 들어왔다. 홍희 단장을 보고도 당황하지 않았다. 손 모아 정중한 인사. 나는 상사들 앞에서 어깨 펴고 다니는 그녀의 기세에 놀라곤 한다. 흔히 아재들이 쓰는 표현을 빌자면, 저저 당당함 좀 보소.

"스타즈 쪽에 알아볼 만한 선 없나? 왜 우리를 시험에 들게 하나이까."

내가 안타까움을 토로하자 홍희는 A4용지 한 장을 올려놓았다.

"달랑 이거 한 장. 그쪽의 몇몇 고참 선수들과 담당 출입기자한테서 주워들은 정보야. 별 내용은 없어. 몇몇은 장덕배가 보호선수에서 풀렸다니깐 되레 놀라더라. 결정권 없는 그들의 '카더라' 한마디가 되레 역정보에 걸릴 수 있고. 결국 중요한 건 그쪽 단장의 속내잖아?"

"혹시 어깨 부상이 아닐까?"

"어차피 메디컬 체크하잖아. 작년 마지막 등판까지 괜찮았어. 기록 훑어보니까 한여름에 2주 정도인가 출장 거른 거 빼고 꾸준했더라. 또 부상 알면서 떠넘겼다간 나중에 무슨 욕을 바가지로 먹으려고. 좀 내성적이긴 하지만 성격도 무난하다 그러고."

손목시계를 봤다. 통보 마감 시한은 오늘 자정까지. 8시간 남았다. 보통 마지막 날 오후에 상대 구단에 알려주는 게 관례지만 꼭 지켜야 하는 건 아니다.

뭘 꼼지락해 보기도 부족한 시간이었다. 나도 모르게 고개를 저었다.

"쉽지 않아. 그냥 눈 딱 감고 회의에서 결정난 대로 처리하지?"

"제일 좋은 방법은 엄갈량을 만나서 넌지시 떠보는 거야. 연락처는 알아봐 줄 수 있다. 흠흠."

홍희 단장이 내 눈길을 피하면서 현실성 없는 대책을 내놨다. 에이스팀을 방문한 목적을 그제야 알았다.

"뭐, 뭐야, 갑자기 너무 웃기잖아. 지금 만나자는 건 정보 염탐하러 왔습니다, 노골적으로 밝히는 꼴밖에 더 돼? 정보 과잉일수록 생각이 많아지고 악수를 두게 된다고. 엄갈량의 마법? 거기에 안 걸리려면 눈귀 닫고 멀찍이 떨어져서 외면하는 거야. 큰일일수록 결정은 단순하게 하라잖아. 그냥 우리 방식대로 밀고 나가자. 내가 뭐 엄갈량을 만나기 싫……."

"싫지 않지 말입니다. 한번 보고 싶어요. 얼마나 대단한지."

기연이 끼어들었다. 직속 상사가 단장과 대화를 나누고 있는데 말을 자르다니. 내가 부러 눈을 찢으며 째려보았다. 그러거나 말거나 기연은 아예 몸을 홍희 쪽으로 틀어 버렸다.

"단장님, 이번 기회에 한번 점검해 볼 필요는 있지 말입니다. 언제 다시 엮일지 모르잖아요. 어차피 1순위로 투수 장덕배, 2순위로 포수 최병무를 결정해 놨으니, 부담 없이 견제 잽 툭툭 날려 보는 거 재미나지 말입니다."

나는 입을 떡 벌린 채 아무 말 못했다. 조직의 위계질서를 깨는 행동이다. 홍희만 아니면 버럭 고함을 내지르고 싶었다.

기연의 말이 솔깃했는지 홍희 얼굴이 사뭇 진지해졌다. 자기 얼굴을 내 면전까지 갖다 댔다. 코끝이 맞닿을 정도로.

"신 팀장, 우리 조미그룹이 뭐 팔아서 성장한 회사인지는 알지?"

"조, 조미료. 석유로 만든 감칠맛 나는……, 혀를 마비시켜 대중을 속이는 외할머니의 맛……."

"굳이 뒷말은……. 암튼 그거 팔아서 얼마나 남겠어. 한 푼도 허투루 쓸 수 없는 돈이야. 찜찜한 건 확인해서 낭비 없도록 해야지."

젠장, 그거랑 이거랑 뭔 상관이람. 대책 없는 부하의 부추김과 택도 없는 상사의 억지가 내 등을 밖으로 떠밀었다. 오만상 인상을 쓴 채 뇌까렸다.

"에잇, 법인카드나 좀 줘 보쇼. 한도 빵빵한 걸로."

홍희가 코트 자락을 휘날리며 휘리릭 뒤돌아섰다. 두 손을 옆구리에 얹고 선심 쓰듯 외쳤다. 짧은 별 문양 유니폼이 없었을 뿐 원더우먼의 자세였다.

"오케이! 오늘은 내 차를 사용해. 기사도 붙여 줄게."

* * *

제10구단 조미 몽키스 에이스팀.

좋게 포장하면 단장보좌역이고 나쁘게 말하면 잡무처리반. 하지만 미션에도 급이 있다. 타인의 머릿속 생각을 읽어 오라는 건 일이 아니라 초능력을 부리라는 것이다. 정상적인 업무 범위를 벗어났다. 그건 대한민국 최고의 프로파일러가 온대도 모른다. 프로파일러의 철칙이 뭔가. 절대 단정하지 않는다, 그거 아닌가. 하물며 막내 구단의 일개 프런트가, 대책 없이 상대팀 단장을 만나서, 머릿속에 든 계략을 좀 보여 주십시오 하라니. 우주의 기운이 도와주지 않고서는 불가능하다. 그런 재주가 있으면 야구단에 머무를 일도 없잖은가. 장기 미제사건으로 남아 있는 아버지 실종 사건도 진작 해결했다. 강연해서 돈을 모으고, 제주도에 별장 짓고 한평생 살겠다.

짜증에 사로잡힌 내 모습을 보고 측은했는지 기연이 뒤늦게 혀를 날름 내밀었다. 위로랍시고 하는 말이 가관이었다.

"이건 너무하지 말입니다. 제 말은 그냥 접촉해서 이런저런 얘기 좀 들어 보자는 건데, 막 첩보원처럼 알아서 캐내 오라시면. 팀장님이 무슨 제이슨 본이나 킹스맨도 아니고. 그쵸?"

얄밉다. 악감정 듬뿍 실어서 뒤통수에 꿀밤이라도 먹여 주고 싶었다.

지시는 떨어졌고 어떤 식으로 시늉이라도 내야 할지 막막했다. 대충 일의 순서부터 정했다. 일단 엄갈량을 만나야 한다. 다행히 접촉할 선은 있었다.

휴대폰으로 네이버 밴드에 들어가 '야기단'을 찾았다. 야구단에 근무하는 기자 출신들의 모임. 멤버는 19명이다. 절반은 수도권에 절반은 지방 근무자들이다. 나 또한 입사하자마자 초대를 받았지만 그까이꺼 하면서 방치한 밴드였다.

선후배님들, 인사가 늦었습니다. 지지난 달부터 원숭이네 단장보좌를 맡은 있는 신별입니다. 업무 익히느라 정신없다가 이제야 겨우 얼굴 뵐 여유가 생기네요. 내일이 딱 입사 100일. 뜬금없이 오늘밤 자축 번개를 하고 싶습니다. 혹 시간 되시면 송년회 겸해서 참석 부탁드리옵니다. 구로역 일식집에서 참치회 쏘겠습니다.

내가 봐도 속보이는 게시글이었다. 달달한 연인 사이도 아니고 경력직 입사 100일이 뭔 기념일이란 말인가. 게다가 인천에 사는 엄갈량을 꾀려고 최대한 가까운 구로 쪽에 자리를 잡았을 땐 민망함에 볼이 다 화끈거렸다. 얼마나 코웃음 칠까. 하지만 작정한 일. 어쩔 수 없다. 이쪽 패를 홀라당 까보인 이상 부끄러움은 이 깨물고 삼키면 된다. 만나는 게 중요하다. 그래서 이번 작전명을 '알몸 출장'이라고 지었다. 미끼는 던져 놨고 낚시를 드리우고 기다리는 수밖에.

다음은 내 정보망을 이용해서 장덕배의 근황을 알아볼 차례. 바로 망설여졌다. 좁은 바닥이다. 괜한 탐색이 소문으로 옮겨져서 들쑤시는 꼴이 될까 봐. 스타즈 단장이나 감독 입에서 나오는 답이 아니라면 어떤 정보도 추측에 불과하지 않는가. 어쩌면 보호선수 20인에서 왜 자신이 빠졌는지는 당사자인 장덕배도 모르고 있으리라. 내가 좋아하는 말이 있다. '한솥밥 먹는다고 다 식구는 아니다.' 한때 몸담았던 언론계나 야구계나 다 통용되는 말이다.

역시, 믿을 사람은 서울스포츠의 손은재 뿐이다. 통화가 연결되자마자 내가 오프를 전제로 캐물었는데 대답이 신통찮았다.

"그딴 일이 있었군. 엄갈량 단장의 약점이라……. 글쎄, 말투가 좀 꼰대스럽고 술이 예전 같지 않다는 정도? 작년에 사석에서 두 번인가 봤어. 그때마다 내가 좋아하는 보드카 섞어서 한 잔씩 꺾었는데 바로 혀 꼬이더라. 흐흐흐, 그건 약점이 아니라 나이 들면 자연스러운 거 아냐. 그냥 인공지능에 전원 안 통하게 코드 확 뽑아 버리든지."

장덕배와 관련된 핫한 소문은 알지 못했다. 그래도 조용히 바닥 한번 훑어봐주겠다는 말이 힘이 됐다. 통화 말미에 진짜 오프야? 두 번 반복해서 물었다. 역시 기자는 위험하다.

연이은 밴드 알림 소리에 '야기단'을 들여다봤다. 오우! 엄갈량이 맨 먼저 댓글을 달았다.

후배님, 때마침 나도 한가하니 참석.

때마침이란 표현이 거슬렸다. 마치 연락을 기다렸다는 듯한 뉘앙스. 그래도 가슴이 콩닥거렸다.

댓글을 훔쳐보던 기연도 반색했다.

"자자, 팀장님. 슬슬 준비하시죠? 정확히 한 시간 후에 출발하겠습니다."

기연이 떡볶이 단추가 달린 더플코트를 챙겨 입었다.

"엉? 기연 씨가 왜? 설마 동행? 안 돼. 바로 들통날 거야. 가도 할 일 없을 거라고."

"팀장님, 이런 번개 자체가 벌써 뽀록난 겁니다. 의도가 빤히 보이지 말입니다. 그렇다면 얼굴에 철판 깔고 맞장 떠야 하는데 팀장님 성격상 좀 힘들어 보여서. 걱정스러워 따라가 드리는 겁니다."

"걱정은 무슨. 우리야 손해 볼 게 없잖아?"

"되레 팀장님이 엄갈량 신공에 휘말려서 내부 정보 술술 불지나 않을까 해서 말입니다. 오필성 감독과 에이스 봉준우 영입 뒷얘기 같은 거."

기연까지 정색하니 내 자신이 묘하게 작아 보였다.

"팀장님, 우린 원팀이지 말입니다. 제가 할 일은 현장에서 찾으면 되죠. 식사는 대뱃살과 성게알이 듬뿍 나오는 혼마구로 스페셜로 주문하시기 바랍니다. 혹시 제가 실내에 잠시 들어가 앉는 경우도 있지 않겠습니까."

나는 할 말을 잃고 눈을 질끈 감았다. 그래, 시간이 해결해 주겠지. 눈보라 휘날리는 전방에서 군 생활도 했는데 그 몇 시간을 못 견딜까. 스스로를 격려하기 위해서 주먹으로 가슴팍을 두 번 팍팍 쳤다.

엘리베이터를 타고 지하 2층 주차장으로 내려왔다. 단장이 차량에 기사까지 붙여 준댔으니 그건 마음에 들었다. VIP 전용 구역에

럭셔리한 외관의 하늘색 아우디가 보였다. 감색 재킷을 입은 기사가 대기하고 있었다. 근데 평소에 단장을 수행하는 권 씨가 아니었다. 낯설다 싶었는데 맙소사.

"신 팀장님, 오늘밤은 제가 스페셜하게 모시겠습니다."

회색 마도로스 모자에 안경을 낀 홍희 단장이 남장 기사로 변신해 차 뒷문을 열어 주었다. 주위로 뭔가 모를 막장극의 기운이 엄습했다. 불길했다.

* * *

똥마려운 강아지라는 표현이 이럴 때 어울릴까. 아우디의 편안한 승차감과 천연가죽 시트 질감을 느낄 새도 없었다. 뭔가 요상하게 돌아가는 분위기에 나도 모르게 안절부절이다. 게다가 출장 준비가 하나 더 남아 있었다. 차가 성산대교 위를 지날 때였다.

"팀장님, 이거."

뒷자리에 나란히 앉은 기연이 내 재킷 왼쪽 칼라에 화살촉 모양의 부토니에를 꽂아 주었다. 옷차림이 밋밋해 그냥 넥타이 대용으로 붙여 주는 장식품인줄 알았다. 운전대를 잡은 홍희 단장이 백미러를 보고 말했다.

"마이크가 내장돼 있어. 자꾸 눈길 주고 의심스런 짓만 안 하면 들킬 염려 없으니 걱정 마."

"이, 이런 짓까지 해야 해? 그냥 간보러 가는 거잖아."

"상대는 엄갈량이야. 아무리 신 팀장이 능력 있다고 해도 그 실시산 분석력을 어떻게 당해. 대화를 같이 들으면서 조언해 줄게. 오늘은 우리가 머리 쓸 테니 몸만 써. 지시는 카톡으로 할 거야. 휴대폰을 무릎에 얹어놓고 수시로 확인토록. 오케이?"

둘의 호들갑이 과한 것 같아 살짝 열이 뻗쳤다.

"저기, 보셔여들. 지금 가족을 납치한 유괴범에게 돈 들고 접선 가는 게 아니거든? 너무 부산스러워."

"그러니까. 목숨 걸린 일이 아니니까 얼마나 자연스러워."

두 여인이 동시에 깔깔 웃었다.

엄갈량. 그 인간이 대체 누구이기에 이 난리인가. 오래전 사석에서 한 번 봐서 안면은 있다. 차창 밖으로 스쳐가는 잿빛 한강을 바라보며 기억을 더듬었다.

본명이 엄재량이다. 인천이 고향이고 지금은 마흔 후반쯤 됐으리라. M방송 사회부 시경캡과 법조반장 출신으로 현 스타즈 단장. 짧은 곱슬머리에 매부리코. 약간 혼혈 느낌이라 잘 잊히지 않는 얼굴이다. 총명한 데다 행동력까지 갖춰 젊은 시절 꽤 많은 특종을 했고 이름 석 자 날리던 기자였다. 하지만 메이저 언론사의 순혈주의는 견고해서 경력기자가 보도국의 핵심 보직을 차지하는 경우는 드물었다. 엄갈량이 스포츠부 데스크를 잠시 돌던 차에 그의 고향 팀인 스타즈 회장에게 직접 발탁됐다. 스타즈는 전자와 통신, 게임 주력의 모기업을 둔 인천 연고 구단. 이직 후 고향 용왕신의 신공이라도 내리받았는지 선수들을 떡 주무르듯 사고 팔아 팀 색깔을 바꿔 버렸다. 리빌딩 3년 만에 젊은 선수 중심의 파워 넘치는 팀으로 재탄생했다. 남들이 놓치는 포인트를 정확하게 짚어서 선수를 데려오고 성장시켰다. 메이저리그로 치면 2000년대 초반 출루율 등을 강조한 '머니볼' 빌리 빈 단장의 오클랜드라기보다는, 2010년대 중반 심화된 야구 기록으로 무장하고 확 변신한 제프 르나우 단장의 휴스턴을 닮았다. 스타즈 재정이 넉넉하지 않음에도 4강 전력으로 인정받는 데는 엄갈량 신공이 숨어 있었다. 나는 오늘밤 그런 인간의 속셈을 읽어야 한다. 가능한 일일까.

내비게이션의 안내가 흘러나왔다. 5분 후 목적지에 도착이다. 기연의 마지막 오버가 기다리고 있었다. 캔 음료 마개를 톡 따서 내밀었다.

"쭉 들이키소서. 이것은 그냥 술자리가 아니다, 구단의 미래가 달린 일이다. 그렇게 자기 최면을 걸면 덜 취할 것이옵니다."

숙취해소제 '새벽808'이었다. 나는 욱하는 마음을 참고 단번에 들이켰다. 실은 하나의 사실이 계속 신경 쓰였다.

"아무래도 궁금해. 지난여름 장덕배의 2주간의 공백."

* * *

코드명 '알몸 출장' 작전 개시. 참석자는 나를 포함해 다섯.

우아한 한옥 외관을 자랑하는 마라참치 정문 앞은 자갈이 깔린 널찍한 주차장이었다. 홍희 단장이 추천해 준 가게였다. 최근에 구로 디지털단지에 대기업이 잇달아 입주하면서 고급 식당이 꽤 생겼다더니 홀도 깔끔했다.

내가 매화실이라고 적인 다다미방 문을 밀고 들어서자 벌써 셋

이 와 있었다. 참다랑이의 힘인지, 신입 회원에 대한 호기심 때문인지 알 순 없지만.

그들도 손해 보는 자리가 아니라고 판단했으리라. 어차피 이 바닥에서 구르면 안 부딪칠 수 없다. 기자 출신이라는 교집합 안에서 서로 정보를 공유할 수 있는 데다, 엄갈량까지 알현할 수 있는 기회가 어디 흔한가.

큰 덩치의 엄 단장이 내 맞은편 자리에 아랫배를 내밀고 앉아 있었다. 혼혈 느낌의 인상은 옛 모습 그대로인데 흰머리가 늘었고 뱃살이 불었다. 얼굴 주위를 떠도는 범상치 않은 아우라는 여전했다. 내가 오늘의 호스트이고 그는 모임의 최고참. 당연히 자리배치는 그렇게 될 수밖에 없었다. 여기까지는 작전대로 흘러갔다. 나는 파이팅을 되뇌며 가슴을 다시 두 번 두드렸다.

'야기단' 회장을 맡고 있는 돌핀스의 운영팀장 점박이 선배가 나를 소개했다. 그도 스포츠신문에서 오랫동안 야구 담당을 했다. 대각선 자리에 앉은 해골상의 대머리는 초면인데 블랙캣츠의 경영지원팀 소속이었다. 나와 같은 학번이라는 말에 우리는 서로 화들짝 놀랐다.

"진작 얼굴 뵙고 인사 올렸어야 했는데……."

내 어정쩡한 인사에 박수가 터졌고, 엄갈량이 특유의 능글능글한 미소를 머금고 큰 형님다운 답사를 했다.

"아니지 후배. 내가 먼저 자리를 만들어야 했는데 미안하다네."

술이 한 잔씩 돌았을 때 드르륵 미닫이문이 밀렸다. 모임의 홍일점 남현아가 얕은 숨을 고르며 모습을 드러냈다. 지각대장으로 유명한 모 배우처럼 15분 늦었고, 아나운서 출신답게 화사한 외모였다. 꽃무늬가 수놓아진 원색의 숄이 눈길을 끌었다. 그녀는 썬더스 홍보팀의 차장. 스포츠 아나운서 경력을 살려 구단 자체 방송 관련 콘텐츠 다루는 일을 했다. 언젠가 KBO 구단도 메이저리그처럼 자체 방송국을 갖게 되리라.

선도 높은 참치와 알록달록한 야채 장식으로 꾸민 회 접시가 깔렸다. 다시 술잔이 돌고 대화가 이어질수록 나 개인사에 대한 관심은 떨어졌다. 결국은 화수분처럼 샘솟는 야구판 얘기. 어쩌면 다행이었다.

남현아가 정확한 발음으로 손짓, 몸짓 다 동원해서 뒷얘기를 어찌나 맛깔나게 풀어내는지 다들 귀를 쫑긋 세웠다. 프런트와 현장의 갈등, 스타 선수의 괴팍한 사생활 등 그녀는 소문만 무성한 B급 통신의 보고였다. 또 자기가 최근 연하의 투수 K와 소개팅을 했다면서 직접 자랑질을 할 땐 분위기가 최고조에 달했다. 그 K가 누구냐고 일제히 아우성을 쳤고, 남현아는 입술을 다물고 눈웃음만 지었다.

나는 헤벌쭉 따라 웃으면서도 시선은 온통 엄갈량의 입에 가 있었다. 얄밉게도 그는 회에 고추냉이 쓱쓱 묻혀 젓가락질만 해댈 뿐 좀체 대화에 끼지 않았다. 가끔씩 맞장구만 허허허. 무슨 반응을 보여야 작업을 걸어 볼 게 아닌가.

"암튼요, 올 시즌 우승은 아무래도 블랙캣츠가 아닌가 싶어요. 대항마는 우리 썬더스나 스타즈 정도 아닐까요? 엄 선배님은 어떻게 보세요?"

방송 진행하듯 대화를 이끌던 남현아의 질문에 어쩔 수 없이 엄갈량이 입을 열었다. 다들 팔짱을 낀 채 그의 입을 주시했다.

"부정하지는 않겠네. 다만 야구는 생물처럼 움직이는 거라네. 1년이란 긴 시간을 달려가는 동안 산 것이 죽기도 하고, 죽은 것이 살기도 하고 그렇지. 마치 인생처럼. 지금 시점의 전력치를 산술화해서 순위를 나누는 건 좀 무의미하다고 봐. 양키스를 일곱 번이나 월드시리즈 우승으로 이끈 케이시 스텡걸 감독의 말이 있잖아. '섣불리 예상하지 마라. 특히 미래에 대해서는.' 겪어 보니 그 감독 말 중에 틀린 건 하나도 없더라고."

젠장, 세월은 사람의 말투까지 변화시키는 모양이다. 엄갈량은 그새 고리타분한 꼰대로 변했다. 재미삼아 한 후배 질문을 꼭 저렇게 뭉개야 하나. 개똥철학은 됐고 슬슬 보호선수 명단 얘기나 좀 꺼내 보쇼. 그렇게 쑤셔 보려는데 엄갈량이 되레 나를 향해 눈을 부라렸다.

"신 팀장에게 야구란 뭔가? 이직했으면 뜻한 뭔가가 있지 않았겠나? 역시 의문의 아버지 실종 사건 때문인가?"

말끝마다 훈계조의 어투. 매너 없이 타인의 가족사는 왜 끄집어내는가.

나는 가지런한 치아를 다 드러내며 최대한 해맑게 웃었다.

"야구란, 그냥 속이는 게임입니다."

뭔 말이래? 돌발 질문에 말이 헛나와 버렸다. 내가 뱉어 놓고도 얼떨떨했다. 속이는 게임이라니, 그건 사기친다는 뜻 아닌가?

"속이는 게임이라……. 묘한 말이군. 그 이유가 궁금하네만?"

돌겠다. 페이스가 꼬여 버렸다. 대학시절 논리학 수업 때 밑도 끝도 없이 말꼬리 잡던 교수가 생각났다. 머릿속이 하얘지면서 어떤 단어도 떠오르지 않았다. 속도를 늦춰 소주잔을 비웠다. 손등으로 입술을 한번 쓱 훑는데 무릎 위 휴대폰 화면에 메시지가 떴다. 나는 더듬더듬 그 내용을 그대로 읊었다.

"야구가 그런 종목이잖아요. 투수의 모든 공은 타자를 속이는 공. 커브는 착시와 환상이고, 스틸, 그러니까 훔치는 일이 합법적인 것은 물론 칭찬받는 일이고, 어디에든 침을 뱉어도 되는 종목. 하하. 물론 심판 눈과 공에만 빼고요. 제 얘기는 아니고 퓰리처상까지 받은 짐 머레이 기자가 한 얘기에요.* 심지어 투포수 배터리는 둘이 짜고 안 들키게 사인까지 내서 타자를 속이잖아요."

"우하하, 멋진 해석이야. 보기와 달리 재밌는 친구네."

기회였다. 말문이 터졌을 때 찔러 보려는데 또 남현아가 끼어들었다.

"신별 선배는 여자 단장 모시는 게 어때요? 재벌가 장녀가 프로야구단을 이끈다니 만화 속에서 튀어나온 장면 같죠. 시크한 전문직 도시 여성처럼 일단 액면은 멋져 보이는데."

"뭐……. 모신다기보다 남남이지. 단장은 자기 할 일이 있고, 나는 내 할 일이 있고. 대충 폼 잡고 있으면 밑에서 알아서 돌아가는 구조야."

---

* "Baseball is a game where a curve is an optical illusion, a screwball can be a pitch or a person, stealing is legal and you can spit anywhere you like except in the umpire's eye or on the ball."

"풋! 과하게 솔직하시네. 하긴 홍희 단장도 이런저런 소문 있잖아요. 영화배우 윤준과도 좀 놀았다 하고……. 백화점 홍보 전무로 근무할 때 광고 촬영 건으로 가까이 두고 눈 맞았다던데. 그쵸?"

재벌가의 연애사가 모두의 호기심을 자극할 만큼 궁금한 건 맞지만 대충 끊고 가야겠다. 남현아는 한눈에 봐도 들은 소문에 양념 쳐서 이리저리 옮기는 캐릭터.

"그 코 뾰족이 윤준? 나는 오늘 처음 듣네. 하지만 아니 땐 굴뚝에 연기 날까. 워낙 거침없는 성격이라 연애 경력이 나름 화려하긴 하지."

무릎 위에서 카톡 진동이 울렸다. 고상한 홍희 단장의 품격이 느껴지는 한 단어.

시벌, 뒤질래?

기회를 봐서 답장을 날렸다.

왜 이러십니까. 나를 팔아서 상대에게 녹아드는 동조화 전략을 구사 중인데 태클 걸면 일 못하지.

술이 추가로 들어오고 시답잖은 말들이 오갔다. 시계를 보니 8시가 넘었다. 통보 마감까지 4시간. 방청객처럼 웃기만 하는 엄갈량을 보니 초조해졌다. 농담 따먹기만 하다가는 밑도 끝도 없을 것 같았다.

매운탕과 성게알이 올라간 김마끼가 나올 차례였다. 여종업원이 회 접시를 정리하는 동안 나는 급한 용무의 전화가 온 것처럼 휴대폰을 들고 화장실로 달려갔다. 바지를 입은 채 변기 위에 앉은뱅이 자세로 올라앉았다. 시간에 쫓겨서인지 내 목소리가 살짝 올라갔다.

"뭐 좀 찾았어? 여긴 돌파구가 안 보인다."

홍희도 맥 빠진 목소리였다.

"없다. 기연 씨가 이리저리 뒤져보고는 있는데."

"젠장. 장덕배에게 뭔 문제가 있는 건 분명해. 그런 느낌 아닌 느낌이 들어. 당장 물증은 없다만."

"어떤 이유로?"

"왜 물어? 대화 다 듣고 앉았으면 알아차렸어야지. 오늘은 나보고 몸만 쓰라며?"

나는 까칠하게 말을 이었다.

"엄갈량이 은연중에 그랬지. 그 양키스 감독 말 중에 틀린 말 하나도 없다고. 그런데 그 감독이 또 이런 유명한 말도 남겼어. '투수가 너무 많다는 말은 절대 있을 수 없다.' 무슨 뜻인지 알지? 기자들이 워낙 많이 인용해 먹어서 스포츠 데스크 출신인 엄갈량이 모를 리 없다고. 그런데 떡하니 롱 릴리버이자 비상시 선발로도 쓸 수 있는 투수를 보호 선수로 묶질 않았잖아. 상품에 하자가 생겨서 급처분한다고 판단하는 게 정상 아냐?"

"아아……, 삼킬지 말지 우리 결정만 남은 셈인가?"

"모르는 게 약이라고 그냥 회의에서 다수결로 결정했으면 맘이라도 편했잖아."

잔소리로 통화를 맺자마자 바로 손은재 이름이 화면에 떴다.

"시벌아, 건너건너 통해서 스타즈 2군 코치했던 형한테 조금 물어봤는데, 지난여름께 대외비 요구되는 업무 보고는 반드시 텔레그램 메신저를 이용하라는 단장 지시가 있었대. 전 국민이 애용하는 카톡을 놔두고 말이지. 왜 그리 귀찮은 일을 하느냐고 물었더니 해킹 방지 차원이라고 했다는 모양이야. 또 하나는 그쯤에 경찰의 구단 내사 소문이 돌았는데 흐지부지 됐다고. 구체적 내용은 윗선 핵심만 안다네. 우리 공장 스타즈 출입 기자도 그 사실은 모르고 있더라고. 개방된 선수단과 달리 각 구단 프런트야 다 은밀한 속사정들이 있는 거니까."

"해킹? 모든 해킹의 주인공 북한이 야구단에도 관심 있나. 쳇."

"단편적 사실만으로 구체적인 확인은 힘드네. 암튼 알지? 특종 소스는 오직 나에게로만!"

변기 물을 내리고 문을 밀고 나서는데 순간 좀비를 맞닥뜨린 줄 알았다. 해골상 대머리가 세면대 앞에서 손을 비비고 있었다. 벌써 취했는지 눈빛이 퀭했다. 날 보고 피식 웃었는데 뭔 의미일까. 전화로 떠든 대화를 다 엿들은 걸까. 마음이 급해서 주의 깊지 못했다. 부정을 저지른 짓도 아닌데 다리가 후들거렸다.

여전히 남현아가 제 세상처럼 재잘거리고 있었다. 그제야 오늘의 호스트가 따로 있는데 과하지 않나 하는 불쾌감이 들었다. 무슨 의도를 가지고 온 사람한테 영업 당하는 기분이랄까. 그렇다고 엄갈량이 먼저 보상 선수와 관련된 대화를 꺼낼 것 같진 않았다. 궁금하지 않을 리 없는데 내가 결정권자가 아니라서 그런가. 무시하는 건가 무관심한 건가. 결국 내가 먼저 패를 까야 하는가. 고민을 하는 차에 엉뚱한 곳에서 얘기가 터졌다.

"아참, 신별 선배. 오늘 스타즈에서 받을 보상 선수 확정하는 날이죠? 결정 났죠? 누구예요?"

남현아가 눈을 동그랗게 뜨고 묻는데 너무 급작스러워 나도 모르게 머무적댔다.

"그, 그게 정해는 졌는데 나 퇴근 때까지 단장이 고심하고 있더라고. 장고악수라고 뭘 그렇게 끙끙대는지. 결단력이 없어서 가끔 속 터진다니까."

내 딴에는 능청스럽게 엄갈량을 쳐다봤다.

"선배님, 혹시 그 사이에 연락이라도……."

엄갈량이 고개를 뻣뻣하게 쳐들었다. 두 눈동자가 알전구처럼 반짝거렸다. 막 회로에 전원이 들어온 사이보그 같았다. 드디어 첫 반응.

"아니. 몽키스 단장님이 아직 최종 결정을 안 한 모양일세. 척보면 답은 하나밖에 없지 않나? 후후."

"그러게요. 선배님이 이해하세요. 부잣집 따님이라 워낙 욕심, 의심, 근심이 많으셔서."

홍희 문자가 다시 떴다. 입에서 불을 뿜는 카카오 오리 이모티콘과 함께.

진짜 뒤질래?

나도 지지 않았다.

적을 안심시키는 밑밥전략을 구사 중인데 왜 자꾸 태클을. 그럼 그냥 내 방식대로 해 버릴 테야.

급히 전송 버튼을 누르는데 엄갈량이 한마디 거들었다.

"누구로 정했는지 맞춰 봐? 내기 어떤가? 후후."

본격적인 전투 개시. 내가 침을 꼴깍 삼키는데 남현아가 또 대화를 끊어먹었다.

"어머, 우리 그 얘긴 2차 가서 할까요. 맥주는 엄 선배님이 쏘실 거죠?"

* * *

카운터에서 계산을 치르고 일행과 잠시 떨어졌다. 다들 옆 편의점 건물 2층 맥줏집에 들어가는 걸 확인한 후 횟집 주차장으로 걸어왔다. 자갈 밟히는 소리도 조심스러웠다. 좌우를 힐끗 살핀 다음 아우디 뒷문을 열었다. 주위가 어둑했고 짙은 선팅 덕에 내부를 들킬 염려는 없었다. 나는 자리에 퍼져 앉자마자 고개를 최대한 뒤로 젖혔다. 겨우 첫 라운드 뛰고 링 코너 의자에서 탈진한 권투 선수 같았다.

"역시 소모적이야. 아니했어야 했어."

다짜고짜 앓는 소리가 홍희는 거북했던 모양이다.

"그니까 머리 말고 몸만 쓰라고 했잖아. 이제 시작이야. 버텨 봐."

"남현아 걔 진짜 뭐지? 얼굴값 한다고 매너 꽝이다. 계속 말을 끊는 통에 기억에 남는 건 모 단장과 배우 윤준과의 스캔들뿐이네. 흠흠."

내 능청이 불쾌했나 보다. 차 안이 어둑했지만 홍희가 양미간을 찡그리는 게 보일 정도였다. 헛소문만은 아닌 모양이다. 어쩐지 지난 가을 시구 행사 때 불렀다 싶더라니.

"안 그래도 걔 입 함부로 놀린다고 소문 쫙 깔렸어. 얼굴은 주름상인데 화장 잘 받아서 그런 거고. 자글자글을 번들번들로 감춘 거라고. 야기단만 있는 줄 알지? 베볼녀라고 야구단에 근무하는 여자들 밴드도 있거든. 거기서 평이 좀 그래. 그치, 기연 씨?"

"저, 단장님 기분은 알겠사오나 거기에 저를 엮으시면……. 체통을 좀 지켜……. 아니, 그래도 윤준의 얼굴 턱 선은 진정 멋지지 말입니다."

뭘까. 꼬리에 꼬리를 무는 이 막장극의 냄새는. 그래도 맨 먼저 이성을 찾은 건 역시 기연이었다. 허벅지에 노트북을 올려놓고 타닥타닥 두드려 대더니 단서를 좀 찾은 모양이다.

"제게는 단장님 스캔들 해명보다 팀장님의 의심을 해소시켜 드리는 일이 더 급하지 말입니다. 뒤져 보니 장덕배가 지난여름 2주간 개점 휴업한 건 맞네요."

나는 여전히 고개를 젖힌 채 차량 천장을 올려보며 대답했다.

"진짜 가벼운 부상이었을까?"

"그런 보도는 없었습니다. 당시 구단 분석 기사 중 불펜진의 체력 안배가 관건이라는 내용 정도만 한줄 나와 있지 말입니다. 장덕배가 선발이 아니라서 표가 안 났을 수도 있겠지만 8월 21일에서 9월 4일까지 어떤 흔적도 발견하지 못했습니다. KBO의 1군 엔트리 등록 말소 현황을 살펴봐도 마찬가지고. 즉, 뛰지 않으면서 2군으로 내리지 않았다고요. 무더위에 선수들 체력 고갈이 심하고 순위 다툼이 치열했던 기간입니다. 패전처리 투수 한 명이 아쉬울 때 아닙니까?"

"그렇지. 2군에서 누군가라도 올리는 게 맞지."

내 맞장구에 바로 기연이 시사 고발 프로그램의 사회자처럼 목소리를 깔았다.

"그런데 말입니다, 재밌는 사실을 하나 발견했지 말입니다. 혹시 문종기 선수를 아십니까? 주로 2군에서 뛰어 모르실 수도."

운전석의 홍희가 고개를 갸웃거렸다.

"문종기? 어디서 들어 봤……. 아, 불법 베팅했다가 퇴출된. 그렇지 걔가 스타즈 소속이었지. 가을에 벌금형인가 선고 받았잖아요. 그게 왜?"

"문종기가 임의탈퇴. 그러니까 구단에서 방출된 날짜가 8월 26일입니다. 우리가 인맥 조사를 하면 보통 출신지와 고교, 대학 정도만 챙겨보고 그 아래는 무시하지 말입니다. 문종기는 장덕배와 동갑이고 고향은 다르지만 같은 초등학교 동창이에요. 이건 검색에도 다 나옵니다."

홍희가 우리 쪽으로 상반신을 완전히 틀었다. 도수 없는 변장 안경을 모자 창에 선글라스처럼 걸고 있었다.

"뭐야? 이 불길한 기운은. 친구 지간이면 정황상 둘의 연결 고리가 없다고는 말 못하는 거네."

내가 손을 들어 거들었다. 손은재가 들려준 정보와 맞아 떨어지는 부분이 있었다.

"오케이. 맞을 거야. 신빙성이 있다고. 조금 이상한 점이 없진 않지만 2주간 결장은 부상을 당해서가 아니라 불법 베팅과 관련된 내사 기간이 아니었을까 싶어. 그 시기에 엄갈량 단장이 해킹 방지 차원에서 구단에 카톡 사용 금지령을 내렸대. 공식 업무 보고는 텔레그램을 사용하라고 했다고."

홍희 입술 사이로 요상한 신음이 흘러나왔다.

"흐아. 그건 또 무슨 말이래?"

"메이저리그에서 해킹 사건이 있었잖아. 휴스턴의 내부 정보가 털렸다고. FBI가 조사한 결과 세인트루이스 프런트가 접속해서 들여다 본 걸로 드러났지. 그런데 이번 경우는 텔레그램 사용이 해킹 우려 때문은 아닌 것 같아. 최근의 잇단 카톡 대화 유출이 사회적으로 문제가 됐던 걸 고려하면 이건 경찰 수사 대비일 가능성이 높지. 경찰이 야구단을 조사한다? 지금까지 한국 야구 역사에서 야구단이 경찰 조사를 받은 것은 세 가지 경우였어. 횡령, 병역비리, 그리고 스포츠 도박 관련. 이중 구단이 경찰보다 먼저 움직여야 하는 일이라면 앞의 두 가지를 제외할 수 있지. 자, 그럼 가설을 세워 봅시다. 소속 선수가 불법 베팅에 연루됐다는 의혹을 어떤 식으로든 구단이 알게 됐어. 그럼 단장이 가만히 있을 수 있을까. 홍단장님? 몽키스라면 어떻게 했을까?"

"일단은 그룹 내의 법무팀과 대관, 정보라인 몽땅 총동원해 바로 추적을……."

홍희의 우려에 기연도 한숨을 쉬면서 거들었다.

"맞습니다. 의혹만 가지고 바로 경찰에 수사 의뢰를 하는 건 자폭행위지 말입니다. 팬들 응원을 먹고 사는 야구판에서 수사 검토 사실이 알려지는 자체가 혐의 확정은 물론 유죄 선고나 다름없으니까요. 제가 있어 봐서 아는데 경찰도 스포츠, 연예 관련 내용이 화제가 되는 거 되게 좋아합니다."

내가 의견을 덧붙였다.

"소속 선수가 불법 베팅에 연루됐다는 제보가 들어왔는데 단장이 야구장 바깥일이라고 혹은 개인적 일탈이라고 눙치고 앉아 있으면 직무유기잖아. 일단 조사를 해야지. 연루 의혹 선수에게는 통장 사본과 메일, 통화 내역 같은 걸 요구했을 거야. 증거가 바로 튀어나온 문종기는 한칼에 퇴출된 거고. 엄갈량이 어떤 인간이야? 기자 시절 경찰과 법조를 지겹도록 돌아서 수사 방식에 완전 빠삭하다고."

"신 팀장, 그래도 메일이나 카톡 대신 텔레그램을 강권한 이유가 금방 이해 안 돼."

"수읽기에 능한 엄갈량답게 몇 수를 내다본 것 같아. 이런 경우 사실상 선수의 자백이 없으면 구단 조사권의 한계 때문에 증거 잡기가 어렵다고. 혹시라도 나중에 브로커가 잡히든지 해서 경찰 수사가 이뤄진다고 쳐 봐. 그러면 그 과정에서 구단으로 불똥이 튈 가능성, 압수수색 등의 가능성도 계산에 포함시켰겠지. 이때 구단이 이미 사실 관계를 알고 있었다는 내용이 나오면 골치 아파지잖아. 그러니까 해외에 서버를 둔, 시간이 지나면 압수수색이 불가능한 시스템을 사용하려고 한 거 같아. 해킹을 핑계로 텔레그램 사용을 구단 전체로 확대한 건 일종의 연막작전."

"맞습니다. 경찰 입장에서도 증언 외 똑 떨어지는 증거가 안 나오면 수사를 확대해서 어떻게든 엮어 보려고 할 가능성이 높지 말입니다."

역시 경찰 출신 기연이 홍희보다 이해가 빠르다.

"그렇다면 내사 뒤 장덕배를 계속 경기에 투입하고 KBO에 신고도 하지 않았다는 건 혐의가 없다는 거지? 아니다. 이번에 도매급으로 넘기려는 걸 보면 뭔가 수상쩍기도 하고. 어머 씨발, 그런 걸 지금 와서 어떻게 확인하라고. 결국 진실은 엄갈량만 알고 있는 거 아냐."

홍희가 손바닥으로 모자를 누르며 한탄조로 말했고 내가 타이르듯 달랬다.

"어차피 늦었어. 좀 더 기다려 봐."

상황이 급변했다. 뜬구름 잡던 의심의 방향성이 잡히자 희한하리만큼 전의가 타올랐다. 문종기 행방을 수소문해서 확인하는 게 가장 빠른 방법일 텐데 연락이 닿아도 협조해 줄 리가 없다. 결국 시간싸움. 계속 차 안에 머무는 시간이 아까웠다. 문을 밀고 나서려는데 기연이 다시 어깨를 쳤다.

"팀장님, 이거 쭉."

숙취해소제를 한 캔 더 먹이려고 했다.

"됐어. 느끼해서 싫더라. 효과가 있는지도 모르겠고."

"오늘은 그냥 술자리가 아니다. 구단의 미래가 달린 중대한 업……."

"됐다니깐! 낮술한 사람처럼 오늘 다들 왜 그래. 내 숙취해소제 말고 엄갈량을 나불거리게 할 묘약이 필요하다고!"

내가 짜증을 내며 고개를 획 트는데 시야 한가득 잡힌 것은 하얀 꽃무늬 숄이었다.

"어……, 여기를 왜."

우리 시선이 일제히 차량 앞유리 너머로 향했다. 남현아가 총총걸음으로 아우디 앞을 스쳐가더니 마주보는 곳에 주차된 검은색 밴 안으로 쓰윽 사라졌다. 역시 밤이고 선팅 때문에 차량 내부는 보이지 않았다. 어렴풋이 번호판만 확인 가능한 정도였다.

뜻밖의 전개였다. 불과 10미터 거리를 두고, 두 차량의 불 꺼진 헤드라이트가 마주 보고 섰다. 놀란 내 입이 다물어지지 않았다.

"어찌된 거야. 폰이라도 놔두고 갔나. 저 차 언제부터 있었지?"

눈썰미 좋은 홍희가 바로 답했다.

"신 팀장 내리고 한 10분쯤 뒤? 주의 깊게 안 봐서 남현아인지 몰랐어."

"어느 쪽 문으로 내렸지?"

"왜? 조수석에서 내렸…… 아!"

"운전석에 동행이 있다는 얘기잖아. 이런 소소한 술자리에 연예인이나 탈 법한 9인승 밴을 끌고 왔어. 자기 차는 아닐 테고 대체 뭔 일이래. 다들 맥줏집에서 기다릴 텐데 나 먼저 나가지도 못하겠군. 젠장, 남현아랑 동시에 사라졌으니 오해 받는 거 아닐까?"

홍희가 코웃음을 쳤다.

"과대망상이 좀 있군. 저쪽 밴 운전자도 신 팀장이 이 차에 오르는 걸 봤을 테니 뭐 쌤쌤이네. 지금 우리 쪽을 노려보면서 똑같은 의심을 하고 있을지 모르지."

"우리야 핑계라도 있잖아. 내 이직 100일을 기념해서 회사에서 차 내줬다고. 저런 수상한 행동은 옳지 않아. 또 왜 하필 썬더스야. 봉준우를 빼앗긴 뒤끝인가?"

"지금으로선 의도를 알 수 없지만 그건 아닐걸. 그쪽 단장 꽤 쿨하다고 들었어. 그리고 이직 100일 기념으로 차 내줬다면 개가 웃을 일이다."

썬더스 단장은 선수 출신의 한홍규다. 현역 시절 꾸준한 성적을 남겼고 인품이 훌륭해 선수와 팬들의 지지를 받고 있다. 자리가 사람을 만든다고, 그새 또 어떻게 변했는지 모르겠지만 이적 문제로 악의를 품을 사람은 아니다. 하지만 남현아가 끌고 왔던, 남현아가 끌려왔던 무슨 의도를 가지고 이번 모임에 끼어 든 것은 맞다.

밤안개 자욱한 송년의 밤. 뭔가 뒤죽박죽 혼란스럽고, 음모의 기운은 스멀스멀 피어오르다. 될 대로 되라는 심정으로 차문을 여는데 홍희가 진지한 표정으로 붙들었다.

"장덕배가 혐의가 없다면 왜 굳이 정리하려고 할까?"

나도 진지한 표정으로 답했다.

"내가 결정권자라도 그런 결정을 내렸을 거야. 야구는 멘탈 게임이잖아. 결백을 주장하는 장덕배는 내사 자체로 충격 먹었겠지. 서운함을 품고서 과연 던질 맛이 날까. 불편하기는 프런트 쪽도 마찬가지고. 장덕배가 먼저 타 구단으로 가고 싶다고 요청했을 가능성도 배제 못해. 그런 건 계산기 두드린다고 탁탁 답 나오는 게 아니잖아. 내가 아는 야구는 그래. 암튼 일이 이렇게 꼬여 버린 이상 우리도 머리를 잘 굴려야지."

진실을 까발리고픈 의욕이 차올랐다. 장덕배의 유무죄를 떠나, 몽키스 구단의 이해관계를 떠나, 뭐가 진실인지 두 눈으로 확인하고 싶었다. 단순한 궁금증이라고 해도 상관없다. 내게 있어서 '진실'은 풀리지 않는 원죄이자, 영원한 숙제 같은 것이니까.

기연이 들고 있던 숙취해소제를 빼앗다시피 단숨에 들이켰다. 차 밖으로 나서면서 검정 밴을 일부러 노려보았다. 차 내부는 보이지 않았다.

* * *

"장덕배로 사실상 결정 났어요. 제가 정보 흘리고 다니는 놈은 아니니까 미리 들었다고는 말아주시고. 흠흠."

나는 크림 생맥 첫 모금을 들이켜고 바로 치고 들어갔다.

2차로 간 맥줏집은 약간 어둑하고 조용해서 집중하기 좋았다. 알몸 출장의 전략을 '조용히 듣는' 것에서 '취해서 들이대는' 콘셉트로 바꿨다. 판이 꼬인 마당에 느긋하게 관찰만 하다간 이도저도 안 되겠다 싶었다. 엄갈량을 자극하고 흔들어서 말실수를 유도할 요량이었다.

"그런가? 알아서 판단했겠지. 내게 연락 없는 걸 보니 몽키스 단장님이 아직 최종 통보는 안 한 모양일세."

엄갈량 반응은 능글능글 눈웃음과 함께 그게 다였다. 입가에 스쳐간 미소는 해답 빤한데 뭘 그리 고민하느냐는 냉소 같기도 했다. 도리어 점박이와 해골이 입을 쩍 벌리고 놀랐다.

"맙소사! 선배님, 장덕배를 푸셨던 겁니까?"

뒤늦게 합류한 남현아도 마찬가지. 내가 아우디에서 내리는 걸 봤을 텐데도 태연하게 과장된 발성으로 호들갑이다.

"어머머머! 완전 대박! 그러면 스타즈 보호 선수 20인에 대체 누구누구가 들어간 거죠! 진짜진짜 궁금해지잖아요! 막 소문내고 싶잖아요!"

"대외비인거 다들 알지 않나? 지나친 호기심은 삼가 주게."

맞다. 상대 구단에서 넘겨받은 보호선수 명단은 공개하지 않는 게 불문율. 제외된 선수들이 자존심에 상처를 입는다는 게 표면적 이유다. 하지만 속을 들여다보면 명단이 알려질 경우 더 좋은 선수 놔두고 왜 엉뚱한 선수를 뽑았느냐는 후폭풍이 두렵기 때문이다. 기자 시절부터 느꼈지만 각 구단이 머리를 맞대고 최적의 선수를 선택했노라 설명하는 것을 본 적이 없다. 하물며 팬들을 납득시키는 소통은 언감생심이다. 몇 년 전만 해도 시끄러우면 서버 다운을 핑계로 게시판부터 닫았다.

나는 사건의 정면보다 옆구리를 쳐서 흔들어 보고 싶었다.

"그런데, 선배님. 저는 스타즈에서 전가야를 갑작스레 영입한 배경이 궁금하단 말입니다. 서른다섯 노땅을."

"갑작스럽다? 신 팀장은 왜 그런 표현을 쓰지?"

칫! 또 말꼬리 잡기. 술 한 잔 들어가서인지 그래도 반응은 바로 나왔다. 나는 최대한 해맑게 웃었다.

"선배님은 파워 야구를 선호하시잖아요. 게다가 전가야는 잔류 협상 중이어서 우리 운영팀에서도 외부 입질을 전혀 몰랐던 모양이던데."

"야구도 결국은 강약 조절 아닌가. 과하면 부러져. 내가 젊은 애들 힘만 잔뜩 키워 놨더니 또 그게 약점으로 보이더라고. 대답이 될지 모르겠네만 리스크를 줄이고 싶었네. 적당히 힘 빼고 설렁설렁 몸 사리며 뛰는 안정적인 선수 한둘 섞어 보고 싶었어. 근육과 뼈 사이의 윤활유 같은 존재라고나 할까. 야구란 놈도 결국 사람 몸처럼 다뤄야겠더라고. 경험 면에서 전가야가 최적이었고. 듣자 하니 몽키스가 계약 기간을 2년 이상은 힘들다고 계속 압박했던 모양이던데?"

나는 거기에 대해서 긍정도 부정도 하지 않았다. 운영팀의 연봉 협상 전략을 모르거니와 알아도 입 다물어 주는 게 예의다.

"신 팀장. 사실은 우리 스타즈가 그 정보를 듣고 접촉한 거라네. 선심 쓰듯 2년에 플러스 1년을 들이댔더니 전가야가 바로 오케이. 마지막 해 옵션은 구단에서 주도권 쥐는 거라 착시일 뿐인데 말이지. 어쩌면 몽키스가 멍석 잘 깔아 준 덕에 쉽게 당긴 거고. 몸값은 해낼 거야. 고향이라서 편하기도 할 테고. 궁금증 풀렸지? 갑작스런 영입이 아니라 계산된 거라네."

들어 보니 일면 그럴 듯했다. 야구를 인생에 빗댄 말장난은 싫었지만. 그래도 한발씩 핵심에 다가서고 있다. 옆자리 점박이가 혀가 꼬인 채 거들었다.

"하긴 그 액수면 전가야 괜찮죠. 우리도 탐나긴 했는데 야수는 넘치고 투수가 기근이라. 옆구리 투수도 하나 있어야 하는데."

나는 어깨를 펴고 바로 앉았다. 작정하고 더 따지고 들어갔다.

"선배님, 그런 이유라면 장덕배가 풀린 것도 이해 안 됩니다. 장덕배야말로 진짜 윤활유 같은 존재 아닙니까. 전천후 등판으로 흠집 난 마운드 곳곳을 메꿔 주는. 설마 저희가 지명 안 할 거라고 생각하셨던 겁니까?"

흠집 난 마운드의 윤활유라니. 내가 생각해도 기막힌 비유였다.

"신 팀장. 내가 점쟁이도 아닌데 그것까지 어떻게 알겠나?"

"그게 아니라면, 장덕배에게 뭔 다른 불미스런 문제가 있거나. 흠흠."

순식간에 입에서 화살이 떠나 버렸다. 내 목소리가 살짝 떨린다고 느꼈다.

천하의 엄갈량도 깜짝 도발에 기분이 상했나 보다. 눈썹이 비틀린다. 감정이 없을 줄 알았더니 역시나……. 열린 마인드를 가졌노라 자처하는 사람일수록 위계질서에 집착하는 경향이 있다.

"지금 그거 질문인가? 당연한 거 아닌가? 스타즈엔 장덕배보다 나은 20명의 선수가 있으니. 말꼬리 잡지는 말아 주게. 혹시 『볼포』란 책을 봤는가? 짐 바우튼이란 메이저리그 너클볼러가 오래전에 쓴 책인데 읽어 보길 바라. 구단 안에서 어떤 상상초월의 추한 일까지 일어나는지 발가벗겨서 보여 준다고. 신 팀장이 계속 프런트 경력을 쌓아가고 싶다면 가르침이 될 걸세."

절묘하게 주제를 틀면서 할 말 없게 만든다. 틀린 말은 아니나 너는 아직 초짜야, 그게 한계이고, 어디 내 의견에 대들어, 그런 훈육 당하는 느낌. 그리고 『볼 포』는 지금 내가 읽고 있는 그 책이다.

남현아가 오징어를 찢으며 거들었다.

"몽키스에서 장덕배까지 채가면 옆구리 투수 너무 많잖아. 우리는 없어서 고민인데. 재분양해야지 않아요? 호호."

"나야 전력 담당이 아니니 뭐……. 단장이랑 감독이 알아서 할 문제고."

휴대폰에 갑자기 홍희의 문자가 떴다.

기연 씨가 기념품 챙겨서 거기로 갔음. 나는 뒷일 책임 못짐.

으악! 또 무슨 작당을 하려고. 늘 결정적 시점에 들이닥치는 훼방꾼도 아니고. 비웃음을 살게 뻔하다. 말려야 한다. 절대 안 될 일이다.

답장을 보낼 틈도 없이 가게 문이 열렸다. 기연이 양 손에 종이가방을 흔들며 모습을 드러냈다. 밝은 인상에 건강미 넘치는 체형. 포니테일로 묶은 머리는 수수한 개성이 돋보이면서도 단정했다. 모두의 시선을 끌 만한 등장이었다. 나는 급히 변명거리를 찾아야 했다. 번개의 목적이 완전히 들통 나기 일보 직전. 말까지 더듬거렸다.

"제, 제가 불렀습니다. 유, 유일한 팀원인데 소개도 시킬 겸. 오늘

술 퍼먹는 저를 안전하게 데려다줄 대리기사를 자처하고 나서서요. 원숭이네 기념품 3종 세트를 좀 챙겨왔습니다. 수건과 모자, 미니 원숭이 인형이 들어있습니다. 올해 새로 만들었는데 아직 풀리기 전입니다. 약소합니다만 또 이런 걸 따로 모으는 덕후도 있다고 들어서."

엄갈량이 반응을 보이기 시작했다. 물론 기념품이 아니라 기연에 대한.

"놀랍군. 우리 애들은 땡 하면 다 튀고 없다네."

"선배님. 요즘 세상에 누가 그런 일을 시킵니까. 절대 그래서도 안 되고. 오늘은 제 경력 입사 100일이잖아요. 좀 특별한 날의 쿠폰 같은 거죠."

그 정도에서 넘어가면 될 텐데 기연이 대책 없이 거들었다. 특유의 능청은 빠지지 않는다.

"대리운전이 귀찮지 않습니다. 저희는 밤낮 구분 없이 일하지 말입니다. 조미그룹 한명숙 회장님이 늘 강조하세요. 여성들이여, 힘든 일도 피하지 말고 거친 일 앞에서 당당해지자. 조미그룹의 사풍입니다. 감칠맛 조미료 속에는 그런 남녀노소 구분 없이 일하는 직원들의 땀방울이 녹아…… 아, 그건 아니고. 식품을 기반으로 하는 기업이라 바깥일도 부엌일도 다함께, 힘든 일도 즐거운 일도 다함께. 하하."

"하하. 웃기는 사풍이군."

"이런 사풍도 있지 말입니다. 외부 손님들 앞에서 상사를 돋보이게 하는 조미료 같은 존재가 되라. 자, 그런 뜻에서 제가 폭탄주 한 잔씩 올리겠습니다."

기연이 점박이의 잔부터 빼앗았다. 내가 뒷골을 움켜잡으며 인상을 썼다.

"여기 맥주만 파는 가게거든?"

기연이 좌우를 한번 훑더니 음흉한 웃음과 함께 더플코트 소매에서 소주를 한 병 쓰윽 꺼냈다.

"몰래 먹는 폭탄주가 더 맛있지 않습니까. 주인의 허를 찌르는 이것을 페이크 플레이 중의 최고, '은닉구'라고 감히 부르고 싶지 말입니다."

연이은 웃음보가 터졌다. 두서없는 기연의 출현이 다들 싫지 않은 모양이다. 1루수가 글러브에 공을 몰래 감춰두고 있다가 멍하니 있는 1루 주자를 태그하는 은닉구에 대한 비유가 웃겼다. 대화 주도권을 빼앗겼다고 생각하는 남현아만 재 뭐니? 하는 표정으로 입술을 비죽댔다. 소주를 섞은 잔을 손목 스냅만으로 살랑살랑 흔드는 기연의 화려한 손놀림에 다들 황홀함을 금치 못했다. 모두 원샷. 의외로 반응이 최고였다. 특히 해골이 그랬다.

"뭐지? 이 달달한 듯 담백하면서 목 넘김이 부드러운 맛은? 혹시 조미료를 팍팍 치셨나?"

다시 웃음보가 터졌다. 나는 저 미친 짓의 의도를 도저히 모르겠다. 민망함을 감추려고 술만 넙죽 받아 마셨다. 희한하게 진짜 개운한 맛이 났다. 같은 재료로 다른 맛의 폭탄주 제조가 가능하다니. 역시 비율의 문제일까. 손목 스냅을 이용한 손맛일까. 진짜 조미료를 뿌렸을까. 당장 비법이 궁금했다.

철옹성 같던 엄갈량까지 분위기에 휩쓸렸다. 기연은 기다렸다는 듯 한 잔을 더 제조했다. 소주의 양이 살짝 많은 듯 보였지만 엄갈량은 토를 달지 않았다. 단번에 들이켜더니 처음으로 치아를 다 드러내며 웃었다.

"기가 막히네. 신 팀장네는 하루하루 활기차겠구만."

희한하게 그때부터 엄갈량이 수다쟁이로 변신했다. 소주 폭탄 몇 잔에 혀 꼬일 사람이 아닌데 다중인격이 아닌가 싶을 정도로.

"그럼 저는 이만. 즐거운 시간 되십시오."

잔을 주고받던 기연이, 막간 배우처럼 분위기를 한껏 띄워놓고, 더플코트 소매에 빈 소주병을 챙겨 넣고선 혼령처럼 사라졌다.

다들 뭔가에 홀린 기분이었다. 신비한 맛의 폭탄주에 빠져서 정확히 어떤 말이 오갔는지 기억이 안 난다.

자리가 파할 때쯤이었다. 남현아가 파우치를 들고 화장실로 사라졌다. 점박이와 해골은 담배를 피우러 밖으로 나갔다. 엄갈량과 처음으로 단둘이 마주 앉았다.

내가 두 손으로 탁자를 짚고 정색했다.

"선배님, 올여름 스타즈에서 일어났던 불법 베팅 의혹은 그걸로 끝입니까? 야구판이 늘 정의로울 순 없지만 진실을 알려 줄 의무는 있다고 생각합니다."

엄갈량이 눈동자를 부라렸으나 이미 탁해져 있었다.

"알 수 없네. 알 수가 없다네."

묘한 말이었다. 단언컨대 헛말은 아니다.

엄갈량이 등을 젖히면서 동력을 잃은 사이보그처럼 퍼져 버렸다. 더 움직이지 않았다. 10시 30분. 내 알몸 출장도 끝이 났다.

* * *

이런 주장이 있다. 세상에 완전범죄란 없다. 왜냐하면 범인 자신은 알고 있으니까. 확률적으로 희박해도 스스로 자랑삼아 떠벌리거나, 혹은 죽음을 앞두고 죄책감에 고백하는 경우도 있다는 논리였다. 그것을 이번 사건에 대입해 보면, 엄갈량 머릿속을 읽으려면 결국 스스로 입을 열게 해야 한다는 의미다. 의식이 끊기기 직전에 뱉은 모호한 한 마디. 단서라고 얻어낸 건 그게 다였다. 엄갈량을 태운 모범택시가 떠나는 모습을 보며 착잡함에 사로잡혔다.

2라운드 경기가 끝났다. 나는 휘적휘적 다시 주차장을 찾았고, 아우디 앞 조수석에 주저앉았다. 숙취해소제 덕분인지 생각만큼 취하지 않았다. 안타깝게도 폭탄주를 주거니 받거니 하던 기연은 뒷자리에서 뻗어 버렸다. 다짜고짜 홍희에게 따졌다.

"대체 어떻게 된 거야? 왜 예고도 없이 사람을 들여보내고 그래. 사람 민망하게."

"나를 비난하지는 마. 강요한 게 아니라고. 돌파구를 찾다보니 기연 씨가 머리를 쓴 거야. 엄갈량이 보드카 폭탄에 맥을 못 춘다는 정보를 들었다고 하더라. 편의점에서 보드카를 사서는 소주병에 따라서 수류탄처럼 챙겨 갔어. 적진에서 산화했다고나 할까."

"뭐야, 그럼 기연 씨가 소매에서 꺼낸 소주병에 든 게 다 보드카야? 어쩐지 맛이 살짝 다르더라니. 워낙 약장사처럼 떠들어 대서

맛있는 폭탄주 제조법이 따로 있는 줄 알았잖아. 그럼 더 말렸어야지! 여직원을 그런 술자리에 보낸 게 말이 돼. 그것도 단장이. 노조에서 당장 들고 일어날 일이야."

홍희는 입을 삐죽 내밀었다.

"그럼 내가 가리? 얼굴 팔려서 갈 수도 없잖아. 단장님, 제가 가는 건 술을 마시러 가는 게 아닙니다. 몽키스의 앞날을 위한 것이오니 부담 갖지 마십시오. 기연 씨가 그랬다고. 자꾸 그렇게 다그치니 더 미안하잖아. 신 팀장도 입 열게 하는 묘약 찾아보라고 성질 부렸으면서. 암튼 진정한 앱솔루트 파워였어."

놀랄 일이었다. 머리가 비상한 건지 겁이 없는 건지. 농담처럼 흘린 엄갈량의 약점을 진짜 파고들다니. 행동력 하나는 끝내준다. 소주병만 감춘 게 아니라 그 안에 보드카를 또 감췄다. 이중 은닉구. 중전 안타 타구에 키스톤 콤비가 주자를 속이기 위해 벌이는 페이크 더블플레이다. 그 덕에 어렴풋이나마 눈치는 챘다. 엄갈량의 노림수를. 겉은 닳고 닳은 중년 같아도 그 계략은 내 상상보다 훨씬 멀리 있었다.

"홍 단장, 우리말이야 악마의 리스트를 받은 게 아닌가 싶어."

"악마의 리스트?"

"냉정하게 한번 따져보자. 우리가 장덕배를 지명 안 할 가능성은 얼마나 될까? 1%나 될까? 그 보호선수 명단은 어느 누가 봐도 장덕배를 찍도록 만들어 놓은 거잖아. 인정하지?"

"인정. 그래도 미친 척 1% 확률로 우리가 지명을 안 한다면? 그럼 그걸로 끝이잖아?"

“그렇게 단순한 게 아냐. 거기엔 두 가지 노림수가 있어. 첫째, 우리가 장덕배를 놓치면 당연히 소문이 돌겠지. 보호선수에서 풀렸는데도 지명을 안 했더라. 일단 팬들이 난리칠 거야. 홍 단장도 욕을 바가지로 얻어먹을 거고. 엄갈량은 그런 그림을 알고 있기에 몽키스는 무조건 장덕배를 찍는다란 자신감이 있는 거야. 둘째는 ‘스타즈에서 장덕배를 팔 용의가 있습니다’를 우리 입으로 광고해 주는 꼴이야. 우리가 지명 안 하면 여러 구단에서 트레이드 카드 들고 막 달려들걸? 여기서 포인트는 스타즈의 수동성에 있어. 트레이드까지는 하지 않으려고 했는데 여러 구단에서 워낙 적극적이라 마지못해 임했다는 스탠스. 그래야 혹 나중에 불법 베팅 건이 발각 되도 변명이 가능한 거지. 자신들이 먼저 내민 트레이드 카드가 아니었으니까. 즉, 우리가 지명하지 않아도 장덕배는 소문에 휩쓸려 팔려갈 운명이야. 인정?”

홍희가 긴 한숨을 내쉬며 시계를 봤다.

“그것도 인정. 아무튼 당장 급한 건 우리가 장덕배를 지명했을 경우네. 어떤 문제가 생길까? 당연히 혹시 터질지 모르는 불법 베팅의 불똥?”

“그것도 그렇지만 아까 말했다시피 장덕배가 심리적으로 위축돼서 제대로 실력 발휘를 못 할 수 있다는 거.”

“하긴 그게 제일 걱정스럽지.”

“하지만 엄갈량은 모든 경우의 수에 대비한 답을 가지고 있어.”

“모든 경우의 수에 대한 답?”

“확실해. 기연 씨 덕분에 알아차렸어.”

"엄갈량이 마지막에 했던 말 때문이라는 거지. 알 수 없네. 알 수가 없다네."

"그 뜻을 방금 깨달았어. 말 그대로야. 엄갈량이 지금 상황을 세팅했을 경우의 수는 딱 하나. 장덕배를 2주에 걸쳐 샅샅이 뒤졌지만 불법 베팅의 증거를 찾지 못한 경우. 즉, 의심은 깊지만 물증은 없다. 혐의가 명명백백한 문종기와 달리 장덕배는 유무죄를 판단 못하는 상황인 거지. 그래서 경찰 조사도 없었던 거고."

"조금 쉽게 설명해 봐."

"자, 선제적 대응을 위해 구단에서 내사를 벌였는데 증거가 없으니 KBO에 자진 신고를 못해. 아무리 의혹이 있다 하더라도 선수 본인이 부인하는데 '의심이 간다'고 알리는 것은 선수의 미래에 악영향을 줄 수 있지. 인생이 걸린 문제잖아. 그 책임을 어느 누가 질 수 있겠어? 당연히 장덕배의 선수 생활을 지속시켜야지. 그런데 데리고 있자니 감정의 골은 상했고 추후 증거가 발견될 가능성도 배제 못해. 구워도 장담 못해. 그래서 이번 기회에 보호 명단에서 슬쩍 빼며 우리가 지명하게끔 유도한 거지. 불법 베팅 혐의가 걸려있다는 언급은 당연히 할 수가 없고."

"그렇지. 언급을 하면 우리가 당연히 지명을 안 할 테니 스타즈에서는 보호선수를 21명으로 늘리는 효과나 마찬가지잖아."

"오호! 이제 머리 좀 돌아가시네. 우리가 뽑고 나서도 스타즈에선 불법 베팅 건은 영원히 입 다물 거야. 만약 그 사실을 흘린다면 뽑아간 선수를 앞으로 활용 못하게 하려는 의도였다는 오해를 살 수 있거든. 그러니까 우리가 지명하든 안 하든 장덕배는 무조건 팔리게 돼 있고, 우리는 무조건 피해를 보게 된 세팅이야."

내가 말해놓고도 전율이 일었다. 그 인간, 명성대로였다. 새치는 늘어도 머리는 녹슬지 않았다. 살짝 존경심 같은 게 일기도 하고, 순식간에 사기 사건에 휘말린 기분이기도 하고.

홍희와 나는 동시에 침묵에 빠져들었다. 어둠 저편에 검은색 밴은 아직 서 있었다. 내가 손목시계를 봤다. 숨 돌릴 정도의 시간은 남아 있다.

"홍 단장. 다행히 우리에게도 선택지는 있어. 이게 다 폭탄주 투척하고 뻗어 버린 기연 씨 덕분이야. 조금만 기다려보면 알게 될 걸. 확신해. 끝까지 버텨 보자고."

나는 가볍게 주먹을 쥐어 보였다.

* * *

홍희 휴대폰의 스피커를 통해서 들려오는 목소리는 중후한 중년이었다. 밤 10시 45분. 예상보다 일찍 입질이 왔다. 고저 없이 차분한 목소리가 마치 대학교수 같았다. 선수들에게서 존경 받는다는 썬더스 단장 한홍규였다.

"홍 단장님, 밤에 죄송합니다. 전가야 보상 선수로 장덕배를 지명했다는 소식을 들었습니다. 잠수함 투수가 넘쳐서 고민 중이라는 것도. 저희 썬더스가 포지션 불균형을 해소하는데 도움을 드릴 수 있을 것 같아서 말입니다."

"와, 정보력 대단하시네요. 그런데 어쩌죠? 아직 확정은 아닙니다. 시간이 조금 남았고 비슷한 제안을 한군데서 더 받아 놓은 상태라. 저희도 지금 최고의 조합을 찾고 있습니다. 죄송하지만 10분 후 다시 통화 가능할까요?"

홍희의 능청. 하지만 기쁨에 찬 달뜬 목소리는 평소와 달리 깃털처럼 가벼웠다.

한홍규가 거짓말을 눈치 챘을 수 있겠지만 상관없었다. 야구는 다 속이는 게임이니까.

우리는 그냥 멀뚱히 시간을 보냈다. 딱히 할 말이 없었다. 음악이라도 틀까 싶었지만 되레 집중력을 방해할 것 같았다. 술에 곯아떨어진 기연의 숨소리만 규칙적으로 들렸다. 홍희가 콘솔박스 사이로 몸을 뻗어서 삐딱해진 기연의 머리를 바로잡아 주었다.

핸들 옆 디지털시계가 막 11시를 지났다. 다시 휴대폰 벨소리가 울렸고 그 중후한 목소리.

"퍼즐은 다 맞추셨습니까?"

"아직……. 들어보고 결정할 생각입니다."

"단도직입적으로 말씀 드리자면 저희 썬더스의 제안은 이겁니다. 필승조의 한현이 탐납니다. 당연히 그 자리야 더 나은 장덕배로 채우시면 될 테고. 대신 외야수 한 명 보내드리겠습니다. 노땅 전가야의 빈자리를 메울 싱싱이로 말입니다. 우효민 정도면 퍼즐이 맞을까요?"

우효민이라. 나는 침을 꿀꺽 삼켰다. 괜찮다. 좋은 외야수가 넘치는 썬더스에서 풀타임 주전을 못 꿰차고 있지만 호타준족에 펜스 근처에서의 수비력은 발군이다. 허슬 플레이가 가능한 외야 아이돌 후보. 장타력만 좀 빠지는 4툴* 플레이어에 가까운 선수다.

나는 바로 손가락으로 동그라미를 그려 보였다. 홍희도 고개는 끄떡이면서 대화는 잠시 침묵. 그럴 땐 또 노련해 보였다.

"저기, 단장님. 우효민은 싱싱이가 아니라 덜 익은 거 아닌가요? 그 둘은 미묘하게 다른데. 퍼즐이 살짝 어긋나네요. 서로 포지션의 중복 문제를 해소하는 건 좋습니다만, 애초 투수와 야수의 일대일 트레이드는 무게추가 다르죠. 그리고 전가야 빈자리는 걱정 안 합니다. 그 정도 자원은 저희도 있습니다. 대신 판을 조금 키우시는 건 어떠신가요?"

"편히 말씀해 보십시오."

한홍규 단장의 침 삼키는 소리가 컸다.

"이건 어떨까요? 그토록 원하시는 장덕배를 오늘 받아서 내일 바로 보내드리겠습니다. 대신 우효민에 작년에 지명한 포수 김태용을 얹어 주시면 대충 무게추가 맞을 것 같은데."

"호오. 의외로군요?"

한홍규 목소리에 진심으로 놀라움이 묻어났다. 홍희가 재빨리 뒷말을 이었다.

"몽키스 선발진은 거의 구축된 상황입니다. 외국인 투수들의 재계약 변수가 있긴 하지만 역할 분담은 끝났다는 말이죠. 기존 질서를 어지럽히고 싶지 않아요. 아시다시피 이번 일은 예고 없이 터진

---

* 야구에 필요한 모든 능력을 갖춘 선수를 5툴(tool) 선수라고 부른다. 공을 정확히 맞히는 콘택트 능력, 강한 타구를 날리는 장타력, 스피드를 갖춘 주루능력, 공을 잡아내는 수비 능력과 강한 송구를 할 수 있는 능력 등 5가지다.

겁니다. 사람들이 장덕배를 한현보다 한 수 위로 치는지는 모르겠지만 저는 둘의 능력차가 커 보이지 않더라고요. 거기에 오필성 감독님과 봉준우 선수 영입에 대한 제 개인적인 감사 표시가 더해졌다고 생각해 주십시오."

마지막 말은 불필요했다. 자본의 논리가 좌우하는 바닥이다. 거래 성사를 위해 계산된 발언이라면 할 말은 없지만. 홍희가 불쑥불쑥 예상치 못한 말로 타인의 감정선을 건드리곤 하는데 지켜보는 입장에선 늘 조마조마하다.

"홍 단장님, 이번에는 제가 10분 후에 연락드리겠습니다. 갑자기 무게가 확 늘어서 즉답을 드리기가 곤란합니다."

"기다리죠. 거래가 성사 됐다면 차량 왼쪽 깜빡이를 세 번 넣어주십시오. 저희도 깜빡이를 세 번 넣겠습니다. 다 들통 난 마당에 편히 하자고요."

"하하."

홍희의 엉뚱한 요청에 한홍규가 그만 너털웃음을 터트렸다.

이 무슨 마약거래도 아니고 조폭 느와르 영화 찍는 것도 아니고. 오늘은 시시콜콜 민망해서 못 볼 지경이다.

시간이 다시 더디 흘렀다. 마지막 관문. 합격자 발표를 기다리는 수험생의 심정이다. 홍희도 초조한지 마른 손을 비벼댔다.

"신 팀장, 썬더스에서 어떻게 알았을까? 남현아가 중간에서 역할을 했겠지?"

"당연하지. 우리 몽키스 구단 안에도 레이더 뻗쳐놨을 거야. 한 단계 건너면 다 형님 동생 하는 동네잖아. 장덕배로 결정 났다는데 통보가 지연되고 있으니 뭔 일인가 싶어 다리 걸친 거고. 내 추측대로 우리가 지명하지 않으면 바로 스타즈와 거래 트려고 했을 거야. 때마침 번개 모임이 있었고 엄갈량이 뜬다니 안면 있는 남현아 보내서 분위기 살핀 거고."

"용케도 알아차렸네."

"블랙캣츠와 돌핀스도 옆구리 투수 영입이 절실한 곳이지. 오늘 멤버들 소속 구단을 보고서 뒤늦게 깨달았어. 점박이도 해골도 장덕배 진로와 관련된 정보수집 차 왔던 거야. 어쩐지 번개 참 쉽다 싶더라니. 젠장."

"다들 안면몰수 맨발로 막 뛰는구나. 첩보전을 방불케 하네."

나는 대답 대신 기연이 걱정스러워 한 번 더 돌아봤다. 홍희에게는 대기하는 시간이 여전히 고역이고.

"과연 썬더스가 조건에 응할까?"

"아마도. 또 블랙캣츠나 돌핀스에서 연락 올지도 모르고."

내 말이 떨어지기가 무섭게 검정 밴의 전조등이 깜빡거리기 시작했다. 한 번, 두 번, 세 번.

홍희가 감격에 겨워 두 손을 모아 기도했다. 바로 비상 대기 중인 운영부장을 불러냈다. 마감까지 40분 남았다.

"네. 장덕배로 하겠습니다. 그리고 내일 오전에 트레이드 건이 하나 있습니다. 내용은 출근해서 말씀드릴게요. 감독님께는 제가 직접 찾아뵙고 설명하겠습니다."

다 끝났다. 속이 시원했다. 술기운이 증발했다. 갈증이 몰려왔다.

건너편에서 시동 소리와 함께 헤드라이트 불빛이 날아들었다.

너무 강하고, 환해서 아무 것도 보이지 않았다. 마침내 커다란 밴이 천천히 우리 앞을 돌아서 주차장을 빠져나갔다.

“오늘 최선 다한 거 맞지? 한 편의 영화 같구나.”

홍희가 상기된 표정으로 물었다. 내색은 안했지만 내 안에도 뿌듯한 충만감이 차올랐다.

“영화 같다고 그러니까 클린트 이스트우드가 늙은 스카우트로 나왔던 작품이 떠오르네. 내가 또 그 대사를 좋아하거든.”

나는 침을 한 번 삼키고 천천히 입을 뗐다.

“훌륭한 스카우트는 야구의 심장이야. 누가 플레이 할지 결정하고 때론 경기에도 영향을 미치지. 하지만 컴퓨터는 선수의 숨은 소질을 알지 못해. 주자 뒤로 공을 쳐낼 수 있는지, 4타수 무안타를 기록하고도 아무 일도 없던 것처럼 태연하게 돌아올 놈인지 알 수 없지. 컴퓨터는 쓰레기들을 알 수 없지만 나는 아니요, 라고 말할 수 있지.”

홍희가 잠시 그 대사를 음미하더니 나를 향해 엄지를 척 세워 보였다.

아우디가 다시 밤의 서울을 달렸다. 승자의 질주처럼 빠르고 가볍다. 편한 승차감을, 스피커의 황홀한 음질을 느꼈다. 호주 여가수 시아가 「더 그레이티스트」를 탁 트인 고음으로 불러댄다.

오오! 숨이 차올라. 하지만 나는 아직 힘이 남아 있다네.

지금도 달리는 중이야. 눈을 감을래.

아직은 힘이 남아 있어.

넘어야 할 산이 또 보여.

하지만 나는, 나는 아직 힘이 남아 있다네.

지난 몇 시간 동안의 일을 복기해 봤다. 사소한 의심에서 촉발된 한밤의 떰박질. 결과적으로 모두가 손해 보지 않는 트레이드가 됐다. 운명처럼 여러 선수들의 정착지가 바뀌었다. 복을 부를지 화를 부를지 알 수 없지만 그 또한 운명이다.

스타즈는 잠재적 폭탄의 위험을 손해 없이, 소리 소문 없이 처리했다. 취약해 보이던 좌익수 자리를 안정 전력으로 구축했다. 엄갈량도 맘고생에서 벗어나 편히 자신만의 야구를 펼치겠지. 그것은 돈으로 환산할 수 없는 이득이다.

몽키스는 FA 전가야를 붙잡기 위해 책정된 20억을 아꼈다. 빈자리를 즉시 채울 젊은 외야수와 갈망하던 포수 유망주를 얻었다.

썬더스는 넘치는 외야 자원을 정리하고 잠수함 투수를 얻었으니 마운드 다변화에 성공했다. 모르는 게 약이라고 했던가. 잠재적 폭탄은 영원히 안 터질 수도 있다. 그럼 됐다. 액면상 누구도 손해 보지 않은 멋진 거래였다. 홍희의 의심과 기연의 활극과 나의 판단이 빚어낸 결과라고 자부한다.

어딘가 모르게 미심쩍었던 마지막 퍼즐도 풀렸다. 장덕배는 2주 동안 경기에 나서지도 않으면서 왜 2군에 내려가지 않았을까. 핑계는 차고 넘친다. 휴식도 좋고 KBO리그에서 전가의 보도처럼 쓰이는 장염도 좋다. 그런데 엔트리 변경 없이 내사를 받았다. 전력 공백 위험까지 감수하면서 왜?

엄갈량의 마지막 멘트는 "알 수가 없다네"였지만 거기에 담긴 표정이 답을 말해 줬다. 기연이 건넨 통산 출전 기록을 검토하는 과정에서 알아챘다.

장덕배는 앞으로 두 시즌이 끝난 뒤 첫 FA 자격을 얻는다. 데뷔 초창기 등록일수 부족 때문에 2주 동안 2군에 내려간다면 자격 획득에 1년이 더 걸린다. 어쩌면 이번 보호선수 명단 제외는 폭탄 제거를 위한 꼼수가 아니라 내사에 대한 배려가 아닐까라는 생각도 들었다. 새로운 팀에서 새 출발할 기회를 주려는. 썬더스, 블랙캣츠, 돌핀스 모두 선발급 활약이 가능하다. 풀타임 2년 잘 뛰면 FA 시장에서 몸값의 규모가 달라진다. 진짜 엄갈량은 이 모든 걸 염두에 둔 걸까. 몽키스를 거쳐 다른 팀으로 가리라는 것까지.

하나 확실한 사실은 엄갈량 신공 따윈 애초에 없었다. 오직 선수만 바라보는 마음이 빚어낸 착시.

자정이 넘어서고 있었다. 일일 기사 홍희가 신바람 질주를 시작했다. 가속 페달을 콱콱 밟았고, 차는 승전병이 모는 말처럼 내달렸다. 드높인 음악 소리가 승리의 나팔소리처럼 빰빰! 축포를 울리듯 클랙슨을 빵빵! 일산 신도시의 환한 불빛이 저 너머로 보였다.

문자 알림 소리가 들렸다. 남현아였다.

선배, 오늘 죄송했습니다. 과했다면 용서 부탁드려요. 사랑하는 우리 썬더스를 위해서라면 바깥의 손가락질 정도는 참을 수 있습니다. 편안한 밤 보내세요.

시로의 속셈이야 이제 다 안다. 침묵이 나을 것 같다가도 또 너무 배려가 없는가도 싶었다.

일 이야기는 안 궁금하고, 소개팅 했다는 투수 K가 누군지 궁금해. 편안함 밤.

돌아보니 소문만큼 밉지 않았다. 자기가 몸담고 있는 구단을 사랑하는 로열티. 그건 선수들에게만 요구되는 건 아니다. 예전에 모 구단의 프런트가 한 말이 기억난다. "우리도 국정원처럼 스포트라이트 없는 음지에서 일해요." 그렇다면 '조국을 위한 소리 없는 헌신'이 아니라 '우승을 위한 소리 없는 헌신'쯤 되려나. 우승을 위한 소리 없는 헌신이라니……. 그 문구에서 공감 이상의 짠함이 느껴졌고, 바로 감동했다. 나도 그 세계로 동화되는 느낌이랄까. 기이한 힘이었다.

오늘 밤만은, 음지에서 뛰는 이 땅의 모든 프런트에게 경배.

선수가 성장하는 길

탬파베이가 창단한 지 얼마 안 됐을 때다. 보스턴, 양키스 등 쟁쟁한 팀들의 틈바구니에서 꼴찌만 줄창 하던 때였다.

페르난도 아랑고는 탬파베이의 중부지역 스카우트였다. 아칸사스, 캔자스, 미주리, 오클라호마, 네브라스카 지역을 담당했다. 커버하는 범위는 어마어마하게 넓지만 이곳은 유망주들의 불모지에 가까운 지역이다. 장래가 보장된 탑 유망주들은 1년 내내 야구를 할 수 있는 플로리다나 텍사스, 캘리포니아에 널렸다. 눈에 불을 켜고 살펴도 좋은 선수 찾기가 쉽지 않다.

스카우트의 차 안은 먹고 버린 햄버거 껍질과 빈 콜라 컵으로 가득 차 있기 마련이다. 넓은 땅을 이리저리 돌며 선수를 봐야 하기 때문에 차 안에서 식사하기 일쑤다. 거리와 시간의 싸움이다. 소문난 선수는 경쟁이 치열하다. 눈에 띄지 않은 보석을 찾으려면 한 발 더 움직이고, 한 번 더 살펴야 한다.

아랑고는 어느 날 미주리 지역의 한 고교야구 대회를 찾았다. 잠재력 넘치는 3루수를 발견했다. 탁월한 운동능력을 가졌다는 것은 몇 번의 플레이만으로도 확인됐다. 아랑고는 경기가 끝난 뒤 그 선수를 직접 만났다. 이야기를 나눠 보니 야구라는 종목, 경기에 대한 이해도도 무척 뛰어났다. 아랑고가 판단하기에 야구를 할 수 있는 머리와 몸을 모두 가진 선수였다.

아랑고는 드디어 제대로 된 선수를 찾았다고 여겼고 곧장 탬파베이 구단에 보고했다. 구단의 반응이 뜨뜻미지근하자 장문의 보고서를 작성했다. 아랑고는 '미래의 40홈런 타자감'이라고 적었다. 구단 고위층은 코웃음을 쳤다. 미주리는 대체로 뛰어난 선수들이 나오지 않는 곳이라고 지레 판단했다. 아랑고는 꾸준히 구단을 설득했고, 결국 그 선수를 데려와 직접 플레이하는 모습을 보여 주는 것까지는 허락을 받았다.

아랑고가 추천한 선수에 대해 구단은 여전히 미온적이었다. 제대로 실력을 보여 주기도 전에 "내야수 치고는 덩치가 너무 크다"고 결론을 내렸다. 타격 훈련 때 그 선수는 정확한 타격으로 타구를 우중간으로 날렸다. 담장을 넘기기도 했지만 구단 수뇌부는 덩치 큰 선수가 힘껏 당겨치지 않고 반대쪽으로 밀어치는 습관이 있다고 판단했다. 편견이 편견을 낳은 결과였다.

구단은 그 선수가 한 번도 해 보지 않은 포수 테스트를 받게 했다. 송구 능력은 좋았지만 전문 포수와는 차이가 났다. 구단은 결국 고개를 저었다. 그리 대단하지 않은 선수라고 판단했다. 크게 실망한 아랑고 스카우트는 구단에 사표를 제출했다.

그해 여름 메이저리그 드래프트가 열렸다. 탬파베이는 그 선수를 지명하지 않았다. 미주리 지역을 연고로 하는 세인트루이스가 그 선수를 지명했다. 흙속에 가려져 있던 선수였기 때문에 지명 순위는 13라운드 전체 402위에 머물렀다.

아랑고 스카우트의 눈은 틀리지 않았다. 13라운드, 전체 402위에 지명된 선수는 메이저리그 역사상 가장 뛰어난 선수 중 한 명으로 성장했다. 아랑고를 만나 야구에 대한 열정을 털어 놓은 야구 소년의 이름은 바로 앨버트 푸홀스였다.

2001년 세인트루이스의 주전 3루수 바비 보니야의 부상으로 갑작스레 주전이 된 푸홀스는 괴물 같은 활약을 펼치며 메이저리그에 이름을 알렸다. 첫 해 만장일치 신인왕은 물론 MVP 투표에서도 4위에 올랐다. 데뷔 후 10년 동안 3할, 30홈런, 100타점을 기록했다. 11년째에는 시즌 중반 손목이 부러졌는데도 2할9푼9리, 37홈런, 99타점을 기록했다. 안타 1개, 타점 1개만 더 했으면 11년 연속 기록을 세울 수 있었다. FA 자격을 얻어 LA 에인절스로 옮긴 뒤 주춤하기는 했지만 통산기록으로 역대 최고 타자 중 한

명이라는 데는 이견이 없다.

선수는 저절로 성장하지 않는다. 스카우트가 열심히 재능을 찾고, 마이너리그(혹은 육성군, 2군) 코칭스태프가 그 재능을 키운다. 1군 감독, 코칭스태프는 그 재능을 살릴 수 있도록 필요한 곳에 기용함으로써 선수는 스타로 성장한다. 그 과정에서 믿고 기다리고, 용기를 북돋는 수많은 일들이 반복된다. 데릭 지터가 양키스 마이너리그 첫 해 때의 일이다. 마이너리거 코디네이터를 만나 울먹이며 털어놓았다. "제가 정말 야구를 잘 할 수 있을까요. 너무 힘들어요. 대학을 갔어야 하는 게 아닐까요." 마크 뉴먼이 답했다. "내가 보기에 넌 좋은 선수가 될 수 없어."라더니 "넌 분명히 위대한 선수가 될 거야." 그 한 마디가 지터를 양키스의 심장으로 성장시켰다.

아랑고는 푸홀스가 데뷔한 지 3년차였던 2003년의 어느 날 그에게 전화를 걸었다. 푸홀스가 39홈런을 때린 날이었다. 40홈런을 장담했던 혜안의 스카우트가 전한 축하 전화였다. 아랑고는 "40홈런을 때리는 날 나와 아내가 집에서 축배를 들 거야"라고 전했다. 4일 뒤인 2003년 9월 10일. 이번에는 푸홀스가 전화를 했다. "미안해요, 약속을 못 지켰어요"라더니 "오늘 2개 쳤거든요. 41개예요"라고 웃었다. 모든 프런트에게 경배를.

조미 몽키스 팀장

프랜차이즈 스타는 새벽 스윙을 즐긴다

누가 봐도 감동적인 사진이 분명했다. 나이트 조명이 쏟아져 내리는 가운데 마운드 위에서 투수와 포수가 한없이 기쁜 표정으로 한데 엉켜 있다. 마치 한국시리즈 우승이라도 한 듯한 포즈였다. 한국어나 영어에도 이 장면을 구체적으로 설명하는 단어는 없지만 일본 프로야구에는 있다. 일명 '도아게(どうあげ, 헹가래) 피처'. 우승을 결정짓는 순간의 마지막 투수다. 마운드로 달려온 포수가 마치 헹가래치듯 투수를 번쩍 들어 올린다고 붙은 이름이다. 이 장면은 늘 특별한 아우라를 지니는데, 에이스의 노고에 수여하는 감독과 동료들의 훈장이기도 하다.*

---

* 2007년 재팬시리즈 5차전, 3승1패로 앞선 주니치 드래곤스의 오치아이 히로미스 감독은 1-0으로 앞선 9회, 그때까지 퍼펙트 게임을 기록 중이던 선발 야마이 다이스케를 빼고 마무리 투수 이와세 히토키를 등판시켰다. 1점차 승리를 지키기

하지만 지금 내 눈앞의 사진 액자 속 장면은 일반적인 '도아게'와 달랐다. 포수가 투수를 들어 올린 게 아니라, 거꾸로 투수가 포수를 번쩍 안아 올렸다. 젊은 투수 얼굴에는 치기 어린 패기가, 늙은 포수 얼굴에는 주체 못할 환희가 섞여 있었다. 둘은 묘한 눈빛으로 밤하늘 어딘가를 올려다봤다. 혹 자신들의 미래를 그려 보고 있었을까. 그 찰나의 표정을 베테랑 사진기자 렌즈는 놓치지 않았다. 액자 아래에 '1998년 6월19일 핀토스 대 치타스 전'이라는 설명이 붙어 있었다. 사진 제목은 '0(Young) HIT 노(老) RUN'. 노히트노런의 대업을 이룬 투수의 이름은 신충이었고 포수는 송도상이었다.

눈을 끔뻑이고 다시 봐도 감동적인 장면은 맞다. 하지만 등장인물과의 친분관계에 따라서 불편할 수도 있다.

"어머나, 신 팀장 아버지네. 옛날 야구 하이라이트에서 몇 번 봤지만 또 이렇게 보니 배려있고 짠하고 멋지다. 대기록을 이끌어 준 안방마님에게 최고의 예우를 갖추고 싶었던 거겠지. 그지?"

옆에서 홍희 단장이 손가락질까지 해 가며 호들갑을 떨었지만 그럴수록 내 가슴은 활랑거렸다. 장기 미제사건의 주인공과 이런 식의 만남이라니……. 미리 알았더라면 동행하지 않았을 텐데. 지금 아버지 모습은 감동의 존재가 아닌, 피하고 싶은 존재였다.

홍희 단장을 따라 광화문 세종문화회관 전시실에서 열리는 '다

위한 선택이었지만 팀의 중심투수인 이와세를 도아게 투수로 만들어주기 위한 결정이기도 했다. 야마이는 아마도 달성했더라면 전무후무했을 재팬시리즈 퍼펙트 게임의 기회를 잃었다.

이아몬드의 얼굴전'에 온 건 예정에 없던 스케줄이었다. 단장 차량을 모는 권 씨가 눈길에 넘어져 결근을 했고 내가 그 대타였다. 사진전은 평생 스포츠 사진만 찍다가 작년 젊은 나이에 작고한 박기명 기자의 1주기 회고전이었다. 소속 매체는 달랐지만 현장에서 가끔 보던 선배였다.

많은 야구 사진들이 공에 집중한다. 야구는 공의 위치가 경기 상황을 만들어 내는 종목이다. 공이 골라인을 통과해야 득점을 하는 많은 다른 구기 종목과 달리 야구는 사람이 홈을 밟아야 득점이 이뤄진다. 박 선배의 렌즈는 공보다 사람을 따라 다녔다. 이번 회고전 역시 그런 뜻을 기려 경기 장면의 포착이 아닌, 개개인의 표정에 집중한 콘셉트였다.

강철심장으로 불리는 돌핀스 강기후 감독이 한국시리즈 7차전 중 더그아웃 구석에서 벌벌 떨며 기도하는 장면이 잡혔다. 생맥주를 따르다말고 그라운드에 시선이 꽂혀 있는 잠실구장 맥주보이의 상기된 얼굴은 야구가 왜 절대마력의 스포츠인지를 보여 주었다. 이런 사진들은 당시 신문 지면에는 실을 수 없었지만 시간이 흘러 작품성 넘치는 예술로 재탄생했다. 장담컨대, 아버지 사진만 빼고 다 가슴 먹먹하고 아름다운 사진들이 맞다.

전시장을 미리 둘러보며 불편해하고 있는데 때마침 행사 커팅식이 열렸고, 홍희가 축사를 위해 자리를 떴다. 초보 단장이 축사까지 맡게 된 이유는 이번 사진전을 조미그룹에서 후원했기 때문이다. 물론 그것 또한 그녀의 계산된 전략. 이 바닥에 발을 들인 이상 타구단 간부는 물론 야구판 원로그룹과 스킨십 강화의 필요성을 느낀 모양이다. 스타 출신 원로들의 한 마디는 생각보다 큰 힘을 갖고 있다. 사진전에 대한 야구팬들 관심도 의외로 뜨거워서 어제 전야제부터 성황이었다. 후원 비용이 아깝지 않을 정도의 흥행. 홍희가 몽키스 단장으로 부임한 이후 두루두루 잘 풀리는 모양새였다.

나는 몇몇 옛 동료 기자들의 불편한 시선을 피해 어슬렁대다가 때마침 서울스포츠 손은재의 모습을 발견했다. 그는 최근 대형 특종으로 두 어깨에 잔뜩 힘이 들어가 있다. 현직 의사가 포함된 약물 제조단 '충무로 디자이너'의 고객 리스트를 단독 보도했다. 우리는 구석자리에 나란히 섰다.

"어이, 연말에 기자대상 못 탔다고 서운해 하지는 마. 원래 스포츠 쪽에는 좀 인색하잖아."

내 위로에 손은재는 눈앞에 걸린 사진을 쳐다보며 엉뚱한 이야기를 했다.

"아니, 이분은 전설의 사무라이님 아니신가. 이런 사악한 아저씨 같으니라고. 지금도 애들 등골 빼먹고 산다던데. 이번 사진전의 유일한 에러다. 쯧쯧."

삼진을 당한 후 이를 깨물고 아쉬워하는 최호근의 얼굴이었다. 사진 자체는 사나이의 분한 표정을 잘 드러내고 있었다. KBO리그 최고 타자였으나 이런저런 물의를 일으켜 야구계에서 영구퇴출당한 인물. 벌써 오래 전 일이니 조롱할 필요까지 없을 것 같은데 손은재 반응이 지나치다 싶었다.

* * *

사진전의 여운이 남았는지 홍희는 강변북로를 타고 일산으로 돌아오는 내내 조증환자처럼 떠들어 댔다. 사람들 앞에선 늘 어른스런 무게감을 가진 포커페이스지만 둘이 마주볼 땐 자주 수다쟁이로 변신한다. 그건, 자신 의도대로 작정한 일이 풀렸다는 의미다. 그녀 계산대로 초대장을 받고 와 준 타구단 사장, 단장들은 물론이고 KBO 전 총재들, 감독 출신 원로 야구인들과 한꺼번에 안면을 텄다. 갓 부임한 신생 구단 단장에 불과할지라도 재계 11위 조미그룹 회장 딸이라는 배경은 대단해서 주위의 우호적인 시선이 확연히 보일 정도였다. 앞으로 다른 구단과의 트레이드 건은 직접 루트로, 더 빠르고 공격적으로 진행될지 모를 일이다. 전력보강 업무야말로 단장 능력을 가늠하는 척도 아니던가. 특히 야구판의 은밀한 정보는 원로그룹이 제일 정확하고 빠르다.

그래서일까. 홍희는 자신의 아우디 운전석에 직접 앉아, 경쾌한 음악에 맞춰 손바닥으로 핸들을 탁탁 두드리며, 뭔가 수다를 떨고 싶어 난리인 사람처럼 질문을 날려 댔다. 정확히는 확인 차 묻는 것들.

나는 곁에서 대충 맞장구를 쳐 주면서 아버지의 잔상을 머리에서 지우려고 애썼다. 겨우 불편함이 가시려는 찰나, 홍희가 다시 그 애기를 끄집어냈다. 눈치껏 침묵해 주는 배려는 없는 것일까.

"신 팀장, 그 사건 더 진척은 없지? 한국시리즈 등판을 앞두고 비 오는 날 사라져 버린 투수라니 대단한 미스터리야. 일명 '레인맨의 저주'. 벌써 20년이나 지난 일이지만 여전히 실감이 안 나."

"그렇지 뭐. 사건이란 게 시간과 비례해 해결 확률이 떨어진다잖아. 이젠 잊고 싶다고."

내 시큰둥함에 그제야 홍희는 운전대를 움켜쥐고 앞만 주시했다. 나도 애써 창밖으로 고개를 돌렸다. 어제는 폭설, 오늘은 미세먼지 탓에 한강은 온통 잿빛이다. 수면과 하늘의 경계가 모호할 만큼 시계가 흐렸다. 얼른 청명한 봄빛을 보고 싶었다.

최근 구단 내 분위기는 빠르게 안정됐다. 새로 부임한 오필성 감독에 대한 시선이 뜻밖이다 싶을 정도로 우호적으로 변했다. 신임 코칭스태프와 프런트 인선 작업도 완료했다. 전력 보강도 성공적이어서 FA 봉준우의 가세로 강력한 원투펀치를 구축했고 유격수 고은돌이 조금만 더 안정감을 보여 준다면 수비의 축이라고 할 수 있는 센터라인도 단단해진다. 사람들은 뭔가 부족해 보이는 신생 구단과 소년원 출신 야구판 서자가 만드는 역전 만루극이 탄생하길 응원하는 게 아닐까. 내 눈에는 그런 패가 뻔히 보이는데 대중은 그런 서사에 질리지 않는지 열광 모드였다.

그 점에서 홍희는 정확한 상황 판단과 자기만의 계산법을 가지고 있었다. 대중이 무엇을 원하지는 핵심을 짚었고 과감히 실행했다. 그건 장부상의 이익과 손해 계산법이 아닌, 야구와 야구단이라는 특성을 꿰고 있기 때문에 가능한 일이다.

몽키스는 설 연휴가 끝나면 일본 오키나와로 긴 전지훈련을 떠난다. 올 시즌 전력 보강은 그 정도에서 굳어진 상태였다. 홍희는 말끝마다 아쉬움을 남겼다.

"역시 내야 멀티를 구해야 했다고. 그지? 저스틴 터너 같은 애 하나 굴러들어 왔으면 딱 좋았는데. 누가 알았겠어. 사설 강습소에서 타격 과외 받더니 그렇게 포텐이 빵 터져 버릴지."

역시 홍희가 제일 신경 쓰는 부분은 뎁스*의 문제였다. 그건 육성 시스템이 약한 신생 구단의 숙명일 수도 있는데, 몽키스는 주전과 비주전의 실력 차가 눈에 띄게 컸다. 특히 여러 포지션을 안정감 있는 수비로 받쳐 줄 백업 내야수가 보이지 않는다. 눈앞 성적에 급급한 전임 감독과 근무태만 2군 큰 행님 체제에서의 결과물이었다. 그런 환경에서 고은돌이나 박상호의 성장은 기적에 가까웠다. 누가 봐도 전적으로 개인 노력의 결실이었다. 둘이 당장 부상이라도 당하면 수비는 물론 타선에 구멍이 휑할 정도였다. 아무리 마운드가 보강됐다고 해도 야구는 한 점이라도 점수를 내야 이긴다. 한 시즌 144경기를 뛰어야 하는 긴 여정. 내야 멀티 백업 자원을 구하지 못한 것이 홍희는 두고두고 아쉬운 것이다. 뉴욕 메츠에서 방출됐다가, 다저스의 백업으로, 그러다가 타격 재능이 터지면서 다저스의 주전 3루수를 꿰찬 저스틴 터너의 스토리에 필이 꽂힌 것이고.

"홍 단장, 내 의견은 그냥 참고만 해. 나는 보좌역일 뿐이니까 입김을 넣는 건 바람직하지 않아. 전력분석은 신임 코칭스태프와 프런트 의견을 존중해 주길 바라. 그리고 단장은 조용히 뒤에서 조율

---

* 단체 구기 종목에서 선수층의 깊이를 뜻하는 용어. 뎁스가 깊다는 것은 쓸 만한 선수들이 많다는 뜻이다.

하는 그림자 역할이 옳다고 봐. 아무리 우리 분석과 판단이 옳다고 하더라도 드러내놓고 튀면 현장의 반발을 부르게 마련이지. 그래서 실패한 경우를 메이저리그를 떠나 KBO리그에서도 수없이 봐왔잖아."

솔직한 마음이다. 비선 실세처럼 영향력을 행사하고 싶지 않았다. 야구기자 생활을 오래했지만 사실상 이론에 의지했다. 체득한 몸 야구가 아닌 기록에 기반한 눈 야구. 자칭 고수라 칭하며 세상의 모든 야구에 정통한 듯 온라인에서 떠들어대도 현장을 거친 사람들과 시각차는 크다는 뜻이다. 그 점을 인정하고 시작해야 한다. 그래야 좋은 분석가가 될 수 있다. 통계적 지식만 믿고 현장 의견을 귀담아 듣지 않는다면, 그 또한 이론을 무시하고 자신들의 경험만 강요하던 패거리와 다를 바 없다. 그건 구단에 부담을 주는 행동이다. 최소한 나는 그 점만은 명확하게 인식하고 있었다. 조직은 또 그래야 마찰 없이 굴러간다. 홍희는 대충 고개를 끄덕이면서도 전적으로 동의하기는 싫은 모양이다.

"에잇, 삐딱하게 또 왜 이러심. 그냥 물어보는 거잖아. 하하."

긴 웃음소리를 뚫고 그녀의 휴대폰이 울렸다. 귓가에서 살짝 새나오는 다급한 남자 목소리는 분명 새로 온 홍보팀장 대행이다. 홍희 얼굴색이 순식간에 어두워졌다. 휴대폰을 다른 손으로 바꿔 쥐었다.

"네, 다시 한 번 말씀해 보세요. 그러니까, 지금 고은돌 선수가 살인사건이 일어난 현장에서 목격됐다, 그 말씀인 거죠? 그때 찍힌 현장 사진이 인터넷에 떠돌고 있고?"

내가 음악을 껐다. 차 안에 흐르는 긴장된 정적. 홍희가 다시 입을 열었을 땐 목소리가 딱딱하게 굳었다.

"맙소사, 어떻게 그런 일이. 일단 그룹 법무팀에 지원 요청하고 고은돌은 외부와 접촉금지부터 시키세요. 진상 파악 전까지 어설픈 해명 글 안 됩니……. 네? 연락두절요? 오늘 아침에 외출한 이후 통화가 안 된……. 아니, 뭡니까! 대체 선수 관리를 어떻게!"

홍희 목소리가 순식간에 몇 옥타브 올라갔다. 손바닥에 땀이 나는지 다시 휴대폰을 다른 손으로 바꿔 쥐는 순간, 차체가 한 쪽으로 쏠리면서 옆 차선을 밟았고, 스쳐가던 승합차의 날카로운 경적이 날아들었다. 통화를 끝낸 홍희가 휴대폰을 신경질적으로 콘솔박스에 내던졌다. 홧김에 액셀을 콱콱 밟아 댔다. 양미간을 찡그린 채 돌아봤다.

"어머 씨발, 말이 씨가 됐나 보다."

나도 긴 한숨을 내쉬었다.

몽키스의 샛별 고은돌. 유격수를 보는 타격머신. 잘생기기까지 해서 프랜차이즈 스타로서 상품성이 충분했다. 몽키스가 신생팀임을 고려하면 전체 흥행 지분의 3분의 1이상이다. 고교 시절 다친 허리 부상 때문에 병역까지 면제받아 향후 7~8년은 믿고 쓸 수 있는 자원이다. 그런 핵심 전력이 지금 위험해졌다.

* * *

구단 사무실로 돌아오자마자 인터넷에 떠도는 문제의 사진부터 확인했다. 스마트폰 화면으로는 부족했다. 일부러 아이맥 큰 화면으로 페이지를 열었다. 사진은 두 장이었다. 한적한 이면도로의 공중전화 부스 앞에 파마머리 여자가 엎드린 채 쓰러져 있고, 그 곁을 구경꾼처럼 물끄러미 바라보며 스쳐가는 청년. 이목구비 또렷한 얼굴에 180센티가 훌쩍 넘는 건장한 체구는 정체를 숨기기가 힘들었다. 후드가 달린 추리닝을 걸치고 어깨 위로 길쭉한 물체 두 개가 비쭉 솟아 있다. 야구 배트용 백팩이 분명했다. 해상도가 떨어져서 인물을 특정할 수 없다고 우길 상황이 아니었다. 명쾌한 해명 없이는 뒤처리가 쉽지 않아 보였다.

"아, 이런 일은 정말 최악이지 말입니다. 역시 잘생김 때문에 숨어 갈 수 없는 건가요."

내 어깨 너머로 사진을 같이 보던 기연이 두 손바닥으로 머리를 감싸 쥐었다. 고은돌의 깔끔한 플레이를 좋아하는 그녀 목소리에 진심으로 안타까움이 묻어났다.

"그러니까 기연 씨, 오늘 아침에 이 사진이 풀렸고 자신의 정체가 인터넷 실시간 검색어에 뜨자마자 고은돌 연락이 끊어졌다는 거지. 그런 행동으로 봐선 연관성이 있는 건 확실하네. 아, 이 부정적 기운은 뭘까?"

"팀장님, 정확히 말하면 사진은 어제 풀렸습니다."

얘기를 들어 보니 사진이 처음부터 화제의 중심에 있었던 건 아니다. 어제 새벽 서울 마포구 향교동 노상에서 중년 여성이 둔기에 머리를 맞고 숨진 사건이 있었다. 인근 공장에서 일하는 조선족 동포였다. 가끔 일어나는 강력사건이라 큰 기사감은 안 됐다. 몇몇 통신사에서 단신으로 처리한 게 전부였다.

문제는 그때 현장을 지나던 누군가가 사진을 찍어서 한 인터넷 언론사에 제보를 하면서 시작됐다. 처음에는 별 반응 없이 묻혔다가 하루 뒤, 눈썰미 좋은 몇몇 누리꾼이 사진 속 스쳐가는 행인이 고은돌임을 발견한 것이었다. 그 의혹이 SNS를 타고 걔가 맞네, 아니네 하면서 확산됐다. 부랴부랴 처음 사진을 띄운 인터넷 언론사에서 얼굴을 모자이크 처리해 다시 게시했지만 이미 터져 버린 둑이었다.

"팀장님, 홍보팀은 지금 전부 혼이 비정상이랍니다. 공 여사님 그만두시고 채 차장님이 대행하신 지 얼마 되지도 않았는데 선수까지 증발했으니……. 단장님도 그 완벽주의 성격에 속 타들어가겠지 말입니다."

손톱을 깨물고 있을 홍희 모습이 떠올랐다.

"다들 화날 수 있는 상황이지만 내주 전지훈련 때까지는 자율훈련 기간이잖아. 생활관 외출이야 강제 규정도 아닌데 하루 이틀 안 보인다고 뭐라 할 형편이 안 되는 거지."

"넵. 정확히는 그렇지 말입니다. 기혼자는 다들 집이나 여행지에서 가족들과 보내고 있을 텐데. 고은돌이 에이전트를 따로 둔 것도 아니고. 연락 두절은 아쉽지만 앞뒤 사정 모르고 마냥 비난할 수만은 없겠네요."

나는 두 장의 사진을 다시 찬찬히 살폈다. 똑같은 사진이고 차이점이라면 고은돌 얼굴의 모자이크 처리 유무.

대중의 호기심은 단순했다. 겉으로는 시민 신고 의식의 불성실을 질타하지만, 정작 속내는 왜 그 시각 꽃미남 스타가, 동성애 카페가 몰려 있다는 그 동네에 갔느냐는 점이다. 고은돌도 혹시? 거기에는 그런 강한 의심이 깔려 있었다. 살인사건의 위해성보다 대중 스타의 사생활에 더 관심을 드러내는 천박한 인식. 하지만 내 입장에선 지금 그런 걸 따질 계제가 아니었다. 당장 몽키스가 자랑하는 스물셋의 유격수가 위기에 처했고 나는 그를 지켜야 한다.

시간이 별로 없다. 몽키스는 일본 오키나와 전지훈련을 앞두고 있다. 야구는 멘탈 게임이다. 법적으로 죄가 없더라도 사소한 고민거리 하나가 타격 메커니즘을 망칠 수 있다. 스스로를 다스리기엔 아직 자제력이 부족한 나이. 게다가 다혈질 성격. 만에 하나 살인사건과 직접적 연관이라도 있다면 최악이다. 그 경우는 상상조차 하기 싫다.

"아이고, 이를 어쩔. 팀장님, 대박이지 말입니다. 얼른 이것 좀 보세요."

기연이 울상으로 자신의 페이스북을 열어 보였다. 우려했던 일이 터졌다. 고은돌이 해명 글을 올렸다.

다들 왜 이러는 건데? 우연히 현장을 지나쳤고 그 여자는 이미 쓰러져 있었다고. 그럴 땐 무조건 경찰에 신고해야 하는 거야? 법으로 정해져 있는 거야? 설마 내가 죽였다고 믿는 거야? 왜 그렇게 남 일에 관심이 많아. 운동선수, 연예인 말고 정치인 검증이나 진작 그렇게들 하셨어야지. 그랬으면 나라가 이 꼴 났겠냐? ㅋㅋ 조만간 내 모든 진실을 밝혀 주마.

확실히 어리다. 유치한 감정적 대처. 비판과 조롱은 다르다. 야구는 기록으로, 사건은 증거로 말해야 한다. 차라니 침묵이 나았을 것을 난리통에 불까지 질러 버렸다. 따라붙은 악성 댓글이 가관이었다.

저저 말하는 꼬라지 보소. 양아치 새끼 내 그럴 줄 알았어. 좀 떴다고 귀걸이에 시시크림 처바르고 다닐 때 알아봤지. 지가 지 발등을 찍는구나. 플루크 시즌* 한 번 찍더니 눈구멍에 뵈는 게 없군…….

상당수가 몽키스를 폄하하는 타구단 팬들 짓이라는 건 알지만 가랑비에 옷 젖는다고 신경이 쓰였다.

'그 감독에 그 선수. 범죄자 집합소.'

감독까지 엮으려는 마지막 댓글은 확실히 위험해 보였다. 방치하면 정말 최악이다. 그건 기자 경험의 촉. 어떻게든 움직여 봐야 한다. 내가 서둘러 야상을 집어 들었다.

"옷 입어. 초기 진화 못하면 끝이야."

"그러게요. 빠듯하네요."

기연도 재빨리 떡볶이 단추가 달린 오렌지색 더플코트를 걸쳐입었다.

"통상 부검까지 얼마나 걸리지?"

"짧게는 사나흘. 밀리면 일주일 이상 걸리기도 하지 말입니다."

---

* 플루크(fluke)는 요행, 행운이라는 뜻. 플루크 시즌은 열심히 하는데 운이 도와줬다기보다는 운 때문에 실력 이상의 성적으로 한 시즌을 보냈다는 뜻이다.

경찰 출신답게 대답에 막힘은 없었다.

"그럼 내일모레 조선족 피해자 부검결과가 나오겠네. 명확한 사인 밝혀지고 용의자 좁히면 사건이야 해결되겠지. 고은돌과 연관성 유무도 알 수 있을 테고. 행여 모를 불똥 튀기 전에 막아야 해. 오해를 벗으려면 빨리 범인을 잡는 것도 한 방법이야."

기연이 입술을 힘껏 다물고 고개를 끄덕였다.

"네. 이 정도 사건은 경찰이 어렵지 않게 해결할 겁니다. 다만 늘어질까 봐 걱정이죠."

* * *

끝날 때까지 끝난 게 아니다.

일산 대화역 인근에는 야구단 복합단지가 조성돼 있다. 2만 석 규모의 몽키스 파크를 지나면 2군이 퓨처스리그에 사용하는 보조구장이 나오고, 그 너머에는 생활관인 'V하우스'가 서 있다. 그곳 1층 로비에 큰 붓글씨체로 양키스의 전설적인 포수였던 요기 베라의 명언이 붙어 있다.

생활관은 주로 입단 3년차 이하 미혼이거나 재활 중인 선수가 머무른다. 사생활 제약이라는 시선도 있지만 한창 기량을 키울 선수들이 서로 경쟁심을 키우고, 최저 연봉자들 주거 지원이라는 긍정적 효과가 컸다.

고은돌은 1군 주전이고 새로 계약한 연봉이 억대를 훌쩍 넘겼는데도 계속 생활관 생활을 고집했다. 그런 케이스가 없지는 않지만 딱히 이유는 모르겠다.

단장이 지시를 해 놓았는지 우리가 들어서자마자 1층 보안데스크에서 머릿기름을 바른 중년 남자가 정중히 맞아 주었다.

"은돌이가 사고친 거 때문에 그러시죠? 아휴, 어쩌려고……. 2층 복도 끝에 휴게실이 있습니다. 거기서 기다리시면 됩니다."

머릿기름은 211호실과 연락을 취하는 와중에도 뭔가 할 말이 많았다.

"그래도 자식이 말이야, 뭔 속사정이 있는지 모르겠지만 먹여 주고 재워 주는 구단에 연락은 해야지. 다들 속 타들어 가는데 전화 한 통이 그렇게 어렵나. 그제 새벽에 보따리 싸들고 그렇게 쌩하니 나가더니만. 어려서 세상 물정을 모르는 건지."

다들 이번 사건이 우려스럽긴 한 모양이다. 그만큼 팀 내에서 고은돌이 차지하는 위상이 높아졌다는 의미다. 뒤숭숭하던 구단 분위기가 좀 안정되나 싶었는데 또 대형사고. 특히 이렇게 야구장 바깥과 얽힌 예측불가한 일은 처리 과정이 소모적이고 주위 사람들까지 정신적 피로가 크다.

2층 휴게실 구석 소파에 김명일이 원숭이 로고가 그려진 티셔츠에 슬리퍼 차림으로 나와 있었다. 우리를 보더니 반쯤 일어나 가볍게 고개를 숙였다. 그는 고은돌의 한 해 선배이자 룸메이트. 포지션도 같은 유격수다. 짧게 친 머리카락과 볼에 난 여드름 자국. 얼굴은 순박해 보여도 까무잡잡한 피부와 탄탄한 체구가 훈련의 양을 말해 주었다. 키가 좀 작았는데 날렵한 내야수라는 그 나름의 장점이 있으니 굳이 흠은 아니다. 안정적 기량에 노력하는 선수라는 게 주위 평가지만 클러치* 능력이 부족해 강렬한 인상을 남기지는 못했다.

"은돌이 일 때문이시죠?"

나와 기연이 동시에 고개를 까딱했다.

"혹시 김명일 선수가 아는 게 있나 해서요. 소재 파악까지 안 되는 상황이라."

"네, 저도 카톡 날렸는데 확인도 안 하더라고요. 큰일입니다. 어쩌자고 그런 일에 휘말려서."

"고은돌 선수 얼굴을 마지막으로 본 게 언제인가요?"

내가 형사처럼 묻자 그는 기억을 되살리려는 듯 잠시 시선을 허공에 뒀다.

"그게……, 아마 그제 새벽이죠. 룸메이트이긴 하지만 서로 일일이 신경 쓰지는 않으니까. 문 닫히는 소리 듣고 훈련 가나 보다 했죠. 그 후로는 못 봤어요. 저도 아버지 생신이라 어제 대전에 갔다가 막 돌아왔거든요."

곁에서 기연이 상황 정리를 했다.

"팀장님. 그러면 그제 새벽 고은돌 선수가 외출을 했고, 살인 현장을 목격했고, 그 모습이 찍힌 원본 사진이 어제 웹에 떴고, 오늘 오전 신상이 털리자마자 연락이 끊어졌다. 이런 얘기죠? 그래야 시간상으로 맞아떨어지지 말입니다."

내가 고개를 끄덕이자 김명일도 덩달아 끄덕였다. 인터넷을 뒤

* clutch. 스포츠에서 꼭 필요한 상황 득점을 올리는 능력을 뜻한다.

져 봤는지 사건 전모를 꿰고 있었다. 신경 쓰이지 않을 수 없었을 것이다. 후배 룸메이트를 위해 한 마디 거들었다.

"근데요, 팀장님. 이해가 안 되는 부분이 있어요. 우리가 어릴 때부터 뽈만 던지다 보니 머리가 비었다느니, 사회 통념이 부족하다니 하는 뭐 그런 흉은 얼마든지 받아들일 수 있어요. 그런데 길에서 피범벅으로 쓰러진 사람을 보면 통념이고 나발이고 깜짝 놀라는 게 정상이잖아요. 그 상황에서 아무렇지 않게 태연하면 그게 진짜 사이코패스 아닌가. 차에 치여 죽은 고양이만 봐도 움찔하는데……. 은돌이도 분명 당황했을 겁니다. 뒤처리가 아쉽다는 거지, 정의롭지 못하다고 매도당하는 건 억울할 듯해요. 애초부터 사진 유출이 없었다면 크게 될 사건도 아니고……. 변명 같지만 우리는 몸으로 먹고 살아요. 웬만하면 서로 부딪히고 신경 빽기는 사건사고에 엮이고 싶지 않단 말입니다. 아는 오른손 투수 선배는 악수를 반드시 왼손으로만 해요. 혹시 손가락뼈에 실금이라도 갈까 봐. 내가 만약 그 상황을 맞닥뜨리면 어떻게 했을까. 그렇게 생각해 보니 은돌이 행동을 이해할 수 있겠더라고요. 이건 그냥 제 생각이 그렇단 말입니다."

김명일은 의외로 침착하고 논리적이었다. 나직한 말투로 조근조근 후배 편에서 의견을 개진했다. 공인은 좀 더 강한 도덕성이 요구된다는 게 내 생각이라 전적으로 공감되진 않지만 적당히 비위는 맞춰 주었다.

"그러게요, 다들 그렇게 넓은 마음으로 이해해 주면 좋으련만. 좀 힘든 부탁인데 혹시 고은돌 선수 짐을 좀 살펴봐도 괜찮을지?

상황이 상황인지라 혹 단서라도 있나 해서."

"그, 그게 뭐. 저야 상관없는데 은돌이가 나중에 어떻게 생각할지. 그게 참. 별건 없어요. 사실상 잠만 자는 방이라."

머뭇거리는 게 아무래도 기연의 존재가 신경이 쓰이는 눈치다. 여기자들이 더그아웃에 들어오면 부정 탄다고 출입을 금하던 시절도 있었다. 요즘 세상에 그런 속설이 통용될 리 없지만 내켜하지는 않는 건 분명하다.

내가 입술을 최대한 벌려 온화한 미소를 지어 보였다. 기연은 고개를 돌리며 괜스레 흠흠, 헛기침을 했다.

방은 호텔 일반 객실보다 조금 더 넓었다. 모 구단은 선수들의 경기력 집중을 위해서 1인1실로 운영한다지만 그게 능사는 아니다. 대신 몽키스는 방 가운데에 파티션을 높게 세워서 실내를 두 쪽으로 나눴다. 독립성을 최대한 보장해 문 앞 화장실만 공유하는 정도였다. 공동생활을 통한 경쟁. 그건 프로선수들이 겪어야 하는 숙명이다.

찬찬히 고은돌이 사용하는 공간부터 살폈다. 벽에는 헬멧을 집어던지고 두 팔을 벌린 채 환호하는 자신의 대형 사진이 붙어 있었다.

기억난다. 지난 뜨거운 여름이었던가. 랩터스와 격돌했을 때 연장 11회 말 끝내기 안타.

사람 체취 외에도 가죽, 화장품, 방향제 향이 뒤섞인 독특한 냄새가 났다. 길들이기를 하려고 끈으로 꽁꽁 싸놓은 두 개의 롤링스 글러브, 손때 묻은 몇 자루의 갈색 방망이가 보였고 세간은 거의 없었다. 책상에는 탁상용 캘린더와 노트북만 덩그러니 놓여 있었다. 노트북 전원 버튼을 눌러 화면을 열어 보았다. 예상대로 암호가 걸려 있었다. 차라리 다행이었다. 아직 그 정도까지 나아가서는 안 된다. 옷장 안은 유니폼과 트레이닝복만 차곡차곡 쌓여 있고 사복은 몇 벌 없었다. 맥심 같은 남성잡지라도 하나 뒹굴 법한 나이인데 위화감이 들 정도였다.

책상 옆 플라스틱 상자 안에는 포장을 뜯지 않은 선물 박스가 아무렇게나 쌓여 있었다. 젊고 잘생긴 스타 선수에게는 팬레터가 든 선물이 답지한다. 일일이 답장까지는 힘들더라도 뜯어 보지도 않고 방치하는 일 역시 바람직하지 않아 보였다. 그 선물을 열어 보는 일 또한 노트북을 열어 보는 일만큼이나 지나친 일인 듯싶었다.

옷장 문짝 안쪽에 여자와 찍은 셀카 사진이 하나 붙어 있었다. 걸그룹 핫식스의 멤버 나래였다. 볼을 맞대고 손가락 하트를 날리는 포즈. 보통 연예인이 시구 행사에 오면 당일 쉬는 선수가 준비를 돕는데, 그날 이후 관계가 발전한 모양이다.

눈에 띌 만한 단서는 찾을 수 없었다. 답답함에 나도 모르게 가는 한숨이 새나왔다.

"혹시 최근에 고은돌 선수에게 특이한 점은 없었나요? 이상한 행동을 한다거나, 잠을 잘 못 이룬다거나."

"글쎄요. 솔직히 제가 룸메이트 고민까지 신경 쓸 겨를이……. 아시다시피 제 앞가림도 바빠서."

김명일의 대답에 묘한 쓸쓸함이 묻어났다.

신생구단 몽키스는 2년 전 1군 진입 시즌을 앞두고 기본 전력

구성에 애를 먹었다. 창단 팀을 위한 특별지명*을 통해서 주전 내야진을 채우려는 전략은 노회한 기존 구단들의 담합에 가까운 보호선수 명단 구성 때문에 실패로 돌아갔다. 김명일은 그 과정에서 부랴부랴 치타스에서 트레이드 해 온 선수다. 성실하고 노력하는 스타일. 첫해 주전으로 나섰는데 수비는 안정적이었지만 타격이 문제였다. 또 유격수라는 포지션은 실책이 가장 많을 수밖에 없는데 리액션이 지나칠 만큼 컸다. 실책을 저지를 때마다 마운드를 찾아가 투수에게 미안함을 표시했다. 한 투수는 "솔직히 부담스럽다"고 말했다. 야구는 망각이 절대적으로 필요한 종목이다. 그리고 지난해 시범경기 도중, 1루에서 무리한 헤드퍼스트 슬라이딩을 하다가 부러진 엄지 한마디 때문에 그의 커리어는 완전히 꼬여 버렸다. 그 부상 공백을 틈타 고은돌이 완벽하게 치고 나왔고, 김명일은 시즌 개막전부터 벤치로 밀려났다.

내가 눈동자만 돌려 슬쩍 김명일의 룸을 훔쳐봤다. 고은돌과 큰 차이가 났다. 책꽂이에 야구 관련 서적이 빽빽하고 타격 자세에 관한 인체 모형도가 벽에 붙어 있었다. 그라운드 모양의 그래픽도 보였는데 내야 전체에 색색깔 점이 찍혀 있었다. 자신이 손으로 직접 하나하나 찍은 듯했다. 한눈에 봐도 공부하는 선수구나 하는 분위기가 풍겼다. 커다랗게 매직으로 써 놓은 숫자도 눈길을 끌었다. '7.7.49=22.28.144' 설마 구구단은 아닐 테고 무슨 계좌번호나 사

---

* KBO리그는 창단 팀의 전력 향상을 위해 나머지 팀에서 보호선수 20명 외 원하는 1명씩을 보내주는 제도가 있다. 창단 팀은 특별지명 선수에 대해 각 구단에 10억 원씩을 지급한다.

이트 비밀번호가 아닐까 싶었다. 침대 밑에서 짝 잃은 은색 아령 하나가 굴러 나와 뒹굴었다. 유일하게 질서를 잃은 물건 같았다. 고은돌은 텅 비우고, 김명일은 꽉 채우고 사는 사람이었다.

매사 당당하고 쾌활한 기연은 계속 침묵했다. 어쩔 수 없이 어색한 모양이다. 궁금한 점이 많을 텐데 눈길을 마음껏 주지 못했다. 양해를 구하듯 한마디 던진 게 전부였다.

"사진 몇 장 찍겠습니다. 혹시 나중에라도 단서 될 게 있나 해서요. 다시 방문하기는 그렇지 말입니다. 흠흠."

휴대폰 촬영버튼 소리가 대여섯 번 들렸고 우리는 가벼운 뒷걸음질로 물러났다. 복도를 걸어 나오면서 혹시나 싶어 고은돌에게 전화를 걸었다. 이젠 아예 전원까지 꺼 놓았다. 입안이 말랐다. 일단 그에게 보낼 문자를 썼다.

에이스팀 팀장 신별입니다. 고민스럽겠지만 이런 문제 혼자 해결하려고 하면 더 큰일 납니다. 단장님, 감독님이 걱정 많으십니다. 연락 주십시오.

딱딱하고 사무적인 느낌. 내가 이런 문자를 받는다면 기분이 어떨까. 과연 통화를 하고 싶을까.

지우고 다시 썼다. 좀 오글거렸지만.

에이스팀의 신별입니다. 개인적으로 팬이기도 하고요. 저는 압니다. 고은돌 선수가 지난 시즌 성적을 내기 위해서 밤낮으로 얼마나 많은 노력을 했는지. 그 노력의 대가를 이런 일로 잃어버릴 순 없지 않겠습니까. 함께 고민을 나눠요. 연락 기다릴게요.

* * *

조선족 여인이 살해당한 현장을 찾는데 꽤 애를 먹었다. 이면도로 초입의 편의점 옆 공영주차장에 차를 대고, 높다란 철길 방음벽을 따라 한참 걸은 후에야 문제의 공중전화 부스를 발견할 수 있었다. 낮부터 기온이 오르면서 잔설이 녹아 길바닥이 질척거렸다. 기연이 움푹 팬 곳에 발을 잘못 디뎌 회색 스니커즈 한쪽이 진흙으로 도배돼 버렸다. 이따금 방음벽 너머로 굉음과 광풍을 뿜어내며 열차가 지나갔다. 그 모습을 직접 볼 순 없었으나 침목과 궤도 특유의 규칙적인 울림이 땅바닥을 타고 전해져 왔다.

서울시와 고양시 경계에 걸쳐 있는 향교동 옛 가구공장 골목. 동네는 한쪽으로 철길을 끼고 400미터 정도 실핏줄처럼 얽혀 있었다. 서울 쪽에서 들어가는 진입로는 최근 카페촌이 형성되면서 그나마 활기를 띠었으나, 반대편 고양시 쪽은 예산 부족으로 재개발이 미뤄지면서 폐공장과 가옥들이 그대로 방치되어 있었다.

"삐까번쩍 명동 거리를 걷다가 바로 폐쇄된 공단지대에 뚝 떨어진 기분이지 말입니다."

기연이 좌우를 둘러보며 말했다. 적절한 표현이었다. 막상 와 보니 소문대로 풍경이 묘했다. 듣기로는 원래 영세 가구공장 밀집지였다가 업종 자체가 몰락하면서 한순간 슬럼화. 불안감을 느낀 주민과 두 지자체가 철길을 낀 낭만적 먹자골목으로 발전시켜 보려했으나 사업 초기에 성소수자들 아지트 성격의 카페들이 우르르 몰려들면서 상황이 더 꼬여 버렸다. 한쪽 진입로는 불편한 시선의 카페들로 불야성, 다른 쪽은 도산한 공장들로 암흑지대. 두 지자체에선 이러지도 저러지도 못하는 상황이고, 주민은 주민대로 보상 지연에 반발이 이어졌다.

문제의 공중전화 부스는 철길 중간쯤에 있었다. 조선족 여자는 그 앞에서 둔기에 머리를 맞고 숨졌다. 부스와 전봇대를 함께 둘러싼 노란색 띠가 여러 겹으로 둘러져 있고 현장을 지키는 의경은 보이지 않았다. 감식은 끝났을 테고 어제 폭설이 내려서 바닥 보존의 의미가 없어져 버렸다. 전봇대에 방범등이 달려 있어서 당시 주위가 어둡진 않았을 것 같았다.

우리가 10여 분을 서성대도 스쳐가는 행인은 달랑 둘. 만취한 중년 남자가 담배를 꼬나물고 방음벽에 붙어 소변을 갈기고선 팔자걸음으로 사라졌다. 곧이어 납작모자를 쓴 영감이 한쪽 다리를 절룩이면서 검은 개를 끌고 나타났다. 잠시 멈춰 서서 우리를 호기심 어린 눈으로 쳐다봤다. 뭔가 궁금한 모양이다.

"형사님들이신가? 그래 뭐 좀 찾으셨는가? 빨리 범인 좀 잡아 주시라고. 참고로 경찰에 맨 처음 신고한 사람이 나라고. 에헴."

은근히 모범 시민임을 자부하는 영감 입에서도 술 냄새가 풍겼다. 기연이 뭔가를 해명하려는 찰나 내가 손을 들어 막았다.

"저희도 열심히 뛰고 있습니다. 근데 동네가 원래 이렇게 한산합니까?"

"뭐야? 그제 형사들한테 다 얘기했는데. 그새 담당 바뀐 거야?

에잉……. 일처리가 왜 이렇게 산만해. 리바이벌하자면 예전에 가구공장에 일하러 동남아 애들 우르르 들어왔다가, 망하니깐 다시 우르르 몰려나갔다고. 한때는 공장 개조한 숙소에서 먹고 자는 애들로 밤마다 이 거리가 바글바글 했어. 그게 무섭다고 원래 살던 사람들 떠나 버리고, 공장 망하니까 걔들도 또 떠나 버리고. 한순간 동네가 비어 버렸지. 얼른 싹 밀고 재개발해야지 어정쩡하게 이게 뭐야. 지금도 밤이면 겁나. 저기 저쪽에선 말야, 사내끼리 끌어안고 난리지랄이데. 나야 죽을 때 돼서 여길 못 뜨지만 살 곳은 아냐. 암튼, 윗것들 다 마음에 안 들어. 에잉."

"혹시 죽은 피해자를 아세요? 조선족이라던데."

"아마, 그 여편네가 한 5년 됐지. 일하러 들어왔다가 눌러앉은 경우지. 돈 모아서 고향 심양에 맨션 샀다고 어찌나 자랑질하고 다니던지. 근데 지독해. 내 살면서 그렇게 인색한 사람은 처음 봤어. 다들 재수 없어 하지."

"어르신, 어떤 점이요?"

기연이 정중하게 거들었다. 검은 개가 우리에게 달려들려고 콧김을 내뱉으며 씩씩대자 영감이 장갑 낀 왼손으로 개 끈을 힘껏 조였다.

"뭐랄까, 외지인이면 기존 주민들 눈치 좀 봐야잖은가. 근데 먹는 거 하나, 입는 거 하나 악착 같이 손해 안 보고 살려하면 쓰나. 남의 집 배달 우유까지 손대는 건 좀 그렇잖나? 그렇게 뒈질 거면서 뭘 그렇게 욕을 바가지로 퍼먹고 살았나 싶어. 주민들과 좀 거시기 했다고. 딱히 동정은 안 간다만 그래도 범인은 잡아야지. 그치? 형사 양반들."

철길을 타고 불어온 찬바람이 볼을 할퀴고 갔다. 막상 살인사건 현장에 서 보니 더 궁금해졌다. 고은돌은 이 위험한 길 위에서 대체 어디를 가려고 했던가.

기연과 나는 좌우를 살피며 길 끝까지 가 보았다. 늘어선 폐공장 건물들과 셔터를 내린 세탁소와 부동산, 분식점, 개척교회가 이어졌다. 큰 길로 이어지는 삼거리까지 나오자 모서리에는 늘 그렇듯 편의점이 문을 열었다. 그나마 주변에서 제일 번듯한 가게였다.

뿔테 안경을 쓴 젊은 단발머리 여자가 계산대 안에서 컵라면을 후루룩 삼키고 있었다. 나는 따뜻한 캔 커피를 하나 올려놓았다.

"여기서 오래 일하셨나요? 죄송합니다만 혹시 최근에 이 근처에서 고은돌 선수를 못 봤습니까?"

뿔테 안경은 바코드 찍는 일을 멈추고 내 얼굴을 뜯어봤다.

"아저씨, 경찰? 그제 얘기 다 했는데. 편의점 알바 오래하면 사람 얼굴에 무신경해져서. 다 비슷비슷해 보이거든."

기연이 손사래를 쳤다.

"아휴, 경계하지 마세요. 저희는 짭새 아니고요, 야구단에서 나왔습니다. 살인사건이야 짭새 지들이 알아서 파헤칠 테고 저희는 고은돌 선수 행방을 좇고 있습니다. 뉴스 보셨는지 모르겠지만 참 힘든 상황이 돼 버렸지 말입니다. 저희도 먹고 살려고 이러고는 있는데 대체 뭔 짓인지."

"아."

기연의 마지막 말이 먹혔나 보다. 그제야 뿔테는 이해한다는 듯 피식 웃으며 고개를 까딱. 눈과 코가 큼지막한 아가씨. 화장기 없는 푸석한 얼굴에 입술은 한쪽이 터져서 연고를 듬뿍 바른 상태였다. 왼 손목에 붙인 파스가 직업의 고단함을 대변해 주었다. 그래서일까, 좀비처럼 말투도 행동도 느리고 무기력해 보였다.

"실은 그 남자 새벽에 몇 번 보긴 했는데 딱 봐도 이 동네 사람 같진 않더라고. 가끔 물이랑 술 사갔거든. 유명한 야구선수인지는 이번 일 터지고 알았고. 하지만 사건이 일어나던 날은 못 봤는데……. 사인이라도 받아 놨어야 하는 거였나. 키키."

"혹시, 같이 온 사람이 없었나요?"

기연이 묻자 뿔테는 고개를 도리도리. 변명하듯 덧붙였다.

"슬럼처럼 변해 버린 동네라서. 길 반대편 카페 골목 앞에도 편의점 있는데 거기 가서 한번 물어보면……. 거기는 그래도 장사가 좀 된다던데."

기연이 손 모아 굽실대며 다시 물었다.

"저 혹시, CCTV 영상이?"

나는 고개를 쳐들고 카운트 위에 달린 반구형의 카메라를 올려봤다.

"그거 지워지고 없을 텐데. 고은돌 선수는 그날 안 왔다니까. 이거 경찰에 이미 다 말했는데."

마지막 질문이 뿔테는 기분 나빴나 보다. 입도 안 가린 채 하품을 하더니 식어 버린 컵라면을 다시 들었다. 좀체 생각을 헤아릴 수 없는 텅 빈 눈빛과 무심한 표정, 말끝을 흐리는 화법, 근력이라곤 없어 보이는 처진 어깨. 생존 절벽에 내몰린 대한민국 20대 프리터족의 초상 같다면 과한 해석일까.

물러설 수밖에 없었다. 편의점을 나와 다시 길 위에 섰다. 고은돌은 새벽에 자주 이곳을 찾았다. 아무리 봐도 피 끓는 스물셋의 청년이 갈 곳은 한 곳밖에 없어 보였다. 차라리 그랬으면 좋겠다. 살인사건과 연루된 누명만 벗을 수 있다면. 그건 사랑 방식의 다름이고 비난 받을 일도 아니니까.

우리는 긴 철길을 걸어 공영주차장까지 되돌아왔다. 살인사건 용의자도 특정 안 된 상황이라 무작정 파헤친다는 게 소모적으로 느껴졌다. 몇 십 곳이나 되는 집을 뒤질 수도 없고. 어느새 땅거미가 내려앉고 있었다.

"가엾은 내 영혼. 불금을 이런 식으로 보내야 하다니. 내 한 번뿐인 인생이여. 욜로! 휘게!"

기연이 떡볶이 단추 코트에 두 손을 찌르고 하늘을 올려다보면서 요상한 주문 같은 걸 외쳤다. 이왕 서울 나왔으니 자신은 어디 좀 들렀다 바로 퇴근하겠노라 덧붙였다.

방음벽 저 너머에서 다시 굉음이 울렸다. 열차가 점점 가까워지는가 싶더니 순식간에 멀어져 버린다. 바람의 흔적까지 다 끌어갈 듯한 요란한 기세. 땅이 울리며 발 아래로 전해지는 진동. 그리고 고은돌 흔적을 찾는 일. 모두 다 불길하다.

* * *

신문에서 오늘의 운세를 봤다면 아마 '동쪽으로 가지 마라. 체력 잃고 일 꼬인다'라고 충고했을 성 싶다. 종일 강행군이다. 오전에 일산에서 서울로 나와 사진전을 구경하고 일산으로 귀사. 오후에 다시 서울 사건 현장으로 출동했다가 다시 일산행이다. 결정적인 단서를 찾지 못해서 더 피곤한데 악재는 계속 쏟아졌다. 이번에는 짧은 영상이 SNS에 떠돌았다. 고은돌이 장비 가방을 메고 라커룸 출입구를 향할 때 한 소녀가 기념사진 촬영을 요청했다가 거절당하는 장면. 입 모양이 또렷하지 않았지만 자막에 '귀찮다는 표정으로 꺼져!'라고 써 있었다. 한번 쏠린 여론은 사실 확인을 중요한 요소로 여기지 않는다. 모든 악담과 추문이 '그럼 그렇지'라는 사실로 포장된다.

고은돌 모친이 일한다는 식당은 내일 가 볼까 싶었는데 급박한 상황에 떠밀려 미룰 수 없게 돼 버렸다.

낮과 달리 퇴근시간대 강변북로는 차량이 많이 밀렸다. 아우디를 몰며 신바람 났던 홍희 단장 대신, 낡은 업무용 K5를 직접 몰자니 더디고 지겨웠다. 풀리지 않는 겹겹의 의문으로 마음까지 무거웠다.

고은돌은 왜 모습을 감추고 있을까. 진짜 살인사건에 연루됐나. 어디서 증거 인멸이라도 하고 있나. 별별 극단적 상상을 하다가도 페이스북에 까칠한 해명 글을 올린 걸로 위안 삼았다.

명화시장은 일산 신도시를 벗어난 구시가지에 있었다. 대를 이어 원주민들이 많이 사는 동네였다. 터줏대감들이 '구 일산'이라고 불리는 게 거북하다며 '본 일산'으로 불러 달라고 해도 신도시 사람들은 관심조차 없었다.

전형적인 서민들이 모여 사는 낡은 저층 아파트촌. 조금 의외인 게 고은돌은 지난 시즌 빼어난 활약으로 1군 데뷔 두 번째 시즌을 마치고 연봉이 1억 6000만 원까지 수직상승했다. 몽키스가 연공서열이 아닌 성과주의 연봉제를 채택했다면 더 받을 수도 있었다. 사실 프로야구 세계가 화려한 만큼 냉정하다. 600명이 넘는 등록선수 가운데 절반이 연봉 5000만 원 미만. 최저연봉 2700만 원을 받는 선수도 100여 명이나 된다. 늘 주전 경쟁에 내몰리고 서른 초중반이 되면 은퇴를 고민해야 하는 불투명한 미래. 그런 환경에서 고은돌은 앞날 창창한 블루칩이었다. 그런데도 모친은 단지 앞 감자탕집 주방에서 일을 했다.

다행히 가게가 조용해서 잠시 얘기를 들을 수 있었다. 보통의 대센 식당 아줌마 느낌 대신 가녀린 외모였다. 그러나 고생한 티를 숨길 순 없었다. 나이가 많아야 50초반일 텐데 잔주름이 많고 묶은 머리카락 속 새치가 다 드러났다. 구단 관리팀에서 가족 기록을 확인한 바로는 고은돌 아버지는 일찍 돌아가셨고 홀어머니 아래서 자랐다. 모친 이름은 진수옥이었다.

"팀장님, 걱정을 끼쳐 드려서 죄송합니다."

아들 소식을 들었는지 침울한 모습. 모질게 물어보지 못하겠다.

"어머님, 제게 죄송할 필요는 없고요, 혹시 전화 오면 구단에 연락부터 하라고 설득해 주십시오. 혼자서 해결하려고 하지 말라고."

"우리 은돌이가 여자 친구를 데리고 온 적도 있어요. 어릴 때부터 교회도 오래 다녔고."

뜬금없는 대답이 처음에는 무슨 말인가 했다. 그리고 바로 깨달았다. 진 여사는 지금 아들의 행적만큼 사람들 입방아에 오르내리는 그 괴소문이 신경 쓰이는 것이다. 변명이 가능한 사실들을 끄집어내 논리를 만들려고 한다. 조금 짠해지는 구석이 있었다.

"걔가 생긴 게 곱상해도 원래 멋 부리는 걸 좋아하진 않았어요. 얼굴 화장이나 귀걸이 같은 건 아마 최근에 여자 친구가 생겨서 그런 걸 겁니다. 턱 쪽에 자그마한 흉터가 있어요. 어릴 때 지 아버지가 담뱃불로 지진……. 중계 화면에 그게 비치는 게 싫었을 겁니다. 그런 속내는 엄마가 제일 잘 알잖아요. 성격 까칠하다고 오해 많이 받고, 어디 한번 빠져 버리면 주위 안 돌아보긴 해도 다 야구에 대한 자기 고집 때문에 그런 거예요. 진짜예요."

진 여사 말에서 진심이 전해졌다. 고은돌의 야구에 대한 사랑, 엄마에 대한 사랑. 다 사실이리라. 그래도 감정적으로 흘러가서는 안 되겠다 싶었다. 약간 부담감을 주는 게 필요했다.

"솔직하게 여쭙겠습니다. 은돌이를 마지막으로 보신 게 언제셨나요?"

"그니까, 그제 새벽에 여기 잠시 들렀어요. 떡국을 좀 끓여 놓으래서 그걸 가져갔습니다."

"떡국요?"

"다음 주가 설이잖아요. 곧 전지훈련도 떠나고 숙소에서 고향 못 가는 동료들이랑 미리 나눠먹으려는 모양이다 생각했지요."

진 여사는 잠시 주저하다가 결국 울음을 터트렸다. 한 손으로 눈물을 훔치며 다른 손으로 휴대폰 화면을 보여 주었다. 사건이 터지고 나서 보낸 유일한 문자였다.

걱정 마. 지금은 말 못할 사정이 좀 있어. 곧 처리될 거야. 엄마가 우려하는 일은 절대 없거든♡

나는 어떤 표정을 지어야 할지 난감해 뒤늦게 종이컵을 들었다. 식어 버린 커피믹스는 꿀물처럼 달았다. 그래도 두 번에 나눠서 꿀꺽 삼켰다. 창밖은 어느새 밤이 내려앉았다.

"그런데 아들이 고은돌 선수 정도면 고생스럽게 일 안하셔도……."

그제야 진 여사의 촉촉한 눈가에 옅은 미소가 피었다.

"나중에 꼭 호강시켜 주겠다고, 아직은 야구를 위해서 써야 할 곳이 많다고, 진지하게 얘기해서 알겠다고만 했습니다. 저도 아직 움직일 수 있는 나이라서."

야구를 위해서라……. 고은돌은 생활관에 머무르며 차도 없이 구단버스나 택시를 타고 다닌다. 옷장에 유행하는 재킷이나 신발 하나 없다. 고급스런 취미 생활도 보이지 않는다. 저축에 밀어 넣나? 목돈 만들어서 나중에 엄마를 놀래 주려고? 그렇다면 저런 식으로 단호하게 말할 필요는 없잖은가. 유흥비로 탕진? 불법 베팅? 머리가 더 복잡해졌다. 궁금하던 한 가지를 더 물어봤다.

"혹시 은돌 씨가 사귄다는 여자 친구가 걸그룹 핫식스의 나래 맞습니까?"

진 여사 눈이 동그래졌다. 그걸 어떻게 아셨어요 하는 표정. 엄마 마음에 또 뭔가가 걱정스러운 모양이다.

"아, 팀장님. 사귀는 건 맞지만 우리 애가 돈 벌어서 그 아가씨에게 갖다 바치고 그러진 않을 겁니다. 그 정도 분별력은 있어요."

"어머님. 어쩌면 저를 원망하실 일이 생길지 모르겠습니다만, 확실한 건 제가 진심으로 은돌 씨 편에서 일을 처리하고 있다는 겁니다. 나중에라도 그 마음은 꼭 믿어 주십시오."

착잡한 기분으로 식당을 나서는데 바람의 방향이 또 바뀌어 있었다. 싸락눈이 다시 흩날리기 시작했다. 기연이 연락을 해 왔는데 뜻밖에도 서울 마포서에 있었다.

"팀장님, 담당 형사 만나서 얘기 좀 들었습니다. 제 경찰 동기놈 선배인데 빽 좀 썼지 말입니다. 감식반에서 찍은 현장 사진도 어둠의 경로로 구했고요. 암튼 다시 서울로 좀 나오셔야겠습니다. 문제의 그 인간이 내일 아침 지방으로 출장 간다고 얼토당토 않는 핑계를 대지 말입니다. 진짠지 뻥인지 시간이 지금밖에 없다네요. 그것도 30분 정도만. 완전 협박조지 말입니다. 젠장."

"관할서에 왜 간 거야? 가려면 같이 가던가? 나 삐칠 것 같아. 왜 그렇게 일에 앞뒤 없냐고?"

대놓고 불쾌감을 내비쳤는데 기연의 목소리가 설득조로 담담해졌다.

"팀장님, 이번 사건으로 만약 고은돌이 날아가 버리면 누가 봐도 몽키스 성적은 추락하겠죠?"

"……."

"그러면 뿔난 경영진이 관리책임을 물어 프런트 구조 조정 이야기 나올 테고, 여자에다가 공채도 아니고 배경 없는 제가 표적이 될 가능성이 높지 말입니다. 저는 제가 살기 위해서 그냥 열심히 뛰는 겁니다. 팀장님처럼 단장님 빽이라는 절대반지라도 있으면 모를까."

"엉? 절대반지? 그 무슨 해괴망측한 논리야!"

"농담 아닙니다. 진심입니다. 그리고 빨리 처리해야 일요일엔 놀죠. 이번 주말을 생짜로 다 날릴 순 없잖아요. 그리고 상사 모시고 형사들 찾아가면 그들이 제게 가족 대하듯 팀장님에게 조근조근 이바구를 털어놓을까요? 경계하지 않겠습니까? 저도 이리저리 머리 굴려보고 판단한 겁니다. 너무 서운해 하지 마시지요."

뭐지? 뭔가 황당하면서도, 무시당하면서도, 든든한 느낌.

시계를 봤다. 밤 8시가 넘었는데 다시 서울행이라니. 강변북로를 하루에 다섯 번이나 타는 일은 노선버스 기사가 아니고선 드문 경험. 원래 그 문제의 인간은 자료를 분석한 다음에 만날 생각이었는데 상황이 또 변했다. 퇴근해도 마음 편치 않을 바에야 가는 데까지 가 보자. 어차피 시간싸움. 그렇게 생각을 고쳐먹었다.

일의 진행이 궁금할 홍희 단장에겐 문자로 정리해서 보냈다. 확실한 단서를 찾지 못해서 실망했는지 답장은 없었다. 답장이 없기는 고은돌도 마찬가지였다.

* * *

마주앉은 사내는 다리를 꼬고 앉아 발끝을 반복해서 까딱거렸다. 그 때문이었을까. 첫 인상부터 시건방져 보였고 대화를 이어갈수록 더 그런 확신을 했다.

"원숭이 구단에서 오신 분은 안 만나려고 했습니다. 원하시는 내용이야 빤하잖아요. 언론에 그런 식으로 접근한다는 태도가 시대착오적이란 말입죠. 하지만 저 여자분이 워낙 사정을 하는 통에……. 뭐 만나는 드리지만 기대는 마십시오. 사진을 웹에서 내려 드릴 생각은 절대로 없습니다. 케케."

나와 기연은 동시에 눈을 마주치며 '재 뭐지?' 하는 표정을 지었다. 탁자 위에 놓인 명함을 다시 봤다.

'뒷담화뉴스 기동취재팀 기자 주용필.'

주 기자로 불리는 덩치 큰 사내는 커피숍에 약속시간보다 20분이나 늦게 나타나 대뜸 그런 식으로 대화를 풀어나갔다. 기껏해야 나이 서른. 검은 스냅백을 쓰고 아랫수염을 몇 가닥 기른 데다 국방색 항공점퍼를 걸치고 있었다. 발목까지 올라오는 워커까지 더해져 로드매니저 혹은 유흥업소 삐끼 같은 분위기를 풍겼다.

그는 고은돌이 등장하는 문제의 사진을 맨 먼저 출고한 기자였다. 뒷담화뉴스는 사회에 떠도는 이러저런 소문을 우려먹고 사는 인터넷 매체. 자극적인 가십으로 유명했다. 관련 제보자에게도 기사 조회 수에 따른 일정 비율의 고료를 지급하는 방식이 먹히면서 '파파라치 성지'로 등극, 그들의 생계원 역할을 했다. 특히 보이그룹 '레드불' 멤버 민규의 집에서 골프스타 송은경이 새벽에 나오는 장면을 찍은 동영상이 대박을 쳤는데 많은 인권단체들이 사생활 침해 우려를 표해도 그들은 개의치 않았다. 클릭 숫자는 곧 광고를 의미하고 그것은 돈으로 직결됐다.

사무실이 충정로역 뒤편 낡은 콘크리트 건물 2층에 있었다. 출입구 주차장에 두 대의 코란도가 보였다. 차 앞 유리창에 'PRESS' 라고 크게 써다 붙인 붉은 스티커가 위화감을 주었다. 매체 영향력이 떨어질수록 저런 헛짓거리를 많이 한다.

"저기, 원숭이네 팀장님. 다시 말하지만 살인사건이야 경찰이 수사하면 되는 것이고, 그것과 별건으로 합리적 의심을 해 볼 수 있는 사안이다 이 말입니다. 유명 야구선수가 살인사건 현장에서 사진에 찍혔네? 그런데 하필이면 동네에 동성애자들이 드나드는 바가 몰려 있네? 어라? 설마 고은돌이도? 당연히 그런 호기심이 생길 수 있죠. 그게 뭐 어때서? 꼭 확인된 사실만 기사화하는 건 아니잖습니까. 의혹 제기야말로 언론의 중요 역할이죠. 또 고은돌이가 살인사건과 관련이 아예 없다고 이 시점에서 누가 단정할 수 있습니까. 케케."

사내는 마치 구단 사람이 찾아오리란 걸 예견한 듯 거드름을 피웠다. 꼬고 앉은 다리를 바꿔서 다시 워커 끝을 까딱거리기 시작했는데, 내 인내심을 살살 긁었다. 이름처럼 확 '주겨버릴까' 싶은 마음도 든다. 그래도 흥분하면 진다. 달래는 게 우선이다.

"네, 주 기자님. 발음이 좀 그러니 그냥 기자님이라 부를게요. 잘 알고 있습니다. 당연히 스포츠 스타라도 부정한 일에 연루됐다면 책임을 져야지요. 그걸 확인하려고 우리도 이 밤에 퇴근 못하고 이러고 있지 않습니까. 그러니까, 알고 계신 정보를 조금만 풀어 주시면 사건 해결에 도움이 되지 않을까 해서. 혹시라도 우리 고은돌 선수가 함정에 빠졌을 수도 있잖습니까. 물론 어려운 부탁인 거 압니다. 뒷담화뉴스에 해를 끼치는 일은 절대 없을 것입니다."

사내가 팔짱을 끼더니 내 말이 가소롭다는 듯 눈알을 깔았다.

"쳇! 이 인간들이 보자보자 하니까 예의가 없군. 취재원 보호는 기본인데 그걸 맨입…… 아, 아니 그냥 알려 달라고? 원숭이 구단의 이런 비매너스러움을 차라리 기사화해야겠군.."

내 인내는 거기까지. 콧구멍, 귓구멍에서 스팀이 뿜어져 나오기 직전이었다. 일단 주먹으로 탁자를 쾅 내리쳤다. 사내 면상에 대고 실실 웃으며 침이 튀든 말든 생각나는 대로 목구멍에서 내뱉었다.

"어이, 합리적 의심? 개뿔. 너는 새벽에 추리닝 입고 바에 놀러 댕기냐? 등에 야구 방망이 꽂고 바에 들락거리느냐고! 그 정도도 판단 못하는 놈이 알 권리 개지랄 떠니까 내가 쪽팔려서 그래. 그래서 기레기 새끼라고 욕먹는 거라고. 기사를 쓸 줄은 알고? 출입처는 있냐? 월급 제때 받아 밥은 먹고 댕기냐고!"

갑작스런 반전 상황에 사내 입술이 떡 벌어졌다. 나도 말해 놓고 좀 심했다 싶었는데 기연이 끼어들었다.

"아우, 미쳐! 팀장님 분위기 싸하게 또 왜 그러세요. 제발 성질 좀 죽이시지 말입니다. 팀장님이 우리나라 최고 언론사에서 오랫동안 엘리트 기자 생활을 하시고, 한국기자대상 수상에 반짝반짝 빛나는 건 알지만 여기서 이런 식으로 얘기를 꺼내시면……. 업무는 업무로서 처리해야지 말입니다. 위계질서 모르는 인간들이 그 바닥에 많다는 건 알지만 지금은 후배 군기잡기밖에 안 되지 말입니다. 그게 꼰대짓이죠. 옴마! 내가 왜 쓸데없는 소리를. 주 기자님 죄송해요. 제가 팀장님을 대신해 사과드릴게요."

사내가 벌어진 입을 다물지 못하고 살짝 주눅이 들었다. 자존심만은 굽히지 않았다. 대신 변명조로 바뀌었다.

"처음에 얼굴 모자이크 처리를 안 한 건 제 잘못이 아닙니다. 웹 관리자가 실수를 했다고요."

"훗! 그건 또 무슨 논리인지. 하긴 기본도 못 배운 것들이 네 탓 하면서 기자질 하니 수준이 그런 거야. 광고나 뜯어먹는 하이에나 같은 새끼들."

기연이 또 끼어들었다.

"옴마! 팀장님, 또 그런 위험한 표현을. 오늘 왜 이러세요? 조미그룹 계열사 광고는 앞으로 절대루 뒷담화뉴스에 주지 않겠다는 얘기로 들리지 말입니다. 우리가 광고 집행 담당에게 입김을 넣을 수 있는 위치에 있긴 하지만. 흠흠, 암튼 제가 거듭 사과드릴게요."

센스쟁이 기연이다. 의도한 건 아닌데 만담 주고받듯 호흡이 척척 맞았다. 사내의 얼굴이 붉게 변했다. 자, 이제 달래듯 쑤시고 들어갈 차례.

내가 의자를 당겨 앉으면서 정색을 했다. 머그잔을 옆으로 밀고 두 손을 탁자 위에서 손깍지 꼈다. 사내는 꼰 다리를 내리고 허벅지에 두 손을 얹어 바른 자세를 취했다.

"자, 그렇다면 모자이크 처리 안 해서 초상권을 침해한 웹 관리자까지 두 분이나 잘못을 한 거군요. 참고하겠습니다. 아니다, 편집장까지 셋. 저희는 언론중재위 이런 데 안 갑니다. 이미 물 쏟아졌는데 반론보도, 정정보도 받아서 뭐하겠습니까. 그룹 법조팀 동원해 바로 법적 대응 하겠습니다. 야구 좋아하면 아시겠지만 고은돌은 우리 몽키스 구단의 핵심 전력입니다. 만약 이번 사건으로 정신적 타격을 입고 경기력에 문제 생기면 뒷담화뉴스도 책임을 피하기 힘들 겁니다. 손해배상청구를 할 거란 겁니다. 제 얘기가 협박으로 들린다면 지금 얘기 기사화해도 좋습니다. 물론 거기에 대한 책임은 주 기자님이 전적으로 지는 거고."

나는 잠시 입술을 축였다가 사내 자존심을 한 번 더 긁었다.

"잘 들어요. 이런 식의 싸구려 취재 방식 옳지 않습니다. 사건을 해석하는 자질도 부족하고요. 다른 직업 찾아보시길 바랍니다. 우리 오늘은 이만 물러나겠습니다. 제가 말이 심했다면 그 점은 사과드리죠."

나는 일어서서 가볍게 머리를 숙였다. 기연도 덩달아 나와 같은 자세를 취했다. 등을 돌리자마자 바짝 겁에 질린 목소리가 따라 붙었다.

"저, 저기……."

역시, 걸려들었다. 사악한 인간에겐 사악하게 나가는 게 약이다. 나도 모르게 주먹을 불끈 쥐었다.

"제, 제보를 받았어요. 몽키스 고은돌이 새벽 6시면 게이 바가 몰려 있는 동네로 자주 외출 나간다. 뭔가 질펀하게 노는 구석이 있어 보인다. 안 그래도 걔가 얼굴 예쁘장해서 그렇고 그런 소문 있지 않느냐. 그게 다예요."

"그 제보자가 직접 사무실로 찾아 왔습니까?"

"아뇨. 회사 내선으로 전화를 걸어왔습니다. 녹음할 겨를은 없었고. 남자였습니다. 더 이상은 못 밝힙니다. 진짜로 취재원의 보호는 절대적으로 지켜야 할 가치입……."

"눼눼. 알겠습니다."

나는 더 캐묻지 않았다. 역시 어리바리. 더 이상은 진짜 모르는 게 확실하다. 그걸 알면 벌써 뻥튀기해서 기사화했을 놈이다. 얼굴을 붉히고 핏대를 세워야 했지만 나름 성과는 있었다.

커피숍을 나오면서 기연에게 살짝 속삭였다.

"한국기자대상에 빛나는 건 개뿔. 나는 이달의 특종상도 못 받아 봤어."

* * *

강변북로를 타고 다시 일산행이다. 구단 사무실 주차장에 도착했을 때는 밤 10시 30분이 넘었다. 그제야 허기가 몰려왔다. 종일 커피만 마셔 댔더니 속도 메슥거렸다. 새벽까지 영업하는 설렁탕집에서 가볍게 한잔하고 싶었다. 기연이 아저씨 입맛이라고 흉볼까 봐 주저하는데 이심전심 통했나 보다.

"팀장님, 진이 다 빠지지 말입니다. 수육에 가볍게 소주 일 잔 던지시죠? 저 지금 칼로리가 땡긴다고요. 팀장님도 욱하셨으니 보충해야죠. 솔직히 놀랐지 말입니다. 한 성깔하시는 거 보고."

팀을 이룬지 4개월째. 기연이 나를 모르는 것만큼 나도 마찬가지다. 들은 바로는, 그녀는 원래 대학 때까지 태권도 선수였다. 경찰 무도특기자 채용에 합격해 강력반에서 사회생활을 시작했다. 몽키스 구단 출범과 함께 현장요원으로 직장을 옮겨 왔는데, 이직 이유가 당시 중심타자로 기대를 모았던 강민혁의 열혈 팬이었던

점이 작용했다. 그런데 정작 강민혁은 재작년 돌핀스로 트레이드돼 버린 코미디 같은 상황이 벌어져 버렸다. 여전히 강민혁 팬클럽 부회장직을 맡고 있는데, 꼭 몽키스에 몸담고 있으면서 타구단 선수를 응원하는 아이러니. 잘못된 행동이라고 할 순 없지만 내 눈에는 일련의 모습이 조금 경솔해 보였다. 선수와 팬은 적당한 거리를 유지하는 게 좋다. 시시콜콜한 사생활의 비밀까지 알고 나면 신비감은 사라지고 인간적 실망감만 남을 뿐이다. 내가 소주잔을 채워주면서 분위기 전환 삼아 그 얘기부터 꺼냈다.

"이제 우리 원숭이네 선수를 애정해 보면 어때?"

"팀장님, 그건 제 사생활이지 말입니다. 부디 호기심을 거두어 주십시오. 안 그래도 고은돌로 갈아타 볼까 고민 중인데 이런 일이 터져 버려서."

기연이 소주잔을 홀짝이며 씁쌀하게 웃었다. 그러고는 백팩에서 종이를 꺼내 테이블 위에 올려놓았다.

"이걸 좀 보시지 말입니다?"

오늘 낮 사무실에서 확인한 두 장의 현장 사진이었다. 그녀가 술 한 잔을 청한 건 이걸 상의하고 싶어서였다.

"차이점을 아시겠어요?"

"같이 확인했잖아? 고은돌 얼굴이 모자이크 처리 된 것과 안 된 것 아닌가."

"네. 뒷담화뉴스에서 처음에 원본 사진 올렸다가 문제가 되자 모자이크 된 걸로 교체했죠. 근데 조금만 자세히 보면 모자이크 처리된 부분이 두 곳이에요. 고은돌의 얼굴 이외에도 오른쪽 위 모서리

부분. 여기 처음 올렸던 사진과 비교해 보세요. 원본에는 티끌만 한 얼룩 같은 게 있죠?"

진짜였다. 아주 작아서 주의하지 않으면 그냥 단순한 얼룩처럼 보였다. 알파벳이나 혹은 로고 같은 게 살짝 잘린 것 같기도 했다.

"저는 이게 자꾸 눈에 밟히지 말입니다. 아마 이 사진을 제보한 인간도 뒤늦게 그걸 깨달은 겁니다. 그래서 얼굴이랑 함께 슬쩍 손본 거고요."

내가 사진을 눈앞까지 가져와 비교해 봤다. 진짜였다.

"으음, 대체 이 귀퉁이 얼룩은 뭘까?"

"팀장님, 추측컨대 가능성은 세 가지. 첫째는 진짜 사진 촬영 과정의 음영일 수 있고요, 둘째는 카메라 렌즈가 긁혔거나 이물질이 묻은 경우. 하지만 이 두 경우라면 굳이 모자이크할 필요가 없지 말입니다. 마지막은 차량 안에서 찍은 것. 앞 유리창에 붙은 출입 스티커나 주차증 같은 거 일부가 함께 촬영된 게 아닐까, 저는 거기에 베팅하겠습니다."

박수를 쳐 주고 싶었다. 기연의 집요한 분석이 내 머릿속 상상력까지 부글부글 끓게 했다. 바로 뒷담화뉴스에서 본 광경 하나와 연결됐다.

"코란도. 아마 맞을 거야. 앞 유리창에 붙여놓은 PRESS의 반전된 P자가 잘린 게 아닐까? 뭐 확대해서 보면 금방 나오겠지."

"어머, 그럼?"

"그래, 사진을 제보로 받았다는 건 뻥이야. 그 기자놈이 현장에서 직접 찍은 거야. 상식적으로 한밤 중 찰나의 순간에 그 정도 해상도 만들려면 일반 카메라로 불가능하잖아. 꾼이 아니라면 누가 그런 장비 가지고 다니겠어. 자기도 미행 중 현장에 있었다는 게 발각되면 고은돌이랑 똑같은 비난을 받게 될 테니 제보 받은 걸로 처리한 거지. 기레기란 표현도 아까운 개쓰레기 같은 놈이네."

기연이 두 손을 높이 들고 호탕하게 웃었다.

"팀장님 만세! 결론은 누군가의 제보로 고은돌에 관한 정보를 입수했고, 그 미행 과정에서 사진은 자기가 찍은 거네요. 그래서 모자이크 처리 때 다시 손볼 곳도 아는 거고. 회사에서 월급 받고, 가명으로 사진 보내 제보료 따로 챙기고. 팀장님이 잘못 아셨지 말입니다. 그 인간, 재수 없어도 생존의 촉은 있고 밥도 먹고 댕기는군요. 이제 고은돌이 왜 그 새벽에 거길 갔느냐가 관건이군요. 그 인간이 그 뒤 사정을 모르는 걸로 봐서 미행 중 놓쳤다는 얘기고."

"응. 고은돌이 숨어서 시간 끄는 건 뭔가 사정이 있다는 건데."

"대체 뭘까요? 그러니 진짜 궁금하지 말입니다."

"누구를 만나러 간 건 확실해. 당일 엄마가 일하는 식당에 들러서 떡국을 챙겨갔더라고."

이번에는 내가 소주잔을 한입에 털어놓고 진 여사 만난 일을 들려주었다. 의미 있어 보이지 않던 떡국이 새로운 단서로 부상했다.

"그렇다면 팀장님, 고은돌은 그 으슥한 동네에서 명절을 앞두고 신경 써야 할 사람을 만난 거지 말입니다. 게이 바에 떡국 싸들고 가서 나눠 먹었다는 건 상상만 해도 웃기죠? 그쵸? 그럼 그 가능성은 패스. 또 떡국이란 게 젊은 사람 취향은 아니고, 편의점에 인스턴트 팔 텐데 예의를 차려 직접 조리해 갔다면 연장자란 뜻이겠고.

그 연장자는 떡국을 챙겨 먹지 못할 상황. 즉, 병상이거나 혼자 살거나. 뭐 그런 얘기가 되나요?"

주말을 쉬고 싶어 하는 기연의 악착스러움이 불을 뿜었다. 몇몇 단서를 조합해 경우의 수를 척척 좁혀 나갔다. 다 일리 있는 분석이었다. 절로 고개가 끄덕여졌다.

"하나 더 추가할 수 있지. 고은돌이 추리닝 입고 야구배트 메고 보자기에 떡국 싸들고 갔잖아. 그 복장 상상이 돼?"

"알았다. 야구와 관련 있는 인물."

기연이 다시 두 손을 펴들고 활짝 웃었다.

가슴이 두근거렸다. 겹겹의 잠금장치가 하나씩 풀려나간다. 흥분을 가라앉히려고 술잔을 들었다. 향교동에 사는 야구와 관련된 인물이라……. 누굴까? 소문으로도 들은 바 없다.

기연이 관할서에서 슬쩍 챙겨온 현장 사진 사본을 탁자 위에 깔았다. 엎드린 여자의 찢어진 머리통에서부터 주변으로 불규칙하게 번져나가는 붉은 피 무늬. 술기운이 바로 달아날 정도로 잔혹했다. 기연은 이런 사진이 익숙한지 손가락질까지 해 가며 설명을 곁들였다.

"현장 감식 결과 둔기로 왼쪽 후두부, 그러니까 여기 뒤통수를 한 방에 빡. 피해자 행색으로 봤을 때 돈을 노린 강도짓으로 보기 힘들고, 출혈량이나 시반 등을 종합하면 시신이 옮겨진 것도 아니랍니다. 방심한 상황에서 불의의 일격을 당했다면 면식범일 가능성도 배제 못하고. 살해 의도가 확실치 않는 상황입니다."

"사망 추정 시각이?"

"새벽 서너 시 정도라네요. 한밤에다 행인이 없는 외진 곳이라 발견과 신고가 늦어졌지 말입니다. 고은돌이 살인사건과 연관은 없어 보입니다. 현장을 지나칠 때 여자는 이미 사망했으니까. 다행히 이건 팩트입니다."

"지갑이 그대로 있었다면 노상강도는 아니라는 얘기고, 그럼 원한 관계?"

"담당 형사도 비슷한 얘기를 하더라고요. 그래서 당장은 고은돌과 연관 지어 수사할 계획이 없다고. 철길에는 방범카메라가 없지만 사망 시간대 대로변 CCTV 교차분석 중이라니 조만간 용의자 나오겠지요. 제가 봤을 때 검거 확률 99%입니다."

대화는 거기서 끊어졌다. 진도가 더 나가지 않았다. 착잡한 마음에 고개를 젓는데 설렁탕집 벽에 걸린 TV가 눈에 들어왔다. 낯익은 얼굴이 화면에 등장했다. 맙소사, 고은돌이다. 드디어 지상파까지 가세했다. 호기심에 기반한 뉴스 접근법이 편치 않지만 어쩔 수 없었다. 다 시청률 경쟁 때문이다.

자료 영상으로 그가 호쾌하게 타격하는 모습이 반복해서 이어지고 있었다. 우투좌타 유격수. 가만히 보니 테이크 백* 동작이 독특했다. 양 손이 왼쪽 귀 뒤에서 멈추는 거야 일반적이지만 방망이 끝이 백네트를 향한 것처럼 보일 정도로 크게 누웠다. 국내에서도 뛰었던, 메이저리그 최고령 타자 기록을 갖고 있는 훌리오 프랑코와는 반대였다. 프랑코는 방망이 끝이 투수를 향했다. '오리 궁둥

* 타격 때 힘을 주기 위해 방망이 쥔 손을 포수가 앉은 쪽으로 빼는 동작.

이 타법'으로 유명했던 원년 스타 김성한 타법보다 손의 위치가 더 높아 스윙 궤적이 가파르게 내려오는 식으로 움직였다. 고은돌의 스윙은 마치 뭔가를 베어내듯 날카롭게 꺾여 내려오며 공을 정확하게 맞혔고 타구는 낮게 깔려 내야를 꿰뚫었다.

저 자세! 강습 타구에 머리통을 맞은 것처럼 한순간 멍했다. 하나의 단어가 떠올랐다. 환생. 막 떠오른 생각을 확인해 보고 싶은 강한 충동이 일었다.

"기연 씨, 고은돌이 갑자기 타격에 눈을 뜬 게 언제였지? 지난 시즌에 내가 잘 안 챙겨 봐서 몰랐는데 원래는 중장거리형 아니었나? 폼이 변했네."

"글쎄요. 저도 집중해서 본 건 작년이 처음이라. 그 전까지 주전은 김명일이었잖아요. 백업으로 나오니 관심이고 뭐고 없었죠. 다시 보니 폼이 그렇긴 하지 말입니다. 무슨 문제라도?"

"요즘은 내야수도 벌크업을 통한 파워야구가 강세잖아. 강정호, 황재균 뿐 아니라 빅리그를 봐도 그런 선수들 가치를 더 쳐 준다고. 타율이 좀 떨어져도 스윙 각도 높여 장타력으로 만회하는 게 더 득점생산력을 높이는 길이지. 팬들도 타율보다 OPS*를 더 신경쓰고. 근데 고은돌은 세월을 거슬러 전형적인 옛날 유격수를 보는 것 같아서 말이야. 중장거리 타자에서 호타준족 똑딱이로 변신이라니. 그 이유가 궁금해."

---

* On base Plus Slugging의 약자. On base는 출루율, Slugging은 장타율이다. 출루율+장타율로 계산되며 0.8이상이면 좋은 타자, 1.0이 넘으면 리그 최고 수준 타자라고 할 수 있다.

"위험한 욕심보다 안전한 차선을 택한 게 아닐까요? 자신이 KBO 바닥에서 생존할 수 있는 최적의 방법을 찾은 거겠죠. 2군에서 과감히 뜯어고쳤고 그게 작년에 꽃을 피운 거고."

"2군에서 누가? 그 주정뱅이 큰 행님이? 더구나 그 영감은 투수 출신이야. 가만 타격코치는 누구였지? 오늘 아까 생활관에서 보니까 스스로 책이나 영상 분석해 가면서 자세 교정할 만큼 학구파도 아니던데."

기연은 고개를 갸웃거렸다. 내 호기심이 썩 와 닿지 않는 모양이다. 폼이야 어떻든 자신의 노력으로 완성형 타자가 된 것에 대해 토를 달지 마세요. 무언의 눈빛은 그렇게 말했다. 하지만 내 눈에는 타격 자세의 변화가 자꾸 신경을 자극했다.

두뇌 회전을 급박하게 굴려서일까. 연이은 의심의 폭발. 고은돌이 위기에 빠져서 가장 득을 볼 사람은 누가인가. 그 고민이 또 관자놀이를 짓눌렀다.

"외출 정보를 흘린 제보자는 알았어. 그 주 기자 놈이 분명히 들었다고 했지. 새벽 6시에 자주 외출한다. '새벽 6시'와 '자주 외출'이라는 구체적인 표현을 쓸 수 있는 사람은 빤해. 일거수일투족을 아는. 요것들이 처음부터 다 알면서 마치 몰랐던 것처럼 사진 슬쩍 흘리고 소문 퍼트리고 사진 수정해 조회수 높이고. 진짜 용서 못할 양아치들이네."

어금니를 깨물어도 화가 풀리지 않았다. 이내 불길함으로 번져나갔다. 얼굴 하나가 떠올랐다. 그 진지한 표정은 다 가식이었던 걸까. 만약 그렇다면 몹시 슬프다.

올 시즌 최고 성적에 도전하는 조미 몽키스의 스토브리그는 하루하루가 살얼음판이다.

* * *

자정이 막 넘었다. 하늘은 종일 싸락눈이 내렸다 그쳤다를 반복했다. 금요일 밤이라서 그런지 역 앞 식당가는 아직도 환히 불을 밝혔다.

오늘 업무는 이쯤에서 정리하고 싶었다. 헛심 쓰지 않았다는 점에 그나마 위안을 얻었다. 홍희 단장과의 통화는 불편하기도 하거니와 시간도 늦어 문자로 보고를 했다. 제보자에 관한 정보를 얻었고, 내일 더 추적하면 곧 실체가 보이리라는 기대치를 담아서. 기연에게 퇴근 인사를 하는 찰나 부담스런 답장이 날아왔다.

그런 문제는 바로 눈으로 확인해야 하지 않아? 구단의 앞날과 선수 미래가 달린 중대한 문제잖아. 내가 지시해 둘게.

홍희 단장이 좋아하는 말, 어머 씨발이다. 샐러리맨의 비애. 차마 내일 확인하겠다는 말이 입 밖으로 나오지 않았다. 답은 좀 삐딱하게 보냈다.

진짜 악덕 고용주야! 라고 옆에서 기연 씨가 흉을 보네. 뭐 그렇다고.

솔직히 그 궁금증이 참기 힘들긴 했다. 알딸딸한 술기운도 깰 겸 10분 거리의 몽키스 파크까지는 걷기로 했다. 진심으로 기연이 먼저 퇴근하길 바랐는데 기꺼이 따라붙었다. 그녀가 허연 입김을 뱉으며 말했다.

"팀장님, 좋든 싫든 원팀이지 말입니다."

역시 일에 대한 집중력. 어쩌면 그녀도 최대한 빨리 진실에 도달하고 싶은 게 아닐까. '좋든 싫든'이란 말이 좀 불편하게 들리긴 했지만.

불이 다 꺼진 원형 야구장은 불시착한 거대 폐우주선처럼 흉물스러웠다. 역시 조명탑이 켜지고, 관중이 들어차고, 땀과 함성이 한데 어우러져야 본연의 아름다운 빛을 발하는 모양이다.

직원들이 다니는 보조출입구에 관리실 심야 당직자가 눈을 비비고 나왔다. 윗선의 지시라 그도 딱히 짜증을 내거나 하지 않았다. 전력분석실은 구장 내 홈플레이트 뒤편에 있었다. 내야가 한눈에 들어오는 위치. 지금 만약 야간 경기 중이라면 황홀한 VIP급 전경이리라.

경기 영상을 바로 촬영해 분석할 수 있는 고가의 카메라가 눈길을 끌었다. 구석 자리 대형 모니터 앞에 앉아서 당직자가 가르쳐 준 대로 고은돌의 폴더를 클릭했다. 2년 전부터 최근까지 타격 모습이 데이터베이스화 돼 있었다. 2군에서 뛴 영상은 이곳이 아니면 보고 싶어도 볼 수가 없다.

두 달 단위로 끊어서 영상을 돌려봤다. 결론은 고은돌이 긴 시간에 걸쳐 타격 폼을 완전히 바꿨다. 2년 전과 최근을 비교해 보면 거의 개조 수준의 변화다.

고은돌의 원래 스윙은 경쾌하다기보다는 호쾌한 스윙에 가까웠다. 좌타석에서 투수 쪽을 향한 오른발을 살짝 들었다가 놓으면서 힘을 실었다. 오른쪽 어깨를 감았다가 풀면서 공을 따라 몸을 회전시켰다. 맞으면 힘 있는 타구가 나왔지만 몸 쪽 낮은 코스에 약점을 보였다. 그런데 2년 전 시즌 중후반부터 급격하게 달라졌다. 올스타전 휴식기 이후로 보이는데 고은돌의 오른발이 바닥에 거의 고정됐고 오른쪽 어깨의 과하다 싶은 움직임도 사라졌다. 가장 큰 변화는 역시 테이크 백 때 방망이 끝의 위치였다. 투수 쪽으로 살짝 꺾이던 방망이 끝이 거꾸로 백네트를 향하면서 누웠다가 움직였다. 타구 각도는 낮아졌지만 강하게 내야를 뚫고 움직였다. 1루수 2루수 사이로 질 좋은 타구들이 나왔다. 깎여 맞으면서 3루수 유격수 사이를 뚫는 타구도 잦았다. 땅볼 타구는 장타력을 감소시키기 때문에 썩 좋지 않은 방향이지만 KBO리그의 내야 수비 수준을 고려하면 여전히 유효한 선택일지도 모른다.

어릴 적부터 밴 자세를 체계적인 지도 없이 혼자 힘으로 교정이 가능한가. 명색이 프로라면 누군가 곁에서 지켜봐 줘야 하는 거 아닌가. 하지만 그런 보고는 어디에도 없었다. 문제는 결국 몽키스 2군 시스템이었다. 1, 2군을 오르내리는 젊은 유망주의 타격폼이 저렇게 극적으로 변했는데도 아무런 지적이 없었다는 점은 심각한 경고등이다. 2군 행님 휘하 분위기는 안 봐도 비디오다. 아마 2군 동료들은 뭔가 눈치를 채고 있었을지도 모른다. 정글과 같은 생존 경쟁 속에서 경쟁 상대의 사소한 변화는 바로 감지된다. 대치

동에서 누가 어떤 학원에서 어떤 선생님한테 배운다는 정보가 가장 민감하게 체크 되는 것과 마찬가지다.

지난 시즌 혜성처럼 등장한 고은돌. 애매한 중장거리 타자에서 컨택트형 타자로 거듭나더니 138경기 출장에 타율 홈런 타점이 0.320, 8, 87을 기록했다. 골든글러브까지 거머쥐며 최고 유격수에 등극했다. 그런 극적인 신데렐라 변신 스토리는 당장 메이저리그를 봐도 손에 꼽을 정도다. 드래프트에서 맨 꼴찌나 다름없는 1390번째로 선택돼 최고의 타자 중 한 명이 된 다저스의 마이크 피아자. 170센티도 안 되는 키로 메이저리그 안타제조기가 된 휴스턴의 호세 알투베 정도밖에 안 떠오른다.

그런 고은돌이 살인사건 현장에서 파파라치 카메라에 잡혔다. 이런 일련의 상황을 어떻게 이해해야 하는가.

내 판단을 믿고 싶었다. 늙은 얼굴 하나가 떠올랐다. 다시 입속에서 되뇌는 단어 하나. 환생. 어쩌면 고은돌은 건너지 말아야 할 강을 건너 버렸다. 생각이 거기까지 미치자 실내 난방이 안 되는데도 땀이 촉촉이 났다. 내 안의 달뜬 열기 때문이었다. 한 번 더 영상을 돌려봤고 추측은 확신이 됐다.

새벽 2시가 넘어서고 있었다. 기연이 의자에 주저 앉아 하품을 했다.

“괜히 험한 부서로 옮겨와서 고생만 시키네.”

“뭘요, 다 월급 받고 하는 일인데요. 야근수당은 따로 청구할 거고. 저는 신경 쓰지 마십시오. 하핫.”

호탕한 웃음에 비해 표정은 수줍음이 내비쳤다. 큰 키와 어우러져 또 다른 매력으로 보였다.

"팀장님, 저 경찰 때 심야 잠복근무 많이 했지 말입니다. 뭐, 그 때가 그립단 뜻은 아니고요. 강민혁 때문에 이직했다고 소문났지만 실은 그게 다는 아니지 말입니다."

"그럼 뭐야. 다른 이유가?"

"밤일 뛰니 피부가 늙더라고요. 야식으로 빵 먹으니까 살찌고. 그것도 일조를 했지 말입니다. 하핫."

안다. 내 피로를 풀어 주려는 그녀의 농담 방식. 나는 부러 낄낄 소리 내 웃었다. 동시에 모든 의문이 사라졌다.

손목시계를 봤다. 모두가 잠든 깊은 밤이다. 서울스포츠 손은재에게 전화를 걸었다. 벨소리가 열 번도 더 울리고서야 딸깍, 통화로 넘어갔다.

"친구야, 잤냐? 거래 하나 할까? 핫한 1면 톱 거리 주마. 대신에 사람 하나 행방을 확인해 줘. 싫으면 말고."

* * *

사위는 짙은 어둠. 길고양이마저 숨죽인 으슥한 새벽 거리는 박제된 풍경 같았다. 동이 트려면 두 시간은 더 기다려야 한다. 유일하게 불을 밝힌 곳이 길 끝 삼거리 편의점이다. 뿔테 안경은 유통기한이 지난 김밥과 도시락을 매대에서 빼내 플라스틱 박스에 채워 넣고 있었다.

"이런, 오늘도 새벽까지 일하는 겁니까?"

나는 온장고에서 캔 커피를 하나 꺼내며 일부러 능글거렸다.

"갑자기 그만둔 주말 심야타임 근무자를 못 구해서. 임시로."

뿔테는 눈길도 주지 않고 무심하게 대꾸했다.

나는 이번엔 사진 한 장을 꺼내 보였다.

"혹시 이 얼굴 좀 봐 주실 수……. 젊었을 때라 지금과 좀 다를 수 있습니다."

뿔테는 그제야 고개를 들어 나를 힐끗 보더니, 사진을 자신의 눈 앞으로 가져갔다.

"글쎄, 본 듯도 하고 아닌 듯도 하고……. 단골 아니면 모른다고 저번에 말했는데."

"아, 어쩌면 목발을 짚거나 휠체어를 타고 있을 수 있어요."

"목발? 아, 그렇게 보니 최 씨 아저씨처럼 보이기도. 맞네, 여기 광대뼈."

빙고! 제대로 짚었다. 의문의 잠금장치가 다 풀렸다. 나도 모르게 말이 조금 빨라졌다.

"이 사람 편의점에 자주 오나요? 언제부터 여기 살았는지? 혹시 집이?"

"개인적인 건 잘 모르는데. 여기 잘 오지도 않고. 대신 생수를 카트에 실어 딱 한 번 배달 간 적 있어. 편의점에서 배달이라니 웃기지. 그런데 우리 사장님이 시켜서. 사장님은 최 씨를 잘 알더라고. 지금이야 꼴이 저렇지만 자기 어릴 때 고향 프로야구팀에서 날렸던 선수라고. 인생 허망하다고 혀 끌끌 차면서."

뿔테가 가르쳐 준 집은 편의점에서 100여 미터 정도 떨어진 폐공장 건물이었다. 손목시계를 봤다. 새벽 5시 30분. 무리다 싶었다. 강력범을 추적하는 일도, 공권력의 집행도 아니다. 사회 질서에 위해를 가할 만큼 급박한 상황은 더더욱 아니다. 방문을 하려면 최소 날은 밝아야 할 것 같았다. 일단 차 안에서 대기했다. 조수석 등받이를 살짝 젖히고 나지막이 음악을 틀었다. 김필이 리메이크해서 부른 「다시 사랑한다면」이 흘러나왔다.

"기연 씨, 강력반 시절 잠복근무할 때 기분 나지?"

"팀장님, 그만 떠들고 눈 좀 붙이시지 말입니다. 심야잠복의 기본은 파트너 중 하나는 잠을 자두는 겁니다. 농담이 아닙니다. 체력을 비축해 놔야 시야가 말똥말똥, 범인을 봐도 쫓을 수 있다고요. 암튼 우리 판단이 빗나가지 않아서 일요일은 근무하지 않도록 꿈속에서 기도 좀 하시고요."

기연의 면박에 눈을 감았으나 쉬이 잠이 올 리가 없다. 몸은 졸린데 뇌는 안 졸리는, 의식할수록 의식이 선명해지는 불쾌한 각성. 손은재가 수소문해 챙겨준 최 씨의 지난 행적이 머릿속에서 자꾸 맴돌았다.

최호근. 치타스의 타격 전설. 타격왕 3번, 골든글러브 6번. 안타를 만들어내는 기술은 귀신이었다. 나의 아버지가 투수로 날리던 시절, 그는 한국 최고 교타자였다. 누구는 10년에 한번 나올까 말까한 선수라고 했고 누구는 30년이라고 했다. 4000타석 이상 타자 중 통산 타율 1위다.

날렵한 체구에 극단적으로 배트를 눕히는 타격폼을 지녔다. 테이크 백을 하는 순간 방망이가 백네트 쪽으로 누우면서 타이밍을 잡은 뒤 빠르게 꺾여 내려왔다. 완벽한 다운스윙. 방망이 헤드의 각을 조절하는 노하우를 터득하면서 투구의 상하 움직임에 다 대처했다. 못 치는 공이 없었다. 당시만 해도 던지는 손 방향으로 움직이며 떨어지는 체인지업, 그러니까 우투수가 좌타자 바깥쪽으로 떨어지는 체인지업이 흔치 않을 때였다. 독특한 스윙 궤적은 우투수의 몸 쪽 슬라이더를 잘도 걷어냈다.

그 모습이 마치 검을 뽑아 베는 것 같다고 '사무라이'라는 별명을 얻었다. 정의를 지키는 검객이었다면 '장군'이나 '무사'라는 별명을 얻었을지도 모른다. 하지만 사무라이에는 어둠의 암살자 느낌이 담겨 있다. 대중의 시선과 지혜란 절대 무시할 수 없다. 실체적 진실을 기막히게 담아낸다. 팬들이 별명을 만드는 능력 역시 집단 지성의 힘이다.

최호근은 선수로서 재능은 꽃을 피웠지만 고집 센 다혈질 성격은 조직과 융화를 못했다. 요즘 말로 하자면 분노 조절 장애. 마찰이 잦았다.

경기 중 자신을 교체한 감독에게 대드는 건 예삿일이었다. 자신의 안타 때 2루에서 홈까지 들어오지 못했다고 후배를 더그아웃에서 걷어찬 적도 있었다. 당시에는 투지 넘치는 고참 선수의 '참교육' 정도로 정리됐지만 실제상황은 달랐다. 그때만 해도 성과급이 넘쳐나던 시절이었다. 타점은 중요한 항목이었다. 매 경기 끝나고 현금으로 받아드는 그 부수입에 그는 병적으로 집착증을 보였다.

선수생활을 접게 된 사건도 같은 맥락이었다. 안타 생산 능력이 아무리 뛰어나도 야구는 팀 스포츠다. 운영팀장이 면담자리에서 성과급 지급과 연계해 팀워크와 관련한 조건을 내걸려 하자 펄쩍 뛰었다. 분을 못 이겨 방망이로 구단주 사진이 걸린 액자를 찍어서 부쉈다. 은퇴식도 은퇴 경기도 없었던 이유다.

내부 사정 모르는 팬들은 그를 열정과 카리스마 넘치는 타격 달인으로 기억한다. 또 기술만큼은 탐을 내는 팀들이 있었다. 지도자로서의 재능 또한 나쁘지 않았다. 하지만 '족집게 과외'가 말썽이었다. 서울 구단 돌핀스와 타격코치 계약을 하면서, 몇몇 선수를 찍어 타율이 얼마 오르면 얼마를 추가로 받는다는 식의 이면계약을 했다. 실제 그가 찍은 선수는 다 기록이 좋아졌다. 그러다보니 다른 선수는 아예 쳐다보지도 않았다. 선수들은 선수들대로, 코칭스태프는 또 그들대로 분열됐다.

족집게 과외가 문제가 되자 그가 눈을 돌린 것이 진짜 과외였다. 야구 경기가 없던 휴일. 2군 훈련장을 조용히 찾았던 돌핀스 구단주가 열성적으로 선수를 가르치는 최호근을 발견했다. 뿌듯함도 잠시, 소속 선수가 아닌 앳된 고교생 둘을 데려다놓고 돈벌이를 하고 있었다. 다음 날 구단은 최호근 코치가 건강상의 문제로 사퇴한다고 보도자료를 냈다. 사실상 영구제명 조치. 이후 야구판에서 그의 이름은 사라졌다.

유명세를 이용해 치킨 프랜차이즈 사업을 벌였으나 동업자에게 이용당하고 망했다는 소문이 들렸다. 도박장 주변을 기웃거리는 걸 봤다는 목격담도 나왔고, 이혼과 알코올 중독을 넘어 약물에 빠졌다는 얘기도 돌았다. 몸을 마구 굴린 탓인지 급성 뇌졸중으로 한쪽 다리가 마비됐다는 게 마지막 소식이었다.

시간이 얼마나 흘렀을까. 그새 선잠이 들었다. 기연이 내 어깨를 거칠게 흔들었다. 다급한 목소리가 따라붙었다.

"팀장님, 저기!"

폐공장 창고 문이 열리고 작은 트럭의 크르릉 시동 소리. 동시에 두 줄기 헤드라이트 빛이 어둠을 뚫었다. 비니를 쓴 키 큰 그림자가 목발을 짚은 호리호리한 그림자를 부축해 차량 앞자리에 태웠다. 짐칸에는 이런저런 장비가 실려 있었다. 트럭은 왼쪽 깜빡이를 넣더니 삼거리 대로변 쪽으로 움직이기 시작했다. 사업체를 부도낸 사장이, 가족을 태우고 야반도주하는 광경처럼 보였다.

예상하지 못한 상황이었다. 다급한 판단의 순간인데, 어떤 연유에서인지 다 부질없다 싶었다. 추적은 그만두고 싶었고, 진실을 확인하고 싶지 않았다. 아니다. 진실은 이미 알고 있다. 확인 작업이 불편한 것이다.

"그만, 됐잖아. 이만하면."

짜증스럽게 내뱉었지만 기연에게 한 말은 아니었다. 갈팡질팡한 마음에 나도 모르게 나온 혼잣말. 대시보드를 주먹으로 쾅 내려쳤다. 기연은 내 기분을 읽었는지 시동을 걸려고 하던 손을 멈췄다.

"미안해. 때론 상상이 실제보다 더 많은 걸 이야기하잖아."

내 귀에도 교묘한 말장난에 불과했다. 기연은 비웃지 않았다.

폐창고로 이어지는 대문이 휑하니 열려 있었다. 나는 차에서 내려 휘청대며 그곳을 향해 다가갔다. 손전등을 챙겨 뒤따르던 기연이 내 발 앞으로 불빛을 비춰 주었다. 문턱을 넘었다. 벽을 더듬어 스위치를 올렸다. 휑할 만큼 널찍한 공간이 나타났다. 최근까지 사람이 머문 듯 먼지는 없고 온기는 남았다. 소파 겸용의 낡은 침대와 싱크대. 이런저런 세간들.

한쪽 구석으로 갔다. 그리고 봤다. 야구의 흔적, 야구의 냄새. 내 눈과 코는 그걸 정확히 알 수가 있다. 스파이크 자국, 실밥이 닳은 야구공, 찢어진 초록색 그물망, 나뭇결을 타고 깨진 방망이 조각, 그리고 휑하니 놓여 있는 빨간 플라스틱 의자. 허름한 간이 타격 연습장을 만들어 놓고 어떤 훈련을 해 왔는지 나는 알아볼 수가 있다.

키 큰 비니 사내가 발을 딛고 버틴 타석의 흔적이 한쪽 방향으로 길게 이어졌다. 그 끝에는 뭔가 큰 물건을 들어낸 자국이 보였는데, 분명 피칭머신이 놓여 있었을 자리. 거리를 좁혀 가며 점점 더 빨라지는 공에 방망이를 휘둘렀다는 의미다.

최호근의 타격 자세는 공을 맞히는 데는 장점이 있지만 타구에 힘을 싣는 데는 어려움이 많다. 그는 현역 시절 900그램이 넘는 방망이를 써서 이를 극복했다. 체형이 급격하게 커졌다는 점, 무거운 방망이를 쉽게 다뤘다는 점에서 금지약물 복용설이 설득력을 얻었다. 물론, 증명되지는 않았다. 당시에는 도핑 위반 검사를 하지도 않았고 관련 규정이 없어서 불법도 아니었다. 다만, 툭하면 화를 냈고 이른 나이에 급성 뇌졸중이 왔다는 점은 스테로이드 계열 약물 복용을 뒷받침하는 현상들이다. 지금도 애들 등골 빼먹고 산다던데……. 슬프게도 손은재가 사진전에서 날린 조롱은 사실이었다.

모든 야구인이 경멸하는 과거 타격왕에게서, 프랜차이즈 스타로 떠오르는 고은돌이 오랜 기간 타격 과외를 받았다. 그건 팩트다. 그들에게 서로를 존중하는 마음은 있었을까. 고은돌이 떡국을 챙겨간 것은 순수한 마음이었을까. 기술 이전의 대가로 치른 비싼 수업료. 장담컨대 거래만 존재했을 것이다.

야반도주하듯 흔적을 지우고 떠났다. 최호근은 또다시 잠적할 테고 고은돌은 곧 모습을 드러내리라. 이제 둘의 접점은 영원히 찾지 못한다. 경찰이 관여할 일도 아니다.

야구 동호인을 가르치는 사설 강습소는 많다. 선수 출신들이 주로 생계를 위해 운영한다. 기자 생활을 하면서 몇 번 취재도 했었다. 하지만 이것은 생활 스포츠의 야구가 아니다.

자세를 낮추고 감식반원처럼 능숙하게 구석구석 사진을 찍어대던 기연도 마침내 모든 진실을 깨달았다. 그녀답지 않게 목소리가 엄숙했다. 몹시 화가 난 것이다.

"이건 옳지 못한 방법이지 말입니다. 자신이 몸담고 있는 팀에 대한 로열티, 동료들에 대한 존중을 망각한 행동이지 말입니다."

"그런가? 다저스의 저스틴 터너도 무명의 동네 코치에게서 레그킥을 교정 받고 훨훨 날았지. 다 알려진 사실이고."

기연은 입술을 틀며 냉소를 지었다.

"그러게요. 모두에게 당당하다면 이런 비밀 연습장은 필요 없지 말입니다. 굳이 사제 운동복을 입고 새벽에 다녀야 했던 건 다른 사람들 눈에 띄기 싫다는 거 아니겠습니까? 인간말종의 기술이 탐나 어둠의 경로로 전수 받았다고 해 두겠습니다."

그렇게 몰아붙이니 할 말이 없었다. 그래도 하나의 사실만은 옹

호해 주고 싶었다.

"고은돌은 거미줄에 엮인 거야. 그만두고 싶어도 그만둘 수 없었을 거라고. 너무 멀리 왔어. 최호근이야 더 잃을 게 없는 막장이잖아. 너를 키운 건 나야. 다 불어 버리겠다고 협박했겠지. 성적이 좋아질수록 연봉의 상당 부분을 바쳤을 거야. 결별의 타이밍을 놓쳤어. 명확한 진실은 더 뒤져 봐야겠지만……. 나도 지금 몹시 화가 나지만 내일이 오면 또 어떤 판단을 할지 모르겠다고."

고은돌의 사라진 하루, 증거 인멸의 시간이었다.

* * *

오전 9시. 생활관 로비는 오가는 사람들로 어수선했다. 오늘도 프런트 당직은 중년의 기름머리. 내가 기연을 앞세워 현관에 들어서자마자 눈이 마주쳤고 바로 아는 체를 했다.

"팀장님, 막 소식 들었습니다. 은돌이 자식 돌아온다고. 상처받지 말아야할 텐데. 미우나 고우나 가족 아닙니까."

"주임님은 많이 반가우신가 봅니다."

"그럼요. 우리 몽키스를 이끌어갈 인재인데. 그나저나 이 아침부터 어쩐 일로."

"뒤처리가 조금 남아서……. 사실과 다른 악의적 정보를 흘려 선수단 분위기를 흐린 사람이 있거든요. 재발 방지 차원에서라도 진상은 밝혀야죠."

머릿기름이 한손으로 입을 가리며 속삭였다.

"그럼요. 당연한 일을. 근데 누가? 혹시 룸메이트인가요? 아, 마침 저기……."

김명일이 체력단련실을 다녀오는지 원숭이 티셔츠 차림에 수건을 목에 두르고 '끝날 때까지 끝난 게 아니다'라는 문구 밑을 지나고 있었다.

"아닙니다. 룸메이트 말고 고은돌에 대해서 잘 아는 사람이 또 있더라고요."

일순, 주위의 모든 잡음이 소거된 듯한 정적이 흘렀다. 머릿기름은 눈두덩이 떨리는지 연달아 눈을 깜빡거렸고 말까지 더듬었다.

"어이쿠, 이, 이거 왜 이러십니까. 새, 생사람 잡지 마십시오."

"어제 분명히 말씀하셨죠? 고은돌이 새벽에 보따리 싸들고 나갔다고. 그 보따리는 여기 생활관에서 가져간 게 아니라 자기 엄마가 일하는 식당에서 챙겨간 겁니다. 이곳 보안데스크에서는 볼래야 볼 수 없단 말입니다. 미행하지 않고서 어떻게 보따리 존재를 알았을까요?"

"그, 그야 순간적으로 착각을……. 미, 미행이라니. 뭔 증거를 가지고 따지셔야지?"

기연이 문제의 원본 사진을 데스크 위에 올려놓았다. 머릿기름은 고개를 숙여 그 사진을 한 번, 고개를 들고 우리를 한 번 봤다. 의도를 모르겠다는 듯이.

기연이 흠흠, 헛기침을 두 번 했다.

"저, 주임님. 거기 사진 왼쪽 모서리에 검은 얼룩이 있지 말입니다? 그게 뭐로 보이시나요?"

“글쎄……. 뭐, 작아서.”

“방금 그 얼룩의 진실을 이곳 지하 주차장에서 찾았습니다. 일일이 하나하나 대조 작업 했지 말입니다. 은색 산타페 1747. 주임님 차가 맞죠?

머릿기름은 마지못해 고개를 주억거렸다.

기연의 말이 이어졌다.

“차 앞 유리에 구단 출입증이 붙어 있더군요. 그 얼룩은 원숭이로고 꼬리 부분이 잘린 거란 걸 확인했습니다. 좀 삐딱하게 붙여 놓으셨던데 사진이랑 위치, 각도 다 일치했습니다.”

어느새 주위에 사람들이 몰려와 팔짱을 끼고 있었다. 그 위압감에 머릿기름이 입을 어, 벌린 채 다물지 못했다. 손가락을 머리카락 아래로 밀어 넣고 마구 비벼댔다.

나도 모르게 비아냥대는 말투로 변했다.

“선수들 사생활을 보호해야 할 담당자가 그깟 제보료 몇 푼에 정확하지도 않는 정보를 팔아넘기다니. 책임지셔야 할 겁니다.”

순간, 머릿기름은 눈깔을 히뜩 치켜뜨더니 흥분 모드로 돌변했다. 목소리에 쇳소리가 섞였다.

“이런 썅! 돈 때문이 아냐! 지가 언제부터 스타였는데. 애비도 없는 새끼가 좀 뜨고 나더니 지 애비 같은 날 대하는 태도가 오만방자 시건방져졌다고. 벌레 보듯 얼굴 찡그리고 인사도 안 받는 썅놈의 새끼. 그거 눈꼴시게 기분 더러운 거 아는가 몰라. 게다가 기념사진 한 장 찍자는 우리 딸애 부탁을 거부해? 경기 시작 한참 전부터 기다리고 있었다고. 그깟 포즈 한번 취해 주는 게 그렇게 어렵나? 그딴 새끼 뭐가 좋다고 우리 딸년이 졸졸 따라다녔나 몰라. 아버지가 구단 직원이라고 자랑해 놨는데 친구들 앞에서 개망신을 당했다고. 나는 기자 놈 태워서 운전해 준 거밖에 없어. 그게 다야. 그게 뭐 어쨌다고? 그게 죄가 되냐? 인성이 똥인 그런 새낀 어차피 언젠간 사고 칠 놈이었어. 퉷!"

분이 안 풀리는지 전화기를 선이 달린 채로 뽑아서 바닥에 내던졌다. 주변을 둘러싼 선수들에게 애꿎은 소리를 질러댔다.

"야이 존만한 것들이. 뭘 쳐다봐. 꺼지라고!"

내 가슴 깊숙한 곳에서 불덩이 같은 욕지기가 치밀었으나 입을 닫았다. 원칙대로 처리하면 된다. 덩달아 감정을 소비할 필요는 없다. 티끌 없이 진실을 밝히는 게 에이스팀 역할이고 이번 일은 여기까지다. 나머지 판단은 구단의 몫. 발뒤꿈치에 힘을 주고 몸을 빙그르르 돌려서 걸었다. 기연과 함께 현관을 빠져나오는 데 뒤쫓아 온 누군가가 내 소매를 잡았다. 김명일이었다. 팔을 벌려 앞을 가로막았다.

"팀장님, 잠시만, 잠시만요."

긴히 하고 싶은 말이 있는 모양이다. 사실 나도 그랬는데 그가 먼저 입을 열었다.

"저도 자유롭지 못해요. 마음의 범죄자입니다. 솔직히 후보로 밀렸을 때, 처음에는 받아들이기 힘들었습니다. 거기는 원래 내 자리야. 그런 원망으로 허송세월을 보냈어요. 은돌이가 그냥 미웠다고요. 이번 일이 터졌을 때도 처음엔 걱정보다 그대로 꺼져 버려! 그런 생각을 했고. 그런데 야구란 놈의 장점은 기록이더라고요. 숫자는 거짓말하지 않잖아요. 어제 팀장님이 가신 후 침대에 걸터앉아 그걸 들여다보고 있으니 은돌이보다 낫다고 증명할 길이 없더란 말입니다. 마침내 제가 저를 설득시킬 수 있었어요. 경쟁자의 추락이 아니라 내 실력으로 올라가는 게 중요해. 그렇지 않으면 다 헛것이야. 다행입니다. 질투가 증오로 변하기 전에 멈춰서. 스스로를 대견해하는 중입니다."

미리 준비한 말이 아닐 텐데도 감성이 넘쳤다. 그가 잠시 숨을 골랐고, 나는 그의 말을 끊지 않고 들어주고 싶었다.

"팀장님, 은돌이가 금지된 교습을 받았니 안 받았니 그런 소문이 있던데 그것도 결단과 열정이 있어야 하는 거잖아요. 선수끼리는 그런 비난을 해선 안 된다고 생각합니다. 우리는 같은 뽈을 사용하는 가족이잖아요. 능력 떨어지는 인간들이 동료를 깎아내리는 구실을 찾죠. 저는 은돌이가 궁합이 맞는 선생님을 만났다고 생각해요. 하고자 하는 열정만 있으면 사설 교습을 받든, 타격코치를 조르든, 유튜브 동영상을 뒤지든 다 방법을 찾게 마련입니다. 다행히 제게 열린 마음이 생겼어요. 아실지 모르겠지만 저 고등학교 때 다른 포지션으로도 뛰었습니다. 유격수 고집하지 않겠습니다. 2루든, 3루든 내야에 제가 설 한자리 있다고 봐요. 기회 잡아 치열하게, 대범하게 경쟁해 볼 작정입니다. 은돌이처럼 저만의 살 방법을 모색해 봐야죠. 갑자기 이런 얘기 웃기지만 팀장님한테는 꼭 하고 싶었어요. 그냥요. 그리고 저 자신 있습니다. 도전!"

김명일이 두 주먹을 불끈 쥐었다. 내 볼이 살짝 뜨뜻해졌다.

참말로 다행이고, 내게도 다행이다. 김명일 선수, 잠시나마 당신을 몹쓸 제보자로 오해해서 미안해요. 거의 입술 끝까지 나왔던 말을 뱉지 않아서. 기연의 얼굴에도 발그레한 미소가 번졌다. 홍희가 갈망하는 내야 멀티를 굳이 밖에서 찾지 않아도 되겠다는 생각이 들었다.

* * *

"제가 좋아하는 사부님이 계십니다. 어릴 적 인스트럭터로 인연을 맺었습니다."

녹화용 카메라 앞에 앉은 사내는 긴장한 기색이 역력했고 첫마디는 그런 식으로 시작됐다. 몽키스 프랜차이즈 스타는 맘고생이 심했는지 이틀새 얼굴이 수척해졌다. 수염까지 까슬까슬 돋아 꽃미남 느낌은 잠시 지워져 버렸다.

"다들 사부님을 혐오하시지만 제게는 야구의 원점 같은 분이십니다. 가끔 술 한 잔 나눌 때면 화려했던 옛 이야기를 들려주셨어요. 경험을 듣는 것만으로 공부가 됐습니다. 그날 새벽에도……"

마침내 의문의 행적에 대해 입을 열었다. 좀 긴 이야기를 할 태세였다. 나는 회의실 뒷벽에 기대서서 불편한 마음으로 그 장면을 지켜봤다. 지난밤의 뜀박질이 헛되지 않기를 기원하면서.

동영상 촬영 아이디어는 '이벤트의 여왕' 홍희 단장이 냈다. 아침 일찍 에이스팀이 파헤친 내용을 바탕으로 대책회의가 열렸고, 살인사건과 무관하다는 해명 방식을 논의하던 중 즉흥적으로 나왔다. 일방적인 보도자료 뿌려봤자 삐딱해진 팬 감정 되돌릴 수 없다, 고은돌이 직접 말로 전하는 사과문을 만들어 보자. 진정성을 전할 최적의 방식이라고 고집을 부렸다. 조금 잔인했다. 나는 반대했다.

"단장님, 그 방식이 나쁘다는 게 아니라 선수보호 차원에서 말씀드리는 겁니다. 그런 식의 노출은 고은돌에게 압박만 가중 될 겁니다. 심적으로 불안한 상태라고요. 그래서 여론이 더 악화되면?"

"그러니까 편집의 기술이 필요하잖아요."

편집의 기술. 그 한마디에 다들 침묵했다. 고은돌의 철없는 조롱이 아닌 프런트 의견이 반영된 정제된 원고와 영상으로 동정심을 자극해 보자는 건가. 담당 부서인 홍보팀장 대행도 밤새 시달렸는지 반쯤 눈을 감고 끄덕끄덕. 바닥은 그렇게 기울어져 버렸다. 바로 회의실 커튼을 내리고 홍보팀에서 사용하던 동영상 촬영용 카메라를 설치했다. 무슨 다큐 인터뷰 장면처럼 몽키스 엠블럼이 뷰파인더 한쪽에 흐릿하게 잡혔다.

내 옆 벽에 기대서서 현장을 지켜보던 홍희가 나직이 속삭였다.

"이미지 타격은 불가피하겠지? 그래도 끊고 가는 게 맞지?"

나는 고개를 끄덕였다.

"줄 점수는 줘야지. 한두 점 지키려다 상대에게 빅 이닝을 허용하는 것만큼 어리석은 운용도 없잖아. 고은돌은 아직 성장 중이니 이겨낼 거야. 이번 소동도 따지고 보면 야구에 대한 이글이글한 열정이 만든 거고. 유일한 변명거리가 있다면 그 부분이 아닐까 싶어. 약물이나 음주 뺑소니, 승부 조작도 아냐. 그 대목을 잘 설득하면 구제 받을 거라고 확신해. 일단 오늘 터진 스캔들 기사로 시선을 돌리고, 진지한 해명 동영상 풀면 대충 물타기는 될 거야."

몽키스 고은돌 ♡ 핫식스 나래 핑크빛 200일

아침에 인터넷을 달군 기사. 둘이 볼을 맞대고 있는 사진은 옷장 안에 붙어 있던 그 사진이다. 둘이 사귄다는 사실 외 부분은 소설에 가까웠다. 바이라인에 서울스포츠 손은재와 연예부 기자 이름이 나란히 달려 있었다.

"그거 신 팀장 작품이지? 뭐랑 바꿔 먹은 거야? 최호근의 최근 행적?"

홍희가 새초롬한 눈빛으로 쏘셨다. 나는 외면하듯 팔짱을 꼈다.

"모르는 일이야. 하지만 기자 세계에 공짜는 없지. 흠흠."

"아냐, 괜찮았어. 훌륭한 처치라고. 그 요상한 소문은 확실히 가라앉겠네. 핫식스 나래 아가씨에겐 미안하지만 언젠가 보답할 날이 오겠지. 야구판에서 모든 게 정의로울 순 없잖아."

뷰파인더 안에서 고은돌이 거의 울먹였다.

"제가, 야구를 잘, 더 잘하고픈 욕심에 금기를 어겼습니다. 그건……."

볼을 타고 눈물이 주르르 흐르는 순간, 홍희 입가에 미소가 번졌다. 나는 그 장면에서 회의실을 나왔다. 뒷일은 안 봐도 충분하다. 진정성이 먹히느냐 안 먹히느냐는 첫 표정, 첫 마디, 첫 숨소리에서 결정된다. 내 반대 의견과 별개로 어쩌면 홍희는 정확한 판단을 했다. 대중의 심리를 아는 여자니까. 고은돌도 영악했다. 지금은 어떤 액션이 필요한지 잘 알고 있었다. 눈물이 진심이던 가식이던 중요치 않다.

갖은 추태로 야구계에서 매장당한 사람한테 돈을 건네고 야구를 배웠다. 바닥 정서상 용납할 수 없는 행위다. 고은돌에게 평생의 오점으로 남을 일이다. 하지만 기록은 과오를 묻는다. 비난을 이기는 유일한 방법이다. 비싼 인생 수업을 치렀지만 올 시즌 잘 헤쳐나가면 그 또한 하나의 스토리가 될 테지. 그렇게 정리하자 마음 한구석의 부담을 털어낸 기분이다.

* * *

에이스팀 사무실로 돌아왔다. 그새 점심시간이 됐고 기연은 충혈된 눈으로 PC 모니터 앞에서 고은돌의 열애 기사를 읽고 있었다. 늘 장식품처럼 따라붙는 스타벅스 라떼 컵과 초콜릿 포장지가 곁에 보였다. 진이 다 빠졌으리라. 근 24시간을 쉬지 않고 달렸다. 사건이 긍정적인 방향으로 해결이 나서인지 표정만은 밝았다.

"어쩔? 걔 애인 있잖아. 기연 씨가 팬으로 갈아타려 했는데."

"팀장님은 아직 저를 모르시지 말입니다. 저는 선수들의 플레이를 사랑하지 몸을 사랑하…… 아, 아니 외모를 사랑하지 않습니다. 결혼을 하든 이혼을 하든 상관없다고요. 아쉬움이 아예 없진 않지만 그것이 팬심을 결정하지는 않는단 말입니다. 그리고 전 이제부터 김명일 선수 팬클럽을 이끌어 볼까 합니다. 핫한 고은돌이야 아껴줄 사람 넘치잖아요."

"어? 뜻밖이네."

"팀장님도 김명일 선수 방에 붙어 있던 숫자 보셨지 말입니다. 저는 그게 진짜 궁금했거든요."

"7.7.49 어쩌고 적힌 거? 진짜 구구단이야?"

"그것만은 아니었고 그 뒤에 숫자가 더 있었죠. 어쨌든, 고은돌 작년 성적 아세요?"

"글쎄. 타율이 3할2푼에 8홈런. 87타점이던가?"

"와, 기억력 대박. 김명일은 2할5푼에 1홈런, 타점이 38개. 즉 7.7.49는 라이벌 고은돌과의 성적 차였던 겁니다. 자신이 극복해야 할 숫자인 거죠. 김명일이 고은돌처럼 타고난 재능은 없지만 공부하고 배려하는 마음은 몇 수 위란 말입니다. 그 뒤에 있는 숫자가 뭐냐면 22.28.144였다고요. 저도 이게 뭔지 한참 고민했는데 인터넷을 뒤져 보니 답이 있지 말입니다. 바로 7.7.49를 뛰어넘을 방법론. 메이저리그가 스탯캐스트*와 같은 측정 장비로 타구들을 분석해 보니까 좋은 타구들이 가진 공통점이 있더랍니다. 바로 타구의 발사 각도와 발사 속도. 타구 각도가 22도에서 28도 사이일 때와 타구 초속이 90마일 이상, 즉 시속 144킬로 이상일 때 양질의 타구가 나오더랍니다. 고은돌이 옛 똑딱이 스타일을 통해 방법을 찾았다면, 김명일은 최신 연구 결과를 통해 방법을 찾았지 말입니다. 바로 타구를 띄우는 메이저리그 스타일. 팬들의 진정한 쾌감은

---

* 메이저리그가 30개 야구장 전체에 설치한 야구 경기 측정 시스템. 투구의 구속, 움직이는 각도, 공의 회전수는 물론 타구의 각도, 속도, 거리가 레이더 방식으로 측정된다. 공을 따라가는 수비수의 동선과 속도도 모두 측정돼 수치화된다.

그런 노력형 선수가 커가는 모습을 보는 거고 말입니다. 이번 일을 겪으면서 고은돌은 이제 제게 매력적이지 않아요. 백업으로 밀린 김명일이 타고난 재능이 아닌 분석과 훈련으로 다시 주전으로 도약하는 모습을 보고 싶단 말입니다. 그 과정을 함께하면서 흥분하고 소리치고 싶지 말입니다. 원팀을 위해 헌신하지 않는다면 뛰어난 선수는 될 수 있지만 훌륭한 선수는 될 수 없다고 생각합니다. 이승엽 선수 말대로 노력은 배신하지 않는다. 그런 믿음 같은 거요."

기연이 너무 진지해 내가 되레 무안해졌고 또 배려 깊음에 감사했다. 꼬였던 모든 게 풀리자 녹진한 탈진감이 밀려들었다. 열량 높은 음식이 당겼다.

"김명일 팬클럽 발족과 한밤의 추적극 뒤풀이를 겸한 낮술 한잔 어때? 어젯밤 사건 실마리를 술술 풀어줬던 그 설렁탕집에서 국수사리 술술 말아서."

"하하, 용감한 아재 개그를. 팀장님, 벌써 토요일의 절반이 날아가 버렸습니다. 하늘까지 꾸물꾸물한 이런 날에는 그냥 혼밥이 최고다 싶답니다. 너무 서운해 하지 마시라고요. 낮술은 단장님을 꼬셔…… 아니, 단장님께 청해 보시죠."

나는 덩달아 낄낄 웃었다. 속으로 약간 서운함을 느끼면서.

"팀장님, 그리고 저 월요일, 화요일 연차 쓰겠습니다. 당당히 쉴 만큼 활약했고요. 그 기간에는 업무 톡 사절입니다. 즐거운 주말 보내시길 바라요."

기연이 백팩을 매더니 두 손을 모으고 고개를 숙였다. 말총머리가 크게 허공을 휘저었다. 홀연히 사라지려다 뭔가 생각난 듯 돌아섰다.

"아참, 담당 형사가 팀장님께 감사하다고 전해 달래요. 중요한 단서 주셔서 빨리 끝냈다고. 자기들 탐문 땐 그걸 미처 못 봤대요. 우리 경찰에 포인트 하나 쌓은 겁니다."

혼자 남게 되자 웅얼거리는 TV소리가 귀를 잡아당겼다. 보도 채널에선 막 검거된 조선족 살인 사건의 용의자가 야구 모자를 쓴 채 모습을 드러냈다. 기자가 녹음기를 갖다 댔고 뿔테 안경은 초점 없는 눈으로 먼 곳을 바라봤다. 항변하는 목소리가 넋두리처럼 담담했다.

"그 여자, 미웠어. 물건 사지도 않으면서 자꾸 자기 집 쓰레기를 가져와서 편의점 쓰레기통에 처리하잖아. 그러면 안 되는 건데. 사장님이 경고를 했는데도 안 듣더라. 그날 밤에도 내가 따끔하게 그랬어. 종량제 봉투를 사가라. 당신 때문에 내가 욕먹잖아. 그랬더니 그 여자가 손가락으로 내 이마를 쿡쿡 찍으면서 그러는 거야. 야 이 어린년이 미쳤나. 쓰레기를 왜 돈 주고 버려. 그래도 그냥 참으려고 했는데, 유통기한 갓 지난 폐기 김밥을 몇 개 박스에 빼놨는데 그걸 그냥 집어가려는 거야. 어차피 버릴 거잖아! 막 소리치면서. 순간, 피가 솟구쳐서……."

기자가 물었다.

"그래서 뒤따라가 죽였습니까?"

뿔테는 그냥 눈만 빠금 내밀고 고개를 끄덕. 경계심 다 풀린 시선. 두려움 없는 마른 어투. 감정을 못 느끼는 마네킹이 아닐까 싶을 정도였다.

"흉기는요?"

"아령……. 사장님이 쓰시던 게 보관고 안쪽에 있어. 돌아오는 길에 이음새가 벌어진 철길 방음벽 너머로 김밥과 함께 던져 버렸고. 키키, 그랬더니 솟구쳤던 피가 다시 가라앉더라."

손목에 붙인 파스와 유통기한 지난 김밥. 그 사소하고 서글픈 두 이미지가 내 시야에서 겹쳐지고, 연상 작용을 일으킬지 몰랐다.

지난한 삶이다. 팍팍하고 남루하다. 조선족 여자와 고은돌의 얼굴이 잠시 오버랩 됐다. 어쩌면 이번 사건은 이웃을, 동료를 위한 배려 부족이 부른 게 아닐까. 고은돌이 더 성장하려면 주위의 시선을 볼 줄 알아야 한다. 자신을 아끼는 자존감만큼 팀을 배려하는 존대감을 배워야 한다. 그러면 다 이겨낼 것이다. 다행이다. 이 정도에서 끝나서. 독한 예방주사를 맞았다.

나는 TV 리모컨의 전원 버튼을 꾹 눌렀다. 가슴 한쪽이 아렸다. 날씨까지 스산해 우울한 기분을 더했다. 기연의 말대로 어디 어둑한 조명 아래서 낮술이라도 하고 싶었다.

대화역 앞은 광장. 주말이라 백화점에는 쇼핑 나온 사람들로 붐볐다. 눈발을 뿌릴 듯한 잿빛 하늘. 신축 빌딩에 새로 생긴 수제 맥주집에 들렀다. 창가 쪽에 앉아서 기네스를 한 잔 주문했다. 첫 모금을 넘기는데 문자가 떴다. 홍희 단장.

이번 일을 겪으면서 느꼈어. 내가 요리조리 작당은 잘하지만 외부 돌출 사고 대처엔 부족하다는 걸. 그건 신 팀장이 월등하더라. 많이 배웠어. 진심이야.

뭘, 다 월급 받고 하는 일인데. 신경 쓰지 마.

명쾌한 답문을 보냈는데, 뜻밖의 답장이 왔다.

신 팀장 말이 맞았어. 단장과 감독이 권한의 경계를 다투는 기싸움은 소모적이야. 앞으로 그림자처럼 일할 거야. 감독이 싫어할 일은 하지 않겠다고. 그리고 혼술, 낮술은 몸에 나빠.

나는 깜짝 놀라서 가게 안을 둘러보았다. 벽 쪽 어두운 구석 자리에 등지고 앉아, 혼자 황금빛 잔을 홀짝이는 붉은 코트의 여자가 보였다. 자책이라도 하는 걸까. 나는 피식대며 답장을 썼다.

오늘은 각자 혼술. 그리고 나 월요일, 화요일 연차 쓸 거야. 그만한 활약은 했다고 생각해. 그 기간에는 업무 톡 사절.

허한 기분에 맥주를 추가로 주문하려는데 이번엔 휴대폰 벨소리가 울렸다. 화면에 낯선 번호가 깜빡거렸다. 잠시 망설이다 통화 버튼을 눌렀으나 먼저 입을 열지 않았다. 상대가 침을 한번 꿀꺽 삼키는가 싶더니 심한 경상도 사투리가 튀어나왔다.

"니 신별이 맞제? 신충이 아들내미. 그자? 듣자하이 지금 고양 몽키스에 댕긴다고?"

처음에는 장난전화인 줄 알았다. 이런 식의 접근법은 늘 불길하다. 나는 대답 대신 빈 맥주잔에 입술을 갖다 댔다.

"신별이 니가 마 기억은 못 할끼지만 내가 누군가 카마 송도상이다. 옛날에 너거 아버지 뽈 받아 주던 사람. 기억에도 없제? 크크. 오늘 날도 꾸무리한기 갑자기 니 아부지 생각도 나고 해서 전화 한번 해 봤다. 나는 거기에 대해서 할 말 많거든. 조만간 우리 한번 보제이. 그래도 되겠제?"

전화는 거기에서 뚝 끊어졌다. 불쾌한 감각이 온몸을 휘감았다. 벌레 떼가 끈끈한 피부 각질을 갉아먹을 때 느낌 같은. 간지럼은 아닌, 뭔가 싸하고 서느런.

연상 작용은 무섭다. 본능적으로 사진 한 장을 떠올린 건 우연일까. 아버지가 노히트노런을 달성하고 마운드 위에서 안아 주던 그 사람. 역시 사진전은 가는 게 아니었다. 연이은 두 번의 만남. 투명한 올무에라도 걸린 듯 뭔가가 슬슬 조여 온다.

손바닥으로 목덜미를 쓱쓱 쓰다듬어 보았다. 고개를 들고 창 너머 광장 풍경을 바라보았다. 하얀 눈발이 흩날리기 시작했고 행인들 발걸음이 빨라졌다. 그리고 저 어디서 누군가가, 지금 나의 모습을 훔쳐보고 있다는 의심. 그냥 한숨을 훅 뱉었다.

야구는 리스펙트다

야구는 공을 갖고 하는 종목 중 유일하게 허리띠를 매는 종목이다. 야구 규칙은 "복장을 단정히 해야 한다"고 규정한다. 상대팀은 물론, 야구라는 종목 자체를 존중해야 한다는 뜻을 담았다. 스타킹을 같은 색, 같은 모양으로 맞춰 신어야 하고 반드시 모자를 써야 한다. 유니폼을 입지 않은 사람은 경기에 참가하는 것은 물론 더그아웃에도 들어갈 수 없다고 규칙으로 정해 놓은 종목이다.

2010년 4월22일 오클랜드와 뉴욕 양키스가 경기를 펼쳤다. 양키스 1루 주자 알렉스 로드리게스는 3루까지 달렸다가 타구가 파울 판정이 되자 1루로 돌아왔다. 그 과정에서 빠른 길로 오겠다고 마운드를 지나갔다. 오클랜드 선발 댈러스 드레이븐이 로드리게스를 향해 "내 마운드에서 꺼져(Get off my mound)"라고 거칠게 말했다. 그라운드 한 가운데 가장 높은 곳에 위치한 마운드는 투수의 영역이다. 상대 투수를 존중하지 않았다는 지적이었다.

드레이븐은 경기가 끝난 뒤 "만약 우리 할머니가 했더라도 나는 똑같이 말했을 것"이라면서 "나는 지금까지도 그래왔고 앞으로도 상대를 무시(disrespect)하는 일을 결코 하지 않을 것"이라고 목소리를 높였다.

로드리게스는 "그런 불문율이 있다는 얘기를 들어보지도 못했다"면서 "그가 누리는 15분짜리 명성을 늘려주고 싶지 않다"고 코웃음을 쳤다. 또 한 번의 무시.

드레이븐은 며칠 뒤인 5월9일, 탬파베이를 상대로 퍼펙트게임을 펼치면서 스스로의 명성을 높였다. 야구에 대한 존중을 스스로 지키고 높인 선수를 향한, 어쩌면 야구의 신이 내려준 선물이었는지도 모른다.

같은 해 6월2일, 디트로이트 선발 아만도 갈라라가는 클리블랜드를 상대로 26명의 타자를 차례로 아웃시켰다. 삼진은 겨우 3개였지만 볼넷도 없었다. 효과적인 투구와 멋진 수비의 도움을 받았다. 클리블랜드 2번타자였던 추신수도 땅볼 1개, 뜬공 2개로 물러났다. 퍼펙트게임까지 겨우 1타자만 남았다. 3-0으로 앞선 9회, 9번 타자 제이슨 도널드의 타구는 1, 2간을 향하는 평범한 땅볼. 1루수 미겔 카브레가가 이를 잡아 베이스 커버를 들어온 갈라라가에게 토스했다. 타자보다 분명 한 걸음 빨랐다.

코메리카 파크에 모인 2만 명 조금 안 되는 팬들이 모두 퍼펙트게임에 환호하려 했을 때 22년차 베테랑 심판 1루심 제임스 조이스가 두 팔을 벌려 세이프를 선언했다. 디트로이트 짐 릴랜드 감독이 뛰쳐나갔지만 번복은 없었다. 퍼펙트 게임을 놓친 갈라라가는 조용히, 빙그레 웃고만 있었다. 침착하게 다음 타자 트레버 크로우를 처리한 뒤 1안타 완봉승으로 경기를 마무리했다.

갈라라가는 경기가 끝난 뒤 되려 조이스 심판을 위로했다. 취재진을 향해 "조이스 심판이 너무 걱정하지 않았으면 좋겠다"라면서 "사람은 누구나 실수를 한다"고 말했다.

다음 날, 조이스 심판은 주심이었다. 출전 선수 명단을 교환하는 자리에 디트로이트는 감독, 코치 대신 갈라라가를 내보냈다. 조이스 심판은 자신의 실수를 깨끗하게 인정했다. 눈물을 흘리면서 갈라라가에게 사과했다. 메이저리그 역사상 21번째가 됐을 퍼펙트게임을 무산시킨 오심에 대한 사과였다. 선수 인생의 방향을 바꿀 수도 있는 오심에 대한 미안함에 따른 눈물이었다.

갈라라가는 오히려 다정했다. 그리고 퍼펙트를 놓친 투수의 완벽한 대답. "걱정 말아요. 누구나 완벽할 수는 없어요.(Nobody's perfect.)"

상대팀을, 선수를, 심판을, 팬을 그리고 야구라는 종목 자체를 존중함으로써 야구 역사상 가장 빛나는 순간 중 한 장면이 만들어졌다. 누구나 완벽을 추구하지만 완벽 자체만이 목표가 될 수는 없다. 완벽하지 않은 모든 것이 부족과 비난의 대상이 될 수 없는 것과 마찬가지다. 완벽을 향해 노력하는 모든 과정이 존중받음로써 그 모든 노력이 빛이 난다. 야구는 그래서 리스펙트의 종목이다.

양키스는 물론 메이저리그 최고의 스타였던 데릭 지터의 마지막 시즌, 스포츠용품업체 나이키는 지터를 위한 헌정 광고 제목에 지터의 등번호 2번을 넣어 'R2spect'라고 적었다. 세인트루이스의 명감독 토니 라루사도 이렇게 말했다.

"야구의 신은 언제나 야구를, 혹은 상대를 존중하지 않을 때 패배라는 벌을 내린다. 나는 이것을 아주 어렵게 배웠다."

조미 몽키스 팀장

4막
스트라이크존에는
경계선이 없다

홍희 단장이 식사 도중 포크를 내려놓으며 한숨을 쉬었다. 구단 사무실 건너편 빌딩 1층에 새로 생긴 파스타 집. 모처럼 저녁을 함께했는데 영 입맛이 없는 모양이다. 두 가지 미묘한 사건을 한꺼번에 만난 탓이다. 굳이 표현하자면 1점차 뒤진 7회 1사 3루, 얕은 외야 뜬 공이 날아가고 있는 중이다. 3루 주자가 적극적으로 움직이기도, 그렇다고 가만히 있기도 애매한 상황. 우선 하나는 지역 내 한 고교 행사 건인데 사정이 좀 복잡했다.

"신 팀장. 그래도 가긴 가 봐야겠지? 용품 좀 챙기고 감독님이랑 선수 한 명 구해서. 이 바닥 일 해 보니까 악소문 뜨는 게 제일 무섭더라. 늘 우군 같던 팬들이 언제라도 적군으로 돌변할 수 있다는 걸 깨달았네."

결론을 내려놓고 확인 차원의 질문을 반복하는 걸 보니 신경이 많이 쓰이는 눈치다.

구단에 행사 초청장이 날아든 것이 열흘 전. 고양시 외곽에 오랜 전통의 야구부를 자랑하는 청마고가 있다. 아마추어 야구 기반이 취약한 경기 북부권역에서 그래도 꾸준한 성적을 내는 유일한 팀이었다. 몇 년에 한 번씩 전국대회 4강은 갔고, 주전급 프로선수도 여럿 배출했다. 또 현재 고교투수 서열 3위인 마우진이 있어 연고구단 몽키스에서 공을 들여야 할 상황이었다. 올 여름에 있을 KBO 신인 1차 지명에서 몽키스 행이 유력한 선수 중 하나였다.

그 청마고 야구부가 사흘 뒤 창립 50주년 생일을 맞는다. 방학기간이지만 학교와 총동창회에서 대대적으로 축하 행사를 마련했고, 인근 주민들까지 초청해 야구 페스티벌을 열기로 한 것. 걸그룹 '핫식스'의 리더인 다나가 청마고 출신인 덕에 특별공연도 예정돼 있다. 그 행사에, 연고구단인 고양 몽키스 단장과 감독이 참석해서 자리를 빛내 달라고 초청을 받은 것이다.

외연 상 아무 문제없어 보이던 일이 꼬이기 시작한 건 행사 내용을 다 살피지 못한 홍보팀의 실수 때문이다. 당일 프로그램 마지막에 '제구력 시합'이 있는데 진짜 보험 계약서에서나 볼 법한 깨알 글씨로 박은 글귀 하나를 못 봤다. '귀구단 선수의 참가를 요청합니다.'

홍보팀에서 단장 일행이 참석하겠다고 통보한 것을, 학교 측에서는 행사 포함 일괄 참가로 이해해 버린 것.

뒤늦게 수습하려고 나섰으나 늦어 버렸다. 후원을 맡은 지역신문사에서 워낙 빨리 소식을 퍼트리는 바람에 빼도 박도 못할 상황이었다. 프로선수와 일반인이 맞붙는다더라, 그런 식으로 소문이 퍼졌다. 모 방송국의 인기 프로 '동네방네 신기방기'에서도 촬영을 나올 예정이다. 홍희 단장은 지금 행사 참석이 불편한 게 아니라, 그런 식의 대결구도로 몰고 가는 분위기가 못마땅한 것이다.

나는 후식으로 나온 꿀토마토 절임을 포크로 찍으면서 대수롭잖게 흘렸다.

"봉투 하나 마련해서 축하 인사나 가볍게 건네고 와. 행사도 그냥 재미삼아 하는 거지 뭘 어렵게 생각해. 1.5군급 한 명 데려가면 되잖아. 그쪽에서도 프로구단 투수가 왔다는 게 중요하지 꼭 봉준우급을 요청한 게 아니잖아."

떠벌리고 나니 공자님 말씀이다. 그렇다고 틀린 말도 아니다.

"그치? 그데 찜찜하단 말이야. 우리 선수가 희화화 되는 건 곤란한데. 아우, 왜 그딴 황당한 대회를 연다고……."

"학교의 존재감을 과시하고 싶었던 거지."

파스타 집 옆 커피가게에서 아메리카노를 한 잔씩 뽑아들고 횡단보도를 건너는데 홍희 인상이 다시 찌푸려졌다. 미묘한 두 번째 사건. 닷새째 백화점 옥상 공원에서 설쳐대던 1인 시위자가 오늘은 백화점 정문 앞까지 출몰했다. 땅딸한 대머리에 배가 볼록 튀어나와 표주박을 닮은 늙다리. 붉은 글귀가 적힌 팻말을 들고 섰다.

육성선수 죽이는 몽키스는 사죄하고 보상하라.

두 눈으로 똑똑히 봤다. 비인간적 살인 행위를.

홍희는 그 문구를 보고 바로 발끈했다.

"미친 영감. 아무리 대한민국이 시위 보장 국가라지만 저건 아니지. 뭐가 살인 행위라는 거야. 자기 자식이 왕따 피해를 당할까 걱정만 하지, 왕따 가해자라고는 절대 생각지 않는 게 못난 부모의 마음이지. 딱 그 꼴이야."

내가 봐도 과하다 싶었다.

"흠. 내 눈에도 청마고 행사보다 이 일이 더 심각해 보여. 지금 백화점 세일기간인데 괜히 야구단이 죄 짓는 기분이네. 계속 저러니 돈 뜯어내려고 작정한 사람 같잖아."

과거 신고선수, 혹은 연습생이라고 불렀던 육성선수 출신의 최태현이란 투수가 있다. 나와도 악연이 깊어서 전임 2군 감독의 사주를 받고 주먹을 휘두른 전력이 있다. 나는 선수 앞날을 걱정해 그때 일을 문제 삼지는 않았다. 그가 2군에 머무르면서 동료들과 여러 번 마찰을 일으킨 모양이다. 조사 결과 후배를 폭행한 혐의가 드러났고 결국 방출. 그 후 아예 본가에서도 가출해 버렸고 연락두절 상태였다. 그 최태현의 아버지란 사람이 되레 자기 아들이 동료들한테서 집단 왕따 피해를 입었다며 구단 사무실이 있는 백화점에서 피켓 시위에 나선 것이다. 늙다리 표주박이 스쳐가는 우리 등에 대고 비아냥댔다.

"단장님, 그렇게 내빼시면 어쩝니까. 우리 애 앞날을 그렇게 만들어 놓고요. 내 얘기 듣고 가셔야지. 내가 자살이라도 해야 귀 기울이시렵니까."

뒷목을 움켜잡던 홍희가 발끈해서 돌아서려는 걸 내가 팔목을 잡았다.

"같이 흥분하면 지는 거다. 지금 그걸 노리는 거라고."

"올해는 연초부터 왜 이렇게 꼬이지. 인근에 수맥이 흐르나. 살인사건까지 터지고 말이야."

그렇다. 동네가 뒤숭숭하긴 했다. 꼭 야구단 문제만은 아니다. 그제 길 건너 신축빌딩에 입주한 흥신소 소장이 한밤중 칼에 찔려 사망했다. 듣자니, '일산 백바지'라고 불리며 불륜 뒷조사로 입소문께나 날렸던 인물이라고. 특이한 직업 때문인지 신문 지역판에 기사까지 났다. 게다가 날씨까지 안 받쳐줘서 햇살 본 지가 오래됐다. 연일 어둑어둑한 하늘이 장막처럼 내려앉아 스산한 분위기를 더했다.

* * *

단장의 과도한 걱정은, 보좌역을 맡고 있는 내 입장에서 신경이 쓰이지 않을 수 없었다. 칼럼 마감을 위해 야근을 하다가, 딱히 얘깃거리도 안 떠올라 인터넷 검색을 좀 해 봤다. 이미 청마고 행사를 알리는 포스터가 사이트 곳곳에 떠돌아다니고 있었다.

'컨트롤 대마왕을 뽑아라.'

제구력 대결은 지역민과 함께하는 행사였다. 포수가 그려진 나무 입간판의 스트라이크존에 구멍을 뚫고 공을 던지는 게임. 학교 축제 때마다 하는 물풍선 던지기와 비슷하지만 난이도를 조금 높였다. 직사각형의 스트라이크존 가운데 폭이 가는 십자 모양 막대를 넣었다. 상하좌우의 네 구석에 던져야 제대로 된 제구라는 뜻이다. 공간은 넓었지만 가운데를 가로지르는 창살은 적지 않은 부담이 될 터였다. 1대1로 겨루는 토너먼트로 두 명이 교대로 한 번씩 공을 던지되, 먼저 두 번 연속 네 곳 중 아무 곳에도 넣지 못하면 지는 방식이다. 벌써 인근 주민과 재학생들을 대상으로 예선을 진행 중이었다. 당일에는 예선을 통과한 일반인 두 명과 청마고 야구부에서 한 명, 프로야구 투수 한 명. 이렇게 해서 넷이 겨루게 돼 있다. 무슨 속셈이 있는지는 모르겠으나 이벤트로는 재밌을 것 같았다.

문득 궁금해졌다. 공 10개를 연달아 스트라이크존에 가뿐히 꽂을 수 있는 투수는 얼마나 될까.

투수들은 보통 가상의 스트라이크존을 상하좌우 4개로 나눈다. 좀 더 경험이 쌓이면 상하를 3개씩 나눠 6개를 그려두고 던진다. 일반적으로 타자들의 코스 장단점을 분석할 때 쓰는 9칸 스트라이크존을 활용하는 투수는 흔치 않을뿐더러 결코 쉽지도 않다. 물론 그레그 매덕스처럼 메이저리그를 대표하는 제구력 투수라면 차원이 다르다. 그는 존 안쪽 9개는 물론이고, 존 바깥쪽 사각형 16개도 이용할 줄 알았다. 그러니까, 모두 25칸의 스트라이크존 활용했다. 물론 매덕스니까 가능한 얘기다. 평범한 투수라면 흔히 말하는 '카운트 잡으러 들어가는 공'도 백발백중 꽂히는 게 아니니까. 다 반복적이고 체계적 훈련의 산물이다.

투구는 몸의 모든 중심을 버팀발 한 지점에 모았다가 회전과 중심이동을 동시에 진행하면서 온몸을 포수 쪽으로 집어 던지는 동작이다. 축의 방향이 다른 어깨, 팔꿈치, 손목이 함께 움직이며 손끝으로 공을 릴리스 한다. 오차 없는 섬세함은 필수다. 제 아무리 인공지능과 로봇공학 기술이 폭발해서 걷고 뛰는 로봇이 나와도 원하는 곳에 공을 집어 던질 수 있는 로봇은 아직 멀었다.

학교 측에서 내건 우승 상금이 200만 원. 액수에 약간 놀라기도 했지만 나는 그 과정에서 뭔가 석연찮은 점을 발견했다. 일반인이 프로를 꺾는 건 힘들다. 결국 우승 확률은 현역 선수가 가장 높다. 문제는 과연 우승해도 상금을 챙겨올 수 있을까. 남의 집 잔치니 선수는 발전기금 명목으로 토해내고, 그 돈은 구단에서 보전해 주는 게 적절한 모양새. 그러니까, 이벤트는 흥행시키되 상금을 회수하려는 꼼수의 기운이 느껴졌다. 행사 포스터에 고양 몽키스 투수가 참가한다는 문구를 유독 크게 삽입해 놓았다. 청마고에서 마우진이라는 대어를 미끼로 과하게 질척대는 느낌이 들었다.

그때 에이스팀 문이 벌컥 열렸다. 홍보팀장 대행이 연락도 없이 찾아왔다. 다짜고짜 내게 고개를 숙였다.

“신 팀장님, 시간 괜찮으시면 맥주나 한잔 사 주십시오.”

채민곤 대행. 그는 조미그룹 내 여자농구단에서 홍보업무를 하다가 지난 도청 파문 때 공 여사와 업무를 맞바꿨다. 본인에게는 출세의 기회이나, 조직 규모가 다르다보니 벌써 여러 번 실수를 저질렀다. 이번 일도 수습이 여의찮아 거의 울상이다.

술이 당기는 건 아닌데 거절하기도 뭣해서 백화점 옥상에 새로 조성된 야외 라운지에 갔다. 바로 아래층이 영화관이라 늘 북적거렸다. 아기자기하게 꾸며 놓은 데다 밤하늘을 볼 수 있어서 요즘 연인들이 즐겨 찾는 핫 플레이스였다. 서서 마실 수 있는 높다란 테이블 앞에 마주 섰다. 곁에서 길쭉한 버섯 모양의 야외용 히터가 온기를 뿜었다.

채 대행은 맥주 한 모금을 넘기자마자 바로 사정조다.

"신 팀장님, 저 좀 살려주십시오."

나보다 열 살 많은 대선배 뻘인데 절박하게 매달리는 걸 보니 여간 난처한 게 아닌 모양이다. 청마고에서 너무 과하게 홍보질을 한다고 하소연이다. 구단에서는 아직 누가 참가할지 결정도 안 됐는데 연일 대결구도로 몰고 가니 불편해 했다. 이해는 됐다. 행사 띄우기도 상대의 배려가 필요한 법이거늘.

"안 그래도 저도 단장님께 말씀드렸어요. 그냥 즐기듯이 행사 치르면 된다고. 이틀 남았으니 어떻게 되겠죠. 너무 걱정 마세요."

내가 위로라고 한 말이 역시나 하나마나한 소리다.

"저 그게, 지금 선수 섭외가 안 됩니다. 소문이 삐딱하게 나버려서 아무도 안 가려고 해요. 그렇다고 완전 이름 없는 선수를 데리고 갈 순 없잖아요. 그러면 또 성의 없다고 욕할 텐데. 방송국에서 촬영 나온다고 협조 요청 전화 계속 날아오는데 그건 주최 측에 요구해야죠. 근데 학교에서 우리 쪽으로 떠밀었답니다. 엉엉, 다 제 잘못입니다."

"행사 참가와 별개로 그런 건 정식으로 항의를 하시죠?"

"그, 그러게요. 근데 그랬다가 혹 올 여름 마우진 영입에 악영향을 미칠까 봐."

결국 그 문제였다. 청마고에서 큰 소리 치는 것도 믿는 구석이 있어서였다. 스카우트 팀장 말에 따르면 몽키스는 지금 마우진을 우선순위로, 의정부의 강타자 장태수와 저울질 중이라고 했다. KBO 드래프트 규정상 구단이 슈퍼 갑이지만 선수 혹은 선수 부모와 관계가 틀어지면 지명 뒤 계약이 쉽지 않을 수 있다. 여차하면 '메이저리그 진출'이라는 카드로 괴롭힐 가능성도 없지 않다. 지명했는데 계약을 못한다면 소중한 1차 지명 카드를 허공에 날리는 셈이다.

이해는 되지만 그 일과 이 일은 별개로 처리해야 한다. 끌려 다닐 이유가 전혀 없다. 내 눈에 채 대행은 좀 소심해 보였다. 홍보일이 적성에 안 맞는지, 큰 조직을 맡아서 역량을 벗어난 건지 잘 모르겠다.

학교 측도 너무 예의 없이 접근했다. 지금은 겨울 비시즌이다. 투수들은 체력훈련을 중심으로 하지 마운드에 올라 실전 투구를 하지 않는다. 게다가 이달 말까지는 선수협회가 보장한 휴식 기간. 선의라면 모를까 자발적으로 구단 훈련이나 행사에 참가할 의무는 없다. 여건상 유명 투수가 행사에 올 수 없다는 걸 야구부를 운영하는 청마고에서 모를 리 있을까. 이리저리 따져보니 내가 되레 화가 나려고 했다.

채 대행의 고민은 끝나지 않았다.

"그리고, 내일 인권위에서 조사관 온답니다. 저 죽어나게 생겼습니다."

"네? 그건 또 무슨?"

"최태현 그 자식 때문이죠. 아버지가 진정을 넣었는데 실태 파악 차. 법적 고용주인 사장 자리가 공석이니 단장님을 붙잡고 늘어지겠죠. 최태현과 같이 생활했던 2군 선수 몇몇과도 면담 예정입니다. 그 인간, 여러 언론사에 이리저리 몽키스를 까는 제보도 넣고 그런 모양입니다. 자기 아들이 피해자라고. 야구 인생 다 망쳤다고. 저는 이래저래 부담스럽습니다. 원래 프로야구 판이 다 이런 건가요?"

"최태현 건이 인권위의 진정 사유가 됩니까? 제가 아는 상식으로는 집단 내 차별이나 성희롱 관련 일이 주 대상인데. 선수들 간 갈등은 사적 영역이잖아요. 최태현 방출과 직접적 관련은 없지만 아예 육성선수 제도 자체에 대해서 따지든지."

"네, 그 아버지란 사람 논리가 그겁니다. 같은 2군 소속인데, 지명 받아 들어온 선수는 최저연봉이라도 보장 받고 출장을 자주 하죠. 그런데 육성선수는 그게 안 되잖아요. 뛸 기회가 적다 보니 갈등이 생길 수밖에. 자기 아들은 그 피해자고……. 그러니까 육성선수 운영 자체가 고용차별이라는 주장입니다. 같은 집단에서, 같은 운동하는데 연봉이나 신분보장에서 차이가 나니까요. 그냥 무대포로 막 떠벌리는 소리가 아닌 모양입니다. 이리저리 알아봤는지 보기보다 영악해요. 인권위에서 일단 들여다볼 모양입니다. 요즘 프로야구와 관련된 일이라면 다들 관심사라서."

육성선수 제도는 프로야구 초창기부터 말이 있어 왔다. '프로는 실력으로 말해야 한다'는 오랜 당위와 권위가 그 부작용과 불합리를 가려온 터였다. 그런데 지금 그 유탄이 막내 구단 몽키스에 튀어 버렸다. 다른 구단은 몸을 바짝 낮춘 채 촉각을 세울 것이 분명하다. 자칫 몽키스 혼자 다 뒤집어 쓸지도 모른다. 그냥 웃어넘길 일은 아니다. 채 대행은 마저 남은 맥주를 다 들이켜고 손등으로 입술을 닦았다.

"최태현이의 삐딱한 성격도 문제지만, 육성군에만 머물다가 짐을 쌌으니 그 아버지도 단단히 뿔난 거죠. 또래의 잘나가는 선수들한테 시샘도 날거고……. 아들이 프로선수라고 동네방네 자랑질해 놨을 텐데 멋쩍기도 할 테죠. 다들 장종훈, 박경완이나 김현수, 서건창처럼 연습생 신화를 꿈꾸지만 현실은 별따기인데. 다 희망고문인데."

참 이기적인 부자다. 자신이 혹은 아들이 주변에서 손가락질을 받을 땐 이유를 한번 찾아봐야 한다. 함께 사는 세상에서 그게 그렇게 어려운 일인가. 진실이야 언젠가 밝혀지겠지만 그렇다고 구단 이미지를 흠집 내고 백화점 영업까지 방해하고 나선 건 추태를 넘어 범죄에 가깝다.

채 대행은 지쳐 보였다. 맥주 한 잔에도 얼굴이 빨개졌다.

"진짜 힘듭니다. 여론이란 건 늘 감성적 흐름을 좇아서……. 제가 오고 나서 별 희한한 일들이 다 생기네요. 옆 건물에선 살인사건이 나지를 않나. 죄책감 느끼게."

그때 어디선가 사이렌 소리가 들렸다. 옥상 공원이 소란스러워졌다. 간이 무대 쪽이었다. 어디 숨어 있다가 출몰했는지 늙다리 표주박이 무대 위에 올라가 빨간 메가폰을 들고 설쳐 댔다. 나도 모르게 욕지기가 올라왔다. 뭐든 적당해야 한다. 1인 시위 정도는 그래도 참아 보려고 했는데 이건 아니다. 미친 쥐새끼처럼 앞뒤 없이 달려들면 반발을 부르기 마련이다.

호기심에 사람들이 무대 앞으로 몰려들었다. 나도 어쩔 수 없이 달려가 봐야 할 상황. 건물의 시설보안 책임자인 백발 팀장과 사각턱도 난처한 표정으로 서 있다가 나를 보더니 눈인사를 건넸다. 사각턱은 기가 찬지 고개를 절레절레 흔들며 하소연이다.

"낮에는 백화점 정문 앞에서, 밤에는 여기서 텐트까지 쳐 놓고 계속 저럽니다. 백화점 이미지 흐릴까 봐 막 끌어낼 수도 없고. 그걸 아니까 저렇게 믿고 설치는 거죠."

"단지 그 이유 때문인가요?"

"그게 참……. 말 못할 사정이 조금."

꼴을 보자니 더는 가만있을 수 없었다. 내가 정색하고 소리쳤다.

"최태현 선수 아버지, 그만 내려오시죠? 진짜 자식을 두 번 죽이시렵니까."

늙다리와 눈빛이 마주쳤다. 아니꼽다는 듯 피식 웃더니 다시 메가폰을 들고 사이렌을 울리려는 찰나였다.

"내려오라니깐!"

내가 버럭 고함을 질렀다. 순간, 표주박 안색이 싸하게 변했다. 그의 눈동자가 꿈틀거렸다. 귀신에 홀린 사람처럼 슬금슬금 뒷걸음질 치더니 한순간 뒤돌아서 무대 너머로 사라졌다. 황당한 소란은 그렇게 당황스럽게 끝났다. 나는 주변을 둘러보았다. 몰려든 사람은 다 백화점과 영화관 고객들. 쇼핑백을 든 여자들이 많았고, 중년 부부도, 젊은 커플도 보였다. 선글라스를 끼고 가죽코트를 걸친 건장한 사내도 있었다.

나는 무대에 올라가서는 표주박이 떨어트리고 간 팻말을 주워들었다.

> 육성선수 죽이는 몽키스는 사죄하고 보상하라.
>
> 두 눈으로 똑똑히 봤다. 비인간적 살인 행위를.

구단 직원이 보면 몹시 자괴감이 들 문구였다.

자식에게 처음 선수용 글러브를 쥐어 준 부모들은 다 스타가 되길 희망한다. 아니다. 눈을 낮춰 그냥 KBO 무대에서 10여 년 무난한 활약만 해 줘도 감사하다. 하지만 프로선수가 된다는 자체가 이미 높은 벽이다. 매년 한 구단에 10명씩 100명이 지명을 받는다. 그중 첫해 1군에서 FA 등록일수를 채우는 선수는 한 명이 될까 말까다. 특히 지망생이 많은 투수의 경우, 25세 이하가 100이닝 이상 던지는 건 최근 5년간 겨우 손가락에 꼽을 정도다. 유명 선수가 된다는 건 FA 대박을 향하는 길이지만 그만큼 좁은 문이기도 하다.

프로가 아니면 사실상 야구로 먹고 사는 일이 불가능한 상황에서 지명을 받지 못하면 육성선수로 들어가서라도 기회를 엿봐야 한다. 부모들이야 직장에서 승진하듯 2군 주전으로, 다시 1군 엔트리에 진입하리라 당연시 한다. 그런 희망고문은 자식들을 더욱 좌절하게 만든다. 표주박은 지금 뭔가 억울한 것이다. 자신이 공들여 키워온 '전부'가 무너지자 자존심이 상한 것이다. 구단을 향해 마구 분풀이를 하고 싶은 것이다.

진짜 자살기도라도 하려고 여기까지 올라왔던가. 나는 주변을 한번 훑어봤다. 대낮에는 잘 몰랐는데 옥상 공원에서는 사방의 빌딩들이 잘 보였다. 최근 신축한 빌딩들이 환한 불빛을 뿜어냈다. 각 층의 창마다 저마다의 사연이 있을 법한 장면들이 흘러나왔다. 홍희 단장과 저녁을 먹었던 파스타 집도, 그 옆 커피집도 맛집답게 늦은 시간까지 사람들로 복작거렸다.

* * *

빈 사무실에 출근하는 일이 잠시 낭만적으로 느껴졌다. 휴식일 같은 근무일. 어제에 이어 연 이틀의 낯선 경험. 오전 내내 의자에 퍼져 앉아 아버지가 유품으로 남긴 야구공을 만지작거리면서 추리소설이나 읽었다. 그러나 고독한 행복감은 잠시였다. 바로 적적하고 헛헛했다. 누구랑 시끌벅적 기름진 점심을 먹고 싶었다. 하다못해 손은재 기자라도 들러줬으면 싶었다. 몇 시간도 인내하지 못하는, 몸에 밴 직장인의 습성은 무서웠다. 사람에 대한 그리움이 깊었나 싶기도 하고, 이참에 연애를 시작해 볼까 싶기도 했다. 기연의 빈자리를 봤다. 베트남 다낭으로 겨울 휴가를 떠난 사람의 존재가 그리웠다. 내일이면 돌아온다.

어제 끝내지 못한 야구 행사에 대해서 더 찾아봤다. 청마고 홈페이지에 야구부 역사가 나와 있었다. 고교야구 전성기인 70, 80년대 청룡기와 대통령배를 제패한 황금기가 있었다. 지방도시 학교로는 이례적 쾌거였다. 굵직한 선수도 몇몇 배출했다. 그 후 고교야구 인기가 시들해지면서 선수 수급 때문인지 눈에 띄는 성적을 남기지 못했다. 동문회 재정이 튼튼한 서울이나 지방 대도시 학교를 당할 순 없었다. 그래도 가끔 프로 구단의 눈길을 끄는 유망주들을 배출했다.

야구부와 관련해 '마을기'란 이름이 반복해 나왔다. 지금 청마고 교장이었다. 교사로 부임해 평생을 야구부에 헌신한 인물로 소개돼 있다. 이름의 '을(乙)'자를 영어 'Z'로 바꿔서 붙인 별명이 '제트기'였다.

사진도 몇 장 떠 있었는데 애거서 크리스티의 추리소설에 나오는 탐정 푸아로를 닮았다. 벗어진 머리에 콧수염을 길렀고 땅딸했다. 보타이에 체크무늬 정장을 늘 교복처럼 입고 다녔다. 알고 보니 그 동네 명사였다. 고양은 인구 100만 명이 넘는 신도시지만 구도심지역에는 아직 집성촌의 흔적이 남아 있고, 현대화된 5일장도 열리고 그랬다.

청마고 감독은 마상기였다. 기억난다. 과거 랩터스 불펜에서 롱릴리버로 뛰었던 까칠이 광대뼈. 선수 시절 큰 성적을 못 내서인지 프로를 떠나서는 모교로 돌아갔다. 그래서 더 집성촌에서 나고 자란 일가친척의 꿍꿍이가 수상쩍었다. 일개 고등학교 행사로는 과하다.

마우진의 투구 영상도 홈페이지에 떠 있었다. 역시 고교생 같지 않은 안정적인 자세. 여고생들에게 둘러싸여 공에 사인해 주는 모습도 나왔는데 스타는 스타였다.

11시쯤 홍보팀장 대행이 또 연락 없이 찾아왔다. 밝음과 어둠이 공존하는 두 얼굴의 표정을 지으면서.

"겨우 선수 구했습니다. 행사에 임지영이 가기로 했습니다. 자기들끼리 제비뽑기를 하니 마니 별별 소문이 다 돌았는데 오 감독님이 그냥 임지영을 찍어서 너 따라와 했답니다. 그 덕에 쉽게 정리됐습니다. 제 입장에서는 개운하고."

"임지영? 아, 그 여드름에 앳되게 생긴……."

"네. 육성군 출신으로 지난 시즌 거의 2군에서 뛰었고 몇 차례 1군 마운드를 밟아는 봤죠. 그런데 감독님이 그냥 그렇게 하자고 하시네요. 아무래도 투수 중 막내이다 보니……. 감독님은 행사 신경 안 쓰신다는 게 딱 느껴집니다. 제 고민을 읽었는지 직접 나서 주셔서 한시름 덜었습니다."

역시 털보 감독은 배포가 있다. 홍희 단장이 예민한 것이 맞다. 그냥 가서 예의 갖추고 행사를 즐기면 될 것을 괜한 의미를 부여해 사서 고민을 했다.

"그리고 말입니다, 1인 시위도 이제 끝났습니다. 어젯밤 옥상에서의 소란이 마지막입니다."

"그건 무슨? 협상이고 뭐고 절대 없다더니 설마 그새 합의를 보신 겁니까?"

채 대행의 낯빛이 어두워졌다.

"오늘 새벽 최 선수의 아버지가 덕이동의 외진 골목에서 빵소니 오토바이에 치여 사망했습니다. 집이 원래 동두천인데 지금 백화점 옥상에 텐트 펴놓고 버티고 있었더라고요. 새벽에 왜 그 낯선 곳까지 갔는지는 모르겠지만. 저도 지금 몹시 당황스러워서……. 암튼 저는 인권위 조사관과 경찰 수사관을 동시에 맞이하게 생겼습니다. 솔직히 고인의 명복을 빌고 싶진 않습니다. 별일을 다 겪네요."

그렇게 비명횡사할 줄이야. 쉽게 넘길 우연이 아니다. 진짜 채 대행이 뿜어낸 저주의 염력일까. 무대 위에서 내 고함 소리에 깜짝 놀라던 표정이 신경 쓰였다. 그만 내려오시죠. 그 한마디는 전혀 위압적이거나 전투적이지 않았다.

"암튼 신 팀장님, 감사드립니다. 어설프나마 사건이 정리가 되네요. 맥주 빚은 언제라도 갚겠습니다."

채 대행이 힘없이 물러섰다. 염력을 다 소진해 탈진한 사람처럼.

나는 답답한 마음에 책상 위에서 뒹구는 야구공을 다시 꽉 쥐었다. 포심 그립을 잡고 다리를 높이 쳐들었다. 마음 같아서는 내일 열리는 컨트롤 대마왕 대회에 나가보고 싶었다. 그냥 게임이니까.

* * *

고독한 점심이었다. 백화점 식당가에서 만둣국을 먹었다. 시간이 남아 옥상 하늘공원으로 올라갔다. 간만에 해가 났고 볕을 쬐러 나온 직장인들이 벤치에 삼삼오오 몰려들었다.

다시 간이 무대 위에 서 봤다. 참 희한한 사건이었다. 육성선수였던 아들의 방출에 항의하던 아버지는 차별을 주장하며 구단사무실이 있는 백화점 옥상에서 농성을 했다. 거기까지는 이해해도, 텐트까지 펼쳐 놓고 눌러 붙는 건 과했다. 그런 왜곡된 부성애가 아들이 다른 구단에 갈 기회마저 막아 버린 꼴이다. 영업 방해로 끌어내도 할 말 없을 것 같은데 의외로 백화점 측은 행동에 나서지 않았다.

육성군 운영은 참 어려운 문제다. 구단이 스카우트 팀을 가동해 오랜 시간 관찰해서 드래프트로 뽑은 등록선수와 드래프트에서 탈락한 선수 중 며칠 동안 공개테스트를 통해 뽑은 육성선수가 같은 출발선에 서 있다고 보기는 힘들다. 같이 2군 경기에서 뛰지만 공을 들여 계약한 선수가 더 잘해 주길 바라는 마음은 인지상정을 넘어 기업의 기본 원리에 가깝다. 상대적으로 육성선수 입장에서는 출전 경기 수가 줄면 기회에서 차별을 받는다고 생각한다. 그렇다 보니 기회가 올 때마다 돋보이기 위해서 무리를 한다. 방망이가 크게 돌고 허슬 플레이가 과하게 된다. 잦은 부상에 성적이 처지고 방출되고 좌절한다. 신분 불안이 경기력 저하로 이어지는 악순환의 반복. 구단과 선수 간 이해관계를 조율하고 상생의 방향으로 운용한다는 게 쉽지 않다.

나는 생활관으로 가서 몇몇 선수를 만나 보려다가 말았다. 직접 대면은 그들이 부담스러워한다. 왕따 가해자로 지목된 둘과 그냥 통화를 했다.

“풋. 태현이 그 자식, 조응칠 감독이 계속 있었더라면 더 기고만장했을 겁니다. 3군 실력도 안되는 게 까부는 꼴이란. 도리어 피해를 본 건 저희들이지요. 우리 앞날은 불투명하고, 늘 피곤하고, 고독한 생활입니다. 왕따 시키고 할 여력 있으면 차라리 잠이나 더 자겠습니다. 아니지, 주위에서 무관심해 주면 오히려 땡큐죠. 암튼 개 성격이 거칠어요. 특히 자기보다 어리면서 재능 있는 애들을 툭

하면 시비 걸고 갈궜죠. 싹을 밟아 놓으려고. 어느 조직에나 꼭 하나씩 있는 그런 애들 있잖아요?"

다른 선수도 코웃음부터 쳤다.

"건물 옥상에서 태현이 아버지가 고공농성을요? 크헤헤. 무슨 열사 납셨네요. 동두천에서 원래 장갑 공장 했는데 부도나서 쫄딱 망했다던걸요. 태현이 그 새끼 가출한 게 아니고 갈 집이 없는 겁니다. 그래서 그 아버지도 백화점에 진치고 있는 거라고요. 돈 뜯어내려고요."

선수들 사이에 비밀은 없다. 많은 정보를 공유하고 냉소적이었다. 역시 양쪽 얘기를 다 들어봐야 한다. 그리고 잔인했다. 타인을 넘어야 자신이 살아남는 승부 세계의 숙명. 선수 관리의 부실 책임을 넘어 편애로 사람 관계를 이간질한 조응칠이란 말종에 대해서도 화딱지가 났다.

시설보안팀으로 전화를 걸었다. 사각턱이 바로 전화를 받았다. 지난 번 회의실 도청 사건 이후 인사를 나누는 사이가 됐다. 사실 확인을 해 보고 싶은 마음에 한 가지 부탁을 했다. 사각턱은 몽키스 구단의 일이라면, 정확히는 홍희 단장의 일이라면 앞뒤 안 가리고 도와줄 사람이다.

* * *

낡은 대규모 아파트 단지 맞은편 언덕 위에 붉은 벽돌로 지은 청마고가 모습을 드러냈다. 멀리서도 외관이 잘 보였는데 좋게 보면 유럽의 고성 같기도 하고, 나쁘게 보면 외딴 형무소 같기도 했다. 교사 주위를 뒤덮은 담쟁이덩굴과 하늘로 쭉 뻗은 고목이 학교 역사를 말해 주었다. 대화역에서 겨우 10여 분 달렸는데 지방 중소도시에 온 것처럼 한적한 풍경이었다.

채 대행은 함께 오지 못했다. 늙다리 표주박의 갑작스런 죽음 때문에 오늘도 형사들을 맞아야 했다. 단순 교통사고인지 살해 의도를 가졌는지 판단도 내려지지 않았다. 채 대행은 내 손을 잡고 미안해하면서도 진저리나는 청마고 행사를 안 봐도 돼서인지 안도하는 눈치였다. 대신 내가 단장 일행을 모시게 됐다. 속으로 행사가 궁금하기도 했기에 흔쾌히 받아들였다.

차량 조수석에 앉은 홍희는 몇몇 단어가 적힌 메모지를 보고 나직이 인사말을 연습했다. 야구 모자를 눌러쓰고 점퍼 지퍼를 끝까지 올린 채 뒷자리에 앉은 임지영은 장에 끌려가는 송아지처럼 큰 눈만 끔벅였다. 역시나 불편한 것이다. 분명 최악의 경우가 나오면 주위에 놀림감이 될지 모른다는 불안감에 떨고 있다.

출발 전에 임지영의 지난 시즌 성적을 좀 살펴봤다. 올해 스물둘. 주로 2군에서 불펜으로 뛰었는데 52경기에 나왔고 평균자책점이 3.47로 나쁘지 않았다. 눈에 띄는 건 94이닝이나 던졌다. 전형적으로 땅볼을 유도해 맞춰 잡는 스타일. 위로 겸 덕담 몇 마디 건네고 싶어졌다.

"저기, 지영 선수. 사전 정보 차원에서 말하자면 제가 인터넷 통해서 예선 치르는 모습을 봤습니다. 일단 강당 안에 임시로 만든 행사장이라 높이를 갖춘 마운드가 없습니다. 당연히 징 박힌 스파이크를 신을 수도 없고. 고교야구에서 쓰는 공이라 KBO공인구와 차이도 있을 수 있습니다."

임지영의 눈빛이 반짝였다. 그게 무슨 뜻이죠를 묻는 것이다.

"오해 말고 들어요. 즉, 공식적인 투구 환경이 아니란 말입니다. 입에 담기 뭣하지만 혹 안 좋은 결과가 나와도 프로선수가 어쩌네 저쩌네 할 사람 없습니다. 편하게 하면 됩니다."

앳된 임지영 얼굴이 약간 밝아졌다. 곁에 앉아 있던 털보 감독도 분위기를 녹이려고 슬며시 끼어들었다. 자신의 경험담을 하나 끄집어냈다.

"내가 초짜선수 시절, 그러니까 썬더스에서 막 1군에 막 올라왔을 땐데 말이지, 야구부가 있는 한 시골 중학교 선생님이 구단으로 초청장을 보내온 거야. 전교생이 썬더스 팬이라면서 혹시 한번 방문해 주면 오랜 괴목을 구단에 선물하겠다네. 원래 괴목이 악귀를 물리친다고 알려져 있거든. 그걸 선수들이 합숙하는 생활관에 갖다놓으면 습하고 탁한 기운을 다 빨아들여 승기를 부른다나 어쩐다나. 암튼 그럴듯하지? 다들 반신반의 귀찮아하면서도 누군가가 가긴 가야 된다는 데 의견을 모았어. 왜 그런지 알겠나?"

역시 털보 감독 입심은 못 당한다. 내가 대답했다.

"알 것 같습니다. 분위기 보아하니 그 선생님 머리 굴리는 게 만약 썬더스에서 연락 안 오면 다른 구단과 접촉하겠군요."

"신 팀장은 역시 빨라. 그렇지. 확실히 그게 찜찜한 거야. 믿든 말든 우리가 가지 않으면 영험한 괴목을 빼앗기는 거야. 혹시 거절했다가 부정 타는 게 아닐까 그런 생각까지 들더라고. 그렇다고 추운 겨울날 시골 중학교에 일일 레슨 가기도 그렇잖아. 암튼 내가 투수조의 막내라서 떠밀리다시피 단장님과 감독님, 구단 직원 몇몇과 가게 됐어. 글러브와 티셔츠랑 모자, 사인볼 챙겨서. 근데 길을 잘못 들어서 도착해 보니 오전이 훌쩍 지나 버렸네. 애들은 아침부터 프로선수한테서 뭐 좀 배워 보겠다고 장작불도 없는 운동장 한쪽에서 벌벌 떨고 있는 거야. 가자마자 허연 입김 뱉으며 내게 안기는데 그냥 짠하더라고."

"하하. 그래서 그 영험하다는 괴목은 진짜 보셨습니까?"

"후후. 웬걸. 괴목은 개뿔. 회화나무가 아니라 그냥 잡목 밑동 하나 갖고 놓고 괴목이라 우기더라고. 그 선생님이란 작자가 이 고장에서는 이런 걸 다 괴목으로 부른답니다. 눈 깜짝 안 하고 능청을 떠는 데 다들 그냥 부글부글했지. 그런데 어쩌겠나. 거기까지 갔는데. 시간 날리고 선물 털리고 강습까지 해 주고서 왔다고. 암튼 수완이 대단한 양반이었어. 그 다음 해는 구단비용으로 서울 야구장 견학 시켜 달라고 졸라서 다들 혈압 올라갔지."

홍희 단장이 깔깔대며 듣다가 한마디 거들었다.

"감독님, 그런 사기극이 먹혔던 아름다운 시절이군요."

"단장님, 제가 왜 추억팔이를 하느냐면요, 이런 행사 부담 갖지 말라는 얘기입니다. 그냥 가서 겪어 보면 뭐라도 배우는 게 있다, 그렇게 생각하면 마음 편해요. 그 일도 작당한 선생이 나쁘지 학생이 무슨 죄가 있겠습니까. 저 그날 진짜 열심히 가르쳤습니다. 추운데 벌벌 떨면서 기다리던 아이들 눈망울을 잊지 못해서요. 야구가 안 풀릴 때면 그때 일을 생각합니다. 제 자랑은 아니고 그 후에 개인적으로 몇 번 더 다녀왔었죠."

"아름다운 동화 같군요."

"뭐 그렇게까지. 그나저나 마우진이의 인기가 대단하긴 한가 봐요. 청마고 재학생 하나가 계속 자필 편지를 보내옵니다. 꼭 고향 팀에서 뛰게 해 달라고. 아무리 감독이라도 내가 직접 답장을 하기는 난감한데 말이죠. 좀 귀찮겠지만 신 팀장이 시간 날 때 한 번 봐줬으면 해."

그러면서 재킷 안주머니에서 접은 편지를 하나 꺼내 콘솔박스에 올려놓았다. 확실히 과격한 팬들에 비하면 10대들의 응원은 아직 순수하다.

"자, 곧 도착합니다."

정문에서 운동장으로 이어지는 긴 언덕길이 생각보다 가팔랐다. 나는 악셀을 힘껏 밟았다.

* * *

"저희 구단은 지역 야구 발전의 젖줄인 아마추어 팀들에 대한 지원을 아끼지 않겠습니다. 상생의 노력으로 지역민에게 사랑받는 고양 몽키스가 되겠습니다. 다시 한 번 청마고교 야구부의 50번째 생일을 축하드립니다."

내빈 중 맨 마지막에 올라갔던 홍희 단장 축사가 끝나자 제일 큰 박수가 터져 나왔다. 조미그룹 회장의 장녀는 역시 인기가 좋았다. 다들 먼저 아는 척을 했고 같이 사진을 찍자고 청하기도 했다. 시장은 구단 운영에 행정적 어려움이 있으면 연락하라고 직접 명함을 건넸다. 홍희는 주변 분위기를 밝게 만드는 유전자를 가져서, 손으로 가끔 입술을 가려가며 우아한 웃음으로 화답했다. 물론 그 인기도 대세 걸그룹 '핫식스'가 치어리더 복장으로 무대에 오르자마자 환호성에 묻혀 버렸지만. 조용하던 강당 2층 스탠드의 재학생들이 발을 구르며 난리를 쳤다. 립싱크든 말든, 여섯 멤버 실물을 봤다는 자체에 마냥 행복한 표정들. 삼촌 팬인 나도 입이 절로 헤벌쭉해졌다.

공연이 끝나자 중앙 스크린에 파노라마처럼 영상이 스쳐갔다. 청마고 야구부의 역사를 담았다. 오래 전 우승의 순간, 까까머리 선수들이 흙 묻은 유니폼을 입고 포옹하는 사진들이 내레이션과 함께 흘러갔다. 야구라는 운동이 새삼 숭고하게 느껴졌다. 털보 감독이 건넨 자필 편지를 잠시 훑어보는데 옆자리 홍희가 팸플릿으로 입을 막고 내게 속삭였다. 역시, 둘만의 대화에서는 고상함 따윈 기대할 수 없다.

"어머 씨발 문제 생겼다. 오늘 시합에 청마고가 누구를 낸 줄 알아? 마우진이야. 반칙 아냐? 사악한 교장 새끼. 아무래도 우리가 뭔가에 말린 느낌이야."

나도 편지로 입을 막고 나직이 답했다.

"엉? 어쩌면 이기지 못할 수가 있겠네."

"보니까 오늘 완전 마우진 쇼케이스 같아. 우리 보고 무조건 1순위로 찍어라. 그렇지 않으면 이 자리에 모인 많은 고양 시민들이 너네 안티 팬으로 돌변할 거다. 이런 압박 같은 거."

"그래서 시장님, 의원님 줄줄이 납셨구나. 다들 이 학교 동문이기도 하고. 어우, 이를 어째."

"어쩌긴 뭘 어째! 무조건 처발라야지! 이럴 줄 알았으면 컨트롤 마법사 고질라 성신영을 데리고 오는 건데. 스피드가 뭔 상관이야. 슬로우 커브든 너클볼이든 그냥 구멍 안에 때려 넣으면 되잖아."

홍희 말이 과장됐다고 해도 그런 분위기가 전혀 없지는 않았다. 처음부터 작정하고 연출한 느낌. 진짜 그런 의도라면 손님에 대한 예의가 아니다.

"이거 좀 얍삽한데. 그런데 마우진을 1순위로 뽑는데 문제라도 있나?"

홍희가 다시 좌우를 둘러봤다. 스크린에는 여전히 영상이 흘러나오고 있었다.

"그동안은 스카우트팀 의견이 팽팽했어. 근데 최근에 장래성을 봤을 때 의정부의 강타자 장태수 영입 쪽으로 기우는 분위기야. 오 감독님 의견이 많이 반영된 된 거지. 마우진이 제구가 안정적이지만 체구가 작아 앞으로 구속 증가의 확률이 떨어져. 육체적으로 이미 성장이 다 끝났다고 할까. 내 생각에 그 정보가 샌 것 같아. 보니까 지역에 깔려 있는 청마고 동문들은 마우진이 고향 구단에서 활약하는 걸 보고 싶은 거야. 자기들의 자부심이니까. 2순위로 밀리면 어느 구단으로 갈지 모르잖아. 그래서 오늘 동문 파워 과시하며 압박 아닌 압박을 하는 거고. 행여 제구력 시합에서 이기기라도 하면 프로선수를 털었네 어떻네 하면서 쑤시고 들걸. 누구를 바보로 아나."

옆자리 털보 감독도 이상스레 흘러가는 분위기에 심각성을 깨달은 모양이다. 그 옆자리 임지영은 완전히 주눅 든 모습이다.

내 위로가 괜히 미안했다. 상상했던 그런 즐거운 분위기와 달랐다. 원정경기 왔는데 홈팬의 광적인 응원에 구석에 몰린 느낌. 낡은 강당의 울림도 상당해서 임지영이 과연 제대로 된 투구나 할 수 있을까 걱정됐다.

* * *

수많은 시선이 강당 가운데 설치된 구멍 뚫린 입간판으로 모아졌다.

1구는 마우진이 먼저 던졌다. 가볍게 성공. 듣던 대로 투구 자세가 안정적이다. 2층 스탠드의 재학생들이 입을 모아 소리쳤다. 선배님! 힘내요! 팔은 안쪽으로 굽는다고 일방적 응원이었다.

4강 대결은 예상대로 의미가 없었다. 일반인이 훈련 받은 선수를 이기긴 힘들었다. 결승에서 청마고 에이스 마우진과 조미 몽키스의 2군 임지영이 맞붙었다. 지금 순간은 상금보다 자존심 대결. 둘은 겨우 세살 차. 다 앳된 얼굴인데, 키는 임지영이 훨씬 커도 깡말랐고, 마우진은 상대적으로 작은 대신 어깨가 탄탄했다. 자신감이 과할 정도로 넘쳐 보이는 마우진이 더 프로선수 같았다.

보면 볼수록 교장 선생 제트기의 연출이라는 강한 의심이 들었다. 아니나 다를까 대머리에 체크무늬 양복 차림의 땅딸이가 슬금슬금 우리 곁에 다가왔다.

"에헴. 우리 우진이 놈 참 대단하지 않나요? 제가 여기 야구부 담당만 20년이 넘었는데 청마고가 배출한 역대 최고 선수라고 자부합니다. 고향 구단인 몽키스에서 프랜차이즈 스타로 뛰게 되면 동문들의 응원이 엄청나겠지요. 상상만 해도 즐겁습니다."

제트기 꼼수에 대처하는 털보 감독의 대응도 노련미가 있었다.

"네. 프로에 와서도 꾸준히 성장해 줘야 할 텐데요. 체격도 좀 더 키우고 구속도 좀 더 끌어올리고. 아무래도 최고의 투수만 모이는 곳이니까요."

제트기 이마에 여러 겹의 주름이 잡혔다.

"몇몇 메이저리그 구단에서 우진이에게 관심이 있다고 하더군요. 스승인 제 마음 같아서는 미국 가서 초반에 험한 고생하느니 대학행을 권하고 싶지만 본인이 한국 프로야구에서 뛰고 싶다고 하니 어쩌겠습니까. 큰마음으로 놔 줘야죠. 그래도 한 동네 몽키스라서 참말 다행입니다."

마음에 없는 소리. 마우진을 넘기고 후원을 얼마나 뜯어낼까. 계산기 튕기는 소리가 들리는 듯하다. 우선 KBO 드래프트 규정상 계약금의 7%가 최종학교에 발전기금으로 구단에서 지급된다. 예전 메이저리그행이다 뭐다 분위기에 휩쓸려 1차 지명 계약금이 10억 원을 하던 때도 있었다. 요즘에는 합리적으로 줄었지만 지역 동문들의 강력한 지원을 받는 선수라는 점을 잘 부각시키면 5억 원 정도는 가능하다. 7%면 3500만 원. 대학을 가게 되면 청마고는 그 돈을 받을 수 없다. 제트기는 지금 그 돈 이외에 비공식적인 지원을 요청할 태세. 대학행? 새빨간 거짓말이다.

뜬구름 잡는 말장난이 계속 되는 동안 마우진과 임지영은 주거니 받거니 스트라이크존을 공략했다. 나는 감정의 내색 없이 담담히 구경했다. 응원 한답시고 소리치며 괜한 긴장감을 유발할 필요가 없었다. 공은 10구째를 이어가고 있었다. 스피드 없는 제구력 다툼. 하지만 둘의 경쟁심은 애써 구속을 죽이지 않았다. 그게 더 자연스럽고 편할지도 모르겠다. 임지영도 졸아서 긴장하던 모습과 달리, 막상 공을 쥐자 투구가 안정적이었다. 땅볼 유도형 투수답게 우타자의 바깥쪽 아래 공간, 3사분면 존을 집중 공략했다. 육성군 출신의 2군 불펜이라도 프로는 프로다. 기본이 탄탄했다.

반복적인 투구 동작을 보는데도 토너먼트 특성상 긴장감이 대단했다. 청마고 동문인 시장님, 의원님, 핫식스의 다나, 2층의 재학생들도 다 눈동자를 모아 집중했다. 한 구 한 구 스트라이크존을 통과할 때마다 박수와 환호가 터져 나왔다.

"단장님, 어쨌든 우리 우진이 고이 놓아 드릴 테니 지원 좀 잘 부탁드립니다. 상생해야죠. 그래야 청마고에서 좋은 재목이 꾸준히 나오지 않겠습니까. 몽키스에게도 이득이 될 테고. 투자 없이는 서울에 있는 학교 절대로 못 당합니다."

제트기가 드디어 본색을 드러냈다. 프로행은 본인 의지다. 놓아준다란 말이 거슬렸다. 전근대적인 종족적 표현으로 들렸다. 홍희 단장도 눙치는 데는 일가견이 있다.

"그러게요. 저희 딴에는 한다고 하는데……. 암튼 관심 가지고 보겠습니다."

그래, 좋은 게 좋은 거. 남 잔칫집 와서 속으론 욕해도 겉으로 자극할 필요 없다.

18구째였다. 17구째를 임지영이 처음으로 놓쳐 버렸다. 자연스레 커터처럼 꺾이는 속구가 너무 큰 각도로 움직여 버렸다. 어쩌면 승부를 결정짓는 마지막 일구가 될 수 있다. 관객 시선이 일제히 쏠리자, 앳된 표정의 투수는 더 긴장한 듯했다. 추운 날인데도 이마 아래에서 촉촉이 배나오는 땀을 손등으로 훔쳤다. 그때 털보 감독이 소리쳤다. 주변의 소음을 단번에 제압할 위엄 있는 목소리.

"왼발 끝!"

임지영은 잠시 고개를 갸우뚱하더니 곧장 고개를 끄덕였고 가볍게 와인드업. 공이 손끝에서 떠났다. 모든 시선이 투구 궤적을 좇았다. 공이 나무판과 스트라이크존 경계에 딱 맞아 버렸다. 와! 아! 환호와 탄식이 뒤섞여 울렸다. 일순 정적. 그리고, 공이 구멍 안쪽으로 툭 떨어졌다. 겨우 위기를 벗어난 임지영이 그대로 쪼그려 앉았다. 마주선 마우진 입가에 살짝 냉소가 스쳐갔다. 제트기도 입맛을 다시며 아쉬워했다.

"단장님. 제 생각에 우리 애들과 몽키스 선수들이 결연을 맺어 멘토로 봐주는 형식을……."

홍희가 답을 못하고 우물쭈물했다. 내가 어쩔 수 없이 끼어들었다. 보아하니 악역을 할 사람은 나 밖에 없었다.

"교장 선생님, 프로선수들이 애들 가르치면 겉멋만 듭니다. 예민한 10대들 아닙니까. 결과가 좋지 않으면 좌절감만 커질 거고. 조심스러워요."

제트기가 넌 또 뭐니? 하는 표정으로 싸하게 노려봤다. 그러면서 뭔가 꼬인다는 표정으로 손수건을 꺼내서는 번들거리는 이마를 닦았다.

털보 감독이 껄껄 웃으면서 거들었다.

"교장 선생님. 혹시 말입니다, 초임교사 시절 동두천에 있는 중학교에서 근무하지 않으셨는지? 야구부가 있는. 괴목에 조예가 깊으신 분을 제가 아는데 많이 닮으셔서……."

제트기의 작은 눈동자가 동그랗게 커졌다. 아니 그때 일을 어떻게? 이번에는 그런 표정.

"그 괴목의 효험을 봐서 제가 여태 야구판에서 살아남았지 않겠습니까. 다시 만나면 꼭 감사의 말씀을 드리고 싶었습니다. 그때 제가 추위에 떨고 있는 아이들을 보고 느낀 교훈이 있습니다. 자기 자식새끼는 겨울 찬바람에 내놓지 않는다. 오늘도 이런 소모적인 행사에 극진히 아끼는 선수를 올리다니요. 더군다나 힘으로 던지는 스타일의 투수를. 어깨는 소모용이라 쓰면 쓸수록 닳습니다. 지금 계절에 투수의 어깨는 따뜻해야 합니다."

허를 찌르는 한가운데 직구였다. 제트기가 숱도 없는 머리를 긁적이며 멋쩍은 웃음을 지었다.

"어이쿠, 사, 사람을 자, 잘못 보신 모양입니다. 행사야 우진이가 순수한 애교심에서 자기가……."

환호성이 강당에 울려 퍼졌다. 제트기는 더 이상 변명거리를 찾지 않아도 됐다. 핫식스의 다나가 두 손을 쳐들고 팔짝팔짝 뛰었다. 두 번의 행운은 없었다.

나는 바닥에 뒹구는 야구공을 하나 주워서 마우진에게 갔다. 정중하게 사인을 요청했다. 열아홉 살 고교 스타는 어깨를 으쓱대며 내 이름을 물었다.

* * *

돌아오는 차 안이 침울했다. 10분 거리가 길게 느껴졌다. 운전대를 잡은 손바닥에 땀이 뱄고 불편함을 빨리 벗어나고 싶어 나도 모르게 속도를 높였다.

임지영은 모자 창을 내려 눈까지 가린 채 팔짱을 끼고 앉았다. '나를 건들지 마세요'였다. 어떤 기분인지 알 것 같았고 다들 위로 한마디 건넬 수 없었다. 그 공백을 맨 먼저 깬 사람은 털보 감독이었다.

"괜찮나? 질 수도 있지. 허허."

임지영은 한참 침묵하다가 겨우 입을 열었다.

"야구를 계속 하기는 해야쓰까 싶지라. 다들 저 보고 실실 쪼개겄지라. 니기미, 가는 거이 아니었는디. 고딩 애송이한티 깨져부러갖고."

솔직한 감정이 진한 사투리에 그대로 묻어났다. 주위를 향한 강한 원망이었다.

"그래, 야구를 그만둘 용기는 있는 거고?"

임지영이 그 질문에는 답하지 않았다.

"오늘 내가 간다고 했으니 어쩌면 마우진이가 행사에 나오겠구나 생각은 했어. 감독 앞에서 능력을 과시해 눈도장 찍고 싶은 거야 어린 선수들 본능 아닌가. 암튼 행사 마무리가 좀 찜찜하다만 내 하나 장담하지. 지영이는 오늘의 치욕을 잘 새겨둬라. 분명 마운드에서 대범해질 거야. 더한 상황에서도 던질 수 있을 거고. 위로의 선물은 아니고 아마 투수진에 큰 변화가 없다면 지영이는 올 시즌 1군에서 시작할 거다. 불펜의 맨 아랫자리. 길게 던질 수 있는 패전처리. 투수코치와도 이미 끝낸 이야기야."

다들 깜짝 놀랐다. 털보 감독이 대수롭잖게 말을 이었다.

"지영이는 타고난 재능이 있다. 투구 폼이 부드럽고 공 끝도 좋아. 허나, 서운하게 들리겠지만 선발급으로 성장은 힘들어. 태생적으로 힘이 부족해. 6~7회를 넘어 완투형 투수가 되기는 어렵다는 걸 스스로도 잘 알고 테고. 자연스런 커터* 움직임을 갖는 네 속구도 걸림돌이야. 선발이 되려면 적어도 네 가지 구종을 자유자재로 던지는 포피치(four pitch)가 돼야 하는데 이미 굳어져 버렸지. 다른 변화구 익히기가 어려울 거다. 아마, 남 몰래 체인지업을 수도 없이 연습했겠지만 잘 안 됐겠지. 안 그래?"

임지영이 모자 창을 걷어 올렸다. 눈이 휘둥그레졌다. 굳이 입을 열지 않아도 그 표정에 대답이 담겼다.

"아까 시합 도중 왼발 끝을 얘기한 것도 그 때문이야. 체인지업

---

* 컷 패스트볼을 달리 부르는 말. 패스트볼을 잘라내듯 던진다는 뜻에서 그런 이름이 붙었다. 슬라이더보다 구속은 빠르고, 꺾이는 각도는 작다. 속구처럼 날아가다 마지막에 꺾이는 공이다. 메이저리그 최고 마무리 투수인 마리아노 리베라는 이 공 하나로 최다 세이브 기록을 세웠다. LA 다저스 류현진 역시 2017시즌 커터를 장착하고 어깨 부상에서 부활하는 데 성공했다.

이 원하는 대로 움직이지 않으니까 어깨의 회전 타이밍을 늦춰가면서 억지로 틀었을 거다. 그 바람에 축이 뒤틀렸고 투구 방향을 향해야 하는 왼발 끝이 오른쪽으로 돌아가 있었지. 왼발 끝 방향과 제구는 밀접한 관계가 있다는 것쯤은 기본이니 알 테고. 그래서 말이다, 내 운용 계획은 이래. 선발은 어렵지만 6회가 끝났을 때 5점 차 이상 지고 있다면 너를 지체 없이 마운드에 올릴 거야. 추가 점수 그딴 거 신경 안 쓰고 쉽게 쉽게 땅볼 유도해 최대한 빨리 이닝을 끝내는 게 네 역할이야. 자연스레 꺾이는 커터는 점수 넉넉히 앞서 힘 들어간 상대 타자들을 낚는 최고의 무기가 될 거다. 그걸로 충분해. 패하는 경기의 광속 이닝이터. 우리 선수들이 수비에 진 빠지지 않고 패전의 찜찜한 기분에서 빨리 벗어날 수 있도록 하는 일. 내일의 경기를 위해선 아주 중요한 임무다."

"감독님, 그 말씀은."

"야구는 아홉 명이 9회까지 하는 거다. 공 던지는 놈들은 다 선발을 꿈꾸지. 그 안에도 또 서열이 있고. 1선발부터 5선발. 그 다음은 마무리. 불펜의 승리조, 추격조. 투수를 소고기 등급 나누듯 뚝 잘라서 평가하는 게 불편하지만 냉정한 현실이야. 고기의 부위별 쓰임새가 다르듯이 투수도 구분에 따른 주어진 역할이 다 있지. 나는 지난 시즌 다른 팀 코치로 몇 차례 지영이의 가능성을 봤다. 꿈을 낮춰라. 다시 말하지만 선발 되겠다고 용쓰지 마. 어깨 부담 주면서까지 구속 끌어올리려고 하지 마. 너는 안 돼. 그것만 포기해도 1군 불펜에서 오래 살아 남을 수 있다. 롱 릴리버나 좌완 스페셜리스트처럼. 내 눈에는 오늘 지영이가 대견했다. 내일 프로선수가 졌다고 신문에 나올지 모르겠지만 좀 그런들 어때? 오래오래 살아남아서 능력으로 보여 주길 바라. 그때 그 프로 망신시킨 아이가 아직 던지네? 그런 놀라움을 보여 주라고."

임지영의 얼굴이 상기돼 발그레해졌고 털보 감독은 한 박자 쉬고 무심한 듯 시크하게 말을 이었다.

"이런 비유 있지. 강한 자가 살아남는 게 아니라 살아남은 자가 강한 것이다. 그 말도 맞지만 마운드에서만큼은 나는 최적화된 자가 살아남는다고 봐. 내가 좋아하는 탤런트 장용이나 김해숙을 보라고. 아직도 주말드라마에 인자한 아버지, 어머니 역으로 꼬박꼬박 나오잖아. 기억컨대 젊은 시절의 그들은 주말극의 주연이 아니었어. 그때 화려했던 주연들은 지금 다 잊혀졌고. 내가 오는 길에 굳이 옛 얘기를 꺼낸 건 그런 거야. 나는 야구를 하다가 좌절할 때마다 그 시골학교 학생들 눈빛을 떠올려. 지영이도 오늘 뭔가 배웠겠지. 마운드에서 심장이 달달 떨릴 때마다 모멸감을 곱씹도록 해. 더 잘할 것이라는 막연한 머리의 격려 말고, 실패한 네 몸의 기억을 믿어라. 선발 꿈에 집착마라. 대신 오래 야구를 즐기길 바라. 긴 세월을 살아남는 마운드의 조연이 되길 바라. 오늘, 집중하고 달려드는 네 심장소리를 들어서 기뻤다. 패전처리 스페셜리스트. 내 야구가 너무 이상형인가? 허허. 뭐 다들 알겠지만 나야말로 소년원 출신에 연습생 출신. 맨 처음 입단했을 때 주위의 싸늘한 시선을 달고 다녔다. 나는 늘 내 자신에게 이렇게 외쳤어. 투수에겐 등급이 있지만 투구에는 등급이 없다. 공의 방향은 늘 정직하다."

털보 감독이 어려운 이야기를 너무 쉽게 했다. 시합과 상관없이 임지영을 데려오고 싶었나 보다. 하루 같이 외출해서 친분을 쌓고 자신의 경험을 전수해 주고 싶었나 보다.

유명한 투수 출신 감독에게서 직접 듣는 평가는 소중한 자산이다. 임지영에게 동기 부여의 전환점이 되리라. 자신을 한 단계 뛰어넘을지, 또 다른 벽에 막힐지는 두고 봐야겠지만.

조수석에서 고개를 끄덕이던 홍희 단장이 차창 너머를 보고 말했다. 먼발치에 몽키스 파크 외야 지붕이 보였다.

"저, 앞으로 육성선수 선발 때 계약기간 명시하도록 하겠습니다. 예산 가능 범위 안에서 연봉도 조정하고. 하나씩 풀어나가 보죠."

혹시 털보 감독 연설에 감동받은 즉흥적인 결정일까 봐 내가 살짝 우려를 전했다.

"다른 구단의 반발이 있을 겁니다. 막내 단장이 나댄다고 눈치 줄 거고요. 65인 엔트리가 한정돼 있으니 제도 운영의 불가피한 부분도 있죠."

"그 점은 신경 안 써도 됩니다. 이건 인권의 문제니까요. 어차피 연봉 협상도 우리 식으로 하잖아요. 싸가지 없는 말이지만 저는 다른 구단 사장님이나 단장님보다 이 바닥에서 훨씬 오래 버틸 자신 있습니다. 출장 기회 제약의 불합리성을 개선하기 위해선 맨날 말로만 3군 리그 하자고 떠들지 말고 이참에 추진해 보죠. 제 이름을 걸고 '홍희 리그'라고 불러 주세요. 호호."

아, 마지막 저 오지랖이란. 그래도 털보 감독의 격려와 여자 단장의 농담에 임지영 얼굴에 미소가 피었다. 조심스레 한마디 던졌는데 자기 딴에는 힘든 질문이었으리라.

"거시기, 단장님. 연봉 올리믄 공개 테스트로 들어오는 선수도 줄겄지라? 그거는 쪼까 안 좋은디……. 육성선수라도 오고잡다는 애들 널렸어라. 지명 못 받으믄 다들 절박해징께. 저도 그라고 시작 안 했으믄 시방 야구 때려쳤겄지라."

"알아요. 감수해야죠. 제 말은 인정에 얽매이거나 선수 확보 차원에서 마구 영입하지 않겠다는 뜻입니다. 말 그대로 제대로 육성을 해 보자는 거죠. 지금은 맞아가면서 운동하는 시대가 아니듯이, 구단들도 주먹구구 노동력을 짜내는 시대가 아니니까요. 마구 뽑아놓고 저놈들 중 한 명은 터지겠지, 그런 로또 방식이 싫다는 겁니다. 제가 비정규직 타파를 외치는 대통령으로 정권이 바뀌었다고 눈치 보고 결정하고 뭐 그런 거 아닙니다. 아시죠? 쿨럭! 저 그런 단장 아닌 거. 쿨럭! 육성군 운영을 마치 구단에서 갈 곳 없는 선수들을 위해 선심을 베푼다는 생각. 저는 그 의식부터 바뀌어야 발전이 있다고 봅니다. 그게 일의 시작 같네요."

다들 입꼬리를 올리며 지그시 미소 지었다. 듣기만 해도 기분 좋은 소리. 시합에 졌지만 굳이 따지자면 소득도 많았다. 제트기는 매의 눈을 가진 최고 투수 조련사 앞에서 제 새끼의 약점을 내보이고 말았다.

"감독님, 궁금해서 여쭈는데 마우진이 투구할 때 축이 되는 오른발이 무의식 중에 들리더라고요. 상하체가 조금 어긋나는 느낌이랄까요."

"음……. 신 팀장도 그걸 봤나. 하체를 지탱하는 힘이 동반 안 되면 어깨에 의존한 투구를 하게 되는데. 그거 부상에서 회복이 덜 됐거나 과욕을 부릴 때 나오는 동작이야. 꾸준히 지켜봐야 할 거야."

홍희가 정색을 하고 내게 물었다.

"그나저나 신 팀장은 왜 마우진한테 굽실거리며 사인 받은 겁니까? 모양새 빠지게."

"조금 궁금해서……. 그보다 마우진을 보고 있으니 애늙은이 같다는 생각이 들더라고요. 침착하고 자신감은 넘치는데 속내를 모르는. 겨우 열아홉인데 풋풋한 느낌이 하나도 없고. 오늘 행사도 그래요. 부모와 친구들이 있는 고향 구단에서 뛰고 싶은 마음이야 이해하지만 변칙적으로 분위기를 조성하면 보기 흉하죠. 처음에는 능구렁이 교장이 그런 자리를 연출했다고 생각했는데 틀렸습니다. 이번 마우진 쇼케이스는 본인의 강력한 의지가 반영된 게 아닌가 싶어요. 조카가 떼쓰니 다 잘 되길 바라는 집안 형님들이 동조한 그림 같다고 할까. 감독님이 그러셨죠? 행사 다녀오면 한 가지는 배운다고. 두려움 없는 청춘의 나이 때는 앞뒤 안 재고 묵직한 직구로만 승부했으면 합니다. 오늘의 제 느낌입니다."

"신 팀장, 뼈가 있는 말이네요. 그 근거가 마우진한테 사인 받은 거랑 관련 있죠? 그죠?"

역시, 눈치 빠른 홍희의 의심을 피해갈 순 없었다. 나는 고개를 저었다.

"아뇨. 그냥 느낌이라니까요."

그냥 느낌이 아니다. 털보 감독이 준 자필 편지를 훑어봤는데 독특한 숫자 모양 하나가 눈에 띄었다. '4'자를 중간에 끊지 않고 이어 써서 꼭 위로 향하는 화살촉 같았다. 그 글자를 또 어디서 봤나 싶었는데, 마우진이 사인을 해 주던 영상 속 장면. 등번호가 14번이다. 멋 부린 사인이 손에 익었고 그 습관이 은연중에 자필 편지에 묻어났다. 확인해 보고 싶었다. 역시나 내게 건네준 사인볼에도 똑같은 화살촉 모양의 4자가 그려졌다. 구단에 보낸 편지는 마우진 본인이 직접 썼다. 자작극. 그래서 에둘러 애늙은이라고 표현한 거고. 금방 들통 날 알량한 꾀가 내 눈에는 밉상이다. 드러낸 악의보다 더 나빠 보였다. 하지만 지금 임지영 앞에서 그 사실을 까발리고 싶진 않았다. 또 다른 편견을 심어 주는 것일 테니. 신인 1차 지명까지 반 년이나 남았다. 그새 의정부의 강타자가 큰 부상을 당할 수도 있다. 한 치 앞을 내다볼 수 없는 게 야구판이니.

* * *

찜찜했다. 그래도, 임지영이 이겼어야 옳았다. 하지만 승부의 세계는 늘 뜻대로 안 되는 것이어서, 집착하고 탐욕하고 편법이 난무하는 세계가 됐겠지. 내 입장에서는 고민 하나를 덜어내 홀가분하긴 했지만.

사무실로 돌아와 보니 책상 위에 노란 캔 박스가 보였다. 베트남에서 아침 비행기로 들어와서 출근한 기연이 가져다 놓은 선물이리라. 사향고양이 똥으로 만들었다는 커피도 아니고, 공항 면세점에서 산 폴로향수도 아니었다. 동네 약국에서 흔히 파는 종합영양제였다.

기연이 한층 까무잡잡해진 얼굴로 문 앞에 짠 나타났다.

"팀장님, 어설픈 현지 특산품보다 실용적인 선물을 사 왔습니다. 커피는 직접 내려먹는 거 귀찮아하시는 것 같고, 면세점에서 파는 화장품류는 국산이 훨씬 좋지 말입니다. 그거 매일 두 알씩 드십시오. 경험해 보세요. 드신 날과 안 드신 날의 차이를."

워낙 단출한 조직이라 팀원의 복귀가 반가웠다. 뭔가 다시 북적대는 느낌이다 싶었더니, 시설보안팀의 사각턱이 감색 근무복을 입은 채로 문 앞에 서 있었다. 내가 부탁한 물건을 챙겨왔다.

"신 팀장님, 가져오긴 했는데 갑자기 무슨?"

"그냥 궁금한 게 좀 있어서 그래요."

아무래도 신경이 쓰였다. 나는 표주박이 겁에 질려서 돌출 행동을 할 만큼 겁박하지 않았다. 무대 위에서 내려오라고 짜증을 부렸을 뿐이다.

사각턱이 USB에 담아온 것은 옥상 외벽에 달린 CCTV 영상. 카메라가 무대 측면에 달려 있어 거리가 좀 있었고 각도도 어정쩡했다. 관찰에 일가견이 있는 기연이 내 오른쪽 어깨 너머에서, 무슨 일일까 궁금한 사각턱은 내 왼편 어깨 너머에서 빠끔히 고개를 내밀고 모니터를 훔쳐봤다. 역시 당시 영상은 내 느낌 그대로였다. 내가 삿대질을 했고, 표주박이 쭈뼛쭈뼛 뒷걸음질로 물러나는 모습이 먼발치에서 잡혔다.

"그 낯짝 두껍던 양반이 왜 내 고함 소리에 놀라서 뒷걸음질 쳤을까. 알 수 없단 말이야."

내 의문에 기연의 반응은 빨랐다.

"만약에 말입니다, 팀장님 목소리에 놀란 게 아니라면요? 그러니까 다른 사람을 보고 놀란 거라면. 예를 들면…….”

기연이 히뜩 눈을 흘기며 사각턱을 노려봤다. 사각턱은 곰 같은 덩치에 어울리지 않게 두 손을 들어 경박하게 흔들었다.

“이거 왜 이러십니까? 제 업무가 그렇다보니 저 인간이랑 시위 시작 때부터 마찰이 있긴 했지만, 그렇다고 그걸 겁낼 인간도 아니고……. 서로 안면 있는 마당에 다짜고짜 저럴 리가 없잖아요.”

사각턱 말이 맞고 기연의 말도 일리가 있다. 만약 표주박이 다른 사람을 보고 놀랐다면 누굴까. 이유는 뭘까. 무대 앞에 몰려든 수십 명의 사람들은 거의 백화점, 영화관 고객들이라 특정하기가 어려웠다. 처음 보고 화들짝 놀랄 만한 사람……. 그게 의문의 핵심이다.

“그런데 팀장님, 이건 뭐죠? 시위하던 영감님이 목에 걸고 있던 건가요?”

기연이 책상 옆에 세워둔 팻말에 눈길을 주면서 물었다. 표주박이 내팽개친 걸 막상 버리기 뭣해서 내가 가져다 놓았다. 기연이 고개를 갸웃거렸다.

“문구가 추가됐네요. 처음 시위할 때와 달라요.”

* * *

1월의 마지막 밤. 건물 옥상 난간에 붙어 서서 어두운 도시를 조감하고 있자니 밤의 흡혈귀가 된 기분이다. 제법 매서운 바람까지 위협적으로 윙윙 쏘다녔다. 하늘정원 무대에 다시 올랐다. 길 건너편 마주선 신축 빌딩을 노려봤다. 역시 그 가능성이 가장 컸다. 곁에선 기연이 베트남 여행의 후유증인지 팔짱을 낀 채 덜덜 떨었다. 그녀의 관찰력이 사건 해결의 단초를 제공했다. 푓말 속에 답이 있었다.

"깔끔한 불륜 뒷조사로 유명세를 떨치던 흥신소 소장이 칼에 찔려 죽은 게 엿새 전이지."

"그렇죠. 제가 베트남으로 떠나기 전날. 다들 놀랐지 말입니다. 평소 소장이 백화점 식당가에 자주 출몰했대요. 맨날 선글라스에 백바지 차림이라 아는 사람은 알더라고요."

신문 지역판 기사에 따르면 '일산 백바지'는 중년의 전직 경찰 출신. 사망 추정시각은 새벽 2시에서 4시 사이. 다음 날 오전 건물 청소하는 아주머니에 의해 사무실 소파에서 숨진 채 발견됐다.

나는 손끝으로 길 건너편 창가를 가리켰다.

"저기 파스타 가게 라인 7층에 조그맣게 하얀기획이라고 붙은 간판 보이지? 713호."

"아 참, 팀장님. 새로 생긴 저 파스타 가게 아직 안 가 보셨죠? 제가 복귀 기념으로 봉골레 한 접시 쏘지 말입니다."

"가 봤어. 누구랑 갔는지는 묻지 말고. 내 말에 좀 집중해 줘. 암튼 저길 봐. 흥신소 소장이 칼에 찔려 죽은 현장이야. 스포트라이트를 받은 것처럼 여기서 환히 다 내려다보여. 주위 사무실에 불이 다 꺼진 심야 시간에는 오죽하겠어."

"살해 당시 저 사무실이 불이 켜진 상태였다는 건 어떻게 단정하세요?"

"범인이 소장 가슴에 정확하게 일격을 가했다잖아. 어둠 속에서는 힘들걸."

"그렇군요. 그럼 그 장면을 영감님이 여기서……."

"아마도. 표주박은 그날 밤 여기서 살인 현장을 목격한 거야."

"그럼 영감님도 흥신소 소장을 죽인 살인범에게 당했다?"

나는 고개를 끄덕였다. 그 확률이 제일 높았다.

"팀장님, 그러면 왜 현장을 목격하고도 경찰에 신고하지 않았을까요?"

"그 인간, 지금 사업 쫄딱 망했대. 애초 선량한 시민의식을 가진 사람도 아냐. 뭐라도 돈 될 건더기 보이면 거머리처럼 달라붙을걸. 만약 기연 씨가 그 상황이라면 경찰 신고가 생각났을까?"

"그렇네요. 오라 가라 귀찮은 일만 잔뜩 생길 테니. 제가 만약 살해범을 알고 있고 악한 마음을 먹는다면 협박을 하겠습니다. 벼랑 끝에 몰리면 뭐든지 할 수 있는 게 인간이지 말입니다."

"내 생각도 그래. 표주박은 범인 얼굴을 봤어. 범인 정체를 캐내려고 여기를 떠나지 않은 거야. 일부러 사람들이 많이 다니는 백화점 앞까지 등장한 거고. 보통의 경우와 달리 되레 범인을 찾아 나선 케이스지. 더 잃을 것도 없는 인간이잖아. 무슨 짓이라도 할 사람이야."

"팻말의 문구를 바꿔서 말이죠. 범인을 협박하는."

"기연 씨가 제대로 봤어. 아래 문구는 원래 없었다면서? '육성선수 죽이는 몽키스는 사죄하고 보상하라.' 이 첫 번째 문구는 구단을 향한 협박. '두 눈으로 똑똑히 봤다. 비인간적 살인 행위를.' 이 두 번째 문구는 진짜 살인자에게 보내는 협박. 마치 하나처럼 이어져 보이지만 그런 숨은 의도가 있었어. 그런데 문제가 생겼지. 미처 대처할 새도 없이 살인자와 야외무대에서 눈이 딱 마주쳐 버린 거야. 너무 순간적인 일이라 영감은 자신도 모르게 표정관리가 힘들었고, 살인자는 살인자대로 자신을 보고 당황해하는 영감 모습에 현장을 들켰구나 알아차린 거지. 서로 놀란 거야."

"영상 보니까 그때 무대 앞에 몰려든 사람이 수십 명은 되던데. 특정하기 힘들지 말입니다. 어디 사는 누군지 어떻게 안단 말입니까. 쇼핑백을 든 고객들 경우는 신용카드 추적이 가능하겠네요."

"특정은 못하지만 좁힐 수는 있지. 일단 경찰 출신 흥신소 소장을 일격에 눕힐 정도라면 여자는 힘들 거고."

기연의 목소리가 당황했다. 분명 얼굴을 붉혔을 텐데 어두워서 보이진 않았다.

"티, 팀장님. 세상은 넓고 편견은 많지 말입니다. 여자라고 다 부, 불가능하지……."

"뭐, 암튼 나는 남자라고 생각해. 창가 블라인드를 안 친 이유와 방어흔이 없었다는 건 면식범이라고 봐도 무방하겠지? 이론상으로는 방심한 틈에 한순간 당했다는 얘기야. 근데 심야에 만났다는 게 애매해. 무리한 추측이긴 하지만 혹시 그 시간에 일을 마치는 사람 혹은 그 시간에 출근하는 사람이 들른 건 아닐까. 역시 억측일까?"

"정리하면 힘 좀 쓰면서 피해자와 알고 지냈고 새벽에 다니는 남자겠군요?"

"하나 더. 그날 사망 추정 시간대에 외부인이 건물에 출입한 흔적이 없었대. 지하 주차장도 이용하지 않았고. 아마도 건물 관리와 보안 구조에 정통한 남자. 감시카메라 사각지대를 피해 다닐 수 있는 능력자가 되시겠네."

나는 다시 야외무대 앞에 몰려든 사람들을 떠올려 봤다. 몇몇 커플들, 중년 부부들, 선글라스를 낀 청년. 그리고……. 그들 중 위의 조건에 딱 맞아 떨어지는 사람이 둘 있었다. 그중 한 명은 시위 시작 때부터 영감과 안면이 있었으니 제외. 기연도 바로 용의자를 알아차렸다. 이내 당찬 목소리로 말했다.

"아……. 같은 직장 다닌다고 다 우군은 아니군요. 현실은 늘 비극이고 이런 결말은 슬프지 말입니다. 결국 동기가 문제겠네요. 내일 일산서에 한번 들어가 보겠습니다. 지금은 정황뿐이지만 뒤져보면 물증 나오겠죠. 몽키스 구단이 엮인 만큼 모른 척 할 순 없고. 에이스팀의 이름으로 해결해야죠."

나는 대답하지 않았다. 밤하늘만 올려다봤다.

그래. 더 파 보면 다 나오겠지. 시설보안팀에 평지풍파가 일겠지만 감추려고 하면 안 된다. 조직도, 야구도 눈치만 보다가 넘어가는 식의 편법은 오래가지 못한다. 백화점이 표주박을 옥상에서 내쫓지 못한 이유도 사각턱한테서 겨우 들었다. 하늘정원을 개장하는 과정에서 여러 건의 위법 사실을 저질렀고 그런 약점 때문에 소극적이었다.

"팀장님, 어떻게 둘의 연결고리를 찾으셨나요? 역시 에이스팀의 에이스답습니다. 달랑 둘 뿐인 조직이지만. 리스펙트!"

1점 뒤진 1사 3루, 타자의 타구가 외야 얕은 곳을 향하고 있다. 얕다는 이유만으로 바로 포기할 수는 없다. 만약 타구가 외야수의 글러브를 낀 손 쪽을 향한다면 잡은 뒤 송구할 때 몸을 한 번 틀어야 한다. 그 틈을 노려 적극적으로 대시한다면 경기 흐름 자체를 바꿀지도 모른다. 야구는 디테일의 종목이다. 범죄사건 해결이 그러하듯.

"깔끔한 뒷조사라는 모순적 한마디가 신경 쓰이더라. 뒷조사가 과연 깔끔할 수 있는지. 추측컨대 백발의 용의자는 백화점 고객 정보와 차량 정보 그리고 CCTV 영상을 계속 백바지한테 공급했을 거야. 백바지는 그 데이터를 기반으로 의심스러운 커플 뒤를 캐고, 불륜관계라도 진짜 하나 딱 물면 양측 배우자에게 접근해 편드는 척 일을 만들었을 거야. 살인이 났다는 건 둘의 동업에 금이 갔다는 거고. 수입 분배를 놓고 갈등이 있었거나 한쪽이 양심의 가책을 느꼈거나. 뭐 이유야 조사하면 나오겠지."

미묘했던 두 개의 사건을 다 털었다. 몸은 홀가분한데 머릿속엔 불쾌감이 가득 찼다. 답답한 기분 탓인지 폐부로 파고드는 겨울바람이 신선하다고 느끼는데 문자가 왔다. 손은재였다.

내일 칼럼 마감인 거 알지?

아차 싶었다. 정신이 없어 잊고 있었다. 어떤 얘기를 써야 하나 싶다가 바로 아이디어가 생각났다. 지난 이틀간 본 두 명의 육성선수. 출발은 같았으나 누구는 날개를 달고, 누구는 추락했다. 그들에 관한 이야기를 써야겠다. 일용직 선수, 연습생 신화, 최저연봉 미달……. 몇몇 단어들이 함께 떠올랐다. 오늘 차 안에서 들은 그림자 단장의 말도 되뇌어 봤다.

“각 구단이, 육성선수에게 선심을 베풀고 있다는 인식부터 바꾸는 일이 시작입니다. 우리는 지금 인격의 시대에 살고 있잖습니까. 그죠?”

스크루볼은 왜 멸종했을까

1974년 LA 다저스의 투수 마이크 마샬은 15승12패와 함께 21세이브를 기록하면서 내셔널리그 사이영상을 따냈다. 통산 96승, 180세이브를 거둔 터그 맥그로는 1973년 뉴욕 메츠, 1980년 필라델피아에서 마무리로 월드시리즈에 나섰다. 2번째 월드시리즈에서는 반지를 품에 안았다.

1984년 디트로이트의 윌리 에르난데스는 아메리칸리그 사이영상과 MVP를 모두 수상했다. 평균자책 1.92, 9승3패, 32세이브를 거뒀다. 사이영과 MVP 동시 수상은 지금까지 10번밖에 없었다.

그중에서도 최고는 다저스의 전설적인 투수 페르난도 발렌수엘라다. 데뷔 첫 해 사이영상과 신인왕을 따낸 슈퍼스타였다. 다저스에서만 141승을 거뒀다. 이밖에도 쟁쟁한 투수들. 크리스티 매튜슨(373승), 칼 허벨(253승), 워렌 스판(363승), 후안 마리첼(243승) 등이 같은 부류에 속한다.

이들의 공통점? 모두 스크루볼이 주무기였던 투수들이다. 슬라이더와는 반대로 움직이는, 오른손 투수가 오른손 타자 몸 쪽으로 꺾여 들어가도록 던지는 공.

너클볼과 함께 '이단'으로 평가받는 공이지만 너클볼과 또 다르다. 너클볼은 던지는 방법이 쉬운 대신 제구하기 어려운 공이지만 스크루볼은 던지는 방법 자체가 다른 공과 다르다. 오른손 투수의 경우 꽉 잠긴 잼 병 뚜껑을 틀어 열면서 앞으로 집어던지는 듯한 동작이 필요하다.

효과는 제법이다. 같은 손 타자들이 맥없이 헛스윙하기 일쑤다. 워낙 독특한, 혹은 비정상적인 공이기 때문에 야구장 밖에서도 쓰이는 일반명사가 됐다. 스크루볼은 '엉뚱한 사람'을 뜻하는 명사로 쓰인다. 계급, 배경 등에서 차이가 나는 남녀 배우가 등장하는 1900년대 중반 로맨틱 코미디는 스크루볼 코미디라는 장르로 굳어졌다. 스크루볼은, 확실히 평범하지 않은 공이다.

하지만 마지막 달인이었던 발렌수엘라를 정점으로 스크루볼은 메이저리그의 뒤편으로 희미하게 사라져갔다. 빅리그에서 스크루볼은 사실상 멸종 상태다. 2010년대를 활약한 선수들은 아예 존재 자체를 잊었다. 샌프란시스코의 포수 버스터 포지는 스크루볼에 대해 "그게 물리적으로 가능할까요?"라고 반문했다. 에이스 매디슨 범가너는 "그걸 진짜로 던질 수 있다면 다른 공이 필요할까"라고 답했다.

그럼에도 스크루볼은 사라졌다. 마치 기후 변화에 적응하지 못한 거대 공룡들이 멸종한 것처럼. 1960~1970년대 야구는 '아기자기한 야구'였다. 스퀴즈 번트도 많았고, 히트 앤드 런도 잦았다. 1점을 두고 시소게임을 벌이기 일쑤였다. 실(實)을 노리기 위해 허(虛)를 찌르는 것이 효과적이었다. 엉뚱하고 독특한 스크루볼은 허를 찌르는데 적합한 공이었다.

1990년대 파워의 시대와 함께 야구가 바뀌었다. 투수에게도, 타자에게도 상대를 압도하는 힘이 필요했다. 교묘한 트릭이 아닌 순수한 힘이 더 효과적이었다. 변화구, 혹은 속이는 공 역시 보다 속구에 가까운 공이 유리했다. 팔을 비틀어 던지는 스크루볼은 덜 꺾이지만 속구와 비슷한 동작으로 던지는 체인지업에 그 자리를 내줘야 했다.

모든 소멸에는 합리적 이유만 존재하지는 않는다. 스크루볼에는 오해가 더해졌다. 구속의 증가와 함께 투수들의 부상이 늘어났는데, 그 이유를 뒤집어썼다. 보통의 공과 다른 각도로 비트는 스크루볼의 동작이 투수들의 부상 가능성을 높일 것이라는 막연한 추측이 야구라는 생태계를 지배했다. 최근의 연구 결과는 스크루볼의 비트는 동작이 오히려 팔꿈치 인대가 한 방향으로만 움직이는 것을 막아 보호해 주는 것으로 나타났지만, 이는 이미 사라진 스크루볼에 대한 조사(弔詞)나 다름없다.

그래서 지금, 어쩌면 야구판 쥐라기 공원을 꿈꾼다. 멸종된 스크루볼이 되살아나는 꿈. 강한 공이 살아남는 것이 아니라, 살아남은 공이 강한 공일 수 있다. 그렇다면 스크루볼의 운명은 이미 정해진 것이겠지만 야구는 변하고, 어쩌면 지금 스크루볼은 야구 어딘가에 최적화된 공으로 되살아날 수 있을지 모른다. 눈에 뻔히 보이는, 재능에 기반한 힘 대결이 아니라 기발한 엉뚱함으로 승부하는 야구가 그립고 보고 싶다. 진보와 발전은 때로 엉뚱함에서 나온다. 우리의 야구가 그랬으면 좋겠다. 사라진 줄 알았던, 저 진흙 속의 누군가가 얼핏 엉뚱해 보이는 노력으로 뒤늦게 제 장점을 찾아 화려하게 돌아오는 일, 그게 바로 야구의 낭만이니까.

조미 몽키스 팀장

오키나와의 별은 등번호 79를 단다

빡! 거구의 오른손 투수 손끝을 떠난 강속구가 타자의 머리를 직격했다. 회색 유니폼을 입은 타자는 단말마의 비명도 없이 홈플레이트 위에 무너졌다. 강인한 정신력의 상징처럼 한 손엔 방망이, 다른 손엔 벗겨진 헬멧을 꽉 쥔 채 놓지 않았다. 더그아웃에서, 관중석에서 그 몸 맞는 볼 장면을 지켜본 사람들 입이 떡 벌어졌다. 정적은 길었다.

기내 창밖으로 깊이를 알 수 없는 초록의 바다가 끝도 없이 펼쳐졌다. 에메랄드를 닮은 초록. 그 위를 수놓은 파란 하늘. 색은 달랐지만 한국어는 둘 모두 파랑이라 부른다. 명도와 채도를 달리한 파랑이 하늘과 바다를 가득 메웠다. 어느새 한국에서 파랑이라는 단어는 북극곰, 야생여우, 지고지순한 순애보, 정직하고 청렴한 국회의원 등과 비슷한 상징이 됐다. 더 이상 주변에서 쉽게 찾아보기 힘든 천연기념물, 멸종위기종. 우리 사는 곳은 미세먼지로 뿌연 하늘이 일상이 된 세상. 파란 하늘이 뉴스가 되는 세상이 돼 버렸다. 날씨만큼 세상이 온통 탁하다. 아무리 깨끗하게 빨래를 빨아도 바깥 공기에 널어놓는 순간 먼지투성이가 될 것 같은 하루하루가 이어지고 있다. 순수 따위는 사치다. 야구도 마찬가지라는 생각에 혓바닥에 쓴 맛이 돌았다. 야구에 대한 순수한 열정과 노력은 제대로 보상 받고 있는 것일까. 승리하지 못하는 노력은 존재 의미조차 잃어가고 있는 게 아닐까. 오키나와로 향하는 비행기에서 내려다본 하늘과 바다는 갑자기 현실을 더욱 어둡게 만들었다. 예전에 읽었던 기형도 시인의 시 한 구절이 떠올랐다. 삶이란 어디를 두드려도 비명을 터뜨리는 악기와도 같다.

"아, 얼마만의 바다 구경인지. 저걸 보고 있으니 우리 팍팍하고 갑갑한 삶과 너무 대조되네."

"팀장님, 그래도 말입니다. 우리의 다이내믹 코리아에는 또 요런 재미가 있지 말입니다."

기연이 탑승할 때 챙겨둔 스포츠신문을 내밀었다. 1면에 '특종, 이소진 핑크빛 사랑'이라고 적혀 있다. 도통 TV를 보지 않지만 이름은 들어 본 적 있다. 최근 몇 편의 드라마가 잇달아 흥행하면서 주목을 받고 있는 여배우. 예쁜 척 하지 않으면서도 털털하고 능청스런 생활 연기로 캐릭터를 잘 살린다는 평가를 받았다. 열애 상대는 꽤 알려진 공연기획자였다.

"여배우한테 열애설은 안 좋은 거 아닌가. 게다가 뜨기 시작한 지 얼마 안 됐잖아."

"이소진은 다르지 말입니다. 공주꽈도 아니고 신데렐라꽈도 아니거든요. 흙수저까지는 아니지만 쇠수저 정도의 배경에 실제로 이런저런 아르바이트도 많이 해서 청순한 억척 생활녀가 자연스럽답니다. 연기가 다 경험에서 나온 거라는 게 최고 장점이고 말입니다. 그간 연애 한 번 못 해 봤다는데 얼마나 가슴이 설렐까요. 진짜 응원해 주고 싶지 말입니다."

"이소진이 기연 씨 친구야? 어찌 그렇게 잘 알아."

"팀장님이 무딘 겁니다. 아니 몇 달 전까지 기자였던 분이 이렇게 넷심에 무심해서 어디 씁니까. 요즘 이소진의 SNS 지분이 얼마나 큰데요. 걸그룹 삼촌 팬 같은 거보다 대중이 열광하는 포인트를 파악하는 게 중요하지 말입니다."

기연의 지적에 얼굴이 화끈, 가슴 한 구석이 뜨끔했다. 얼마 전 핫식스로 바꿔놓은 모니터 배경 화면을 들켰을지도 모른다는 생각이 들었다. 걸그룹을 애정하는 게 무슨 잘못이겠느냐만, 대중의 감각에 게을렀다는 점은 인정할 수밖에 없다. 그런 면에서 기연의 감각은 큰 도움이 됐다.

"그래도 스포츠신문하면 역시 야구지. 에헴."

괜한 헛기침을 하며 열애설을 읽는 둥 마는 둥 신문을 넘겼다. 홍보팀이 내부망을 통해 주요 기사를 스크랩해 올려 주기도 하지만 신문은 역시 지면으로 보는 게 제격이다.

전지훈련 기사들이 쏟아지는 시기다. 스타급 선수들 인터뷰도 주목을 받지만 역시 새 시즌을 앞두고 팀 전력에 보탬이 될 선수들을 살피는 내용이 잘 먹힌다. 모두가 희망에 부풀어 있을 때이기도 하다. 투수들의 기대 승수를 합하면 140승에 육박하고, 타자들의 기대 홈런수를 합하면 팀 홈런이 300개를 훌쩍 넘는다.

그중 가장 눈길을 끄는 건 역시 새 외국인 선수 관련 기사. 외국인 투수 원투펀치는 팀 전력의 30% 이상이다. 타자까지 세 명이 동시에 터지면 가을 야구는 거의 보장된다고 볼 수 있다. 국내 선수들이 조금만 받쳐 주면 우승도 노려 볼 만하다.

올 스토브리그 최고 화제는 단연 랩터스의 마이크 타이슨. 과거 한 시대를 풍미했던 '핵이빨' 복서와 이름이 같기도 하지만 화려한 메이저리그 경력이 더 주목받았다. 유망주이던 3년차에 보스턴이 일찌감치 6년 장기계약을 했다. 커리어 초반 불펜과 선발을 오가면서 성장했고 98마일짜리 싱커를 발판삼아 성공적인 선발 두 시즌을 보냈다. 팔꿈치를 다쳤지만 투수의 성장통. 복귀 뒤 재기가 조금 더디긴 해도 한국행을 택할 정도는 아니었다. 그의 KBO리그행은 한국뿐 아니라 미국에서도 화제가 됐던 뉴스다.

랩터스 구단도 기대가 컸다. 최근 수년간 대규모 데이터를 바탕으로 외국인 선수를 잘 뽑아오긴 했지만 이번에는 이름값만으로도 특별했다. 톱기사에 배치된 커다란 컬러 사진 속에서 타이슨이 힘껏 공을 던지고 있었다.

"우리도 이런 선수 뽑았어야 하지 않습니까. 싱커도 싱커지만 제구가 좋다더라고요. 대체 얼마나 쏟아 부은 걸까요?"

옆에서 신문을 훔쳐보던 기연이 한마디 거들었다. 제구력 갖춘 빠른 공 투수, 게다가 이름값까지 가졌다.

"우리는 이미 영입이 끝난 상태였잖아. 듣자하니 시장에 갑자기

나왔다고 하더라. 트리플A급도 아니고, 당장 빅리그 3, 4 선발이 가능한 투수인데 KBO에 오리라고는 예상하기 힘들겠지. 어쩌면 뭔 하자가 있을지도 모르고."

"하자요? 부상? 성격?"

"시즌 시작도 전에 98마일 던지는 거 보면 부상은 아닌 것 같지만 혹시 모르지. 팔꿈치 수술 후 내구성에 문제가 생겼을지. 어쩌면 성격 때문에 팀 화합에 문제를 일으키는 스타일일 수도 있고. 요즘에는 메이저리그도 워크 에틱(work ethic)*에 엄청 신경 쓰니까 말이야."

"혹시나 말입니다, 범죄나 뭐 이런 문제에 연관돼 있는 것은 아닐까요?"

"범죄 사실이 있으면 비자 발급이 잘 안 되잖아. 범죄까지는 아니더라도 뭔가 의심은 드네. 음주? 도박? 혹은 아직까지 걸리지 않은 약물? 아, 우리가 아무리 잡다한 고충처리반이지만 남의 구단 선수까지 의심하는 건 무리다. 그냥 신경 끄지."

"그러게 말입니다. 저도 오키나와 가는 건 좋은데, 가서 할 일 생각하면 깝깝하지 말입니다."

기연이 양쪽 볼에 바람을 넣었다가 내뿜었다. 푸념에는 그럴 만한 이유가 있었다. 출장은 어제 아침 갑작스레 결정됐다. 먼저 출국한 홍희 단장의 긴급 호출. 현장에 이런저런 예상치 못한 일이

---

* 직역하면 직업 윤리. 야구에서는 '야구를 향한 성실한 태도'를 뜻한다. '인성'이라는 표현과도 맥이 닿는다.

생긴 모양이다. 단장보좌역인 내게는 단장 수행원 겸 잡다한 일, 이를테면 다른 팀에 대한 정보 수집 등이 가욋일로 따라붙을 예정이다. 사실 팀장의 출장은 홀로 남은 부원에게는 휴가나 다름없는 호재였지만 기연에게 운이 없었다. 그녀는 구단의 자체 중계팀에 합류한다. 선수 팬클럽을 운영하면서 동영상 촬영 경험이 있다는 게 이유였다.

"아, 진짜, 카메라면 다 같은 카메라인줄 안다니까요. 한 사람의 얼굴을 최대한 샤방샤방하게 담아내는 게 팬클럽의 일. 이것과 파닥파닥 움직이는 선수들을 찍는 것과는 완전 다르지 말입니다."

미안한 마음에 나는 아무 대답도 하지 못했다.

몽키스도 이번 전지훈련 연습 경기를 구단에서 자체 중계하기로 했다. 말이 좋아 중계지, 카메라 두 대 설치하고 인터넷으로 영상을 받아 국내에서 해설을 입힌다. 기존 몇몇 구단들이 먼저 시작했고 반응이 좋다 보니 따라 하기로 한 것. 다만, 결정 이후에 대규모 프런트 인사로 현장 일손이 모자랐다. 단지 카메라를 잘 다룬다는 이유로 기연 당첨.

나하 국제공항에 곧 착륙한다는 안내 방송이 흘러나왔다. 현지 기온 섭씨 25도. 비행기 바퀴 내리는 소리가 들렸다. 가슴이 두근거렸다. 내 몸이 새로운 곳에 도착했음을 알리는 상징적 신호음. 마치 극장에서 불이 꺼지고 제작사의 로고가 튀어나오는 때와 비슷하다. 자, 이제 무슨 일이 벌어질 것인가. 오키나와는 기자 시절 자주 출장을 와 익숙한 곳이지만 여전히 설레는 땅이다.

심사대를 거쳐 입국장으로 나오자 홍희 단장이 우리를 보고 손을 높이 흔들었다. 창이 넓은 갈색 모자를 쓰고 파란색 선글라스, 긴 화이트 셔츠로 멋을 부렸다. 현지 스태프 대신 직접 차를 몰고 마중을 나왔다. 의전과 관련해 크게 격식을 따지지 않는 것이 그녀의 또 다른 매력이다.

그래도 돌아가는 길의 운전대는 내가 잡아야 할 것 같았다. 일본 출장을 자주 다녀서 오른쪽 운전석이 어색하지 않았다. 단장에게 상석을 주고 기연을 옆 좌석에 태우려 했지만 홍희가 먼저 운전석 옆에 올라앉았다.

"오키나와 하늘 너무 좋잖아. 뒷자리에 타면 잘 안 보인다고."

뭔가 의미 있는 표현. 어쩌면 내가 급히 호출된 건 단순 업무가 목적이 아닐 수도 있겠다는 생각이 들었다. 공항을 빠져나와 북쪽을 향하는 고속도로에 위에 차를 올렸다. 눈이 따끔할 정도로 별이 맑다. 열린 창문으로 파고드는 청량한 공기와 길 옆으로 늘어선 야자수가 남국의 정취를 더했다.

몽키스의 전지훈련지는 오키나와 중서부에 있는 온나손 지역. 섬의 서해안은 스쿠버 다이빙과 스노클링으로 특히 유명하다. 물론, 야구도 빠질 수 없다. 해마다 2월이면 일본 프로야구 팀과 한국 프로야구 팀을 합해 10여 팀이 캠프를 차린다. 오키나와 관광청은 아예 책자를 만들어 '오키나와 리그'를 홍보한다. 몽키스도 2년 전부터 합류했다. 그룹의 시작이 조미료 사업이었고, 당연히 일본과 관계가 깊었다. 이미 많은 팀들이 자리를 잡고 있어 쉽지 않았던 전지훈련지 확보 역시 그룹 내 일본 인맥을 통해 어렵게 성사됐다.

숙소에 들르기 앞서 곧장 캠프 훈련지로 향했다. 오늘 몽키스는 비 때문에 미뤄졌던 스타즈와 연습경기가 예정돼 있다. 구단 직원으로서 정규시즌이 아닌 캠프 연습경기는 비교적 편안한 마음으로 볼 수 있다. 머니볼로 유명한 오클랜드 빌리 빈 단장도 말했다. "세상에서 가장 편안할 때는 스프링캠프의 파란 잔디를 보고 있을 때"라고. 단장으로서 할 일을 얼추 끝내 놓은 다음 캠프가 시작된다. 기대감이 어느 때보다 클 때이기도 하다. 정작 시즌 들어가면 속이 타겠지만 지금이야 기대 좀 해도 되는 때다. 파란 하늘을 향해 뻗은 고속도로 위에서 콧노래를 흥얼대는 홍희 단장 옆모습이 환히 빛났다. 생각해 보니, 저런 얼굴을 본 지도 꽤나 오래 전이다.

"아놔, 겨울에 야구를 못 보니까 진짜 환장하겠더라. 이제 진짜 야구를 보는 건가. 신 팀장, 우리 사공일은 제구가 좀 나아졌겠지? 고은돌도 아픈 만큼 더 성장하지 않았을까? 캠프 따라온 루키들은 어느 정도 하려나. 연습경기 성적 보니까 장난 아니던데. 진짜, 우리 지난 시즌보다 잘 할 수 있겠지?"

"우리 단장님, 오는 비행기 안에서 땅콩 대신 김칫국만 잔뜩 드신 모양이네. 이런 격언이 있지. '3월에는 결혼하지 말라'."

"어머, 누가 지금 연애 얘기 하는 줄 아나. 나 윤준이랑 진짜 아무 일 없었다고. 모처럼 파란 하늘 보니 가슴이 뻥 뚫리고 뭔가 허전한 느낌이 없지는 않지만, 그렇게 궁하진 않아. 그리고 지금 2월이잖아."

"아이고, 연애 얘기가 아닙니다. 3월은 메이저리그 스프링캠프가 열리는 때잖아. 그쪽은 연습경기, 그러니까 우리로 치자면 시범경기 형태로 캠프가 이어지지. 그때 엄청난 성적을 올리는 선수들이 있잖아. 그거 믿지 말라는 얘기야. 그거 믿고 라인업 짰다가 망하기 십상이라는. 그래서 3월에는 결혼하지 말라는 거고."

홍희가 입을 삐죽 내밀었다. 부임하고 겨울 내내 많은 일을 겪었다. 감독을 갈아치웠고 프런트와 선수단 구성에도 여러 변화가 있었다. 단장 역할이 도드라져 보이지 않도록 잘 가렸지만 실제 대부분의 계획이 그녀 머리에서 나왔다. 아니, 계획이 아니라 계략에 가까웠다. 준비에 대해서는 철저한 스타일. 그 결과에 관심이 없을 수 없다. 첫 시즌의 기대감이 커지는 것도 당연하다.

어느새 몽키스 캠프인 온나손 구장에 도착했다. 선수단 버스가 보였다. 감독에게 인사를 하려고 그라운드를 다 둘러봤는데 찾지 못했다. 뜻밖에도 털보는 더그아웃 뒤 관중석에 사람들과 섞여 앉아 있었다.

"감독님, 경기 구경 왔습니다."

홍희가 손을 들어 활력 넘치는 하이톤으로 인사를 했다. 털보가 자리에서 일어나 천천히 계단을 내려왔다.

"단장님, 환영합니다. 신 팀장도 이 먼 데까지 오느라 힘들지는 않았고?"

온화한 카리스마로 주변을 빠짐없이 챙기는 건 털보의 장점. 몽키스가, 정확히는 홍희 단장이 그를 전격 영입을 한 것 역시 이 때문이다.

"아니, 왜 거기 계세요? 감독실이 불편하신가요?"

"아닙니다. 요맘때 감독은 숨어 있어야 합니다. 스프링캠프는 다들 열심히 하는 때라. 특히 주전 자리나 1군 승격을 노리는 선수들은 더더욱 그렇지요. 감독이 자주 눈에 띄면 잘 보이고 싶은 마음에 자신도 모르게 오버할 수밖에 없어요. 자기가 필요한 부분을 채우는 훈련을 해야 하는데, 잘하는 것만 보여 주고 싶어지게 돼요. 그리고 감독도 자기가 본 걸 자꾸 까먹어야 합니다. 잘했던 장면만 기억하고 있으면 그 선수에 대한 편견이 생기거든요. 그때는 이럴 때 이렇게 잘 하던데, 왜 안 돼 하는 생각이 들면 그 선수를 제대로 못 써먹어요. 허허."

역시 철학이 있는 감독이구나, 감탄을 하는데 홍희 단장의 눈은 이미 순정만화 주인공처럼 반짝반짝인다. 마음속으로 시즌 예상 승수에 5승을 더하고 있는 게 뻔히 보였다.

내가 털보 감독을 존중하는 이유는 저런 인간적인 성품만이 아니다. 얼마 전에 말한 '광속 패전처리'라는 개념이 궁금해 지난 시즌 기록을 좀 뽑아 봤다. 7회 이후 4점차 이상 지고 있는 상황에서 상대 타자들 타석수가 팀당 410타석 정도 됐다. 그중 임지영이 75%인 300타자 정도를 막아 주면 70이닝 정도를 소화하게 된다. 투수조 막내로서 1군에 머무를 존재 이유가 충분하다. 임지영의 등용은 기록에 근거한 판단이지, 감으로 막 떠든 게 아니었다. 내 마음도 올 예상 승수에서 5승을 더했다.

기연은 구단 직원의 도움을 받아 1루 관중석 쪽 카메라를 살피고 있었다. 툴툴거리면서도 제 할 일은 확실히 한다. 그저 고마울 뿐이다.

몽키스 선발은 사공일이다. 올 시즌 4선발 역할을 해 줘야 한다. 전체 마운드가 무게감을 갖는데 무척 중요한 위치다. 승리 하나를 더 따내는 일보다 더 중요한 것은 등판 일정을 거르지 않고 꾸준하게 이닝을 먹어 주는 일. 4선발이 180이닝을 막아 준다면 더할 나위가 없다.

홍희 단장과 함께 백네트 뒤쪽에 자리를 잡았다. 경기가 곧 시작된다. 누군가 뒤에서 부르는 소리가 들렸다.

"신 선배, 아, 단장님도 계셨군요."

오랜만에 들어보는 선배 소리에 돌아보니 경향스포츠의 윤인현이다.

"윤 기자님. 오랜만입니다."

"에이, 어색하게 기자님은 무슨. 선배랑 제가 함께 나눈 술잔이 몇 개고, 깨 먹은 탬버린이 몇 갠데요. 단장님도 아시겠지만 우리가 이 판에서 좀 유명했지요. 시벌과 이년 콤비로 말이죠. 뭐, 어렸을 적, 소싯적, 혈기 넘칠 때 얘기긴 합니다만. 암튼 저 올해는 몽키스와 스타즈 담당입니다. 잘 부탁드려요."

"안 그래도 홍보팀에서 얘기 들었어요. 제가 잘 부탁드려야죠. 막내 구단, 막내 단장 잘 봐 주세요."

"아이고 별 말씀을. 누가 들으면 기자들을 진짜 나쁜 놈들로 알겠어요. 저희는 언제나 이야기를 쫓아다닐 뿐, 누굴 미워하고 싫어하고 그런 거 없습니다. 그렇지 않나요? 신 선배."

상사 앞에서 옛 동료를 보는 건 편치 않다. 물고 늘어지는 질문은 더더욱. 서른넷에 직장을 옮기면서 예상 못했던 부분이다.

"흠흠. 저는 노코멘트입니다. 그건 그렇고 올해 기자들이 보기엔 어떨 거 같아요? 우리 몽키스."

"에이, 구단 전력이야 내부에서 더 잘 아시겠죠. 검증된 외인 투수 한 명에 트리플에서 스탯 좋은 새 외인 투수. 스토브리그 움직임도 좋았고. 무엇보다 오필성 감독 영입이 신의 한 수가 될 것 같아요."

"선수끼리 입에 발린 소리 말고, 밖에서 보는 냉정한 시각 같은 거요?"

"정말 괜찮다니까요. 안정된 팀 전력, 쑥쑥 커가는 선수들. 시끄러웠던 고은돌은 엊그제 경기 보니까 그 독특한 폼을 완전히 체득한 것 같더라고요. 게다가 '갑툭튀'도 하나 눈에 띄고."

"갑툭튀? 아, 외야 주선규."

"맞습니다. 우리는 그런 선수 좋아하잖아요. 꾸준히 노력해서 뒤늦게 꽃피우는. 그런 기사 쓸 때 맨날 기레기라고 욕먹는 스포츠 기자도 세상에 보탬이 되는구나 하는 생각이 들죠."

그도 그럴 것이 주선규는 유망주 생활이 길었다. 고교시절 거포로 주목을 받아 핀토스에 상위 지명됐지만 핀토스는 워낙 외야진이 탄탄했다. 성실함이야 늘 인정받았지만 가끔 주어지는 1군 기회에서 임팩트가 부족했다. 프로는 나이와 함께 미래 가치가 반비례한다. 팀 내 탑 유망주 자리는 해가 지나면서 점점 밑으로 내려왔다. 2차 드래프트*로 몽키스에 왔고, 첫 2년간 보여 준 성적은 신통찮았다. 지난해 중반부터 외야 백업으로 나서면서 이름을 알리

* 2군에만 머물러 기회가 주어지지 않는 선수에게 새로운 팀에서 뛸 기회를 주기 위해 치르는 현역 선수 대상 드래프트다. 구단별로 40명 보호선수 명단 외 선수를 성적 역순에 따라 3라운드에 걸쳐 지명할 수 있다.

기 시작했다. 규정타석에 한참 모자라기는 했지만 그동안 보여 주지 못했던 장타력이 폭발했다. 그리고 그 반년의 활약이 우연이 아니었음을 이번 스프링캠프에서 보여 주는 중이다.

"주선규 장난 아닙니다. 이제 한 5경기 했지만 OPS가 1.7이 넘는다니까요. 완전 본즈 놀이* 중이죠. 게다가 올해는 마음의 준비도 단단히 했더라고요. 그동안 고집하던 등번호 4번을 버리고 79번으로 바꿨잖아요. 사실 4번은 우리나라에서 좋지 않은 번호라 잘 안 쓰는데. 암튼 높은 번호로 바꾸니까 성적도 쑥쑥."

"단장으로서 반가운 소식이네요. 그런데 이런 격언 있잖아요. 3월에는 결혼하지 말라. 너무 큰 기대는 하지 않으려고요. 잘하는 것만 기억하고 있다가 이럴 때 왜 못 하지라는 생각이 들면 선수에 대한 편견만 생기니까."

얼씨구. 받아들이고 응용하는 데는 천재적인 단장님이시다.

1회말 2사 1, 2루. 마침 5번 주선규가 왼쪽 타석에 들어섰다. 초록색으로 테이핑한 방망이를 천천히 휘두르며 준비 자세를 마쳤다. 스타즈 외국인 선발 샌타크루즈의 속구가 몸 쪽 높게 꽂혔다 싶었는데 주선규 스윙이 더 빨랐다. 하얀 공이 오키나와의 파란 하늘 속으로 사라지듯 날아갔다. 스리런. 이번 스프링캠프에서 벌써

---

* 배리 본즈는 메이저리그 한 시즌 최다 홈런 기록(73개)을 갖고 있는 타자. 금지약물 혐의로 빛이 바랬지만 2001년 성적은 기존의 상식을 뛰어넘는 수준이었다. 상식을 넘어서는 뛰어난 기록을 보여 주는 타자를 빗대 '본즈 같은 활약'이라는 뜻에서 '본즈 놀이'라 부른다. 일반적으로 2군 리그인 퓨처스리그에서 다른 선수를 압도하는 활약을 보여 주는 선수에 대해 쓰는 말.

4개째 홈런이었다.

"보셨죠. 완전 본즈 놀이라니깐. 저는 그럼 온라인 속보 날리러 이만. 주선규가 어느새 그런 선수가 됐어요. 그만큼 팬들 관심이 많다는 뜻이기도 하고."

윤인현이 관중석 아래 임시 기자실로 사라졌다. 베이스를 돈 뒤 더그아웃으로 돌아온 주선규는 팀 동료들로부터 조금 거친 환영을 받았다. 후배들도 아랑곳하지 않고 헬멧을 두드려 댔다. 팀 내 신망이 두텁다는 걸 보여 주는 장면이다.

"주선규가 이대로 쭉 터져 주면 정말 좋겠는데, 아직은 희망사항이겠지?"

내 질문이 끝나기 무섭게 홍희가 얕은 한숨을 내쉬었다. 숄더백에서 보고서를 하나 꺼내 밀었다.

"사실 FA 전가야 재계약에 소극적이었던 것도 주선규 때문이었거든. 우리 데이터 팀이 만든 거야. 물론 주선규에 대한 거고. 지난해 8월 엔트리 확장 뒤 스탯 분석이야. BABIP(인플레이 타구 타율)* 가 0.380 근처로 급격하게 늘었어. 앞선 1군 기록이 많지 않지만 거의 1할이 올랐다고. 운이라고 볼 수도 있지만 한 번 더 들여다보

---

* Batting Average Ball In Play의 약자. 공을 때려 페어지역 안에 들어간 타구, 즉 인플레이 타구에 대한 타율이다. 삼진, 볼넷, 홈런 등을 제외한 타구의 타율이기도 하다. BABIP의 상승은 타구 스피드의 증가와 관계가 있다. 공이 수비수가 없는 곳에 떨어지는, 즉 운이 좋다는 뜻으로 해석되기도 한다. 타구 스피드의 증가가 없다면, 단지 운이 좋았던 것이기 때문에 다음 시즌 성적은 원래대로 돌아올 가능성이 높다.

니 달라진 게 있었어. 타구 속도의 가파른 증가. 리그 상위 5%에 드는 수준이야. 원래 거포 유망주였지만 이 정도까지는 아니었는데. 그러니까."

"음……. 내가 급히 불려온 게 단장님 이동을 도와주는 운전기사 역할만은 아니었군."

"뭐, 그런 셈이지. 유망주의 기록 향상은 언제나 꿈꾸는 일이지만 무슨 일이든 갑작스런 변화는 한번 의심해 봐야지. 그렇다고 대놓고 할 일은 아니잖아. 그지?"

"해야 할 일처럼 보이지만 무척 슬픈 일이네."

"단장이라면, 다 해야 한다고 한 게 누구더라."

"오키, 오키, 오키나와!"

보고서를 조용히 혼자 읽으며 정리해 보고 싶었다. 홍희를 백네트 뒤에 남겨두고 3루 쪽 그늘진 관중석으로 자리를 옮겼다. 그라운드 건너편에는 기연이 카메라 곁에 쪼그리고 앉아 졸고 있었다. 뭐, 그럭저럭 잘 어울리는 그림이었다.

타구 속도의 증가는 힘의 증가에서 나온다. 물론 웨이트 트레이닝을 통해서 힘을 키울 수도 있지만 다른 것에서 나올 수도 있다. 닥터 혹은 주스. 전자는 장비를 손보는 것이고, 후자는 제 몸을 손보는 것이다. 둘 모두 생각하고 싶지 않지만 본즈 놀이란 말이 자꾸 마음에 걸린다.

"선배, 뭘 그렇게 봐요."

또 윤인현이다. 당황스러웠다. 나도 모르게 보고서를 슬그머니 허벅지 아래에 깔고 앉았다.

"속보는 날렸나요?"

"아 또 존댓말. 불편하게. 구단 직원 된 지 몇 개월이나 됐다고."

"몽키스로 옮기면서 결심한 게 하나 있어요. 현장에선 절대 기자티 내지 않겠다는 거."

"시벌이가 이년한테 할 소리는 아닌 거 같은데요. 흐흐. 하여간 둘이 있는 김에 단도직입적으로 물어볼게요. 주선규 어떻게 생각해요?"

"주선규? 무슨 생각? 잘하고 있잖아요. 오늘도 홈런 펑펑."

"계속 잘할 거 같아요?"

"구단 입장에서는 얘깃거리가 있는 저런 선수가 잘 해 주면 최고죠."

"그렇구나. 선배도 이제 구단 직원이구나. 제 눈에는 갑자기 날아다니니까 좀 이상해서. 우리 일이 그렇잖아요. 한번 의심해 보고, 삐딱하게 보고, 들여다보고, 이야기를 찾는. 잘하는 건 좋지만 갑자기 잘하면 다른 생각이 들기도 하죠."

브러시백 혹은 친 뮤직. 둘 다 턱 근처로 날아드는 위협구를 뜻한다. 뜨끔했지만 애써 표정을 감췄다.

"그런 일 흔하잖아요? 어느 날 갑자기 야구에 눈 뜨는. 예전에도 많았고 지금도 진행 중이고."

"네, 그랬으면 좋겠습니다. 전 이만 물러갈게요. 나중에 또 뭔가 물어볼 일이 생길지 모르겠네요."

"그때는 홍보팀에게. 나는 그저 단장보좌니까."

눈을 찡긋해 보였지만 별 소용이 없는 듯 했다. 이년이 뭔가 냄새를 맡았다. 가만히 있을 때가 아니다. 다리를 꼬고 두 손을 무릎 위에 얹었다. 손가락을 까딱거려 보았다. 있지도 않은 일, 확실치 않은 일을 그렇지 않다고 증명하는 일은 어렵다. 세상의 모든 의혹이 그럴 듯해 보이는 이유다. 하지만 만약 사실이라면? 선제적 조치가 필요하다. 일단 차근차근 접근해 보자. 직접 대면해서 물어본다고 답이 척 나오는 일은 아니다.

관중석에서 환호성이 터져 나왔다. 몽키스의 2루수 김명일이 센터 쪽으로 빠지는 직선 타구를 다이빙캐치로 잡아냈다. 그라운드 건너편에서 졸던 기연이 벌떡 일어나 물개박수를 쳐 댔다.

* * *

몽키스 숙소는 나하 공항에서 1시간 거리인 서부 해안의 카푸 후차쿠 리조트. 타이거 비치로 잘 알려진 후차쿠 해변을 바라보는 자리에 지어졌다. 바다 건너 정북쪽 방향이 바로 서울이다. 차로 조금만 올라가면 오키나와 최고 명소 중 하나인 만좌모가 있다. 만 명이 앉을 수 있는 넉넉한 바위가 바다를 향해 제 팔을 벌리고 있는 곳이다.

나는 구단의 배려에 감사했다. 그래도 명색이 팀장이라고 숙소에서 전망 좋은 독실을 배정받았다. 베란다 너머 후차쿠 해변의 한없이 투명에 가까운 블루는 태양이 사라지자 어둠 속에 묻혔다. 검은 바다를 들여다보고 있자니 내 안의 심연을 들여다보는 기분이 들었다. 주선규의 보고서에 담긴 내용은 복잡 미묘한 문제인데다 돌파구조차 보이지 않았다.

오후에 경기가 끝난 뒤 강 트레이닝 코치를 찾아갔었다. 선수의 몸 상태 변화에 대해 가장 잘 아는 인물이다. 직접 주선규에 대해 물어보는 건 위험해 일단 일반론부터 접근했다. 선수들이 약을 먹어야 할 때 트레이닝 코치를 통해 도핑 규정 위반 여부를 체크하는 것이 매뉴얼로 돼 있다는 사실은 확인했다. 물론 몰래 약을 구한다면 트레이닝 파트에서도 알기는 어렵다.

곁을 지나다 우연히 대화에 끼어든 타격왕 출신의 타격 코치 김 코치는 다짜고짜 칭찬 일색이다. 타격 메커니즘 변화보다는 주선규의 심리적 변화에 주목했다.

"타석에서의 집중력이 몰라보게 달라졌다니깐. 앞서 잘 안 될 때는 스윙을 해야 할 때 주저하는 장면들이 보였는데, 지금은 과감한 스윙이 되고 있어. 그러다 보니 투수와의 수 싸움에도 유리한 장면들이 나오고."

틀린 말은 아니지만 태도와 마음가짐의 변화가 타구 스피드를 급격하게 높여 주지는 않는다. 좀 더 이해 가능한 과학적 설명이 필요했다.

그런 답답함에 빠져 있는데 캄캄한 바닷가 모래사장에서 불꽃이 일었다. 누군가가 모닥불을 피웠다. 여러 명이 모여 캠프파이어라도 하는 줄 알았는데 어른거리는 불꽃 사이로 비치는 그림자는 하나였다. 리조트에 묵는 투숙객 다수가 몽키스 구단 사람들. 업무가 업무이다 보니 아무래도 신경이 쓰였다. 확인해 봐야 할 것 같았다. 휴대폰 꺼내 카톡. 기연을 찾았다.

아빠 백통 챙겨서 수영장 옆 전망대에서 만나.

잠시 후 기연이 캐논 망원렌즈를 들고 슬리퍼를 끌고 나타났다.

"이 밤에 이게 왜 필요하십니까. 혹시 수영하는 비키니 아이돌이라도?"

"삼촌 팬은 맞지만 변태는 아니거든. 그리고 방향은 수영장 말고 저기 아래 해변 쪽. 누군가 불꽃을 피웠는데 그냥 모닥불 놀이가 아닌 것 같아. 신경이 쓰여서 그래."

"잠시만 기다려 보시지 말입니다. 얘가 또 저를 닮아 일 하나는 확실하지 말입니다. 엄청 잘 당겨집니다. 어, 어, 저이는……."

"누구?"

"주선규 선수인데요. 뭔가 태우고 있습니다."

망원렌즈를 건네받기보다 눈으로 확인하는 편이 빠를 것 같았다. 리조트에서 이어지는 샛길을 따라 해변으로 달려갔다. 근처에 가서는 걷는 속도를 줄이며 숨을 골랐다. 산책 나왔다가 우연히 만난 듯이.

"어? 선규 씨. 여기서 뭐해요. 불장난 잘못하면 밤에 이부자리에 실례하는데. 우쭈쭈."

내가 날린 미끼가 너무 유치해서 얼굴이 화끈거렸다. 다행히 모닥불 말고는 빛이 부족해 내 빨개진 얼굴은 안 들켰다. 주선규는 딱히 당황하는 모습이 없었다. 오히려 지나칠 만큼 침착하고 차분한 말투.

"기자님은 산책 나오셨나 봐요? 이 나이에 무슨 쉬를 싸겠어요."

“저 이제 기자 아닙니다. 굳이 직함을 붙이자면 팀장이죠.”

“맞다. 자꾸 까먹어요. 베이스볼 카페 칼럼을 너무 열심히 챙겨 봐서 그런가 봅니다. 야구를 대하는 팀장님의 따뜻한 시선이 좋아요. ‘모두의 야구’라는 표현이 와 닿더라고요. 반복해서 읽으면 잡념을 날리는 데도 도움이 되고.”

부끄러웠지만 기분이 나쁘지 않았다. 누군가 자신의 글을 챙겨서 봐 준다는 것. 그 안의 의미를 정확히 이해하고 있다는 것.

“그렇게 말해 주니 감사해요. 그래서 지금, 그 잡념을 태우는 중인가요?”

“저 불장난 가끔 합니다. 제가 이제 야구를 진짜 잘해야 하거든요. 이번 스프링캠프는 그래서 더 중요하고. 오키나와가 벌써 일곱 번째인데 그동안 보여 준 게 없어요. 이렇게 바닷가에서 불 피워 놓고 어른거리는 불꽃 보고 있으면 잡념이 사라지는 기분이 들죠. 집중력도 생기고. 팀장님, 그거 아세요? 뭘 태우느냐에 따라 불꽃 색깔이 조금씩 달라진다는 거.”

“아, 예전 화학 시간에 얼핏 배웠던 기억이.”

“저는 운동반이라 수업을 거의 못 들었는데 예쁜 선생님 덕분에 화학은 좋아했죠. 원소 기호들이 신기하더라고요. 그때 배웠죠. 원소에 따라 불꽃 색깔이 다르다는 걸. 11번 나트륨은 노란색, 19번 칼륨은 보라색.”

“그렇군요. 저는 다 까먹었는데. 그나저나 옛날 같지 않아서 요즘엔 뭐 태울 거리 찾기도 쉽지 않을 텐데.”

유인구. 스트라이크존을 향하다 꺾여 떨어지는 슬라이더다.

"뭐 이것저것. 방에서 챙겨 와요. 야구를 대충 했을 때의 물건들. 열심히 메모했던 타격노트도 있고, 잘 타지는 않지만 해진 배팅 장갑도 넣어 두고."

어른거리는 불꽃 속에 길쭉한 물건이 보였다. 내 머릿속에 불길한 스파크가 튀었다. 닥터와 주스 중에서 닥터. 압축한 놈은 공을 몇 십 미터나 더 날려 보낸다.

"저건 배트 아닌가요? 하하."

이번에는 백도어 슬라이더다. 우타자 몸 쪽을 향해 날아가다 스트라이크존으로 꺾여 들어가는 공. 움찔하는 순간 걸려든다.

"역시 불붙이는 데는 나무가 최고죠. 치다가 부러진 겁니다."

주선규가 드럼통 안을 살펴본다. 불꽃의 불빛이 약해 확실치 않지만 배트를 바라보는 눈빛이 조금 흔들리는 듯 보였다.

"부러진 배트도 챙겨 오는 모양이죠?"

"저는 방망이를 소중하게 생각합니다. 스즈키 이치로도 그렇대요. 원정 때 항온항습장치가 달린 배트 케이스를 따로 챙겨 갈 정도로. 쓸모없어진 놈들이라도 한번 인연을 맺었으면 그냥 버리고 싶진 않더라고요."

주선규가 고개를 숙인 채 발 끝으로 바닥의 모래를 쓸어냈다. 뭔가 지우려고 할 때 나오는 동작이다. 시원을 알 수 없는 2월의 바닷바람이 불어왔다. 불꽃이 더 크게 타올랐고, 주선규의 얼굴을 훤히 밝혔다. 입매가 단단하게 굳어 있었다. 의지가 담긴 표정. 그 의지가 어떤 방향으로 향할지는 오키나와의 바람만큼 알기 어렵지만. 다시 불꽃이 탁탁 튀었다. 드럼통 밖으로 비쭉 튀어나온 배트.

그 손잡이에 감긴 초록색 테이핑은 배트의 주인이 누구인지를 알려 주었다.

어느 순간 기연이 보이지 않았다. 멀리 해변가를 거니는 커플을 망원렌즈로 잡더니만 정작 본인도 사라져 버렸다.

* * *

"방망이를 태우고 있었다고?"

오키나와 남서쪽에 자리 잡은 고친다 구장. 백네트 뒤 원정 관계자 룸에서 홍희 단장이 손바닥으로 입을 가린 채 되물었다. 오늘 몽키스는 랩터스 훈련구장으로 원정을 왔고 나는 어젯밤 해변에서 겪었던 얘기를 막 전한 터였다.

"아직 확신할 순 없지만 스프링캠프에서 부러진 방망이를 태우는 장면은 흔히 볼 수 없지. 물론 이것만 가지고 주선규의 모든 방망이를 검사해 볼 수는 없는 일이고."

"이참에 단체 장비 점검 같은 건 어떨까. 규정에 맞는 거 쓰는지 미리 공지하고 경각심을 갖자는 뜻에서 말야. 사무실에서도 PC 점검하잖아. 불법 소프트웨어 검사 같은 거."

"단장이 선수 여러분을 못 믿고 있습니다 광고 하려고? 게다가 캠프는 약간 느슨해서 언론과의 접촉면이 많아요. 점검 사실만 확인돼도 1면 톱으로 갈걸. 어제 만난 윤인현이를 비롯해 오키나와에 깔린 기자들이 몇인데."

"어머, 지금 이년이 얘기하고 계셨어요?"

서로 바라보던 홍희와 내 눈동자가 동시에 커졌다. 한국스포츠의 서지은 기자가 노크도 없이 문을 밀고 들어섰다. 어디부터 들었을까. 가슴이 철렁했지만 목소리를 낮췄기 때문에 정확히 듣는 건 불가능하다. 익숙한 이름만 캐치가 됐을 것이다.

"어머나, 고상한 서 기자님께서 이년이라고 하니까 너무 안 어울리신다."

홍희가 급하게 모드를 변경시켰다.

"인현이는 이년이가 맞죠. 기사 무리하게 쓰고 여기저기서 이년이년하고 욕먹으니까."

그러면서 서지은이 내게 인사를 꾸벅했다.

"신별 선배, 오랜만입니다. 제게는 기자님 이딴 존댓말 하지 마세요. 오글거리니까. 저 올해는 랩터스 담당입니다. 그나저나 오늘 연습경기 정말 기대되네요. 두 분도 잘 아시겠지만 선발이 바로바로 타이슨! 핵싱커가 진짜 실전에서 어떻게 나올지 궁금해요."

홍희가 긴장된 표정으로 고개를 끄덕.

"안 그래도 저희 감독님이 주전급 라인업을 짜셨더군요. 그 유명한 공 한번 봐 두자는 차원에서."

이번에는 노크 소리와 함께 문이 열렸다. 호랑이도 제 말 하면 온다더니 윤인현이 하품을 하며 들어섰다.

"아흠. 다들 잘 주무셨습니까. 여기저기 전화 좀 하고 이것저것 찾아보다 보니 잠을 설쳤네요."

"흥, 또 어디서 이년 소리 들으려고 무리한 취재하시나."

"아이고. '지은이 서지은' 기사보다는 백배 낫지요. 맨날 기사를 소설처럼 지어 써서 이름이 지은이 아니신가."

나도 모르게 머리를 흔들었다. 안 그래도 상황이 불편한데 만나자마자 한 판 붙었다. 야구기자 세계에서 둘은 앙숙남녀로 유별나다. 서지은이 두 살 어리지만 같은 해 입사했고, 어느 정도 경력이 쌓인 뒤로 희한하게 으르렁댔다. 특종 척척 뽑아내는 능력자들이라도 경쟁심만은 양보가 안 되는 모양이다. 양쪽 회사 데스크가 둘이 같은 구단을 담당하지 않도록 미리 협의한다는 얘기가 있을 정도였다.

분위기가 심상치 않자 홍희가 중재에 나섰다. 재벌가 딸의 눈에는 저런 다툼이 얼마나 한심할까 싶겠지만 내색하지 않았다. 나는 그 또한 능란하게 계산된 처세라고 믿는다.

"자자, 그만들 하시고 제가 모닝커피 한 잔 대접하죠. 이번 저희 구단 케이터링 커피가 대단해요. 주방장이 원래 오키나와에 커피숍 차리고 싶어 했던 바리스타 출신이랍니다. 직접 볶은 원두로 내려서 향이 깊어요. 두 분의 야구 식견처럼."

홍희의 마지막 말이 이년이와 지은이를 춤추게 했다. 둘 다 헤벌쭉해져 노트북이랑 휴대폰도 책상에 내던진 채 사라졌다. 발신인을 알리고 싶지 않아 휴대폰을 뒤집어 엎어두는 건 직업병. 누가 야구기자 아니랄까 봐, 이년이 폰 뒷면에 붙어 있는 스티커의 문장이 눈길을 끌었다.

It's a great day for a ballgame. Let's play two.

야구하기 좋은 날이군. 오늘 한 경기 더 어때? 온화한 미소가 아름다웠던 '미스터 컵스' 어니 뱅크스의 말이다. 나도 모르게 잔잔

한 웃음이 났다. 한껏 재능을 꽃피우는 주선규의 얼굴이 겹쳐졌다.

잠시나마 혼자만의 시간을 가질 수 있게 됐다. 관계자 룸은 홈플레이트가 잘 보이는 창가에 책상 몇 개 갖다 놓은 단순한 공간. 팔꿈치를 책상에 얹고 턱을 괴고 앉았다. 선수들이 경기 준비에 한창이었다. 수년 동안 지겹도록 봐 왔지만 경기 전 루틴은 여전히 신비감을 준다. 베테랑일수록 정해진 순서대로 몸을 푼다. 타격 훈련도 마찬가지다. 마치 성스러운 의식을 치르듯 차분히 배팅 케이지에 들어서 스윙을 점검한다. 초구 번트. 2구, 3구째는 제 타이밍을 맞추는 스윙. 타구가 어떻게 날아가는지보다는 스윙의 타이밍을 점검하는 게 3할 타자의 기본이다. 멀리 날아간 타구에 으쓱하는 마음가짐으로는 절대 2할7푼을 넘기지 못한다는 게 통설이다.

마침 주선규가 배팅 케이지에 들어섰다. 차분하게 타석에서 자리를 잡은 뒤 방망이를 두 번 오른팔로 크게 돌렸다. 발, 무릎, 허리의 위치와 꼬임을 확인하는 동작을 차근차근 점검했다. 타격왕 출신 타격코치 김 코치가 언급한 '타석에서의 집중력'이다. 확실히 좋아졌다. 어쩌면 방망이 때문이 아닐지도 모른다. 적어도 그렇게 생각하고 싶은 게 지금의 심정이다.

주선규가 타격 준비를 마쳤다. 테이크백 동작에서 자세를 잡은 뒤 한 번 몸을 트는 것으로 마무리하는 루틴. 2구째 타구가 날카롭게 우중간을 향했다. 타구의 스피드, 각도 모두 이상적이다.

나만의 평온은 짧았다. 문 앞이 다시 소란스러워졌다. 향이 깊은 커피 세 잔과 야구 식견이 깊은 세 분이 모습을 드러냈다.

"서 기자님, 타이슨은 컨디션이 어떻대요?"

홍희 단장의 칭찬 영향이 컸다. 지은이가 몽키스의 전력분석관처럼 바로 보고했다.

"라이브 피칭에서도 공이 괜찮았고 몸에 문제가 없는 건 확실해요. 타이슨을 리그 최고 유망주로 만든 98마일짜리 싱커가 여전하니까 말 다했죠."

"어머 지랄 맞아라. 그런 물건이 왜 KBO리그까지 왔을까. 적어도 성격 정도는 나빠 줘야 얘기가 맞는데. 그죠? 구단 분위기 흐리는 거 아닐까요. 요즘 그런 거 많이 따지잖아요."

"랩터스에서도 그 부분을 신경 많이 쓰는 눈치예요. 고참들은 일부러 거리를 두고 있는 것 같고. 뭐랄까, 아직은 좀 어두워요. 뭔가 물어봐도 오피셜한 대답만 하고."

"그거야 소설 지은이 영어가 짧아서 그런 거 아냐?"

"어머, 이년이 동남아 발음보다는 내가 훨씬 네이티브 하지."

또 아옹다옹. 홍희도 살짝 질린다는 표정. 그래도 바로 웃음을 머금었다.

"타이슨이 아직 팀 분위기에 녹아들지는 못한 모양이군요."

"뭐, 그러기엔 이르죠. 다만, 메이저리그를 포기하고 이쪽으로 넘어 온 데는 야구 말고 다른 이유가 있지 않을까 하는 소문이 있어요. 에이전트 쪽 얘기 들어보면 그쪽 구단 오퍼가 전혀 없었던 것도 아닌데. 표정 보면 뭔가 화가 나 있는 것 같기도 하고, 하여간 좀 어두워요."

"야구 화나서 하면 안 되는데. 우리 선수 다치기라도 하면 어째. 가뜩이나 핵심커잖아요."

"단장님, 그건 걱정 안 하셔도 될 듯. 보스턴 시절 철천지 라이벌 양키스 선수를 맞히는 바람에 그런 별명이 붙었지만 실제로 사구 비율은 높지 않아요."

* * *

'핵싱커' 타이슨은 금발 백인에 둥근 얼굴의 호남형이다. 우락부락한 '핵이빨' 타이슨과 비교하면 외모는 순둥이에 가깝다. 그렇지만 키가 커서 마운드를 올려다보는 위압감은 대단했다.

타이슨은 1회초 몽키스 1, 2번을 3구 삼진과 투수 앞 땅볼로 처리했다. 3번 타자와의 대결에서 2구째가 타자 몸 쪽을 향할 때까지도 문제없었다. 우투수의 싱커는 원래 좌타자의 몸 쪽으로 꺾인다. 다만, 그 몸 쪽 공이 조금 높아 가슴팍을 향했다. 타자는 그 공에 꿈쩍도 하지 않았다. 타석에서의 집중력이 대단하다면 대단하다고 할 수 있었다.

문제는 그 다음 공. 직전의 코스보다 더 높게 향한 공이 타자 머리 쪽을 파고들었다. 본능적으로 피하는 게 일반적이지만 타자는 이미 스윙 동작에 들어간 상태였다. 중심이 뒤쪽에 남아 있는 상태에서 몸통 회전이 시작되는 바람에 멈출 수가 없었다. 빡! 공이 그대로 헬멧을 강타했다. 타자는 갑자기 바람 빠진 홍보용 풍선 인형처럼 그 자리에 무너졌다. 주선규는 한 손엔 방망이, 다른 손엔 벗겨진 헬멧을 꽉 쥔 채 놓지 않았다. 역시 대단한 집중력. 그 장면을 지켜보던 모든 사람들의 입이 떡 벌어졌다. 정적이 꽤 길었다.

연속된 위협구라면 무조건 벤치 클리어링 상황이지만 주선규가 맥없이 쓰러지는 바람에 몽키스 더그아웃도 당황했다. 선수 상태가 더 급했다.

낯선 타국에서 열리는 연습경기다 보니 경기장에 구급차를 마련해 둘 수 없었다. 외상은 눈에 띄지 않았지만 의식이 불안정했다. 부랴부랴 트레이너가 구단에서 빌린 밴에 선수를 실어 병원으로 이송했다. 랩터스는 바로 타이슨을 마운드에서 내렸다. 몽키스 역시 팀 전체가 주선규 부상 때문에 뒤숭숭했다. 경기가 제대로 될 리 없었다. 현장에 있던 기자들의 타이핑 소리만 빨라졌다. 야구를 둘러싼 세계가 시끄러워졌다. 스토브리그 최고의 관심 선수가 첫 번째 등판에서 빈볼을 던졌고, 뒤늦게 꽃피기 시작한 오랜 유망주는 의식을 잃고 병원에 실려 갔다. 현장에서 나온 기사는 오히려 상황을 담담하게 전했지만 국내에서 받아쓰는 기사는 정도가 심했다. 핵싱커는 핵이빨이 됐고, 타이슨은 인성이 쓰레기인 나쁜 투수가 됐다. 한국 야구를 얕본 행동이라는 기사는 오히려 양반이었다. 일부에서는 대놓고 인종차별로 몰고 갔다. 그 기사 자체가 인종차별적이라는 고민은 흥분한 대중 앞에서 무용지물이었다. 타이슨 퇴출 운동이 시작됐다. 야구를 둘러싼 모든 곳이 순식간에 쓰레기장이 된 것 같았다.

졸지에 가해자 입장이 된 랩터스는 안절부절 사태의 추이를 지켜볼 수밖에 없었다. 일단 경기가 끝나자마자 감독이 나서서 사과를 했고, 타이슨도 구단을 통해 고의가 아니었다는 메시지를 전하는 게 할 수 있는 전부였다.

당황스럽기는 몽키스도 마찬가지. 일부 선수들이 흥분하기는 했지만 야구 흐름상 의도된 빈볼이 나올 수 있는 상황이 아니었다. 타이슨은 이제 새 리그에서 첫 시즌을 준비하는 상황이었다. 주선규와 악연 같은 게 있을 리 없었다.

* * *

나하 시내의 미나미 병원 로비에서 기다리고 있는데 홍희 단장 휴대폰으로 쉴 새 없이 메시지가 밀려들었다. 홍보팀장 대행이 정리해서 보내 주는 각종 동향이다. 기사 방향과 흐름을 분석 정리한 내용과 각종 야구 관련 게시판, SNS상의 여론 동향을 파악한 내용들이 주를 이뤘다. 알림 소리가 잦아지는 걸로 보아 여론이 달아오를 대로 달아오른 모양이다.

"하아, 우리가 피해자 입장이긴 하지만 이러다 야구판 전체가 오염될 것 같아."

단장의 걱정에도 일리가 있었다. 긍정적인 이슈가 아니라 부정적인 이슈, 특히 이렇게 인종차별에 가까운 혐오 감정이 섞인 이슈는 리그 전체의 발전에 전혀 도움이 안 된다.

나는 담담하게 받았다.

"넷상의 정의가 혐오의 혐의를 짙게 띠고 있을 때 폭발력이 확대되는 경우가 과거에도 적지 않았지. 하지만 지금 우리가 집중해야 할 건 주선규 몸 상태야. 검사 결과가 얼른 나와야 이 불길이 조금은 잦아들 텐데 말이야."

병원에 도착했을 때 다행히 큰 외상은 없었다. 약간의 뇌진탕 증세를 보였지만 주변 상황을 인식하지 못할 정도는 아니었다. 의식은 있었고, 어지럼증을 호소하는 것 말고는 통증도 없었다. 그래도 정밀 검사 결과가 나와 봐야 안심할 수 있었다.

"어떻게 됐어요? 결과 나왔나요?"

홍희 단장이 검사실 쪽에서 서둘러 걸어오는 강 트레이닝 코치와 통역을 발견하고 소리쳤다.

"천만다행입니다. 일단 급히 CT부터 찍었는데 내부 출혈은 없답니다. 추가로 정밀검사 할 예정이지만 심각한 상황은 넘긴 것 같습니다. 다만, 외상 후유증이 있을 수 있으니까 하룻밤 자고 나서 다시 몸 상태를 살펴봐야 합니다."

"1차 검사에서 큰 이상은 없다고 공식적으로 알려야겠네요. 야구장 바깥의 불길을 일단은 잡아야 하니까요."

홍희가 다시 냉정한 경영자로 돌아왔다. 눈빛이 달라졌다. 툭하면 욕이나 해 대는 허당 스타일 같다가도 제 할일의 영역에서는 빠르고 확실한 결정을 내린다. 그런 위기관리 능력은 어린 시절부터 주위 환경을 통해 터득한 게 아닐까 싶다. 재벌가 딸이라는 자리가 드라마에서처럼 화려하지만은 않을 테니.

띵동. 채 1~2분이 지나지도 않았는데 홍희의 휴대폰에 알림음이 울렸다.

"랩터스 단장님이셔. 큰일 없어서 천만다행이라고. 빠르시네."

"정말 급했던 건 랩터스였으니까. 실제로 자기네들이 더 가슴을 쓸어내렸을걸."

"근데 여전히 궁금한 게 있어. 정말 우연히 몸 쪽 제구가 잘 안 된 걸까. 혹시 고의성이 있었던 건 아닐까. 야구에서 '불문율'이라는 게 있잖아. 만약 그것 때문이라면 뭔가 이유가 있어야 설명이 되잖아. 그지?"

사실 사고가 벌어지기 직전부터 가슴을 답답하게 만드는 장면이 있었다. 2구째 몸 쪽 공도 사실상 위협구였다. 보통의 타자라면 투수를 한 번쯤 노려보고도 남았다. 그라운드의 공기가 바뀔 수 있는 흐름이었다. 그런데, 다음 공이 몸에 더 가까운 쪽으로, 그것도 머리를 향했다. 이는 고의 빈볼이라고 해도 무방하다. 우연일 가능성은 낮아 보인다. 그렇다고 눈에 보이는 이유도 없었다. 스프링캠프 연습경기 첫 대결, KBO리그에 처음 온 투수가 보복구를? 상식적이지 않다.

"홍 단장, 일단 선수 몸 상태는 심각하지 않고, 남은 문제는 이 사건이 왜 벌어졌냐 하는 문제겠네. 몽키스가 지난 시즌 랩터스랑 갈등이 있었던 것도 아닌데."

* * *

선수단 분위기는 생각보다 더 달아올라 있었다. 라커룸에서 베테랑 이한준이 고참 중심으로 미팅을 소집했다. 신생팀의 어린 선수들에게 긍정적인 영향을 기대하고 FA로 영입한 '성실남'이었다. 예상대로 본인 성적뿐만 아니라 팀 분위기 형성에 큰 도움을 줬다. 막상 이런 사건이 터졌을 때 저돌적 '흥분남'으로 돌변한다는 건 몰랐지만. 혹시 선수들끼리의 의견 교환에 불편을 줄까 싶어 주저했지만 이한준은 흔쾌히 나의 참관을 허락했다.

"그 새끼, 일부러 맞힌 게 분명해. 야구를 어디서 그 따위로 배워 가지고. 그런 놈한테는 한국 야구 무서운 걸 보여 줘야 돼. 일단 랩터스 새끼들도 다 뒤졌어. 야, 고질라, 너 다음 경기 언제냐. 아니다, 아예 시즌 들어가서 작살내자. 우리 선규 맞았으니까, 저쪽은 누구냐, 중심 타선 유망주. 그래 방만호한테 한 대 먹인다. 투수조장, 어린애 시키지 말고 베테랑이 직접 조져."

성신영이 손을 들었다. 제구의 달인이다.

"형, 제가 할게요. 우린 대가리 맞고 다쳤는데 엉덩이 조지기는 좀 그렇죠? 턱을 날려 버릴까요. 아니다. 갈비뼈 쪽이 좋겠네. 한두 달 푹 쉬게."

선수들은 단호했다. 내가 눈치를 보며 한마디 거들었다.

"혹시 고의가 아니었을 가능성은……. 몸 쪽 던지려고 했는데 제구가 안됐다던가."

"이거 또 왜 이러십니까. 팀장님도 야구 오래 보셨잖아요. 절대 그럴 리 없어요."

대기 타석에 있었던 4번 이한준이 억울한 듯 말을 이었다.

"2구째는 싱커였어요. 그 새끼 싱커 잘 던진다면서요. 가슴 쪽으로 붙였는데, 그 정도면 보통 뒤로 움찔해야 하거든. 근데 우리 깡다구 넘치는 선규가 꿈쩍도 안 하는 거라. 그러니 빡쳤겠죠. 그 새끼가 3구는 아예 작정하고 직구를 던졌어. 제가 타이밍 맞추고 있었거든요. 그렇다고 머리를 맞혀? 하여간 이건 백퍼 일부러 던진 게 맞아요. 어따 대고. 쌍."

이한준이 이빨을 씹으며 흥분하고 나섰다. 분위기가 더욱 험악해졌다. 고의 빈볼을 의심하지 않는 이는 아무도 없었다.

경기 영상을 확인해 보고 싶었다. 마침 '팬클럽 운영자 출신의 전문가'가 찍고 있었다. 휴대폰을 꺼내 카톡.

경기 영상이랑 노트북 챙겨서 숙소 로비 커피숍에서 만나.

* * *

"이게 그 유명한 오키나와 비정제 흑설탕 라떼란 말입니까!"

기연의 호들갑을 무시한 채 나는 노트북을 내 가슴 앞으로 빼앗아왔다. 바다 풍경 근사한 리조트 커피숍에서, 마주보는 것도 아니고 나란히 붙어 앉아 있자니, 모양새가 조금 묘했다. 실제 운영팀 몇몇이 지나가면서 힐끔힐끔 쳐다봤다.

카메라를 설치했던 곳은 3루 쪽이다. 실제 중계화면처럼 공을 따라다니면서 촬영하는 수준이 될 리 없기 때문에 화각을 넓게 고정해 두고 투수와 타자 움직임 전체를 보여 주는 방식이었다. 타이슨의 투구와 주선규의 움직임이 한 화면에 들어왔다.

이한준이 말한 구종은 이미 전력분석팀이 백네트 뒤에서 찍은 화면으로 확인을 한 터였다. 2구째 몸 쪽으로 붙는 공은 싱커, 3구째는 확실히 속구였다. 구종 선택을 고려하면 한 번 던져서 안 맞으니 속구로 확실하게 처리했다는 가설이 설득력을 얻을 수밖에 없었다.

3루 쪽에서 찍은 화면 역시 마찬가지. 2구째는 주선규가 꿈쩍도 하지 않았고, 3구째는 주저하는 기색 없이 타격 동작에 들어갔다. 그리고 풀썩. 다시 봐도 몸서리가 쳐지는 장면이었다. 착잡한 마음으로 영상을 껐더니, 노트북 화면에는 브라우저 창이 잔뜩 열려 있었다.

"뭐야, 다른 소식이라도 있어? 뭘 그리 검색하시느라 바쁘신가. 우리 지금 난리 났는데."

"에, 뭐라고 하셨습니까?"

기연이 빨대를 입에 꽂은 채 능청스레 돌아봤다.

"아, 여론 탐지 중이었단 말입니다. SNS, 게시판 모두 이번 빈볼 사건으로 팀장님 말씀처럼 난리가 났지 말입니다. 95% 이상이 타이슨 욕하는 거라서 우리 팀에는 문제없는 거 아닐까요."

"야구판 전체를 생각하면 이런 부정적 이슈는 도움이 안 돼. 공정한 경쟁의 장이 아니라 복수가 넘치는 이미지로 굳어지면 곤란하다고. 선수들도 많이 흥분해 있고. 어떻게라도 해결의 실마리를 찾아야 할 것 같아."

"어쨌든 이번 일로 반사이익을 본 사람도 있지 말입니다."

"반사이익?"

"어제 비행기에서 보셨잖아요. 열애설. 실시간 검색어에서도 사라졌어요."

이소진 얘기였다. 한동안 시끌시끌할 법도 했지만 빈볼 사건이 블랙홀처럼 다 삼켰다. 재개발 관련 비리에 연루설이 돌던 몇몇 정치인도 가슴을 쓸어내리고 있을 게 틀림없었다. 이슈가 이슈를 삼키는 시대다.

기연이 뒤지던 화면을 들여다보니 이소진의 과거 기사와 활동 내역 등이 나와 있다. 청순했던 무명 시절 모습도 보인다. 여기저기 흩어진 사진 속의 옷과 액세서리에서 하나의 공통점이 눈에 띄었다.

"이소진이 초록색을 좋아하나 봐."

"역시 팀장님, 눈썰미 아직 살아 있지 말입니다. 기자 출신 맞으십니다. 저도 궁금해서 찾아봤는데, 패션잡지 인터뷰에서 언급한 적이 있더라고요. 초심을 잃지 않게 해 주는 색이라고. 그래서 예전에는 어디 한 구석에 꼭 초록색으로 포인트를 줬어요."

"예전?"

"네. 근데 한 반년쯤 전부터 초록색 포인트가 사라졌어요. 몇몇 댓글에 '뜨더니 변했네', '초심은 어디에'라는 지적이 있기는 해요."

야구든 연예든 매의 눈을 가진 팬들이 존재한다. 둘 모두 팬들 관심을 산업의 기반으로 하는 공통점을 지녔다. 겉치장도 중요하지만 진심이 담기지 않는다면 저런 매의 눈을 통해 금방 까발려지기 마련이다. 정작 지금 매의 눈이 필요한 것은 우리다. 고의성 여부를 확인해야 한다. 랩터스를 찾아가 정식으로 입장 설명을 요구해야 하는 일이 생길 수도 있다. 물론 그렇게 되면 상황은 최악으로 치닫는다. 거기까지 생각이 미쳤는데 최악의 상황은 이미 벌어져 버렸다.

* * *

어머 씨발 수준이 아니야. 심각해. 병원 좀 같이 가.

아침부터 홍희 단장 문자가 날아들었다. 유난히 알림 소리가 날카롭다 싶었는데 주선규 몸 상태와 관련한 일이 틀림없었다. 신호위반이고 뭐고 냅다 밟았다. 모두들 천천히 줄을 맞춰 운전하는 오키나와 운전 습관 속에서 유난히 튀었지만 어쩔 수 없었다.

"부분 기억상실증이라고?"

"그래, 아침 일찍 트레이닝 코치가 확인하러 갔는데 그렇다네. 완전히 기억을 잃어버린 건 아니고 특정 기간만 사라진 모양이야. 그나마 다행인 건 야구와 관련해서는 대강 다 기억을 한대. 얼른 확인해 보고 대책 세워야지."

기억상실이 사실이라면 불덩이에 휘발유를 붓는 일이 된다. 여론도 여론이지만 이제 막 꽃피기 시작한 주선규의 야구 인생이 더 큰 문제다. 뇌진탕 증세는 타자의 동체시력에 영향을 미치는 것으로 알려져 있다. 지금은 해설가로 활약하는 스파이더스 캡틴 출신의 선수는 시력 변화 사실을 감춘 채 선수 생활을 이어갔고, 스탯이 뚝 떨어진 뒤 예상보다 이른 나이에 은퇴를 택했다. 하물며 기억상실을 동반한 뇌진탕이라면 상황이 더 심각해질 수도 있다.

"일반 기업이면 손해배상을 청구해야 할 일이 돼 버렸잖아. 타이슨 이 개새끼."

나도 모르게 욕설이 뒤섞였다. 고의성 짙은 빈볼이 유망주 한 명의 야구 인생을 망치게 생겼다. 우리 팀이 아니더라도 분노가 치미는 건 당연하다.

다행히 주선규는 심리적으로 큰 충격은 받지 않은 듯 보였다. 차분한 표정으로 병원 침대에 앉아서 우리를 맞았다. 처음에 각종 물리 검사에서 특별한 이상이 발견되지 않았지만 하루 더 지켜보자는 의사 소견에 따라 병원에 남았다가 아침, 심리 상태를 체크하는 과정에서 과거 기억 중 일부가 사라진 사실을 발견했다고 한다. 병실 구석에서 강 트레이닝 코치의 설명이 이어졌다.

"후유증 확인 차원에서 지금이 언제인지, 여기가 어디인지 등을 물어보는 과정이 있거든요. 뭐 그런 건 다 맞혔는데 갑자기 이전 집 주소가 생각나지 않는다는 거예요. 그러니까 고양시로 이사 오기 전 주소 말이죠. 그거야 생각나지 않을 수 있겠다 싶어서 크게 신경 안 썼는데 차근차근 따져 보니 점점 더 기억나지 않는 범위가 넓어지더란 말입니다. 이를테면 단골 식당이나 학교 동창, 여자 친구 이름, 시즌 마치고 놀러간 여행지 등등 이런 기억이 다 사라졌어요."

"그런데, 야구는 다 기억난다?"

"그게 제일 신기한 부분입니다. 지금 가장 큰 문제는 가족 외 많은 지인들을 기억하지 못해요. 한 4~5년 정도 야구장 바깥쪽 기억이 날아간 걸로 보입니다. 카카오톡 리스트를 함께 살펴봤는데 그렇더라고요."

"주선규 선수, 정말 괜찮아요?"

홍희 단장이 뒤돌아서서 쓸쓸한 표정으로 물었다. 마치 친누나 같은 모습이었다.

"저 정말 괜찮습니다. 다행히 야구는 다 기억나요. 지난해 때린 홈런 7개 코스와 구종, 볼카운트 같은 것도 다. 9월 15일, 핀토스전에서 때린 투런은 슬라이더였어요. 앞선 두 타석에서 슬라이더에 꿈쩍도 않고 기다렸다가 세 번째 타석에서 노렸거든요. 제 몸 상태가 조금은 슬프지만 야구만 열심히 하라는 하늘의 뜻 아닐까요. 하하."

주선규가 웃으며 되레 우리를 위로했지만, 그 웃음 끄트머리에 걱정의 기운이 가득한 걸 눈치 챈 사람은 나뿐만이 아니었다. 참 답답한 상황이었다. 나도 모르게 주선규의 손을 꽉 쥐었다.

"지금 바깥 상황이 안 좋아요. 팬들의 걱정과 분노가 넘치고 있어요. 소식 들었죠? 그래도 얼른 쾌차해서 같이 해변에서 불장난해요."

"네, 저도 슬쩍슬쩍 SNS에서 봤습니다. 타이슨이 일부러 그랬다고 생각지는 않는데……. 제가 3구째를 피했어야 했는데 2구가 싱커길래 무조건 속구다 판단하고 시동을 일찍 걸어서."

"선규 씨, 타이슨이 잘했네 못했네는 일단 뒤로 미루고 지금은 본인 몸 추스르는 데만 신경 써요. 기억상실 관련해서는 여기 있는 사람만 알고 있는 게 좋겠어요. 개인의 몸 상태라는 건 프라이버시니까."

갑자기 홍희 단장이 진짜 친누나처럼 발끈하고 나섰다.

"아니, 신 팀장. 지금 타이슨을 쫓아내 버려도 시원찮을 판에 감추긴 뭘 감춰."

나도 물러서지 않았다.

“단장님. 우리 지금 다 화나고 답답합니다. 그런데 제일 중요한 건 역시 선규 씨의 미래죠. 기억상실 소식이 알려지면 좋을 게 하나도 없다고요. 세상의 모든 사람들이 ‘기억 잃은 사람’으로 평가할 겁니다. 야구는 그렇다 치고 앞으로 선규 씨가 만날 사람들, 이를테면 여자 친구 부모님은 무슨 생각을 하겠어요. 기억상실 전력이 있는 사위가 맘에 들까요? 개인병력에 대해 의사들이 비밀을 지키는 것도 마찬가지죠. 경기와 연관된 부상이 아니라면 밝힐 의무 없습니다. 과거 어떤 팀의 에이스 투수 사건도 있잖아요. 뇌혈관과 관련된 질환을 잠시 앓았는데 특종이라는 이름을 달고 기사화가 됐어요. 이후 그 선수에게는 해당 병력이 꼬리표처럼 따라 다녔습니다. 지금은 타이슨이 나쁜 놈인지 아닌지가 아니라 우리 팀 선수 미래를 먼저 생각할 때라고요.”

홍희 단장이 사뭇 놀란 표정으로 나를 쳐다봤다. 동그란 눈동자에 내 얼굴이 비치고 있었다.

“왜? 무슨 문제라도?”

“아니, 새삼 좀 멋있어서.”

홍희 단장이 주선규를 향해 등을 돌렸다.

“신 팀장 말이 맞아요. 일단 이 건은 우리끼리만 아는 걸로 하죠. 다행히 야구와 관련된 문제는 없으니 얼른 몸 추스르시고 다시 홈런 보여 줘야죠.”

“저기, 근데요.”

주선규가 끼어들었다.

"솔직한 게 좋지 않을까요. 타이슨에 대한 입장도 밝히고 제 상태도 밝혀서 억측 같은 거 나오지 않게. 제 문제는 제가 책임지고 가는 게 맞는 거 같아요. 스포츠맨십이라는 게 그런 거잖아요. 솔직한 거, 감추지 않는 거, 꼼수 쓰지 않는 거."

"주 선수, 무슨 말인지는 알겠어요. 하지만 상황을 조금만 더 봐요. 기억이 돌아올 수도 있고, 여론이 잠잠해질 수도 있고."

"하지만……."

"단장으로서 부탁할게요. 내가 빌리 빈처럼 존경 받는 단장은 아니지만 우리 팀 선수에게 이 정도 부탁은 할 수 있잖아요. 당분간은 비밀을 지키는 걸로. 특정 시점까지 밝히지 않는 엠바고라는 것도 있잖아요."

주선규가 마지못해 고개를 끄덕였다. 배려심 많은 저 성격이 유망주 시절을 오래 겪게 한 건 아닐까. 그런 생각이 불현듯 스쳐갔다. 야구의 신은 때로 야박해서 착한 선수에게 더 많은 시련을 안겨 주는 경우를 적지 않게 봐 왔다.

* * *

다시 한 번 영상을 찬찬히 살펴보았다. 주선규는 고의가 아니라고 하지만 2구, 3구가 지나치게 몸 쪽을 향했다. 야구 문법상 고의였을 개연성이 더 높았다. 도대체 왜일까. 왜 처음 보는 선수, 그것도 대형 스타도 아니고 막 뜨기 시작한 선수를 향해서 위협구를 던진 걸까. 투수를 자극할 만한 동작은 전혀 보이지 않았다. 평소의 깨끗한 루틴대로 타석에 들어섰고 준비 자세를 했다. 그저 보통의 야구일 뿐이었다. 메이저리그에서 중시하는 불문율, 코드(code)를 어긴 점은 없었다. 그 동네에서는 몇 년 전 상황도 잊지 않고 있다가 복수를, 응징을 하는 경우가 종종 있다. 토론토의 강타자 호세 바티스타는 2015년 텍사스와의 디비전 시리즈 5차전에서 승부를 결정짓는 결승 스리런을 날렸다. 기쁨을 주체 못해 방망이를 집어던지는 배트 플립을 했다가 이듬해 정규시즌 텍사스전 때 엉덩이에 공을 맞았다.

2017년에는 샌프란시스코의 투수 헌터 스트릭랜드가 0대2로 뒤진 8회초 워싱턴의 강타자 브라이스 하퍼의 엉덩이를 98마일짜리 강속구로 때렸다. 열 받은 하퍼가 마운드로 뛰어올랐고 주먹을 주고받았다. 무려 3년 전이던 2014년 챔피언십시리즈에서 자신의 공을 때려 만든 대형 홈런 두 방에 대한 분풀이였다. 정당한 응징이라는 공감을 얻지 못했지만 어쨌든 그런 선수도 있다. 하지만 메이저리그 투수와 KBO리그, 그것도 주로 2군에 머물던 타자와 그런 악연이 있을 리 없잖은가. 그렇게 단정하는 찰나 기연이 외쳤다.

"팀장님, 있지 말입니다. 둘 사이의 관계가."

기연은 찰랑거리는 긴 머리를 하나로 묶어 말아 올린 상태였다. 뭔가에 집중할 때 나오는 모습이다. 게임과 영화로 잘 알려진 툼레이더 시리즈의 주인공 라라 크로프트를 닮았다. 그리고 라라 스타일로 머리를 묶었을 때 꼭 결과를 만들어 냈다. 노트북을 내 눈앞에 들이밀었다.

"4년 전 가을이었지 말입니다. 애리조나 교육리그."

"아하!"

무릎을 쳤다. 국내 구단들은 1군에 오르지 못하는 유망주들을 가을 교육리그에 보낸다. 일본 미야자키에 보내는 팀들이 있고, 미국 애리조나에 보내는 팀들이 있다. 일종의 KBO리그 연합팀이 구성돼 메이저리그 유망주들과 경기를 치른다. 당시 함께 겨뤘던 선수들이 양 리그를 대표하는 선수로 성장하는 경우가 적지 않다.

"그때 애리조나에 타이슨도 있었다는 거야?"

"네. 제가 영어가 좀 짧지만 겁나 뒤지고 찾았지 말입니다. 타이슨도 당시 부상 때문에 시즌을 일찍 마감했고, 구단에서는 재활 과정의 일환으로 교육리그에 참가시킨 것 같고 말입니다."

"그때 주선규는 핀토스에 있었을 거고. 오케이, 바로 확인해 보자고."

핀토스 육성군 코치인 오랜 친구 같은 형님이 떠올랐다. 아마 팀 캠프에는 참가하지는 않았을 것이다. 한국으로 전화를 걸었다. 신호음이 오래 가지 않았다.

"어이, 시벌놈, 존나 오랜만이다."

"김 코치님아, 니가 먼저 좀 걸지 그랬냐."

"크크, 구단 프런트는 헐만 허나. 생각보다 쉽지 않을 거인디. 그나저나 주선규는 상태가 어떻대. 여기서도 온통 그 얘기뿐이다. 많이 다쳤나."

"다행히 아주 심각하지는 않은 것 같다. 어쨌든 그 일 때문에도 전화했다. 뭐 하나만 물어보자. 형님 거의 매년 애리조나 교육리그 가지?"

"애리조나 단골이지. 선규도 유망주였으니까 내가 자주 데리고 갔고."

"4년 전쯤 거기서 주선규랑 얽힌 사건 사고 없었냐. 경기 중 상대 투수와 시비가 붙었다거나."

"걔 그런 애 아닌 건 너도 잘 알잖아. 애리조나 가면 펄펄 날았다. 홈런도 펑펑 치고. 선규 녀석 가끔 4차원이긴 하지만 착하고 배려심 많아서 현지 애들하고도 잘 어울렸다. 영어도 좀 하고 그러니까. 맨날 우리가 '애리조나 만큼만 한국에서 해라' 하며 놀렸고. 아 참, 언제인지 잘 기억 안 나는데 엄청난 홈런 친 적도 있다. 무지 잘 던지는 놈한테서 홈런 두 방 쳤지. 그게 4년 전일 수도 있겠다."

"그 투수가 혹시 타이슨 아니었나?"

"우리가 영어 짧아서 상대 투수 이름 같은 건 잘 모르는데, 그러고 보니 그럴 수도 있겠네. 미키 어쩌고 했거든. 우리끼리 저 덩치가 미키 마우스가 뭐냐고 얘기했던 기억이 난다. 진짜 그 넘이 그 넘이라면 미친 넘이네. 4년 전, 그것도 교육리그에서 홈런 쳐맞은 걸 기억하고 있다가 한 방 놨다는 거야?"

"아직은 모르지. 어쨌든 김 코치님아 고맙다. 유망주들 잘 키우고 계시고."

"캬, 오키나와 가 본 지가 언제인지 모르겠다. 그려 수고하고."

사실 확인은 둘째 치고 그 가능성만으로도 명치끝이 아플 정도로 화가 치밀었다. 더럽고 치사한 방식이다. 아무리 야구에 불문율이 있다 하더라도 넘지 말아야 할 선이 있다. 오래 전 동양선수한테 맞은 홈런에 대한 분풀이를 했다는 것. 2구째 위협구로 모자라한 번 더 던져서 맞혔다는 것, 다리나 엉덩이도 아니고 목숨과도 연결될 수 있는 머리를 노렸다는 것. 용서가 안 된다. 라커룸에서 분노한 선수들 심정이 이해되고도 남았다. 시뻘겋게 달아오른 내 표정을 읽었는지 기연이 눈만 멀뚱거렸다. 차마 말 걸기가 어려웠나보다.

"티, 팀장님, 진짜 예전에 홈런 맞았다고 빈볼을 던진 겁니까? 그 씨벌…… 아니, 그 나쁜 새끼가?"

대답하기 전에 심호흡부터 했다. 그렇지 않으면 쌍욕이 나올지 몰랐다.

"지금까지는 그 가능성이 제일 높아 보이네. 선규 씨 부탁도 있고, 여론이 지나치게 혐오 쪽으로 흐르고 해서 조용히 넘어가려고 했는데 이건 공식적으로 문제 제기를 해야 할 것 같아."

투수 스트릭랜드가 타자 하퍼를 맞혔을 때다. 하퍼가 마운드를 향해 돌진할 때 샌프란시스코 포수 버스터 포지는 가만히 제자리를 지켰다. 원래는 타자를 제지하고 투수를 보호하는 게 동료로서의 의무지만 포지는 짐짓 모른 체 했다. 다른 내야수들도 비슷했다. 스트릭랜드의 독단적 '꼬장'이라는 공감대가 마운드 주변에 퍼져 있었다. 동료들도 인정하지 못하는, 제멋대로의 '불문율 적용'이었기 때문이었다. 당시 구단 내에서 스트릭랜드를 보호하기는커녕 오히려 징계를 내려야 한다는 의견도 만만찮았다. 상대팀 투수들의 보복 가능성을 고려하면 개인적 복수심 때문에 팀 동료 타자들을 위험에 내몰았다는 이유였다.

"야구는, 적어도 스포츠는 이래선 안 되지. 그런데 기연 씨는 둘이 애리조나에서 만났을 가능성을 어떻게 생각해 냈대? 대단해."

"그, 그게 말입니다, 대단하다기 보다는 다 '덕질 효과' 아니겠습니까. 제가 강민혁 팬클럽 부회장으로 활동하던 시절인데, 우리 민혁이가 애리조나 교육리그 가면 공항에서 배웅하고 했지 말입니다. 주전부리도 좀 챙겨주고. 그때 민혁이 옆에 주선규 선수가 있었다는 기억이 빡 나면서 뇌리를 샤샤샤. 역시 덕질은 좋은 거지 말입니다."

기연이 평소답지 않게 몸을 살짝 꼬더니 배시시 웃었다.

"정답. 인류의 역사를 바꾼 것은 대부분 덕질에서 비롯됐다고. 연금술도 말하자면 금에 대한 사랑, 금을 향한 덕질 아니겠어?"

기연 덕분에 분노도 조금 가라앉았다. 일단 단장에게 이 개연성에 대해 메신저로 보고했다. 반응은 예상대로였다.

어머 씨발, 진짜?

* * *

늦은 밤, 숙소 미팅룸에서 대책회의가 열렸다. 고의 빈볼 가능성이 확인된 상황에서 보다 냉정한 대처가 필요했다. 홍희 단장을 중심으로 홍보, 운영 쪽 프런트가 모였다.

"그러니까 여론은 여전히 잠잠하지 않다는 거죠?"

단장이 물었다.

"네. 타이슨에 대한 혐오가 계속 부글대는 상황입니다. 애리조나 교육리그 연관설까지 알려진다면 폭발력이 꽤 클 것으로 보이는데요. 지금 여론이 뭔가 연결고리를 기다리고 있는 흐름이라서."

홍보팀 민 대리의 보고.

"공식적으로 랩터스에게 문제 제기를 할 필요가 있다고 보여집니다. 솔직히 랩터스는 올 시즌 우리와 순위 경쟁을 할 팀이잖아요. 이참에 외국인 투수 한 명에게 데미지를 주는 게 냉정하게 따지면 우리 팀에 유리합니다. 사실 개연성만으로도 공식 문제 제기는 가능할 것 같고요."

운영팀 심 대리의 의견.

홍희 단장이 바로 마음을 굳혔다.

"그렇다면 문제 제기는 하는 걸로 하고, 이걸 언론 통해서 흘릴 건지 아니면 공식적인 입장 발표를 할 건지 결정해야겠네요."

홍보팀 민 대리가 팔을 걷고 나섰다.

"공식 발표 쪽이 좋아 보입니다. 사실 제가 다 화가 나네요. 미적지근하게 넘어가면서 간 보고 할 문제는 아닌 것 같습니다."

공식 발표는 홍보팀이 좋아하는 방식은 아니다. 랩터스 프런트와 사이가 나쁜 것도 아니다. 그만큼 구단 전체가 화가 났다는 뜻이다.

"맞습니다. 선수단 분위기도 지금 엄청 달아올라 있거든요. 확실하게 가는 게 좋을 듯합니다."

운영팀의 동의.

마치 전쟁을 앞두고 결사항전의 의지를 다지는 분위기 속에서 일제히 휴대폰 메시지음이 울렸다. 홍보팀이 구단 프런트 라인에 보내는 긴급 단체문자. 다들 일제히 링크를 눌렀다. 제목부터 충격적이다.

타이슨 빈볼 주선규, 충격으로 기억상실

이런 또 어떤 새끼가 흘렸어. 속에서 욕부터 흘러나왔다. 재빨리 기사를 훑었는데 예상을 완전히 빗나갔다. 주선규가 직접 인터뷰를 했다. 본인 입으로 밝혔다는 뜻이다. 홍희 단장의 표정이 굳었다. 그렇게까지 당부까지 했는데 약속을 어겼다.

홍보팀 민 대리의 표정은 엉망이 됐다. 코끝까지 흘러내린 금테 안경을 손등으로 힘겹게 밀어 올렸다.

"하……. 우리 팀 담당도 아닌 랩터스 담당 서지은 기자 단독이네요. 이거 분위기가 좋지 않겠는데요."

이럴 경우 특종을 놓친 다른 담당 기자들이 하이에나처럼 달려들 가능성이 높다. 홍보팀이 피곤해진다. 운영팀 심 대리가 바로 발끈했다.

"그럼 랩터스 프런트가 순둥이 선규 꼬셔서 선수 친 거잖아요. 일 잘한다고 좋게 봐줬더니 지들 살겠다고 이렇게 틀면 안 되지. 완전 양아치들이네."

아니나 다를까, 민 대리 휴대폰이 불이 나기 시작했다. 회의 진행이 어려울 정도였다.

미팅룸에 홍희 단장과 나 둘만 남았다. 황당과 어이없음, 그리고 이해불가.

기사에는 주선규의 부분 기억상실과 관련한 상세한 내용이 실렸다. 야구를 제외한 지난 수년간의 기억이 사라졌다는 내용이다. 타이슨이 일부러 던지지 않았음을 확신한다는 내용도 담겼다. 범생이 주선규 스타일이 그대로 반영됐다.

"신 팀장, 얘 대체 왜 그러는 건데? 착해서 그렇다면 그냥 나 안 아프다, 괜찮다. 타이슨이 일부러 던지지 않았다고 생각한다, 하면 끝나잖아. 굳이 기억상실증 얘기를 왜 하는 거냐고. 왜 본인 커리어를 망치느냐고. 그런 병력의 선수를 나중에 누가 FA로 데려가겠어. 도무지 이해를 할 수가 없다."

그녀답지 않게 거칠게 화를 냈지만 나 역시 뭐라 답해 줄 말이 없었다. 게다가 몰래 인터뷰를 했다. 배신감을 느끼기는 나도 마찬가지였다.

기사를 다시 찬찬히 살폈다. 행간을 따지는 게 필요했다. 기사에 인용된 주선규 멘트의 톤을 살피면 핵심은 두 가지. 기억상실증에 걸렸지만 야구하는 데는 이상 없다. 타이슨은 일부러 빈볼을 던진 게 아니다.

기억상실 부분은 어쩔 수 없이 도드라졌다. 일부러 던진 게 아니라고 확신한다는 부분도 강조됐다. 이게 그냥 스포츠맨십에서 나온 진심인 걸까. 답답함이 가슴을 짓눌렀다. 잠 못 드는 오키나와의 밤이 될 것 같았다.

인내의 한계에 왔는지, 홍희 단장이 의자 위에 털썩 주저앉아 버렸다.

* * *

주선규의 기억상실증 공개 여파는 컸다. 선수단 분위기가 순식간에 가라앉았다. 그런 기운은 리조트 회의실을 임시 개조해서 만든 선수단 전용 식당에서 바로 확인됐다. 아침 식사를 의무화하는 몇몇 팀과 달리 몽키스는 자율 식사를 원칙으로 하지만, 오늘은 그 숫자가 평소의 절반도 안 됐고 그나마도 다들 조용히 밥만 먹고 사라졌다. 시끌벅적 활력 넘치던 평소와 비교하면 휑할 정도였다. 모처럼 맞는 선수단 휴식일까지 겹쳐 프런트 팀장급과 고참 선수들은 약속이나 한 듯 방에 처박혔다. 다들 어떻게든 이 어색한 분위기를 모면하고 싶은 것이다.

같은 숙소에 묵고 있는 담당기자들도 부글거리기는 마찬가지. '단독 인터뷰'와 관련해서 따지려고 몰려왔으나 응대해 주는 사람이 없었다. 그중에 이년이도 있었다. '앙숙' 지은이가 엄청난 단독 기사를 냈으니 분할 법 한데 표정은 그냥 담담했다.

나는 식당 구석자리에서 스크램블과 우유로 대충 아침을 때웠다. 마주 앉은 기연도 입맛이 없는지 빵 한 조각 갖다놓고 깨작거렸다. 묶었던 머리를 풀어헤친 채였다. 마치 섬 소녀 같은 분위기가 풍겼다.

"기연 씨, 희한한 게 확실한 위협구로 보였던 공이 한바탕 소동을 겪고 나니 진짜 실투로 보인다는 거야. 야구는 의도와 결과를 매치시키기가 진짜 어려운 종목이잖아. 누구나 홈런을 치고 싶어 하지만 삼진 당하지 않는 것도 쉽지 않듯이. 스트라이크존에 던지는 건 또 어떻고."

"그러게요……. 기억상실 하나가 모든 걸 초기화 시켜 버렸지 말입니다."

"도대체 주선규 속내를 모르겠어. 그냥 착해서 그랬다기엔……. 경찰 근무 때 이번 일과 비슷한 케이스 본 적 있어?"

전언에 따르면, 주선규는 단장 면담에서 고개를 숙이고 죄송하다는 말만 반복했다고 한다. 그냥 솔직한 게 낫다고 판단했다, 일이 이렇게 커질 거라고는 생각 못했다는 대답. 앞장서서 열 냈던 고참들도 머쓱해졌다. 팀원들의 분노는 정작 피해 당사자가 정색하는 바람에 어디 풀 곳 없이 떠다니는 연기처럼 흩어졌다. 대개 이런 빈볼 사건이 발생하면 팀 분위기가 한 곳으로 확 모이는 법인데, 지금은 거꾸로 느슨해져 버렸다. 누군가의 선의가 전체적으로 나쁜 결과를 내는 경우는 생각보다 자주 발생한다.

"팀장님, 저도 실제 기억상실 사건을 다룬 적은 없습니다. 드라마에서나 감초처럼 나오지 현실에서는 드무니까요. 이론으로 배우기는, 외부충격에 따른 일시적 기억상실과 심리적 충격에 따른 기억상실 두 가지로 나눌 수 있다는데 말입니다, 선택적 기억상실은 대개 심리적 충격 때문이래요. 잊고 싶은 것, 기억하고 싶지 않은 것, 그런 걸 심리적 방어 기제 같은 형태로 봉인해 버리는 거죠. 얼마 전 드라마에도 나왔잖아요. 검사의 단기 기억상실. 가족을 살해했다는 사실을 잊어버리는."

"내가 드라마 싫어하지만 그건 식당에서 밥 먹다가 잠깐 봤네. 여자 주인공 진짜 연기 잘 하던데."

"걔가 이소진이잖아요. 그런데도 신문 1면에 난 얼굴도 못 알아보고. 팀장님은 기억상실이 아니고 안면인식 장애. 하하."

순간, 뇌압이 한쪽으로 쏠리는 기분이 들었다. 그 드라마 속 악역도 굳이 자신의 기억상실을 밖으로 드러냈다. 그런 경우에는 무조건 이유가 있는 법이다.

식당에서 커피 한 잔 뽑아들고 로비로 나왔다. 한 며칠 날씨가 좋았다더니 밖은 부슬부슬 비가 내렸다. 한번 내리기 시작한 비는 언제 그칠지 모른다. 오키나와 캠프의 약점이다. 이래저래 오늘은 다들 객실에 숨고 싶은 날인가 보다.

로비 현관에서 우산을 빌려 혼자 해변을 거닐었다. 언제 봐도 깊이를 알 수 없는 파랑의 바다가 눈앞에서 출렁거렸다. 비 오는 날은 색감이 더더욱 짙었다. 눈을 깜박이지 않고 수평선을 길게 바라보았다. 불어오는 바람을 들이켜자 머릿속이 찌릿해지면서 청량감이 퍼졌다. 뭔가 정화되는 기분.

빈볼 사고와 기억상실. 유망주의 잠재력 폭발. 빅리거의 갑작스런 한국행. 애리조나 교육리그의 악연. 해변에서 타오르던 불꽃……. 뭔가 어렴풋이 놀던 사건들이 하나의 그림으로 신비롭게 합성되는 듯 했다.

좀 떨어진 곳에 불장난을 하던 드럼통이 보였다.

* * *

솔로들의 수다, 비밀 남녀를 부탁해, 비선실세 결사대……. 모임에 어떤 이름을 갖다 붙여도 상관은 없었다. 다만 어쨌든 짜증이 난다는 것.

기연과 나는 단장의 긴급호출을 받고 숙소에 단 두 개 뿐인 스위트룸으로 불려가는 길이었다.

"아, 오늘은 비도 오고 첫 휴일인데 말입니다. 나하 시내 구경도 하고 싶고 「여인의 향기」에서 김선아와 이동욱이 드라이브 하는 와무리 대교도 건너 보고 싶지 말입니다. 하지만 현실 앞에서 그저 웁니다."

기연이 엘리베이터 안에서 투덜거렸다. 예정에 없던 출장을 와서, 뜬금없이 카메라 잡더니, 휴일에는 윗선의 부름을 받았다. 그녀는 그녀대로 고생이다.

단장이 사용하는 꼭대기 층 객실은 널찍했다. 별도의 응접세트가 있었다. 창이 커서 채광이 좋았고, 바다가 더 멀리까지 보였다. 서민 코스프레 좋아하는 홍희가 사생활 공간만큼은 무리를 했다. 내 눈에는 잘한 선택으로 보였다. 일반 객실 쓴다고 설쳤다가, 복도에서 시도 때도 없이 직원들 만나면 피곤한 쪽은 직원들이다.

후드가 달린 티셔츠 차림의 홍희는 밤잠을 설친 듯 피곤해 보였다. 테이블 위에 먹다가 둔 컵라면이 덩그러니 놓여 있었다.

그녀의 제안은 마침 휴식일이 끼어 있으니 머리를 맞대고 사건을 해결보자는 것. 일종의 브레인스토밍. 캔 맥주 마시며 멍 때리든, 양말 벗고 드러눕든, 컴퓨터게임을 하든, 오늘 어떻게라도 주선규의 꿍꿍이를 까발려 보자는 것. 그러면서 '엄갈량 리스트 해결기'를 들먹였다. 기연이 약간 기가 질려했다.

"저……, 단장님. 설마 사건 풀기 전까지는 여기서 모, 못 나가는 건가요?"

살짝 당황한 홍희가 내 쪽으로 몸을 틀면서 말문을 돌렸다.

"일단 시간 순으로 정리부터 해 보자. 우선 이 모든 파장은 무명이던 주선규의 갑작스런 맹활약에 따른 후폭풍이야. 처음에 의심을 품었던 건 부정배트 사용. 해변에서 부러진 방망이를 태우는 바람에 의심은 더 깊어졌지. 그 와중에 빈볼 사고가 터져 버렸고. 여기서 두 가지 사실은 확실해. 주선규와 타이슨은 아는 사이라는 거. 빈볼에는 어떤 목적이 있다는 거."

그러면서 책상 위에 있던 출력지를 한 장 가져와 응접세트 테이블 위에 올려놓았다.

"이거 오늘 새벽에 우리 그룹 정보라인에서 보내 준 거야. 작년 연말을 떠들썩하게 했던 '충무로 디자이너 사건' 알지? 그와 관련해서 검찰 쪽 움직임이 있대. 애리조나를 접점으로 한 미국 조직과 국내 조직의 연결 라인이 탐지된 모양이야. 아직은 공식 수사라기보다 정보를 모으는 단계인데 추후 국제적 사건으로 확대 가능성도 있나 봐. 암튼 여기까지는 팩트. 그렇다면 유추해 볼 수 있는 결론은 하나밖에 없지 않아?"

홍희가 나를 봤다. 내가 마지못해 받았다

"그렇다면 뭐. 본즈 놀이 중인 주선규 힘의 원천은 부정 배트가 아닌 약물. 닥터와 주스에서 주스를 택한 거야. 국내에서 검출 안 되는 물질일 테고 연결책이 타이슨. 둘은 4년 전 애리조나에서 인연이 있고, 타이슨의 전격 한국행도 어쩌면 그 연장선상에 있을 수 있다. 미국 내 약물수사를 잠깐 회피하기 위한 꼼수일 수도. 뭐 이런 얘기 아니겠어?"

생각나는 대로 막 떠벌렸는데 홍희는 고개를 끄덕했고, 기연은 고개를 갸웃했다.

"팀장님, 이상하지 말입니다. 그러면 왜 타이슨이 주선규에게 빈볼을 던졌대요?"

"그야, 너 그 바닥에서 발 뺄 생각 마. 일종의 경고 메시지."

"그러면 주선규가 무리해서 기억상실을 자기 입으로 밝힌 이유는요?"

"나 이제 하나도 기억 안 난다고! 너희들 조직 까발릴 일 없어! 그러니 그만 나를 놓아 줘! 약물 커넥션에서 어떻게라도 벗어나고 싶었던 게 아닐까? 무언의 항변. 자신의 미래 가치를 희생하면서까지 기억상실증에 걸렸다고 강조했던 거고."

4년 전 연습경기에서 날린 홈런. 보복구는커녕 오히려 그 홈런을 계기로 둘은 친해진 게 아닌가 싶다. 조금 덜컹대긴 해도 대충 앞뒤는 맞다. 도핑 연루를 은폐하기 위한 기억 조작. 생각만 해도 끔찍하다. 개연성만으로 기사가 되고 혐의가 확정되는 세상이다. 특히 앙숙에게 특종 빼앗긴 이년이가 더듬이 세우면 골치 아파진다. 벌써 그런 낌새도 있다. 서둘러야 한다. 본인의 자백을 위해선 정황 짜깁기가 아닌 움직일 수 없는 물증이 필요하다.

"그냥 단도직입적으로 물어보는 건 어때?"

홍희 얼굴에 근심이 깊어졌다.

"기억상실증 인터뷰도 직접 했어. 지금 우리의 가정이 맞다면 뭔

짓을 할지 몰라. 증거를 좀 더 모아 보자."

그때 테이블 위에 던져 놓았던 홍희 휴대폰이 울렸다. 보고 싶어 본 건 아니지만 화면에 뜨는 발신자 이름이 예사롭지 않았다.

'우리 쭈니.'

홍희가 당황해하며 휴대폰을 들었다. 나가서 받는 게 더 이상하게 보일 거라고 여겼는지 제 자리에서 통화 버튼을 눌렀다. 서두르다가 그만 스피커가 눌려진 모양이다. 경박한 첫 인사 소리가 흘러나왔다.

"홍호로롱 누우님, 잘 계셨어요?"

어디선가 들어본 목소리다. 썬더스 남현아가 얘기했던 스캔들의 주인공. 턱 선이 장난 아닌 배우 윤준이다. 내가 '오올' 하는 표정을 지어 보였다. 얼굴이 빨개진 홍희가 결국 자리를 떴다가, 잠시 후 여전히 빨간 채로 돌아왔다.

"우리 쭈니? 역시 아니 땐 굴뚝에 연기 날 리 없다니깐."

"진짜 아니라고. 회식 자리에서 그 친구가 내 폰 빼앗아 자기 번호와 이름을 그렇게 입력한 거란 말이야. 원래 그런 스타일인가 봐. 난 그런 스타일 싫어."

너무 정색하는 바람에 놀리는 재미가 사라졌다.

"알았어. 인정. 그래도 그냥 안부 전화는 아닌 것 같은데?"

"그러게. 주선규 상태를 자세히 물어보네. 진짜 기억 상실이 맞냐, 이제 야구 못하게 되는 거냐 등등. 주변에 알아봐 달라는 사람이 있나 봐. 일단은 공식 대답. 기억 상실은 기사 나왔으니 맞는 거고 몸 상태는 아직까지 이상 없다."

"이번 사건이 그렇게 화제인가? 윤준 주변이면 연예계 사람일 거 아냐?"

"얼핏 회사 사람이라고 한 것 같은데. 몰라, 하여간 나 윤준이랑 아무 관계 아니다. 진심."

"알았다고. 지난번처럼 누가 물으면 꼭 그렇게 대답해 줄게."

어쩐지 나도 모르게 뾰로통한 대답이 나왔다.

* * *

기연은 고용 착취 현장이라고 부르고, 홍희는 브레인스토밍이라고 부르는 대책회의 3시간째. 주위를 힐끔 살폈다. 고용주 홍희는 팔짱을 끼고 창가에 꼿꼿이 선 채 깊이를 알 수 없는 바다만 내려다봤다. 기연은 벽 아래 쪼그리고 앉아 시급 알바생처럼 노트북 자판을 두드려 댔다. 나는 3인용 가죽 소파에 셔츠 단추를 하나 풀고 퍼져 버렸다. 금목걸이만 두르면 빚 받아 주러 다니는 조폭 나부랭이 같기도 했다.

여전히 마음 한구석에 찜찜함이 앉았다. 국제 약물 커넥션이란 게 비현실적인 일 같았다. 구석에 몰린 유망주가 금지된 선을 넘는 경우야 가끔 접하지만, 직접 만나 본 주선규는 자신을 제어할 줄 알았다. 객관적으로 봐도 위험이 너무 큰 도박이다.

원점에서 한 번만 더 들여다보기로 했다. 머릿속은 자연스레 사고 현장의 영상을 끌어다 놓았다. 눈을 감고, 엄지와 중지로 양쪽 관자놀이를 누른 채 집중했다. 빈볼 장면을 한 컷 한 컷씩 잘라서 천천히 넘겨보았다. 몸 쪽 속구가 날아왔고, 대처가 늦어 머리에 맞았고, 바람 빠진 풍선 인형처럼 무너졌다. 잠시 정적. 뒤늦게 벤치에서 코치들이 달려 나와 부랴부랴 병원으로 이송. 그 과정에서 무시하고 빼먹었던 인상적인 장면 하나가 캡처됐다. 영상으로 볼 때는 미처 깨닫지 못했던.

뭔가를 열심히 검색 중인 기연에게 큰 소리로 물었다.

"빈볼 맞고 의식이 불완전한 상태에서 헬멧과 배트 쥐고 있는 거 어떻게 생각해?"

"주선규 선수가 쓰러졌을 때 말씀하시는 거죠? 음, 자연스럽진 않지만 의지로 가능할 것도 같네요."

의지? 그래, 의지! 그 한마디는 중요한 단초였다.

이번엔 기연이 물어왔다.

"팀장님. 우리 쭈니…… 아, 아니 윤준 소속사에 누구누구 있는지 아세요?"

"지금 그런 걸 왜 뒤져? 타이슨의 미국 행적 좀 찾아보라니까."

"하, 하고 있는데 여, 영어가 짧아서……. 페이스북은 작년 8월 이후 방치 상태에요. 개인적인 슬픔으로 잠시 접습니다. 뭐 이렇게 적혀 있지 말입니다. 개인적인 슬픔이 뭔지도 챙겨야 하나요?"

빡! 순간, 묵직한 뭔가가 머리를 강타했다. 주선규가 머리에 공을 맞았을 때 느낌이 이랬을까. 내게는 기억의 상실이 아니라 기억을 연결시켜 주는 충격. 투수는 던지는 공이 어디를 향할지, 타자는 공이 어디로 날아올지 볼 수 있다. 사건은 의외의 곳에서 구체성을 드러내기 시작했다. 머릿속 안개가 조금씩 걷히며 한구석이 선명해졌다. 홍희 단장에게 자신만만하게 외쳤다.

"오늘 저녁에 주선규 돌아오지? 전체 회식 한번 해야 할 것 같은데. 휴일에다가 분위기도 뒤숭숭하니 격려 좀 해 주라고. 우리는 증거를 확보할게."

기연은 그새 라라 스타일로 머리를 묶어 올렸다. 느낌이 좋았다. 이제 행동의 시간. 밖은 비가 걷히고 있었다.

* * *

서쪽 수평선 너머로 해가 졌다. 어스름과 함께 선수들이 숙소에서 조금 떨어진 류큐노우시라는 식당으로 몰려갔다. 일본식 불고기 야키니쿠 집. 나도 출장 와서 몇 번 가 본 적 있는데 주 메뉴인 우설 가격이 만만치 않다. 젊은 여자 단장의 '비싼 고기 번개 회식'은 열렬한 지지를 받았고 숙소가 한순간 텅 비다시피 했다.

해변가 방풍림 뒤에 숨어서 카메라를 만지작거리던 기연이 불평이다.

"팀장님, 이제 하다못해 회식자리에도 못 끼는군요."

"어쩔 수 없잖아. 우리 일이 워낙에 은밀하게 빈틈을 노려야 하는 작업이라."

내가 들어도 말 같잖았다. 냐하하. 기연이 넋 나간 섬 소녀 같은 웃음으로 화답했다.

기다린 보람은 있었다. 회식을 못 간 또 한 사람이 모습을 드러냈다. 천천히 해변을 걸어오더니, 마침내 우리가 몸을 숨기고 있는 근처까지 왔다. 캠프파이어용 드럼통 앞에서 좌우를 한번 돌아보더니 가방에서 무언가를 꺼내 툭 던져 넣었다. 불쏘시개를 채워 불을 붙이려는 찰나, 내가 나무 뒤에서 스윽 모습을 드러냈다.

"회식 안 갔나 봐요. 하긴 아직은 무리겠죠."

주선규는 깜짝 놀라서 그대로 행동을 멈췄다. 말도 없었다. 굳어버린 마네킹 같았다.

"그거, 헬멧 맞죠? 지금 태우려는 거."

내가 준비해 간 플래시를 비췄다. 주선규는 굳이 불빛을 피하지 않았다.

"알고 계셨군요. 팀장님은."

"알고 있었다기보다는 방금 확인했다고 하는 게 맞겠죠."

드럼통에 든 물건을 꺼내 봤다. 예상대로 귀마개가 양쪽에 다 달린 헬멧. 바꾸기 전 등번호 4번이 적혀 있었다. 안쪽은 세 겹의 두툼한 패드가 메웠다.

"어떻게 아셨어요? 지금 처리할 거라는 걸."

"숙소를 다 살폈는데 없고, 병원에 동행했던 트레이닝 코치도 모르겠대요. 벌써 없앴을 수도 있겠지만 병원에 있는 동안에는 행동이 제한돼 있으니. 때마침 주변에 사람이 없는 지금이 최적의 기회다 싶었겠죠."

"그랬군요. 저는 별 문제 안 될 줄 알았는데……. 이렇게 난리가 날지 몰랐습니다. 98마일의 메이저리거가 아닌 국내 패전처리 투수 공에 맞았다면 기사거리도 안 됐을 텐데."

"선규 씨, 그건 아니죠. 그랬다면 효과가 없었겠죠. 타이슨이기 때문에 이런 화제성이 가능했던 겁니다."

"그도 그렇군요. 팀장님께 죄송합니다. 솔직하게 말씀 드리지 않아서."

"일부러 공에 맞을 생각을 다 하다니. 그것도 머리를. 타이슨은 적이 아니라 조력자였고."

"나중에 그러더라고요. 자기 인생 최고의 공을 던졌다고. 괜한 부탁으로 욕먹게 해서 미안하다고 사과했더니 괜찮대요. 어차피 대중의 비난을 견딜 자극이 필요했다, 더 강해져서 돌아갈 거라고. 어떤 의미에서 최고의 공이 맞긴 맞죠. 메시지는 제대로 전달됐으니까요."

"역시, 공이 손에서 빠진 게 아니라 정확히 제구된 거로군요."

주선규가 고개를 끄덕였다.

"그나저나 진짜 어떻게 아셨어요?"

"여러 가지. 일단은 왜 지난 4~5년간 기억만 사라졌는가. 연애를 한 시기가 맞죠? 두툼한 패드를 채워 넣은 헬멧을 숨기려는 행동도 어색했고, 마지막은 이겁니다."

나는 바지주머니에 작은 물건을 하나 꺼냈다. 아침에 해변을 산책하다가 드럼통 잿더미에서 발견했다. 초록색 작은 보석, 에메랄드였다.

주선규의 놀란 표정이 별빛 아래서도 선명했다.

"쉽게 봤군요. 에이스 팀장님의 능력을."

"목걸이 줄은 탔지만 보석은 남아 있었어요. 에메랄드. 녀석의 뜻은 영원한 사랑. 그걸 버렸더군요. 제 팀원 중에 덕질녀가 있어요. 인터넷에서 사진이란 사진 다 뒤져서 목걸이를 비교했죠. 그리고 6개월 전에 이것과 똑같은 게 그녀 목에서 사라졌습니다. 그녀 옷에서 초록색도 사라졌고."

주선규가 고개를 들어 밤하늘을 올려다봤다.

"이소진. 정말 좋은 사람입니다. 제가 마지막으로 줄 수 있는 선물이 그거라고 생각했어요. 잊었으니까, 이제 잊고 앞으로 행복하게 살아가라고."

* * *

숙소 인근의 이자카야 시마로부타쿠지. 안줏거리를 손질하는 주방이 오픈된 것과는 달리 인테리어는 고색창연하다. 테이블마다 오키나와 전통 공예품들을 늘어놓았다. 한때 류큐왕국이라는 이름으로 한중일 동북아 3국을 연결하는 중개무역이 번성했던 곳. 옛 영화로운 기억을 애써 붙잡아 놓고 있는 듯 했다.

"어머, 신 팀장. 둘이 그렇게 연결될 줄은 꿈에도 몰랐네. 게다가 기억상실을 가장한 순애보라니."

"순애보? 내 눈에는 실연당한 남자의 찌질한 집착증 같은데."

밤 10시가 훌쩍 넘어가는 시각이었고 홍희 단장과 나는 구석자리에서 오키나와를 대표하는 생맥주 오리온을 마셨다. 약물 의혹이 풀려서인지 그녀 표정은 한결 밝았다. 역시나 수다도 많아졌다.

"완전 반전 드라마다 그지? 부정 배트 사용에서 시작해 금지약물 전달책을 거쳐 감성 자극 이별극의 주인공으로 막을 내리네."

"내가 헛다리짚은 거지. 주선규와 타이슨이 교육리그에서 만난 접점이 있었으니 상상력이 너무 가 버렸어. 그때 해변 모래밭 잿더미 속에서 고 쪼그만 보석을 찾은 거지."

"그런데 그게 어떻게 이소진과 연결이 되는 건데?"

"등번호 교체가 신경 쓰였어. 웬만하면 피하는 4번을 왜 그동안 고집했을까. 그리고 그걸 올 시즌 왜 바꿨을까. 원소주기율표를 찾아봤어. 원소번호 4번이 뭔지 알아?"

"어머 씨발, 내가 그걸 알 것 같아?"

"베릴륨이라는 원소야. 초록색이고 에메랄드의 주성분이라고 할 수 있지. 마침 에메랄드 색깔에 의미를 두고 있던 여배우를 알고 있었고. 그래도 그 둘을 엮기에는 거리가 꽤 멀었지. 그걸 연결해 준 건, 바로 우리 단장님."

"에? 내가?"

"우리 쭈니. 전화 왔잖아. 기사 보면 되지 굳이 확인할 것까진 없었는데."

"여기서 그 얘기가 왜 나오는데!"

"누가 쭈니한테 정보 알아봐 달라고 부탁했다며. 이소진이 직접 확인하기는 어려웠을 거야. 소속사가 같아. 윤준과 이소진."

홍희가 생맥주를 쭉 들이키며 멋쩍어했다.

"뭐, 내가 사건 해결에 중요 역할을 한 셈이네. 그지? 열애설이 난 옛 연인을 향한 마지막 선물이 기억상실이라. 이제 나는 다 잊었으니 옛 추억 같은 거, 미안함 같은 거 갖지 말고 행복하게 살아라. 이거 한 편의 올드한 영화 아냐?"

"집착이라니깐."

"그나저나 신 팀장, 이 얘기가 알려지면 주선규의 노력이 다 물거품이 되는 거잖아. 물의를 일으킨 건 일으킨 거고, 순애보든 집착이든 결과만은 지켜주고 싶은데. 이년이가 냄새를 맡았는지 캐묻고 다닌다더라."

나도 그 부분이 신경 쓰였다. 하나의 대비책은 가지고 있다. 이 밤의 급조 모임은 사실 그 목적이 더 컸다.

이자카야 미닫이가 딸랑딸랑 풍경소리와 함께 열렸다. 앙숙남녀 윤인현과 서지은이 서로 삐친 얼굴로 함께 들어섰다. 다짜고짜 윤인현이 내게 신경질이다.

"아뉘, 선배. 저를 부르려면 혼자 불러야지 소설가랑 같이 부르면 어떡합니까. 안 그래도 기억상실증 인터뷰 빼앗겨서 열 뻗치는데 저를 두 번 죽이는 겁니다. 가게 앞에서 저 그냥 돌아가고 싶었다고요."

지은이도 지지 않았다.

"그러니까요. 내가 왜 이년이랑 합석해야 하는 겁니까? 단장님 얼굴 봐서 잠시 앉아 있는 겁니다."

"오늘만 좀 양해를……. 긴히 할 말이 있어서요."

내 부탁에 둘은 마지못해 마주 앉았다. 습관처럼 휴대폰을 뒤집어 나란히 탁자 위에 올려놓았다. 회색 스티커 위에 새겨진 문구 하나가 여전히 내 눈길을 끌었다. *야구하기 좋은 날이군. 오늘 한 경기 더 어때?*

"서 기자님 폰에도 '미스터 컵스'군요?"

소설 지은이는 처음엔 무슨 뜻인지 알아듣지 못했다. 눈치는 이년이가 훨씬 빨랐다. 바로 실수를 깨닫고 손바닥으로 슬그머니 자신의 휴대폰 뒷면을 가렸다. 그러나 날카로운 홍희 단장 눈길을 피해가진 못했다.

"어머낫! 어니 뱅크스다! 두 쪽 다 똑같네요."

"우, 우연이라고요."

둘 다 동시에 더듬거렸고, 내가 정색을 했다.

"문구는 그렇다 쳐도 그 고급 문양이 깔린 실크 스티커. 광화문 파이낸셜 센터의 명품 문구점에서 만들어 주는 건데. 좋아하는 글귀 새겨서 주로 연인들이 나눠 갖죠."

"뭐야, 뭐야."

제일 놀란 사람은 홍희 단장. 그래도 둘은 합창하듯 입을 모아 우겼다.

"선배, 그게 말이 돼요. 우리가 왜! 미쳤어! 미쳤어!"

결정구를 던질 차례. 나도 폰을 탁자 위에 올려놓고 사진 한 장을 열어 보였다. 한적한 해변가에서 커플이 다정하게 포옹하고 있는 모습. 딱 봐도 이년이와 지은이였다. 둘의 눈이, 입이 떡 벌어졌다.

"제 팀원이 그제 밤에 일하다가 찍은 파파라치 샷입니다. 보내온 카톡에 이런 문자가 붙어 있네요. '팀장님, 제가 사진을 좀 찍긴 하지만 파닥파닥 움직임에는 약해서 키스 순간은 놓쳤어요.'"

손가락으로 V자를 그리고 있을 기연의 모습이 상상됐다.

"아니, 그동안 어떻게 감쪽같이 감췄대요. 주선규 단독 인터뷰

하랴 연애질하랴 무지 바쁘셨겠는데."

전세역전. 뒤끝작렬 홍희 단장이 새초롬하게 빈정댔고 내가 한 술 더 거들었다.

"얼마나 치밀하냐면, 주선규 선수 인터뷰를 서 기자님이 썼는데 소스는 윤 기자님이 준 겁니다. 숙소 근처에서 몰래 데이트하며 넘겼겠죠. 윤 기자님 본인이 쓰면 담당기자들 사이에서 불편해지거든. 충무로 디자이너 관련 추가 취재 중이니 기억상실을 먼저 쓰기도 어려웠을 거고요. 서로 아웅다웅하는 척 정보 주고받는 사이였던 거죠."

기세등등하던 둘은 바로 죄지은 사람처럼 고개를 숙였다.

"역시 선배. 아직 촉 죽지 않았네요. 지대로 한방 먹었습니다. 팩트 정확. 인정."

"정말 죄송해요. 이년이랑 맨날 싸우다 보니까 정이 들더라고요. 호호호."

"서 기자님 만났을 때 이런 말을 했죠. 선배, 제게는 기자님 이딴 존댓말 쓰지 마세요. 오글거리니까. 근데 내가 존댓말한 사람은 전날 윤 기자님밖에 없단 말입니다. 나쁜 사이에 그런 정보를 공유할 리 없고. 그때 살짝 감이 왔어요. 두 기자님! 공식 커플 발표 전에는 저는 입 꾹 다물죠. 대신 주선규 건에 대해서도 오프 지키는 걸로 합의 보죠."

"와! 구제해 주시는 겁니까. 물론입니다. 우리가 그런 건 또 확실하잖아요."

둘은 살았다는 얼굴로 반색했다. 역시, 협상은 필요 가치의 교환.

모든 일이 깔끔하게 정리됐다. 홍희 단장이 자리에서 벌떡 일어났다.

“자자, 이런 분위기라면 맥주로는 안 되겠는데요? 오키나와 왔으면 이곳 전통주 아와모리를 먹어 줘야죠. 이게 독하기도 독하지만, 다음 날 아침 두통으로 술 마신 기억을 확실히 남겨 주거든요. 안주는 역시 오키나와 전통 족발. 저기요오, 스미마세에엥.”

그러면서 기분 좋을 때만 들을 수 있는 하이톤으로 가게 종업원을 불렀다.

“아 참, 타이슨한테 제 유창한 영어로 슬쩍 확인했어요. 기사는 안 쓰는 걸로 약속하고.”

랩터스 담당 서지은이 말을 꺼냈다.

“타이슨이 한국 야구를 택한 진짜 이유. 사랑하는 여자가 있었는데 지난여름 교통사고로 그만 세상을 뜬 모양입니다. 상심이 컸대요. 잊기 위해서, 잠시 바다를 건넌 거죠. 야구를 잘하는 가장 먼 나라를 찾아서 왔답니다. 나름 감성적이더라고요.”

아와모리가 여러 잔 돌았다. 독주인 만큼 쉽게 거나해졌다. 이년이 담뱃갑이 보이기에 한 개비를 슬쩍해서 밖으로 나왔다. 비가 걷힌 오키나와 밤하늘은 검고도 맑았다. 점점이 별이 돋았다. 담배연기를 뱉었다. 가슴이 쭉 늘어나는 기분이다.

주선규는 사랑을 위해 거친 방식의 망각을 택했다. 타이슨 역시 바다를 건넜다. 막 맺어진 기자 커플은 영원히 함께할까.

“사랑이라는 건 말이야, 어쩌면 잊어야 완성되는 것 아닐까.”

어느새 곁에 홍희가 서 있었다.

"그런가? 따지고 보면 야구도 마찬가지지. 전 경기 결과를, 전 타석의 결과를 잊어버려야 새로운 경기, 새로운 타석을 제대로 치를 수 있으니까."

담배를 다시 한 모금 빨아들였다. 오랜만에 피우는 탓인지 달면서도 아렸다. 사랑은 잊어야 완성된다……. 나는 아버지를 잊고 있는 걸까. 잊지 못하고 감추고 있는 걸까. 아버지를 사랑하는 걸까, 미워하는 걸까.

머릿속이 흐릿한 연기로 가득한데 홍희가 가게 안으로 돌아가며 한 마디를 남겼다. 술기운에 흘려들었지만 이렇게 말했던 것 같다.

"신 팀장도 기억상실인 건가. 아니면 기억상실인 척 하는 건가. 나는 우리 옛날 일 다 기억나는데."

* * *

하늘이 높고 맑았다. 르네 마그리트의 그림 속 풍경처럼 뭉게구름도 몇 개가 붙어 있었다. 그 뭉게구름 아래 야구장이 있고, 그 관중석에 홍희 단장과 나는 나란히 앉아 경기 시작을 기다렸다. 비 때문에 꼬인 연습경기가 오늘 재개됐다. 몽키스는 한국 최고 인기 구단 돌핀스와 맞붙는다. 빈볼을 맞았던 주선규가 복귀하는 날이기도 하다. 물론 공식적으로는 여전히 부분 기억상실 상태.

주선규가 2군 시절, 배우 지망생인 이소진은 훈련장 앞 패스트푸드점 아르바이트생이었다. 내일이 불투명한 나날들. 둘의 사랑은 서로의 꿈을 응원하는 격려가 됐다. 먼저 주목받은 사람은 1군에 진입한 주선규였지만 굴곡이 컸다. 그 사이 이소진은 차곡차곡 커리어를 쌓고 몇몇 작품이 히트를 치면서 인기배우로 성장했다.

모든 사랑이 그렇듯 영원한 법은 없다. 조금씩 멀어진 게 반년 전. 그리고 이소진은 새로운 환경 속에서 자연스레 새로운 사람을 만났다.

"주선규의 각성은 이별의 힘인 걸까?"

"신 팀장은 그래서 아직 멀었어. 이별의 힘이 아니라 사랑의 힘인 거야. 계속 유망주로 남아 있으면 그녀가 더 미안해하고 힘들어할 테니 힘을 내는 거지. 나 살아 있다 보여 주려고 열심히 하는 게 아니라고. 하여간 진짜 사랑을 몰라."

맞다. 사랑도 야구만큼 어렵다. 그날, 해변의 불꽃 앞에서 주선규가 한참을 울먹거렸다.

"연예 한 번 못 해 본 청순 생활녀. 소속사에서 만든 소진이 콘셉트죠. 그녀 잘못은 아닙니다. 인기와 비례해 그 꼬리표가 부담스러웠나 봅니다. 어느 날 연락이 왔습니다. 선물했던 목걸이를 돌려주면서 솔직히 말하더라고요. 흔적들을 버려 달라고, 머리에서 자신을 다 지워 달라고. 제가 야구에 실패해서 자기에게 집착할까 봐 두려웠나 봅니다. 제일 확실한 방법으로 마음 편하게 해 주고 싶었습니다. 일이 이렇게 커질지 몰랐습니다. 결국, 제 오판이 이제 그녀를 절벽으로 내몰았습니다. 소진이는 위선자가 되겠죠. 엄청 배신녀가 되겠죠."

"선규 씨. 내가 기억하는 사고의 진실은 이거예요. 외국인 투수는 낯선 환경의 마운드 위에서 잠시 집중하지 못했다. 손에서 공이 빠져 버렸고 타자 머리에 맞고 말았다. 물론 악의는 없었다. 타자도 몸에는 이상 없지만 입원 과정에서 감정의 기복과 뒤틀림으로 일시적 기억상실을 호소했다. 곧 회복되리라고 본다."

주선규의 얼굴이 조금 밝아졌다. 그는 양손을 모으고 고개를 숙였다. 나는 애써 못 본 척 돌아섰지만, 다그치는 목소리엔 잔뜩 화가 돋았다.

"그렇지만 사태가 진정되면 내부 징계를 받아야 할 겁니다. 불필요한 행동으로 팀워크를 흐린 죄. 그게 선규 씨가 말한 스포츠맨십은 아니죠. 제 눈에도 순리는 아닙니다. 그리고, 부탁할게요. 앞으로 이딴 유치한 불장난 하지 말아요. 일방적 방식으로 풀지 말라고요. 그건 치기고 집착입니다. 본인 뿐 아니라 팀의 미래를, 모두의 꿈을 망치는 짓입니다."

주선규가 막 타석에 들어섰다. 이전까지 무심코 지나쳤던 등번호 79번에 눈길이 꽂혔다. 대개 70번이 넘는 번호는 코칭스태프 차지다. 굳이 79번으로 바꾼 이유가 시카고 화이트삭스의 모범적인 강타자 호세 어브레유를 닮고 싶어서일까. 어쩌면 진짜 이유는 따로 있으리라.

"원자번호 79번은 말야……."

"신 팀장, 나도 알거든. 이미 찾아봤거든. AU. 바로 금이지. 이제 좀 반짝거리는 선수가 될 때도 됐잖아. 남녀노소 모두가 제일 좋아하는 금처럼."

주선규의 방망이가 힘차게 돌았다. 타구가 커다란 무지개를 그리며 외야 담장 너머에 꽂혔다. 서양 전설에 따르면 무지개 끝에는 난쟁이 요정들이 숨겨 놓은 금화가 잔뜩 있다고 한다. 등번호 79번의 타자가 그려낸 무지개 끝에도 그 금화가 쌓여 있을지 모를 일이다.

야구는 사랑을 싣고

사랑은 찰나의 순간 운명처럼 다가온다. 스위스 정밀 시계로도 측정이 불가능한, 번개가 치는 순간 스치듯 비친 그녀의 얼굴에서. 과속이 틀림없는, 굉음을 내지르며 달려가는 스포츠카의 헤드라이트 불빛 속 찰나의 장면만으로도 우리는 사랑에 빠진다.

야구와 사랑에 빠지는 순간 역시 크게 다르지 않다. 관중석 내야 복도를 지나 표에 적힌 출입구를 통과하자마자 눈앞에 다가오는 압도적인 그라운드, 그 초록색의 첫 인상. 때로는 무심코 바라 본, 파란 하늘을 배경으로 천천히 날아가는 야구공의 각인. 소설가 무라카미 하루키는 일본 도쿄, 진구 구장의 외야 잔디 관중석에 누워 야구공을 바라보다 "소설을 써야겠다"고 결심했다. 야구가 맺어 준 인연이다.

김애란의 소설 『너의 여름은 어떠니』에서 주인공은 선배에게 묻는다.

"야구장에 꼭 가 보고 싶어요. 그냥, 야구장에 가서 크게 소리 질러보고 싶어요. 선배가 답한다. 너는 뭐 야구장이 소리 지르는 덴 줄 아니? 야구장은 신전이야. 나는 '아' 하고 감탄했다. 그건 한 사람이 다른 한 사람에게 반하는 순간 심장에서 울리는 효과음이었다."

야구장은 사랑의 신전이다. 승리를 향한 갈구와 외침은 쌓이는 패배 속에서 동지애로 발전한다. 패배가 많이 쌓인 팀일수록 팀에 대한 사랑이 커지는 일이 야구의 역사 동안 되풀이 돼 왔다. 야구장이라는 신전은 그 사랑의 이야기를 차곡차곡 쌓아왔다.

사랑은 노래다. 야구장에는 사랑의 노래가 울려 퍼진다. 메이저리그 야구장, 7회가 끝나면 대합창이 펼쳐진다. 나를 야구장에 데려다 주오. *Take me out to the ball game*. 합창의 절정은 이렇다. *For it's one, two, three strikes, you're out*. 원, 투, 쓰리 스트라이크, 아웃!

구로다 히로키는 히로시마 카프의 투수였다. 넉넉하지 못한 시민구단 카프는 FA가 된 에이스 구로다를 잡을 형편이 못 됐다. 그의 마지막 등판, 팬들이 노래를 불렀다.

"우리들은 함께 싸워왔던 지금까지도, 앞으로 빛날 그날까지도, 그대가 눈물을 흘린다면 그대의 눈물이 되어 준다. 카프의 에이스! 구로다 히로키!"

사랑의 노래를 가슴에 새긴 구로다는 FA 자격을 1년 미룬 뒤 일본 내 다른 팀이 아닌 메이저리그를 택했다. "언젠가 돌아와 꼭 보답하고 싶다"고 말했던 구로다는 메이저리그 7시즌이 끝난 뒤 구단들의 1800만 달러(약 200억 원) 제안을 포기했다. 그리고 남긴 한마디. "이제 카프로 돌아갑니다." 야구는 사랑이다.

그 누구보다 야구를 사랑했던 또 한 명이 부른 진짜 사랑노래.

이츠 타임 포 더 다저 베이스볼. 처음 마이크를 잡은 뒤 67년을 한결 같았던 목소리. 다저스의 목소리라 불렸던 빈 스컬리. 2016시즌을 끝으로 은퇴했다. 9월25일 마지막 홈경기. 팬들은 모두 'WIN FOR VIN'이라 적힌 셔츠를 입고 다저스타디움에 모였다. 다저스는 지구우승 확정 끝내기 홈런으로 빈 스컬리의 67년 야구인생 마지막 홈경기를 축하했다.

경기가 끝난 뒤 스컬리는 마이크를 잡았다. 팬들을 향해 "여러분이 나를 원하는 것보다 훨씬 더 많이 내가 여러분을 원했다. 여러분이 내게 전해주는 열정과 감동이 나를 젊게 만들었다"고 말했다. 야구는 사랑을, 사랑은 열정과 젊음을 만든다.

아흔 살의 스컬리는 이어 노래를 불렀다. 어느 크리스마스 날, 아내를 위해 자신이 직접 불러 녹음해 선물했던 노래. 내 날개 아래의 바람(wind beneath my wings). 새를 날게 하는 것은 날개 밑을 받쳐 주는 바람 덕분이다. 당신의 사랑 덕분에 내가 날 수 있었어요. 팬들의 사랑이 선수를 날게 한다. 아흔 살 은발의 노신사가 부른, 야구장에 울려 퍼진 최고의 사랑 노래.

그래서, 야구는 사랑이다.

야구에서 가장 필수적인 장비는 글러브, Glove다. Great Love. 위대한 사랑. 사랑이 빠진 야구를 상상할 수 있을까. 곧 새로운 사랑의 시즌이 시작된다. 야구장에서 수많은 사랑 만끽하시길.

조미 몽키스 팀장

포수의 사인 미스는 손가락에서 나온다

몽키스 파크에서 시범경기를 관람 중이었다. 선글라스를 이마에 걸고, 관중 밀도가 떨어지는 자리를 찾아, 두 다리를 앞 의자에 포개 얹고서 저 멀리 구심의 콜 소리를 들었다. 매일 아이템 발굴과 마감에 쫓기던 야구 기자 시절을 생각하면 삶의 극적 반전이었다. 오늘의 상대는 스파이더스. 무료 입장인데도 평일 낮이라 관중은 많지 않았다. 몽키스가 공들여 영입한 에이스 봉준우가 가벼운 부상을 딛고 첫 실전 등판하는 날이기도 했다.

잠시 그런 낭만을 만끽하고 있는데 형사들이 둘 야구장으로 찾아왔다. 3월의 봄바람은 청량감이 있으나 쉬쉭 스쳐가는 소리가 거칠었다. 나는 그들을 내야석 1~2층 사이 콩코스*에 자리 잡은

* concourse, 일종의 야구장 복도.

커피가게로 데려갔다. 몽키스 파크는 신축 때 어디서든 경기를 볼 수 있도록 설계됐다. 식음료를 사기 위해 자리를 떴을 때 야구를 볼 수 없다면 매출에 영향을 받으니까. 역시 그곳 테이블에서도 투수의 역동적인 키킹 동작이 잘 내려다보였다.

형사들이 명함을 건넸다. 서울경찰청 소속 미제사건수사반. 둘 다 내 또래로 보였는데 희멀거니 잘생긴 얼굴의 바바리는 박희윤, 가수 싸이를 빼닮은 통통한 검은 재킷은 갈호태였다. 그들은 서로 말을 트고 친구처럼 지냈다.

"형사님들, 혹시 야구 좋아하십니까?"

내가 먼저 인사 삼아 가볍게 물었다. 잘생긴 형사가 질문 의도를 이해하지 못했는지 과하게 진지했다.

"저는 경기 자체보다 외적인 것이 좋습니다. 기록 분석이나 응원 문화, 쌓아온 역사 뒷얘기에 관한 것들요. 클리블랜드 인디안 추장의 저주나 화이트삭스의 월드시리즈 승부 조작 같은. 그리고 직업 때문인지 홈런 타자보다 수비 잘하는 포수가 좋더라고요. 2루에서 완벽한 세이프 타이밍의 도루 주자를 레이저 송구로 잡아낼 때는 전율을 느끼곤 합니다. 루를 훔치려는 시도를 저지한다는 뜻에서 예전에는 강견 포수를 포도대장이라고도 부르지 않았습니까."

뭔가 엉뚱하지만 집중하게 만드는 말투였다.

뚱땡이는 내 질문에 반응하지 않았다. 커피를 뽑는 긴 생머리 아르바이트생에게 필요 이상으로 질척대는 시선이 꽂혀 있었다. 뒤늦은 한마디가 더 가관이었다.

"야구장 가는 최고 즐거움은 뭐니 뭐니 해도 치어리더 보는 맛

아닙니까? 움하하."

두 형사는 딱 봐도 불균형의 콤비. 보통은 노련한 고참 하나에 혈기왕성한 신참 하나의 조합 아니던가. 대체 이 둘은 누가 맺어준 걸까.

그들이 오늘 아침, 실종된 아버지 사건과 관련된 일로 찾아오겠다고 했을 때 일말의 불안감은 있었다. 이제 형사들 입을 통해서 직접 들어야 한다. 20년 전 한국시리즈 등판을 앞두고 사라진 제일 핀토스의 투수 신충에 관한 소식을.

커피를 한 모금 꿀꺽 삼키고 잘생긴 형사의 입을 주시하고 있는데, 뚱땡이가 기습적으로 내뱉었다.

"그저께 백골 시신이 나왔습니다. 하남 나가는 쪽 야산에서. 아마 지난달부터 눈이 녹고 토사가 흘러내리면서 등산객 눈에 띈 모양입니다."

백골 시신? 아! 그 다음 얘기는 듣지 않아도 알 수 있었다.

긴 시간이었다. 결국 그런 결말인가. 마음의 각오를 수없이 해서인지 형용할 감정도, 침통한 눈물도 없었다. 시신을 수습할 수 있다는 사실에 안도까지 했다. 가슴에 돌을 얹고 산 세월. 누군가 그랬다. 인생은 멀리서 보면 축복, 가까이서 보면 고행. 아버지 실종 사고의 무게를 짊어진 내 젊은 나날은 축복도 고행의 시간도 아니었다. 결말 없이 늘어지는 일상에 지치고 방황했을 뿐. 이제 그 종착역을 봐서 담담했다. 그런 내면의 감정과 달리 내 대답은 좀 엉뚱했지만.

"형사님들, 그 백골 시신이 저의 아버지라고 확신하는 근거는 있겠지요?"

나는 일부러 잘생긴 형사와 눈을 맞췄다. 그의 입을 통해서 진지한 설명을 듣고 싶었는데 또 뚱땡이가 나불댔다.

"후훗, 경찰을 좀 무시하시네. 현장 감식 결과 저희는 신충 선수가 확실하다고 판단하고 있습죠. 골격을 맞춘 뼈 형태로 추정컨대 성별은 남자, 신장은 180센티 안팎. 살과 피부야 다 썩었지만 일부 화학 섬유 옷가지와 삭은 철제 버클이 남아 있습죠. 함께 나온 소지품도 당시 수사 기록과 비교해 보면 신충 선수와 일치합니다."

"비슷한 체구에 옷 바꿔 입혀서 시신을 바꿔치기했다거나 하는 가능성은 없는 겁니까? 백골화 됐다는 건 사인을 특정하기 힘들다는 뜻이잖습니까."

갑자기 왜 그런 질문을 했는지 모르겠다. 경찰 말이라면 일단 꼬투리 잡고 싶은 기자의 본능인가. 뚱땡이가 바로 큭큭, 코머거리 소리를 냈는데 살짝 비웃음 같기도 했다.

"어휴, 좀 아시네요. 뭐, 지적하신 대로입니다. 근데 치아구조는 거짓말을 하지 않습죠. 특히 이 악물고 던지는 투수 어금니. 그마저 안 믿으신다면 할 말 없는 것이고……. 그거 아십니까? 만에 하나 시신 바꿔치기가 있었다면 반대로 신충 선수가 범행에 연루됐을 가능성이 높다는 걸 의미하겠죠?"

뚱땡이의 도발에 조금 기분이 상했다. 잘생긴 형사도 당황했는지 고개를 돌려 질책의 눈빛을 날린 다음 말꼬리를 빼앗아 왔다.

"아, 팀장님. 오해는 마시고 쉽게 말씀드리면 이런 이야기입니다. 국과수 부검 결과가 안 나와서 그렇지 정황상 신충 선수일 확률은 99.9%입니다. 그게 통상 두어 주 걸리거든요. 다만 오늘 직접 찾아뵙고자 한 이유는 사인 때문입니다. 아무튼 무슨 위로의 말씀을 드려야 할지."

잘생긴 형사 지적대로다. 신원 확인이야 결국 시간과 과학이 해결해 준다. 궁금한 건 사인. 형사들 방문 목적이 다시 궁금해졌다. 단순 사고라면 이렇게까지 진중한 자세를 취할 리 없잖은가.

"혹시, 사건입니까?"

되묻는 내 목소리가 살짝 떨렸다. 잘생긴 형사가 한 박자 쉬고 고개를 끄덕. 처음부터 느꼈지만 감정이 풍부한 표정과 말투가 묘하게 형사답지 않았다. 엄하지만 배려심 많은 두 얼굴의 담임선생님 같았다.

"네. 실은 저희가 여기까지 온 게 그것 때문입니다. 전화로 말씀드리기에는 예민한 문제라서."

뒷말은 더 듣지 않아도 상상 가능했다.

이번에도 뚱땡이가 마른기침을 하더니 가방에서 아이패드를 끄집어내 사진 폴더를 열었다.

"유해가 발견된 현장 감식 모습입니다. 보는 거 불편하지 않으시죠? 뭐 뼈다귀밖에 남지 않아서 끔찍하거나 하지는 않습니다. 그냥 문화재 발굴 현장이라고 생각하십쇼."

빈정 상할 정도로 격 떨어지는 비유였다. 타인에 대한 배려라고는 없는 닳고 닳은 수사관. 그제야 나는 깨달았다. 어쩌면 저 콤비는 처음부터 선한 역, 악한 역으로 나뉘어 있는 게 아닐까.

뚱땡이 말대로 현장은 깨끗했다. 범죄 영화에서나 봄직한 흙속에 파묻힌 진회색 해골. 아이패드 화면을 검지로 밀치자 다음 장에는 파란 깔개 위에 수습한 뼈를 사람 형태로 맞춰 놓은 사진이 나왔다. 곁에는 현장에서 함께 발견된 유류품들이 증거물처럼 놓여 있었다.

"여기를 한번 봐 주십쇼. 이 부분."

뚱땡이가 두 손가락을 벌려서 사진의 왼쪽 두개골 부위를 확대했다.

순간, 내 머리끝으로 피가 쏠렸다. 동공이 빡빡하게 팽창하는 압력이 느껴졌다. 두개골 표면에 가뭄에 갈라진 논바닥처럼 움푹 팬 금이 보였다. 돌이나 방망이 같은 단단한 도구에 맞은 것 같았다.

뚱땡이의 까칠한 설명이 이어졌다.

"자, 육안으로도 외부에서 강한 충격이 가해진 게 보입죠? 그런 다음 시신이 유기됐고 20년이란 시간이 흘렀습죠. 아까 팀장님 지적대로 백골의 사인을 특정하기란 쉽지 않습니다. DNA 검사도 어렵거니와 보편적인 법의학 지식이 안 먹힐 수 있단 말입죠. 암튼 저희는 모든 가능성을 살피고 있습니다. 실수든 고의든 높은 곳에서 거꾸로 추락해도 이런 흔적이 남을 수 있고. 게다가 범죄성을 뒷받침할 만한 정황은 이미 나와 있지 않습니까?"

나는 그 말뜻도 바로 알아차렸다.

"그렇죠. 시신이 흙속에 파묻혔다는 건 누군가의 범행이라는 의미겠죠. 혼자 땅을 파헤치고 들어갈 수는 없으니."

다시 잘생긴 형사가 끼어들었다.

"네. 맞습니다. 아주 오래 전에 일어난 기묘한 사건입니다. 살인 시점을 단정하지 못하니까 당연히 수사를 진행해야 합니다. 그렇지만 시신이 나왔다고 이런 사건이 또 뚝딱 해결되는 건 아닙니다. 20년이나 끌고 온 미제 아닙니까. 부서장 명을 받들어 부검 결과가 나올 때까지 일단 저희가 전담으로 들여다볼 생각입니다. 그 결과를 종합해서 사건성 여부를 다시 판단할 겁니다. 상심이 크시겠지만 저희를 좀 믿고 기다려 주십사 부탁드립니다."

내 판단이 맞았다. 주거니 받거니, 압박하고 다독이는 그들은 노련한 수사관들이었다.

"등산 중 발견했다는 최초 신고자는 만나 보셨는지?"

캐묻는 내 어투가 되레 형사 같았다. 둘은 눈을 맞추더니 잠시 주저했다. 다행히 잘생긴 형사가 받아 주었다.

"그게……. 정확히는 등산객으로 추정되는 사람이 하산 길에 시신을 봤노라 신고를 했습니다. 112가 아니라 관할 지구대로 전화가 와서 용건만 말하고 끊었다는군요. 지구대에선 속는 셈 치고 현장 확인을 한 건데 진짜였던 거죠. 신원을 밝히지 않고 신고하는 경우는 흔합니다. 추후에 엮여서 불려 다니는 게 귀찮아서죠. 설명 편의를 위해서 그냥 등산객이 발견했다고 말씀드린 겁니다."

머릿속이 복잡해져 더는 어떤 말도 귀에 들어오지 않았다. 한동안 어색한 침묵이 흘렀다. 사람 감정은 참 묘하다. 시신이 발견됐다는 얘기를 들었을 때만 해도 참을 만했는데, 막상 타살 가능성을 듣는 순간 슬픔이 북받쳐 올랐다. 눈두덩이 뜨거워졌다. 담담하게 버티고 있던 감정의 끈이 끝내 탁 풀려버렸다.

눈물을 형사들에게 보이기 싫었다. 시선을 창밖으로 가져갔다.

3이닝을 던지기로 한 에이스 봉준우가 마지막 타자를 루킹 삼진으로 돌려세우고 당당하게 마운드를 내려오고 있었다.

* * *

형사들이 떠나갔다. 경기를 더 지켜보고 싶은 마음은 없었다. 휘청휘청 걸어 대낮에도 어둑한 구단 사무실에 숨어들었다. 책상 의자에 앉자마자 등을 젖히고 천장을 올려다봤다. 눈을 금붕어처럼 끔뻑거렸다. 형사들이 들고 온 소식은 너무 비현실적이어서 꿈속의 전령 같았다. 아버지 실종 20년 만에 전해온 소식이 '살해당했다'였다.

당신의 체취를 느끼고 싶어서일까. 나도 모르게 PC 모니터 옆에 뒹굴던 스냅볼에 손을 뻗었다. 투구 감각 유지를 위해 직접 만들어 늘 손에 움켜쥐고 다녔다는 공. 1998년, 아버지는 한국시리즈 등판을 앞둔 밤에 유령처럼 빗속으로 증발했다. 침대 위에 이 스냅볼과 용품 가방만 덩그러니 남겨둔 채. 가죽 표면에서 타인의 지문은 나오지 않았지만 사건이 미제 쪽으로 기울면서 경찰은 반환에 난색을 표했다. 나는 울며불며 떼를 써서라도 이 공만은 돌려받고 싶었다. 유품이 될지 모른다는 불안감을 겨우 열넷의 나이에도 예감했던 모양이다.

나는 제일 핀토스 연고지인 지방 도시에서 어린 시절을 보냈다. 한 구단에서만 뛴 원클럽맨인 아버지는 기억컨대 그 도시에서만큼은 스타였다. 중심가에 나가면 사람들이 다 알아봤다. 쇠동원이

나 선동열 같은 특급은 아니더라도 신인티를 벗은 이후 매년 10승씩은 챙기는 A급은 됐다. 원정경기나 전지훈련으로 자주 집을 비워 추억은 많지 않지만, 또렷하게 찍히는 장면은 하나 있다.

어느 해 여름, 허벅지 부상으로 아버지가 한동안 집에서 쉴 때였다. 가끔 도시를 가로지르는 강의 둔치에 나가 연식공으로 캐치볼을 했다. 와! 신충이다. 그 모습을 보려고 글러브를 낀 동네 아이들이 우르르 몰려나왔다. 나는 두 어깨를 들어 으쓱했다. 고글을 낀 아버지가 환하게 웃으면 유독 하얀 치아가 햇빛에 반사돼 반짝거렸다. 그때 엄마는 어디에 살고 있었던가. 유년의 기억상실증이라도 앓았는지 내게 당신에 대한 예쁜 추억은 그 한 장면뿐이다.

흙속에 묻힌 진회색 해골이 다시 눈앞에 아른거렸다. 슬프게도 함몰 흔적은 실종 사건의 종막이 아니라, 살인사건의 서막임을 확실히 해 주었다. 칠 테면 쳐 봐! 다리를 높이 쳐들고 자신만만하게 속구를 뿌리던 파이어볼러에게 이런 식의 초라한 결말은 어울리지 않았다.

검게 뚫린 해골 눈구멍을 떠올리며 회한에서 깨어났다. 현실을 직시했다. 살다 보면 무력감이 일시에 소거되면서 의지 충만한, 희한한 경험을 할 때가 있는데 지금이 그랬다. 파헤쳐야 한다. 진실을 알아야 한다. 강한 힘이 몸을 떠밀었다. 단련된 기자 습성은 벌써 일의 순서를 정하고 있었다.

손이 저절로 PC 전원을 켰다. 바탕화면의 폴더를 열고 동영상 파일을 하나 클릭했다. 10년 전에 방영된 한 지상파 시사 고발 프로그램 「사건과 진실」의 311회 '에이스 실종 사건' 편. 영상이 흐릿하고 편집도 세련되지 못했지만 당시 포털 실시간 검색어에 오를 만큼 반향은 컸다. 경찰 수사기록을 토대로 만들어서 사건 개요를 정확히 알 수 있었다. 굳이 이 영상을 보관해 온 이유는 언젠가 다시 볼 날이 있지 않을까 해서다. 쉬이 손은 가지 않았는데 오늘이 그날이다.

마른 손바닥을 한 번 비비고 바로 클릭. 음산한 음향효과에 맞춰 타이틀 자막이 화면에 떠오르면서 흰 셔츠에 검은 바지를 입은 지성파 배우 김진의 멘트가 흘러나왔다.

"시청자 여러분, 한국시리즈를 앞두고 갑자기 사라진 투수 사건을 기억하십니까? 신충 선수 실종 사건이 일어난 지 벌써 10년. 과연 그날의 진실은 무엇일까요. 오늘 이 시간에는 세상에 드러나지 않는 진실은 없다는 일념으로 그때 그 사건을 재구성해봤습니다."

방송은 호텔 로비를 다급히 걸어 나가는 신충 선수가 CCTV에 잡힌 장면부터 시작됐다. 해상도를 따지기 뭣한 수준이나 얼굴을 알아보는 건 어렵지 않았다. 1998년 10월 21일. 그날은 종일 많은 비가 내렸다. 그리고 다음 날 한국시리즈 5차전 선발로 예고된 투수가 잠실구장 인근 호텔 숙소에서 밤에 외출한 후 다시 세상에 모습을 드러내지 않았다.

방송은 시신이 발견되지 않았다는 점, 생존해 있다면 연락이 끊어질 리 없다는 논리로 살해 뒤 유기 가능성에 무게를 두고 접근했다. 평소 신충 선수의 성격으로 봤을 때 큰 경기를 앞두고 심리적 압박이나 일시적 공황상태에서의 '자발적 실종'보다는 교통사고나 우발적 다툼, 혹은 특정 목적을 위한 납치 쪽이 설득력이 있긴 했다.

방송은 많은 인물을 인터뷰하며 가설을 입증하려고 노력했으나 결국 벽에 부딪혔다. 채무독촉, 보험사기, 가정불화, 도박, 조폭협박, 간통, 밀항, 마약복용. 지병비관, 원한, 묻지마 살인……. 이런 무수한 단어 중 어느 하나와도 연결 짓지 못했다. 동기는 알 수 없고 증거는 부족했다.

"수사는 여전히 진행형입니다. 저희의 진실 추적도 계속 됩니다. 사건 해결의 그날까지, 잊지 않겠습니다."

김진은 클로징 멘트에서 그렇게 큰소리쳤다. 하지만 10년의 세월이 더 흘렀고 머리카락이 희끗하고 아랫배가 나온 중년의 김진은 더 이상 해당 프로그램 사회자가 아니다.

역시, 다시 돌려보고 싶은 마음은 없었다. 내레이션 한 마디 한 마디 집중해서 들었고, 어렵게 구한 수사기록은 수없이 훑어봐서 너덜너덜했다.

천장을 올려다보고 다시 눈을 끔뻑거렸다. 고민이 시작되자 두통이 몰려왔다. 손가락으로 정수리를 찍어 누르는데 기연이 문을 밀고 들어왔다. 선글라스를 낀 채로 두 팔을 벌려 호들갑이다.

"팀장님! 팽팽한 투수전 끝에 이겼습니다. 김명일 선수가 9회 끝내기 안타를 쳤지 말입니다. 시범경기일 뿐이지만 구름 위에 올라탄 것 같은 이 기쁨의 실체는 뭐란 말입니까. 우하하. 오늘 다시 느꼈습니다. 투수 의지로 경기를 질 수는 있어도 이길 수는 없다는 것을."

나는 다른 게 궁금했다.

"봉준우는?"

"당연히 3이닝 무실점. 지난 트레이드 때 딸려온 포수 김태용이랑 호흡이 찰떡이지 말입니다. 아직 어려서 공격력은 좀 딸려도 프레이밍*이 남달라요. 팔 힘이 워낙 좋아서 우타자 바깥쪽 속구도 밀리지 않고 존 안에서 미트 끝으로 잡아내더라니까요. 엿들어 보니까 감독님이 전담으로 붙이려는 거 같아요. 어쩌면 봉도 봉 잡은 거죠. 봉준우 정도의 압도적 능력자라면 공격에서 안타 하나 지원받는 것보다 볼을 스트라이크로 몇 개 더 만드는 게 나을 수 있겠더라고요. 막 이적해서 구단 분위기도 익숙하지 않을 텐데 자기보다 고참이랑 호흡 맞춘다는 게 불편할 수도 있고. 사인 받고 마냥 고개 흔들 수 없잖아요. 배터리야 서로의 신뢰가 생명인데. 어차피 주전 포수가 전 경기를 다 뛸 수도 없는 거고. 감독님이 그런 상황까지 고려해 정리하시려는 거 같아요. 암튼 오늘 김명일은 멋졌지 말입니다."

"저기, 기연 씨. 취향도 존중하고 열정도 알겠는데 구단 직원이 소속 선수를 편애하는 거 내 눈에는 조심스러워. 과한 간섭처럼 들릴 수도 있겠지만 말이야."

"그, 그런가요? 냉정하게 지적해 주셔서 감사합니다. 주의하겠습니다. 하하, 그렇지만 오늘은 김명일이 최고 수훈 선수지 말입니

---

* 스트라이크존 주변의 투구를 스트라이크로 판정받을 수 있도록 하는 포수의 효과적인 글러브 움직임. 포수글러브인 미트가 가능한 스트라이크존 안에 머물 수 있는 형태로 공을 잡는다. 메이저리그에서 프레이밍이 뛰어난 포수는 한 시즌 20실점 이상 줄일 수 있는 것으로 평가된다.

다. 오늘만 용서해 주세요. 하하."

상사 충고를 흘려듣지 않으면서도 자신의 기쁨을 감추지 않는 처세가 세련됐다. 조직생활을 해 보면 안다. 열 명의 적군보다 한 명의 아군이 더 힘들 때가 있고, 특별한 한 명 때문에 전력이 열 배가 될 때가 있다. 기연이 어느새 그런 존재였다. 쾌활함 넘치는 에너지는 타인의 기분까지 충전시켜 주었다. 그건 내가 가질 수 없는 능력이라 더 그렇겠지.

아버지 사건만 없었다면 얼마나 좋았을까. 종일 야구로 수다 꽃을 피웠을 텐데. 아니다. 나쁜 일이라면 이런 식의 예고 없는 등판도 나쁘지 않았다. 어차피 내 인생에서 한 번은 겪어야 할 숙제였다. 시즌 중이라면 감당 못했을 것이다. 그렇게 받아들였다. 서둘러 움직여야 한다. 시즌이 시작되기 전, 그라운드에 파릇파릇 새싹이 돋기 전에 해결하리라.

"기연 씨, 서울 좀 다녀올게. 껄끄러운 일을 부탁하는 경우가 생길지도 모르겠어."

나는 유광점퍼를 벗고 베이지 맥코트를 걸치면서 어금니를 깨물었다.

* * *

차를 놔두고 일산 대화역 바로 앞에서 1000번 광역버스를 탔다. 광화문까지는 중앙 전용차선으로 50분만 달리면 된다. 두 자리를 널찍하게 차지하고 앉아서 차창 너머 저 멀리 북한산 풍경을 바라보았다. 가끔 바퀴의 덜컹거림이 둔해진 뇌세포를 흔들었다. 의식적으로 여러 증거들을 일직선 위에 모아 보려고 애썼다.

백골 시신이 발견되면서 이제 실종 사건에 살인사건의 딱지가 붙으려고 한다. 더 많은 정보가 나올 테고 이제는 다른 관점에서 접근이 필요하다.

아버지는 어디로 사라졌는가? 당시 실종수사는 오직 행방에만 초점을 맞췄다. 많은 인력을 동원해 주변을 탐문했지만 흔적을 찾지 못했다. 사건이 미제에 빠졌다는 것, 그건 첫 출발이 잘못됐다는 반증이다. 실종 신고란 게 그렇다. 애초 단순 가출인 경우가 많고 또 그들 발로 되돌아오는 경우가 부지기수다. 그래서 경찰이 무작정 수사에 나서기도 힘들다. 하루 이틀 기다려 본 후 사건성을 판단하는 게 일반적이다. 그 신고 접수와 수사 개시까지의 공백. 많은 증거들이 증발하는 시간이기도 하다.

아버지는 왜 사라졌는가? 단언컨대 이제부터 여기에 초점을 맞춰야 한다. 사람 속내는 아무도 모른다. 물리적 행방 추적이 아닌, 인간 내면의 추적. 그 과정에서 드러나는 동기와 단서를 찾으면 뜻밖의 방향에서 해결될 수도 있다. 내게는 약간의 자신감이 있었다.

방송에 나온 아버지의 평판을 종합해 보면 매사 거침없고 도전적인 마초 느낌의 남자. 호탕하고 돈도 잘 썼다. 기자 시절 우연히 찾아 본 아버지의 경기 운영 방식도 공격적이었다. 투구 개수를 늘려가며 차근차근 약점을 공략하는 대신, 빠른 카운트에서 과감하게 찔러서 압박하는 스타일. 담대한 도전까지는 아니더라도 긴장감을 즐기는 성격은 맞다. 큰 경기를 앞두고 압박을 못 이겨 자기

발로 사라졌다는 전제는 지워야 한다.

모범적인 가장이었나? 그건 확신이 없다. 당시로서는 드물게 나는 할머니 밑에서 자랐다. 지금 용어로 조손가정. 동갑내기에 학교 커플이었던 부모는 겨우 스물하나에 불장난처럼 나를 낳고 헤어졌다. 불편할지라도 사실을 인정해야 한다. 시시콜콜한 걸 부정할수록 사건은 진실에서 멀어지니까.

광화문 동화면세점 앞 버스정류장에서 내렸다. 코트 주머니에 두 손을 꽂고 조금 걸어서 도착한 서울스포츠 사옥. 입구 프런트에 신분증을 맡기고 10층 자료조사실을 찾았다. 1998년 가을에 일어난 일이다. 인터넷이란 게 본격적으로 활약을 하기 전, 아날로그와 디지털 사이의 참 애매한 시절이었다. 네이버 옛날신문 서비스에도 스포츠신문은 없다. 당시 한국시리즈를 둘러싼 세세한 흐름을 알려면 종이 지면이 제일 정확하다.

사방에 높이 쌓인 신문철과 자료집이 창문을 다 가려서 실내는 어둑어둑했다. 한참을 뒤져 1998년 10월분의 스크랩을 찾았다. 손바닥으로 표면의 먼지를 툭툭 털어냈다. 코트를 벗어서 의자에 걸고, 셔츠 소매를 걷고 탁자에 앉았다.

나는 확신한다. 경찰이 모르는 진실이 기사 행간에 있다는 믿음. 비록 그것이 암호처럼 숨어 있거나 따로 노는 몇 단락에 불과할 일일지라도. 촉은 거기로 향했다.

그해 정규리그 우승팀은 호크스였다. 3위였던 핀토스는 플레이오프를 거쳐 한국시리즈에 올라왔다. 우리나라 제일 부자 구단과 제일 가난한 구단의 맞대결이었고, 두 팀 다 한국시리즈 우승 경험이 없는 팀이라 화제가 됐다. 사회적으로 다들 외환위기의 고달픔 속에서 야구로 작은 위안을 받던 시기였다.

그해 시즌 전체로 보자면 핀토스는 돌풍의 팀이었다. 전반기 5할 승률을 맴돌다 후반기에 안정적인 투수력을 바탕으로 치고 올라와서 3위까지 차지했다.

신문에 따르면, 한국시리즈가 펼쳐지기 직전에 다수의 전문가들은 박빙 승부를 예상했다. 호크스는 너끈히 정규리그 우승을 차치할 만큼 투타에서 안정적인 전력이었다. 유일한 아킬레스건은 압도적인 에이스가 없다는 점. 선발 최다승이 11승에 불과했다. 5선발까지 짜여져는 있지만 모두 10승 언저리 투수들이었다. 용병술의 왕이라는 뜻에서 '용왕'으로 불렸던 용상식 감독의 치밀한 마운드 운용은 정규시즌에서는 효과적이었지만 힘 싸움이 중요해지는 단기전에서는 아무래도 불안요소가 많았다.

상대적으로 핀토스의 약점은 전력 불균형. 선수층이 얇고 플레이오프를 거치면서 체력적인 부담도 컸다. 공격력은 홈런 타자가 즐비한 호크스에 비교가 안 됐다. 하지만 핀토스에는 김보근과 신충이라는 믿을 만한 원투펀치가 있었다. 단기전은 누가 뭐래도 투수싸움. 특히 경기 초반 기선을 제압할 수 있는 선발진의 힘이 중요하다. 확실한 에이스가 있는 팀은 쉬이 무너지지 않는다. 3선발이 팀을 후반기 상승세로 견인한 오필성이었다. 소년원 출신이라는 편견을 딛고 막 자신의 투구에 눈 뜰 무렵이었다.

지면 한 켠에 실린 아버지의 미니 인터뷰를 발견했다. "한 구 한 구 최선의 투구로 핀토스를 사랑해 주시는 연고지 팬들께 첫 우승을 선물할 것"이라며 남다른 각오를 밝혔다.

하지만 전문가들 분석은 빗나갔다. 핀토스는 고전했다. 절대 에이스 김보근이 심적 부담감 때문인지 1차전과 4차전 두 번 다 초반 대량실점으로 와르르 무너졌다. 그 여파인지 2차전 신충도 6이닝 4실점으로 다소 부진. 그런데 그날은 호크스 마운드도 덩달아 부진해서 난타전 끝에 핀토스가 이겼다. 3차전은 오필성의 재발견이었다. 기대하지 않았건만 강력한 호크스 타선을 상대로 5안타만 허용하고 1실점 완투승. 만만찮은 상대 베테랑 투수와 맞붙어 2대 1의 짜릿한 승리를 따냈다. 역시 야구는 해 봐야 안다. 공은 둥글고, 이를 때리는 방망이도 둥글다.

세 경기를 남겨두고 서울 잠실구장으로 전장을 옮겨왔다. 10월 21일은 운명의 날이었다. 2승 2패로 팽팽하던 양상은 신충의 실종으로 단번에 기울었다. 핀토스 선발 로테이션이 엉클어지면서 임시 선발로 때운 5차전은 물론 일정을 앞당겨 6차전 출전을 강행한 김보근까지 난타를 당했다. 최종 4승 2패. 호크스의 창단 첫 우승. 이것이 그해 한국시리즈였다. 가을야구의 영웅도, 극적인 반전도 없었다. 투수 실종 사건이 아니었다면 기억조차 희미해지는 맥 빠진 전개. 부자구단 호크스가 자사 컴퓨터를 30% 파격 할인 판매했다는 정도만 오래도록 회자됐다.

곰팡이 핀 신문을 한 장 한 장 넘기다 보니, 반복돼 나오는 낯익은 이름 하나가 신경을 긁었다. 현 몽키스 감독 오필성. 그가 아버지 실종 현장의 한복판에 있었다. 뭔가를 알고 있지 않을까. 나는 필요한 지면을 몇 장 복사했다.

그새 저녁시간이다. 신문사 1층 로비 커피숍에 마감을 끝낸 손은재가 내려와 있었다. 야구기자들 삶이 그렇다. 시즌 중에는 지방행, 비시즌에는 책상행.

"시벌아, 미리 연락을 하고 와야지. 마감 직전에 들이닥치면 어쩌라고. 선영이네 가서 낙지철판 먹을래? 아니면 태성골뱅이?"

한때 우리가 열심히 술 마시던 무교동 뒷골목의 단골집들. 나는 느리게 두 번 고개를 저었다.

"알코올이 무지 당기긴 당기는데 말이야, 오늘은 안 될 것 같아. 그냥 그래."

내 표정이 평소와 다르다는 걸 느꼈나 보다. 손은재가 목소리 톤을 낮추고 신중 모드로 변했다.

"뭔 일 있어? 그렇구나. 갑자기 서울 나온 것도 그렇고."

나는 크게 숨을 내쉰 다음 낮에 형사들이 찾아온 일을 들려주었다. 속내를 털어놓고 약간의 위로와 동력을 얻고 싶었다. 친구에게 바라는 건 그것뿐이다. 손은재는 말을 끊지 않고 경청했다. 사실, 그는 내 흉진 가족사를 다 알기에 새롭지도 않는 내용이다. 시신이 발견됐다는 것. 어쩌면 그것도 예견된 일이었다.

막상 이야기를 다 털어놓고 나니 입안이 마르고 술 생각이 더 간절했다. 그래도 여기서는 싫었다. 나약한 모습을 내보일까 봐. 구구절절 하소연하다가 취해 버릴까 봐.

팔목을 붙잡는 친구에게 손을 흔들고 거리로 나섰다. 광화문 사거리 횡단보도에 서자 신호가 바뀌어도 막상 걸음이 떨어지지 않았다. 퇴근길 샐러리맨들의 바쁜 발놀림이 무성영화의 한 장면처럼 흘러갔다. 성공회 성당 지붕 끝에 검붉은 해가 걸려 있었다. 그 석양빛이 내 얼굴마저 물들이는 것 같았다. 불현듯 사람 하나가 떠올랐다. 「사건과 진실」에서도, 신문 기사에서도 그의 이름을 봤다. 휴대폰을 꺼내 두 달여 전의 통화기록을 뒤졌다. 전화번호는 살아 있었다. 잠시 주저하다가 발신버튼을 눌렀다.

* * *

먼 초행길. 인천행 1호선을 타고 또 택시로 갈아타야 했다. 쇠락한 포구에 해풍을 타고 찝찔한 비린내가 덮쳤다. 불순물을 한가득 품은, 속이 미식거릴 정도로 역한 냄새였다. 포구를 지나자 둘이 엇갈려 지나치면 어깨가 닿을 정도의 좁은 골목길이 나왔다. 그 끝에 허름한 횟집이 보였다.

횟집 창가에 머리가 하얗고 덩치가 큰 늙수그레한 남자가 앉아 있었다. 그는 덜렁 막회 한 접시 시켜 놓고 소주를 이미 반 병 비운 상태였다. 나는 그를 바로 알아보았다. 조용히 다가가 등받이 없는 플라스틱 의자에 마주 앉았다. 이런 자리를 경험해 보지 않아서 어떤 식으로 대화를 풀어야 할지 막막했다. 맨정신으로는 힘들 것 같았다. 나도 소주잔을 채워 들이켰다. 취기가 느껴지는 찰나에 그 중늙은이가 고개를 숙인 채로 입을 열었다.

"니 내 얼굴 기억 안나나? 내가 머리도 쓰다듬어 주고 용돈도 쥐 주고 했는데."

나는 고개를 저었다.

“죄송합니다. 기억에 없습니다. 하지만 TV중계에서 본 적 있습니다. 최근에 사진으로 봤고요. 아버지가 노히트노런 경기를 하던 날 마운드에서 포옹하는 사진. 감동적이었습니다.”

중늙은이가 그제야 고개를 치켜들었다. 궁핍한 병자의 얼굴이었다. 나이가 많아야 쉰 후반일 텐데 백발에다가 누런 눈자위 때문인지 더 들어 보였다.

“아, 노히트노런. 크하하. 거기 아마 98년도였제? 너거 아부지 사라지던 해. 근데 니 그거 아나? 그날따라 신충이 직구가 장난이 아닌기라. 뽈이 미트에 쫙쫙 달라붙더라꼬. 제구까지 잡히면서 직구로만 1회에 셋 다 삼진으로 잡았지. 근데 내가 2회부터 주구장창 커브 사인을 냈다 아이가. 스타즈 애들은 계속 직구만 기다렸고. 그날이 정통파인 너거 아부지가 가장 많은 커브를 던질 날일 기다. 재밌제? 야구가 그렇제?”

“주무기를 아껴서 타자들에게 보이지 않는 공포심을 유발한 거군요.”

“지랄. 내 그런 간지러운 표현은 모르겠고 암튼 그랬다. 따지고 보이 그기 내한테도 인생경기인기라. 그래. 오늘 갑자기 찾아온 이유가 뭐꼬?”

중늙은이를 부를 마땅한 호칭이 떠오르지 않았다. 겨우 생각해 낸 것도 어정쩡했지만.

“아저씨. 지지난달 제게 연락한 건 무슨 일 때문이었습니까? 그 이유가 궁금해서요.”

“자슥이. 어른이 묻는데 되묻는 게 좀 싸가지 없네.”

대화가 처음부터 헛도는 걸 느꼈다. 일방적인 상하관계 술자리는 최악이다. 빨리 원하는 이야기를 듣고 일어서고 싶었다. 타인의 옛 추억담을 지저분한 포구 횟집에서 들어준다는 건 노래가사에나 나올 법한 낭만 아닌가. 실제로 주방 옆 낡은 스피커에서 유행가, 유행가 신나는 노래, 나도 한번 불러본다아, 뽕짝뽕짝 신바람이 나야 할 송대관 노래가 왠지 구슬프게 흘러나온다.

송도상. 그는 아버지의 전담포수였고 룸메이트였다. 아버지에 관한 가장 많은 정보를 가진 사람. 혹시 경찰이 놓친, 혹시 경찰이 숨긴, 아주 작은 실마리라도 가지고 있을까 해서 찾아온 길이다. 만나 보니 괜한 짓이었다. 인생 끝자락에서 타락한 술주정뱅이에 불과했다.

프로야구 선수들의 노년. 이름깨나 날렸던 선수들이야 여러 구단에서 코칭스태프로 인연을 이어가지만, 어정쩡한 커리어를 보냈던 이들은 진짜 어정쩡하다. 누가 고깃집을 개업했네, 직장인 야구교실을 열었네, 하는 소문이 들리지만 사업 실패로 선수 시절 번 돈을 다 날리는 경우도 허다하다.

송도상은 통산 타율이 2할3푼이 안 됐다. 전형적인 수비형 백업. 포지션의 희소성이 없었다면 서른 후반까지 바닥에 붙어 있긴 힘든 성적이었다. 딱 하나 눈에 띄는 건 도루저지율. 통산 3할5푼이 넘는다. 가장 큰 장기가 아니었나 싶다.

그는 아버지가 실종되던 해 결국 구단에서 방출됐다. 전담 포수로서의 용도 폐기. 어느 구단에서나 일어날 법한 일이었다. 그 후에 어떤 삶을 살았는지는 알려지지 않았다. 팬들도 딱히 관심 없었겠지만.

그런 그와 죽은 아버지를 매개로 20년 만에 만났다. 아들인 나보다 더 긴 시간을 아버지와 보낸 사람이다. 옛날 TV중계 화면이나 노히트노런 사진 속 모습은 꽤 덩치가 나가 보였지만 마주앉은 지금 모습은 광대뼈가 보일 정도로 핼쑥하고 등이 꾸부정한 중늙은이였다. 앞니까지 깨져서 더 누추하게 보인 건지도 모르겠다. 내가 한숨을 섞어 말했다.

"오늘 아버지 시신이 발견됐습니다. 백골 상태로 야산에서……. 지나던 등산객이 신고를……."

뒷말은 힘없이 흩어졌다. 송도상이 입으로 가져가던 소주잔을 멈칫했다. 그리고 그게 다였다. 막회 한 점을 집어 튼실하지 못한 이빨로 우물우물 씹었다. 의외였다. 슬퍼서 흐느끼지는 않더라도 눈을 동그랗게 뜨고 질겁하는 시늉은 할 줄 알았다.

"그래? 결국 그렇군. 그거 참. 너거 아부지 인생도 참 쓸쓸타. 그자?"

"비보가 아닌가 봅니다? 그래도 한때는 전담포수였잖아요."

"크하하, 당돌하네. 어릴 적 그 꼬맹이가 벌써 이만큼 커 갖고……. 와? 내가 안 슬퍼하이 서운하나? 안 슬픈 게 아이고 이 나이되면 초연한 기라. 신충이가 여태 살아 있을 거라고 믿는 사람 있나? 아무도 없제? 그래서, 오늘 그 소식 전해 줄라꼬 여까지 찾아온 기가?"

저런 변명으로는 납득이 안 된다. 서운했다.

"실은, 아저씨 이야기를 좀 듣고 싶습니다. 아버지가 사라지던 날 밤의……. 수사 기록에 따르면 마지막까지 곁에 계셨다고. 룸메이트였으니까."

"카카, 그기 계속 신경 쓰이더나. 와? 내가 너거 아부지 죽이기라도 했을까 봐? 내가 얼마 전 니한테 전화한 건 말이다, 우연히 몽키스 구단 사람을 봤는데 니가 거서 일한다 카데. 그냥 소식이 궁금했던 기고."

너거 아부지 죽이기라도 했을까 봐……. 과거의 인정과 도리를 생각하면 배터리란 사람이, 룸메이트란 사람이 내뱉을 말은 아니다. 욕지기가 올라왔다. 부글거리는 속을 애써 누르면서, 두 손으로 소주병을 들고 중늙은이 비위를 맞춰 주었다. 무슨 이야기라도 캐내고 싶었다.

송도상이 불쾌한 얼굴로 잠시 주저하더니 마침내 입을 열었다.

"보자, 궁금타 카이 오늘 내가 술값 정도는 해 줘야겠제. 어디서부터 말해야겠노. 그날 비가 왔고 선수들 분위기는 좀 무거웠제. 2승 2패를 하고 서울에 올라왔는데 우리가 밀리는 느낌이야. 믿었던 김보근이가 두 번이나 개박살이 나 버렸거든. 종일 비까지 퍼부어서 더 지랄 같았고. 다들 실내에서 가볍게 몸만 풀고 숙소로 돌아와서 씻고 저녁 묵고……. 너거 아부지랑은 각자 침대에 드러누버서 테레비만 봤을 기다. 가을비 촉촉하이 오니까 시즌 중이였으마 몰래 개구멍으로 나가 한 잔 빨았을 낀데, 양심상 한국시리즈 앞두고는 그게 되겠나. 키키. 그 호텔 자주 묵다 보이 코치들 눈에 안 띄는 뒷문도 알고 인근에 단골집도 생기고 그땐 다 그랬다. 암튼 그카고 있는데 내선으로 전화가 걸려온 기라. 내가 받았는데 뜻밖에도 조 사장이데. 한국시리즈 우승 한번 볼끼라고 그때 줄줄이 올라와 있었거든. 좀 이상타 싶긴 했제. 감독이나 투수코치가 전략 회의를 위해서 잠시 부를 순 있는데 등판 하루 전날 밤에 사장이 호출하이. 경기 앞두고는 다 예민하잖아. 신충이가 고개를 갸웃대며 나가더니 다시 못 돌아온 거지. 아침에 보이 침대가 비어 있어서 처음엔 새벽 운동 간줄 알았데이."

"그때가 몇 시 쯤?"

"스포츠뉴스 끝날 때니까 9시 50분 쯤 됐나. 내 이런 이야기는 경찰에서 다 했고."

"옷차림은요? 유니폼 입었으면 길에서 눈에 안 띌 수가 없잖아요. 아무리 지방구단이라도 그 정도 투수면 팬도 있을 테죠."

"카카, 니 그카이 꼭 형사 같네. 전에 기자질 했다 카던데 보는 기 확실히 빠르네. 그런데 숙소에서 누가 유니폼 입고 왔다갔다 하겠노. 아마 모자 달린 회색 추리닝일끼다. 얼룩말 로고 붙은 거."

송도상의 진술은 거짓말이 아니다. 당시 아버지가 10시 30분에 후드 티 차림으로 호텔 로비를 가로질러 나가는 모습이 CCTV에 잡혔다. 그게 마지막 모습이다.

"혹시 아버지가 사장을 만나서 어떤 이야기 했는지 알 수 없습니까?"

「사건과 진실」에서도 그 부분을 집중 점검했다. 사장은 "어렵게 잡은 우승 기회이니 최선을 다해 달라. 지역민에게 큰 힘이 될 것"이라며 격려를 했다고 주장했다. 자연스럽지 않다. 루틴을 중시하는 선발투수를 한밤중에 따로 부른 자체가. 사장이 그 정도도 모를

리 없다. 하지만 두 사람만의 대화. 죽은 자는 말이 없고 증거 없이 떠드는 건 또한 소모적이다.

송도상이 한 점 남은 회를 마저 집었다.

"내가 다음 날 경기고 나발이고 구단 업무용 차 빌려 갖고 서울 바닥 다 디빘다. 신충이를 제일 잘 알잖아. 자주 가는 한강변이나 인근 술집, 너거 아부지가 가끔 가던 모교 연습장까지. 그런데 아무데서도 못 봤다 카네. 혹시 외국으로 떴나 싶어서 공항까지 가 볼라 캤다 카이."

그 막막했을 기분이 이해가 됐다. 룸메이트로서 책임에서 자유로울 순 없었을 테니. 나는 고개만 주억거렸다.

"마, 지금에야 말하지만 내가 너거 아부지 관련해서 더 아는 게 있긴 있지. 헴헴. 경찰이나 언론도 모르고 내만 아는. 솔직히 니 한번 만나서 그 얘기 좀 할까 싶기도 했다."

나는 다시 두 손 모아 소주를 따르고 침을 꿀꺽 삼켰다. 영감탱이가 습관처럼 헴헴, 헛기침을 하더니 멋쩍게 막잔을 들었다.

"근데 말이다, 거기 맨입으로 되겠나 그자? 그런 건 회 한 사라 갖고 안 되겠제 그자? 세상이 그렇제. 나야 목구멍이 근질근질한데, 목구멍이 또 포도청이고."

앞니 빠진 잇몸을 드러내며 씨익 웃었다. 흉측한 미소였다. 중늙은이가 그제야 본색을 드러냈다. 두 달 전 전화가 왔을 때 느낀 불길함은 정확했다. 역시 찾아오는 게 아니었다. 망자에 대한 예의는 잊고 굶주린 배 채우는데 급급한 하이에나. 악의적을 넘어 악마적이다. 역시나 세상도 사람도 다 변한다. 한번 비웃어 주고 자리를 박차고 싶었으나 애써 참았다.

"거래는 싫습니다. 그건 아버지도 원치 않으실 것입니다."

"그카마 할 수 없제. 나도 공짜로 주둥이 열 생각은 없으이. 자선 사업가도 아니고. 흠흠. 니가 니 아부지를 아직 잘 모르네. 개도 인간이 좀 그랬다."

나는 약간 격해졌다.

"나도 아버지가 당신 같은 인간 믿고 공을 던졌다는 게 믿기지 않아. 개 같은 영감탱이."

"카카, 지금 내한테 개 같다 캤나. 진짜 세상 무서운 줄 모리는 자슥이네. 너거 아부지는 뭐 다른 종자인 줄 아는 모양이제? 사내 새끼들이 득실대는 동네야. 맨날 같이 불알 내놓고 샤워하고 때 밀고. 어차피 구단 운영이야 다 주먹구구인 시절이었고. 경기 끝나고 밤에 뭐했겠노? 다들 주머니는 두둑한데 성적 스트레스는 쌓이고. 여자 있는 술집이라도 안 가면 뭔 재미 있겠노? 그땐 다 그랬다. 지금이라고 뭐 다르겠나. 경기 중에 우르르 몰려나가 담배 빨제? 밤에 어디 갈까 낄낄 대면서 노가리 까제? 세상에 쉽게 바뀌는 거 없데이."

도발적이다. 오늘을 기다렸다가 아버지를 흠집 내려고 작정한 사람처럼. 죽은 자는 말이 없으니 반론도 못한다. 아버지는 공만 잘 던졌지 사람을 보는 눈은 없었다. 노히트노런을 하던 날, 아마도 가장 많은 커브를 던졌다는 건 아버지 판단일 것이다. 전담포수에 대한 존경심 따윈 개나 줘 버렸어야 했다. 역시 만나지 말았어야 했다. 주먹이 부들부들 떨렸다.

"어이, 신충이 아들내미 신별이. 내말 똑똑히 듣거래이. 너거 아부지가 야구 잘한 거 맞고 나도 그건 인정해. 그거야 사람들도 다 알제. 근데 사람들이 모르는 기 있다. 너거 아부지 바람둥이데이. 숙소 주변에 애인 널렸데이. 너거 아부지 마운드에서도 왕이었고 밤에도 왕이었어. 크크. 완전 메이저 스타일이제. 야구는 잘하고 사생활은 개판이고. 너거 엄마 와 사라졌는지 아나? 니 서울로 대학 오기 전까지 할매 밑에서 자랐제? 내 그것도 욕하고 싶지 않고. 허물없는 사람이 어딨노 그자? 이게 대답이 될랑가 모르겠는데, 내가 너거 아부지 소식 듣고도 담담할 수 있는 게 약간 그런 섭섭함 같은 거 아니겠나. 내 봐라. 나이 더 처먹고도 너거 아부지한테 잘 보일라꼬 종놈처럼 굽실굽실 비위 맞춰주고……. 그래 뭐가 더 궁금하노? 하나만 더 해주까. 오입질, 술값 잘 내는 거 말고 잘하는 기 하나 더 있었다. 빡빡한 글러브에 왁스 발라서 길들이고, 야구볼도 잘 꿰매고, 스파이크 징도 직접 척척 갈고. 그런 타고난 손재주가 있었제. 또 재미삼아 즐기기도 했고. 신충이 니 나중에 야구용품점 차릴라꼬? 내가 그렇게 흉보기도 했었고. 근데 그런 걸 직접 했다는 건 또 뭔 뜻이겠노? 잡일은 원래 막내들이 고참 거 챙기잖아. 그건 잘 못 어울렸다는 거 아이겠나. 안 놀아주이 우짜겠노. 크크. 야구공이 아니라 평소 지 주둥이를 잘 꿰맸어야 했는데."

갑자기 머리 혈관이 조이는 느낌이었다. 의지로 행동을 제어할 수 없었다.

"닥쳐, 영감탱이야!"

나로 모르게 두 주먹으로 플라스틱 탁자를 내리쳤다. 반동으로 초고추장 종지가 뒤집어지면서 중늙은이 얼굴에 튀었다. 피갑칠한 사람처럼 보였는데도 송도상은 입을 벌리고 실실 웃었다. 내가 손을 뻗어 그의 멱살을 움켜잡았다.

"더러운 영감탱이. 너는 야구를 입에 올릴 자격도 없어."

송도상이 되받듯이 내 멱살을 움켜잡았다. 한때 포수. 아직도 손아귀 힘은 엄청났다. 숨을 못 쉴 것 같았다. 송도상이 누런 눈알을 히뜩 치켜떴다.

"어린 자슥이 주둥이 함부로 까는 걸 보이 성격도 마이 닮았네. 시간 지나면 절로 알게 될 끼다. 포수는 말이다, 나머지 선수 여덟하고는 정반대 방향을 보고 앉았단 말이다. 멀리 보고 모든 걸 그리는 사람이야. 투수의 모든 걸 안다고. 세상에 야구가 계속 바뀌도 그 역할은 똑같제? 꼬맹아. 내 얼굴 한 번 쳤뿌라. 마 주먹을 쥐었으면 휘둘러야지. 케케."

힘 대결에서 더 버틸 수가 없었다. 다른 쪽 주먹이 허공을 갈랐고 딱딱한 감촉이 와 닿았다. 송도상이 뒤로 자빠지면서 두 손으로 테이블 모서리를 잡았는데, 그 무게를 못 이기고 테이블과 함께 바닥에 나뒹굴었다. 물통이 쏟기고 술병이 깨졌다. 옆 테이블의 중년 남녀가 비명을 질렀다. 주방에서 달려온 어깨 넓은 횟집 주인이 뒤에서 내 어깨를 꺾었다.

* * *

밤을 보낸 경찰서 유치장을 나왔을 땐 해가 높이 떠 있었다. 조미그룹 법무팀 능력은 훌륭했다. 지난 행동에 후회가 밀려 왔으나, 송도상에 대한 분은 풀리지 않았다. 사악한 영감탱이의 마수에 농락당한 불쾌감. 분명 뭔가를 알고 있는데 내가 성급하게 감정을 내보인 탓에 입을 닫아 버렸다. 다투면서 탁자 모서리에 긁힌 손등의 흉터를 내려다보았다. 무리하게 휘두른 어깨도 욱신거렸다. 자책감이 밀려 왔다. 감정 조절에 실패해서 추가 실점을 남발한 선발 같았다. 최소 실점으로 막고 동료들을 믿어야 했는데, 옹졸한 고집이 경기 전체를 망쳐 버린 그런 경기.

경찰서 정문에 낯익은 회색 K5가 보였다. 구단 에이스팀 업무용 차량이다. 운전석 차창이 스르르 내려오더니 선글라스 낀 기연이 모습을 드러냈다. 퍼져 앉듯 뒷자리에 타면서도 민망함에 몸 둘 바를 모르겠다. 평소에 온갖 고상 다 떨어놓고, 술집에서 싸움질이나 하고 다닌다고 비웃지나 않을까. 기연은 조용히 차를 외곽도로 쪽으로 몰고 나갔다. 어떤 변명이라고 하고 싶어 먼저 말을 붙였다.

"여기는 어떻게 알았지? 몹시 부끄럽네. 흠흠."

"단장님이 연락 주셨습니다. 가 보라고."

"그랬군. 암튼 주위에 두루두루 쪽팔림을. 흠흠."

기연이 백미러를 올려다보면서 정색했다.

"제 생각엔 말입니다, 팀장님이 주먹질 했다면 사악한 인간을 만난 게 틀림없지 말입니다. 후회 마십시오. 낯 뜨거운 일도 아니고. 서로 크게 다치지 않았고 또 대충 상황정리가 됐으니……. 가끔은 정중한 항의보다 벤치클리어링이 필요한 겁니다. 판세를 뒤바꿀 수만 있다면 의도적으로라도. 저는 그렇게 생각합니다."

나는 부하의 위로 같은 훈계를 조용히 들어야했다.

"그리고, 팀장님 아버지의 일. 상심이 크셨겠지만 그런 일이 있으면 저와 고민을 나눴으면 좋았지 말입니다. 약소하나마 도움이 됐을 텐데. 저도 나름 경찰 쪽에 아는 얼굴 있고, 이 구단에 오래 다니려면 단장님과 동창이라는 절대반지를 가지신 팀장님 라인에 묻어가야지 않겠습니까. 하하. 저는 야구와 함께할 수 있는 몽키스가 참 좋지 말입니다."

진지함 없이 떠벌리는 부하 얘기가 이상하리만큼 위로가 됐다. 내 편이라는 신뢰감과 함께.

"그런데, 백골 시신 소식은 어디서?"

기연이 조수석에 놓여 있던 스포츠신문을 집어서 뒷자리로 풀썩 던졌다.

"출근길에 편의점 들렀다가 본 겁니다. 솔직히 엄청 놀랐지 말입니다."

20년 전 사라진 에이스, 주검으로 발견되다

1면의 시뻘건 제목부터 자극적이다. 부제도 마찬가지.

신충 선수 추정 유골 야산에서 발견…… 살해당한 뒤 매장된 듯

마지막 바이라인에 손은재가 붙어 있었다. 역시 기자는 믿는 게 아니다. 따질 힘도 없었다. 기사 내용은 내가 주절댄 그대로였다.

스포츠신문의 속성을 이해한다고해도 흥미 위주로 달려드는 접근법이 편치 않았다. 그 뺀질이가 어떤 식으로 해명해 올지 빤한데 바로 문자가 날아왔다.

시벌아, 원래 이런 건 널리널리 알려줘야 사건이 화제가 되고 제보자도 나오고 그런 거야. 내가 그런 뜻에서 쓴 거니 오해는 마. 형아 마음 알지? 이 기사로 당시 사건이 재조명 되면 반드시 진실의 문은 열릴 것이야.

역시나 그다운 처세. 나는 답장 대신 일산으로 달리는 차창 밖만 내다봤다. 답답했다. 이번 일이 어떤 식으로 풀려나갈지. 과연 진실의 문 앞에 도달할 순 있을지. 너무 잔혹하거나 허망한 결론을 만날까 봐 두렵기도 했다. 답장이 없자 무안했는지 손은재의 문자가 다시 날아들었다.

정확히 말하면, 내가 쓰고 싶어서 쓴 게 아냐. 정보 보고를 올렸더니 편집국장이 바로 수도권 판에 판갈이 지시하더라. 끝까지 추적해 보라면서. 그리고 네가 원하는 해명도 다 들어주라고 하네. 갑자기 그러니 되레 이 형아가 당황스럽더라고.

서울스포츠 편집국장이? 끝까지 진실 추적? 어디서 또 밑밥 까는 소리를. 모든 기자들이 항상 그런 식으로 취재원을 설득하지. 원하는 해명 다 들어주겠노라고. 그건 기사 달라는 얘기와 똑같잖은가. 지금은 다퉈 봤자 의미 없다. 쓴웃음만 나왔다.

그제야 부재중 전화와 문자가 수십 건 쌓여 있는 걸 봤다. 사건과 관련된 기자들이 대부분이었다. 10년 전 「사건과 진실」을 연출한 PD도 있었다. 그녀는 그새 시사교양국 부장이 됐다.

다시 울리는 휴대폰 벨소리. 정신이 없을 정도다. 두 명의 형사 중에서 악역 담당인 뚱땡이였다. 받고 싶지 않지만 받아야 하는 전화였다.

"팀장님, 이런 식으로 언론 플레이하시면 저희 기분 몹시 더럽거든요? 아직 조사 중이란 말입죠. 확인해야 할 것들이 한두 가지가 아닌데 외부에 유출돼서 부담스럽습니다. 피해는 고스란히 팀장님이 지셔야 할 겁니다."

반 협박조에 나도 모르게 반발심이 생겼다.

"어차피 공개될 거 아닙니까. 제가 피해를 보고 말고 할 거나 있습니까. 경찰에서 진작 사건 해결했으면 이딴 전화도 필요 없잖습니까. 저 힘들거든요? 상황 좀 보고 건드시죠."

일방적으로 통화를 끊어 버렸다. 엉뚱한 논리로 화풀이한다는 걸 알면서도 멈출 수 없었다. 휴대폰은 당분간 꺼두는 편이 나을 것 같았다. 화딱질 나서 씩씩대는데 기연이 타이르듯 말했다.

"저기, 팀장님. 속으로만 답답해하지 마시고 잠실 한번 다녀오시죠. 현장은 거짓말하지 않거든요. 건물 구조, 당시 날씨, 주변 분위기, 그런 사소한 것도 사건 해결의 단서가 될 수 있지 말입니다. 저는 경찰에서 그렇게 배웠습니다. 다들 귀찮고 타성에 젖어서 성실한 수사를 안 해서 그런 거죠. 왜 이런 말씀을 드리느냐면, 제가 태권도 선수 시절 같은 체급에서 한 번도 못 이긴 애가 있었는데, 어느 날 딱 한 번 이겨 봤지 말입니다. 그 이유를 아십니까?"

나는 고개를 흔들었다.

"지방에서 축제 겸해 열리는 작은 대회였는데 하필 경기장이 야외였거든요. 그날따라 자외선이 이글이글, 눈부심이 엄청 심한 날이었고요. 저는 어찌하다 보니 미리 경기장에 올라가 봤습니다. 그리고 경기 중, 그 친구가 태양과 정면으로 맞서 눈을 찡그리는 찰나, 제 머리 찍어차기가 들어갔지 말입니다. 거짓말 같은 우연입죠. 근데 그게 먹힌 겁니다. 중요한 건 뭐냐면, 제가 경기장 환경을 알고 있었기에 머리 공격을 시도해 볼 수 있었던 겁니다. 걔를 상대로 머리 찍어차기를 시도한다는 건 자살행위거든요. 가끔 외야수들도 강한 햇빛이나 조명 때문에 일시적으로 시력을 잃잖아요. 딱 그런 경우죠. 물론 그 뒤로는 제가 한 번도 못 이겼고 걔는 올림픽 가서 메달까지 땄고."

경험에서 우러나오는 지혜의 말씀이다.

"그래서 기연 씨가 그 친구를 피해 체급을 올린거야?"

"잔인하시지 말입니다. 우유 듬뿍 라, 라떼가 너무 맛있어서 체, 체급을 내릴 순 없었다고요. 아무튼 지금이야 현장에 아무런 흔적도 없겠지만 분위기를 느껴보는 것만으로 깨달음을 얻을 수 있습니다. 형사들이 죽은 시체와 똑같은 모습으로 바닥에 누워 보기도 하죠? 다 그런 열망 아니겠습니까. 임창용 선수가 그랬지 말입니다. 인생은 속도가 아니라 방향이다. 약간 응용하면 사건 해결도 속도가 아니라 방향."

"원래는 괴테의 말이지. 존경하는 이승엽 형님 좌우명도 약간 뒤

틀면, 혼이 담긴 추적은 배신하지 않는다가 되겠군. 흠흠."

기연이 차 안이 떠나갈 듯 까르르 웃었다.

"기분이 좀 돌아오셨군요. 농담 받아치시는 걸 보니."

"여전히 편치 않아. 살면서 주먹질하는 경우가 몇 번이나 되겠어. 영감탱이 마수에 제대로 말려든 거야."

"마수라? 그게 뭘까요?"

금방 생각이 나지 않았다. 그렇다. 무슨 마수인가.

"빠, 뻔하잖아. 돈. 아버지 정보를 팔아서 한몫 빼내려는. 죽은 자는 말이 없으니 딱 이 시기에 맞춰 자극하는 거."

"팀장님, 제 느낌은 좀 다르지 말입니다. 그 송도상이란 포수가 야구계를 떠났다는 게 무척 신경 쓰입니다. 싸구려일수록 놀던 바닥에 대한 집착증이 강하거든요. 단순히 돈만 노리고 접근하지는 않았을 겁니다. 팀장님이 뭐 현금 쌓아 놓은 부자도 아니고, 따지고 보면 팀장님은 사건 피해자 쪽 아닙니까? 돈을 챙기려면 가해자를 협박하고 쑤셔야죠. 저는 그 부분이 좀 어이없지 말입니다. 제가 만약 송도상이라면 죄의식 때문에 웬만하면 팀장님과 만나길 꺼렸을 겁니다. 그냥 멀찍이서 어떤 구체적 정보를 갖고 접촉했겠죠. 그래야 장이 서고 협상도 가능하지 않겠습니까."

"그 영감탱이가 좀 거칠어. 거기까지 생각할 머리도 아니고. 암튼 뭐 밟은 기분이네."

나는 더 언급하고 싶지 않았다. 하지만 팀장님은 피해자가 아닙니까. 그 한마디가 머릿속에서 반복해 메아리쳤다. 좌회전 신호를 받아 천천히 핸들을 꺾던 기연이 경계 띤 목소리로 말했다.

"팀장님, 뒤돌아보지 말고 제 말 들으십시오. 지금 저희 미행당하고 있지 말입니다. 검은 소나타."

경찰 출신의 눈썰미는 남달랐다. 나는 휴대폰 카메라를 이용해 뒤쪽을 훔쳐보았다. 차량 한 대가 따라 붙는 게 잡혔다.

"출발할 때는 못 본 것 같은데?"

"슬슬 뭔 일이 일어날 것 같지 말입니다. 팀장님 석방 시간까지 알 정도면 끄나풀이 있다는 얘기고. 미행자의 존재를 확인해 봐야지 않겠습니까?"

스물여덟의 명랑한 아가씨. 어떨 땐 철없는 여동생 같고, 어떨 땐 사회 경험 많아 듬직한 맏누나 같다.

조금 더 달리다 보니 전방 우측에 회색 외관의 커다란 조립식 건물이 보였다. 농수산물 도매 마트였다. 기연은 차를 건물 앞 야외 주차장에 세웠다. 예상대로 검은 소나타가 속도를 줄이더니 따라 들어왔다. 호리한 남자와 연약한 여자라고 얕본 것 같았다. 할인 판매 행사라도 하는지 평일인데도 내부는 사람들로 붐볐다. 우리는 바로 매장을 가로질러 뒷문으로 나왔다. 공터가 보였고 간이 천막 아래에 배추와 무가 산더미처럼 쌓여 있었다. 지방 번호판을 단 트럭들이 드나들었다.

나와 기연은 문 뒤쪽 벽에 살짝 숨었다. 역시나, 조심성 없는 발자국 소리가 조금씩 커지더니 스포츠형 머리를 한 검은 점퍼가 모습을 드러냈다. 힘깨나 쓰게 생긴 우락부락한 40대. 쫓던 사람들은 사라지고 눈앞에 펼쳐진 황량한 풍경에 잠시 당황한 듯 보였다.

"일부러 티나게 미행하신 거죠? 너무 어설퍼서요."

뒤에서 내가 쓰윽 모습을 드러내며 비아냥댔다. 검은 점퍼는 좌우를 돌아보더니 자신밖에 없음을 알고 낭패스럽다는 표정을 지었다. 대신 판단은 빨랐다. 바로 머리를 내밀고 내 가슴을 향해 돌진해 왔다. 힘 하나만 믿고 홈으로 쇄도하는 곰탱이 주자처럼.

하지만 내 곁의 호위무사, 기연의 발차기가 훨씬 빨랐다. 쳐들어 올리는 무릎이 고개를 숙이고 달려드는 검은 점퍼 면상에 정확히 닿았다. 검은 점퍼 몸뚱이가 잠시 허공에 떠오르는가 싶더니 그대로 내리꽂혔다. 비명 소리가 뒤따랐다. 뒤뚱뒤뚱 일어나 두 주먹을 쥐었으나 이미 급소를 다친 뒤였다. 느린 주먹이 허공을 갈랐고, 기연이 상체를 슬쩍 젖히면서 날린 발차기가 복부에 명중했다. 원더우먼 클래스의 싸움질. 검은 점퍼는 그 자리에 고꾸라졌다. 손으로 배를 감싸고 한참을 끙끙 앓았다. 다행히 무기를 꺼내들지는 않았다.

기연이 전리품 챙기듯 바지 뒷주머니에서 흘러나온 휴대폰과 지갑을 주워들었다. '덕수기획' 홍덕수 실장의 명함이 여러 장 꽂혀 있었다. 좋은 표현으로 민간탐정, 나쁜 의미로 흥신소 직원. 나는 호위무사를 믿고 큰소리 쳤다.

"길게 묻지 않겠습니다. 의뢰인이 누군지만 말해 주면 없던 일로 해 드립죠. 뒤끝 없이."

가파른 숨을 헐떡이면서도 검은 점퍼는 역시 판단이 빨랐다. 흥신소의 신용을 걸고 비밀을 지킨다는 따위의 황당한 오기를 부리지 않았다. 알아서 술술 입을 열었다. 의뢰인 본명은 모르고 그냥 '김 선생'이라고 했다. 대부분 그런 식으로 처리한다고. 의뢰 내용은 내가 어디에서 누구를 만나는지 일거수일투족을 보고하는 일. 미행은 사흘 전부터 시작했다고 했다. 그날은 야구장으로 경찰이 찾아온 날이다. 검은 점퍼는 내가 광화문에서 손은재 기자를 만났고, 인천까지 송도상을 찾아간 일도 알고 있었다.

* * *

호텔 로비를 찬찬히 둘러보고 회전문을 빠져 나왔다. 모범택시가 늘어선 정문에서 고개를 젖히고 20층짜리 회색 건물을 올려보았다. 피닉스 호텔은 그동안 두 번의 리모델링을 거쳐 당시 흔적도, 낡은 느낌도 남아 있지 않았다. 나는 지금 기연의 충고를 받아들여 실종 사건의 현장에 와 있다.

20년 전 비 내리는 밤, 아버지는 이 피닉스 호텔을 빠져나와 인파 속으로 사라졌고, 머리에 타살의 흔적을 안고 최근 주검으로 발견됐다. 호텔 앞은 알록달록한 네온사인이 늘어선 유흥가. 핀토스 구단은 잠실구장이 가깝다는 이유로 오랫동안 이곳을 서울 원정 숙소로 사용했다는데 선수들이 집중할 환경은 아닌 듯했다. 그날의 행로를 좇아 보고 싶어도 주변 모습은 이미 싹 변했다. 여러 대의 방범 CCTV를 따라가는 교차 추적은 요즘 세상에나 가능하다.

그래도 나는 약간의 확신이 있었다. 합리적 의심을 해 보자면, 인파가 넘실대는 강남에서 운동복을 입은 유명선수가 사라졌다. 목격자가 없는 것은 술에 취한 군중의 무관심 때문일까, 실종자가 후드를 뒤집어쓰고 있어서일까. 경찰이 초동수사에 실패한 것은 기계적, 습관적 방식을 맹신해서가 아닐까. 이제 원점에서 돌아봐야 한다. 내 머릿속에는 강한 의심이 하나 피어올랐다. 차라리 그쪽에 베팅을 하고 싶었다. 증명만 하면 된다.

당시 호텔 프런트와 도어맨 증언에 따르면 아버지는 로비에서 두 통의 전화를 걸고, 출구 회전문을 나와서 왼쪽으로 사라졌다. 그게 마지막이었다.

빗속으로 사라지는 아버지 뒷모습을 그려보며, 나도 왼쪽으로 방향을 꺾었다. 호텔 주차장이 나오고 주택가로 길이 쭉 이어졌다. 컨테이너를 개조한 자율방범대 초소가 보였다. 계속 뚜벅이처럼 걸었다. 한적한 이면도로 양옆으로 담장 높은 주택들이 늘어서 있다. 경찰이 아버지와 관련된 사고가 있었으리라 고집하는 곳이다. 한참을 더 걸어서 멈춰선 곳은 낯선 동네의 모퉁이 가게 앞. 웹 지도상으로는 피닉스호텔에서 1.1킬로 떨어졌고 역 앞 번화가에서 벗어나 조용했다.

나무 간판에 쓰인 '엘리펀트'. 그 아래 작은 글씨로 붙인 'since 1997'이라는 단어가 기대감을 심어 주었다. 예전에는 영국식 펍이었으나 지금은 수제 맥주집로 바뀌었다. 블로그 검색을 통해서 확인한 내용이다.

나는 일부러 바에 걸터앉았다. 흑맥주를 주문하고 주위를 훑었다. 실내는 밝지도 어둡지도 않은 노란 파스텔 톤 조명이 깔렸다. 시간 감각을 잊고 몸의 통증을 다스려 줄 듯 따스한 느낌. 낡은 우드 인테리어와 널찍한 테이블. 종업원 서빙은 굼뜨고, 재즈 풍으로 편곡한 이영훈의 「옛사랑」은 늘어져서 흐느적댔다. 그냥 아날로그

적 감성을 자부심 삼아 버텨나가는 가게 같았다.

회색 단발에 과할 정도로 뽀얀 화장을 한 여자가 바 너머에서 직접 맥주를 뽑아 주었다. 얼굴을 살짝 쳐들자 뾰족한 코와 날카로운 턱 라인이 도드라졌다. 검은 원피스를 걸쳤는데 나이를 가늠할 수 없는 묘한 스타일. 곱게 늙은 백발마녀 이미지. 나의 할머니는 얼굴도 모르는 그녀를 늘 '마녀'라고 불렀는데, 그래서 내 안에도 오래전부터 그런 감정이 지배하고 있었나 보다. 나는 프레첼을 하나 오도독 씹다가 틈을 봐서 말을 붙였다.

"저, 사장님 되시죠? 혹시 말입니다, 여기서 20년 전에 일어난 일을 좀 알 수 있을까요? 아니면 당시에 일하신 분을 만날 수 있을까요? 역시, 말이 안 되는 이야기죠?"

마녀는 잠시 생각에 잠기는 시늉을 했다.

"손님, 무엇이 궁금하신지 구체적으로 질문을 하셔야지요?"

그녀는 스타일 뿐 아니라 발성도 우아했다. 경험상 이런 상황에선 에두를 필요가 없다. 그냥 직구를 날렸다.

"20년 전에, 저희 아버지가 이 가게에 오시려던 길에 사라지셨습니다."

"아? 신충 선수 얘기로군요. 혹시 아드님 되십니까?"

즉각적 반응. 나는 눈을 크게 떴다. 역시 처음부터 나를 알고 있었다. 느낌이 그랬다.

"바로 기억하시는군요. 오래 전 사건을."

나는 두 손을 모아 보이며 감사해 했고 마녀가 고개를 끄덕였다. 나도 그녀 얼굴을 알고 있었다. 젊은 시절 몇몇 영화에 단역으로 출연한 무명 배우였고, 결혼한 아버지의 연인이었고, 오랫동안 이 가게를 운영해 온 주인이었다. 송도상이 지껄인 '숙소 주변에 애인 널렸데이'의 바로 그 애인.

수사기록에 따르면 숙소를 나온 아버지는 여기를 방문해 누군가를 만날 예정이었다. 호텔 로비에서 건 두 통의 전화는 이 가게와 약속자로 확인됐다. 하지만 아버지는 미처 도착하지 못했다. 「사건과 진실」에서는 그 부분에 대한 언급이 좀 희석됐다. 중요하지 않다고 판단했는지, 남녀관계로 초점이 빗나가는 것이 조심스러웠는지 알 수 없다.

"혹시, 아버지 소식을 들으셨습니까?"

"뉴스를 봤습니다. 어떻게 모를 리가 있겠습니까."

우리는 동시에 한숨을 내뿜었다. 나는 최대한 건조하게 물었다. 슬픔도 비난의 감정도 내보이지 않으려고.

"20년 전 그날 밤에 말입니다, 아버지는 정말로 여기에 오시지 않으셨습니까?"

마녀가 고개를 세차게 흔들었다. 정확한 발성으로 조근조근 설명했다. 다만 목소리가 반 톤 높아졌다.

"그이는 원래 못 온다고 했습니다. 중요한 경기를 앞두고 있다고. 완봉승을 하고 오겠다며 허세를 부렸죠. 그런데 그날 밤 늦게 갑자기 전화가 왔습니다. 잠시 들르겠다고. 중요한 일이 생겼다고. 기자가 한 사람 갈 테니 먼저 도착하면 구석자리로 모시라고. 마지막 통화였죠. 그이는 오지 않았습니다. 가슴에 손을 얹고 말씀드립니다. 그게 그날의 진실입니다."

“그 기자라는 사람은 왔습니까?”

“네. 새벽 한 시까지 기다리다가 돌아갔습니다. 명함을 안 주셔서 정확한 이름은 모릅니다만, 나중에 들으니 옥 기자라고 했습니다. 우리 그이한테 반복해서 전화를 걸었는데 받지 않아서 많이 실망하셨죠.”

옥 기자? 흔하지 않은 성. 누군지 바로 알 수 있었다. 지금 서울스포츠 편집국장 옥현식. 젊은 시절 날리던 야구기자였다. 잠실구장에 경기가 있는 주간이면 늘 주변을 떠돌며 줄줄이 특종을 낚았다. 아버지와 연결 고리는 그날 그렇게 엮였다. 손은재에게 내 해명을 다 들어주라고 지시한 것도 그러면 이해가 됐다. 중요한 경기를 앞둔 밤에 선수와 기자의 다급한 만남. 내 상식으로 이유는 하나밖에 안 떠오른다. 내부제보.

“사장님도 경찰 조사를 받으셨지요?”

“오래 시달렸습니다. 경찰은 제 말을 믿지 않았습니다. 담당 형사는 실실 웃으며 비아냥거렸죠. 처음부터 그이와 나 사이를 삐딱한 시각을 가지고 보고 있었으니까요. 그이가 이 가게에서 살해당한 것이 아닌지 의심하며 너무 당당하게 바닥의 혈흔 검사까지 했습니다.”

“사장님은 왜 여기를 떠나지 않으시는지? 슬픈 기억이잖아요. 잊고 싶은.”

묻고 보니 불필요한 질문이다. 마녀가 시선을 틀었다. 회한 가득한 눈빛으로 출입문만 응시했다. 짠한 그리움 같은 걸 담아서.

“왜 여기를 떠나지 않느냐……. 그 질문 참 어렵습니다. 그이의 마지막 기억이 있는 곳이라 그렇겠지요. 죽은 것이 아니라 사라진 것이라기에 무작정 기다렸습니다. 그냥 그래야 할 것 같았고. 처음 몇 달은 하얀 이를 드러내며 잠시 전지훈련 다녀온 사람처럼 저 문을 두 손으로 밀치고 들어올 것 같았거든요. 그게 한 해, 두 해, 20년입니다. 네, 이제는 떠나야지요. 네. 떠날 겁니다. 곧 가게를 접게 되겠지요. 그래도 아드님 얼굴을 이렇게라도 한 번 봐서 다행이라고 생각합니다. 혹시 저의 존재 때문에 불편……."

나는 말을 잘랐다. 어떤 말이 나올지 알았다.

"아닙니다. 괜찮습니다."

가끔, 사람의 눈은 말보다 많은 진실을 말한다. 마녀의 눈이 그랬다.

* * *

직장을 옮기고 처음으로 연차를 냈다. 정신이 딴 곳에 팔려 있으니 일손이 잡힐 리 없다. 시즌 개막을 앞둬 구단 전체가 정신없이 바쁠 때지만 정작 에이스팀에게 주어진 급한 업무는 없었다. 게다가 아버지 죽음 앞에 회사의 존재는 좀 하찮아 보였다.

나는 암막 커튼을 쳐 놓고 늦잠을 자고 싶었으나, 위층 독신 할아버지가 키우는 개 짖는 소리에 깼다. 현관에서 녹즙을 꺼내와 마시고, 화장실에 엉덩이를 까고 앉아서 폰으로 기사를 검색했다. 다들 '에이스 실종 사건'을 관심 있게 보도했지만 까칠해진 경찰이 더는 정보를 안 푸는지 내가 모르는 소식은 없었다. 사실 더 나올 것도 없었다. 경찰에서 실종 당시 주변을 샅샅이 훑었고, 용의선상에 있던 사람들 행적은 대부분 증명이 됐다. 시간과 비례해서 사건 해결은 멀어진다고 하잖은가. 국과수 부검 결과에 용의자의 혈흔이라도 어디 떡하니 묻어나오면 모를까. 하지만 백골 시신 앞에선 기대난망이다.

우려스러운 건 언론 속성상 정보가 봉쇄되면 추측성 보도가 쏟아진다. 아버지와 마녀와의 관계가 필요 이상으로 부풀려질까 신경이 쓰였다. 불온한 상상력을 자극하는 남녀관계는 늘 먹히는 콘텐츠니까.

커피를 묽게 내린 머그컵을 들고 TV 앞 소파에 퍼져 앉았다. 몽키스 구단의 전력분석팀장이 방송국 아카이브에 근무하는 지인을 통해 긴급 공수해준 1998년도 한국시리즈 영상. 지겨웠지만 인내를 가지고 지켜봤다. 알려진 대로 핀토스가 패한 주원인은 에이스 김보근의 부진 때문이었다. 압박감이 컸던 모양이다. 눈에 띄는 구속 저하나 제구엔 문제가 없었으나 희한하게 상대 타자들 방망이 중심에 맞아 나갔다. 쏟아지는 장타에 맥을 추지 못한 채 경기 초반부터 끌려가는 흐름이 될 수밖에 없었다.

핀토스의 첫 우승 꿈 역시 그렇게 무너졌다. 섬유업 기반의 모기업 제일은 전년에 불어 닥친 외환위기 여파로 유동성 위기에 몰린 상태였다. 적자투성이인 야구단 운영비를 대기는커녕 야구단을 팔아 재원을 조달해야만 하는 상황이었다. 시즌 중반 극비리에 매물로 나왔다는 건 나중에 알려졌다. 결국 그해 겨울 대양그룹에 매각되는 비운을 겪었다. 대대로 경제 기반이 취약한 그 지역민에는 야구는 소박한 위로였다. 고집이고 자존심이었다. 성적에 상관없이 죽고 사는 동네였다. 프로야구가 출범한 이래 준우승만 세 차례. 단 한 번의 우승은 숙원이었다. 그래서 1998년은 핀토스 팬들에게 가장 뜨거웠고 가장 슬펐던 해였다. 구단 간판을 내리던 날, 수많은 팬들이 낡은 시민구장에 모여서 슬피 울었다는 얘기가 전설처럼 전해졌다. 내가 성장한 도시. 구단 이름이 대양 핀토스로 바뀐 후에도 아직까지 우승을 경험하지 못했다. 말 만들기 좋아하는 자들은 그것을 비 오는 밤에 사라진 선발 투수 사건을 빌어 '레인맨의 저주'라고 불렀다.

휴대폰을 받지 않아도 집요하게 연락해 대는 이들은 어느 바닥에나 있다. 10년 전 「사건과 진실」을 연출한 PD도 그 부류였다. 참다 참다 통화를 했더니 대뜸 인터뷰 요청.

"신별 팀장님, 뉴스 듣고 에이스 실종 사건 속편을 급히 만들고 있어요. 인터뷰 꼭 좀 부탁드려요. 영양가 있는 얘기가 아니더라도, 아버지를 그리워하는 아들의 영상만 찔러 넣어도 효과는 충분하다고 봐요. 사건을 널리 알려서 시민들 관심을 환기해야 빨리 해결이 되죠."

PD도 똑같았다. 특종 욕심은 감춘 채 오직 타인만 위하는 척. 거래는 상호 필요 가치의 교환 아니던가. 인터뷰는 내게 무의미했다. 완곡하게 거절했다.

시신 발견은 사건을 새로운 전개에 접어들게 했다. 늘어지던 경기의 리셋. 선발이 물러나고 이제는 불펜의 시간. 경기 흐름이 바뀌었다. 투수들을 적재적소에 투입해 승기를 잡아야 하고, 과감한 강공으로 전세를 뒤집는 한 방을 터트려야 한다. 방송의 가설과 수사기록과 당시 신문기사와 송도상의 증언과 마녀의 기억이 한 통 안에서 섞이기 시작했다. 큰 틀에서는 다 일치했고 세부적으로는 미묘하게 어긋났다.

여전히 하나의 의문. 호텔을 나간 아버지가 엘리펀트로 향하는 길에서 사라졌다는 경찰의 맹신. 그 배경에는 때마침 초소를 지키던 자율방범대원의 불확실한 목격담이 있었다.

"그 시간에 모자를 쓴 남자가 뛰어가는 것 같았어요."

'모자'는 이내 '후드'로 고쳐졌다. 경찰 입장에선 가장 쉬운 판단이었으리라. 길에서 취객이나 폭력배와의 우발적 다툼은 늘 일어날 수 있는 일이니까. 하지만 어두운 빗속을 뛰어가는 사람을 보고 단정하다니. 맹신에 오류의 가능성이 1%라도 있다면 과감히 버려야 하지 않을까. 명탐정 홈즈가 말하지 않았던가. 불가능한 것을 제외하고 남는 것이 아무리 불가능해 보여도 그것이 진실이다. 쉬운 길보다도 그쪽을 택해야 하지 않은가.

주변 인물을 하나씩 떠올려 봤다. 송도상. 아버지의 모든 것을 아는 사람이다. 실과 바늘의 존재. 의존적이고 가까운 관계일수록 더한 인간적 갈등이 내재한다. 가족, 친족 간에 쌓인 앙금이 더 잔인하다고 하지 않은가. 하지만 아버지가 사라지면서 그도 퇴출당했다. 동기의 부재. 그 점을 설명할 수가 없다.

백발마녀는 어떤가. 질투와 돈이 엮인 치정극은 일반 상상을 넘을 수도 있다. 남녀관계는 아무도 모르니까. 그녀 또한 사건 초기 짙은 의심을 받았지만 어떤 증거도 나오지 않았다. 자리를 지킴으로써 진실을 강변하는 단호함을 보였다. 직감에 의한 판단이 얼마나 위험한지 알지만 그 그윽한 눈빛. 그건 진심이다.

조대녕은 핀토스의 사장이다. 구단주인 제일그룹 회장 조대식의 사촌 동생. 그는 무슨 목적으로 아버지를 한밤에 자신의 방으로 불렀는가. 어떤 이야기를 했는지 확인할 길이 없다. 제일 답답한 부분이다. 모든 의혹은 판단유보다.

신문기자 옥현식. 만약 그가 약속 장소로 향하는 도중에 길에서 아버지를 만났다면. 어떤 갈등으로 아버지를 해하고 엘리펀트에서 태연히 기다리는 척 했다면. 그럴 가능성은 아예 없는 것인가.

하나의 이름을 더 떠올랐다. 당시 한국시리즈 현장에 있었던 오필성. 그는 진짜 아무 것도 모르는 걸까. 소년원 출신이라는 편견이 이토록 무서웠다. 나는 고개를 크게 흔들었다. 그건 아니다. 그래서도 안 된다.

거실 커튼을 열어젖혔다. 오늘 처음으로 내려다보는 바깥 풍경. 어느새 밤이 왔고 비가 내리고 있었다. 단지 앞 근린공원 바닥에 고인 빗물이 가로등 불빛에 반사돼 반짝거렸다. 그날 아버지도 후드를 뒤집어쓰고, 저보다 훨씬 많은 비가 쏟아지는 거리로 달려 나갔…….

허! 짧은 감탄사가 목구멍을 뚫고 나왔다. 신경이 놀라며 뒷골이 찌릿했다. 책상으로 달려가 수사기록을 다시 뒤졌다. 비와 관련해 딱 한 줄이 언급돼 있다.

'신충이 다급하게 빗속으로 뛰어갔다.'

호텔 도어맨의 진술이다. 담당 형사는 야구에 대해 잘 모르는지 그 말을 듣고도 의문을 품지 않았다. 흘려듣기는 나도 마찬가지였다. 한국시리즈 등판을 앞둔 투수가 쏟아지는 빗속으로 사라졌다니. 지역민의 우승 염원을 짊어지고 다음 날 등판하는 투수의 어깨는 굳지도, 식지도 않아야 한다. 이닝을 마친 뒤 돌아온 더그아웃에선 늘 점퍼를 걸쳐 체온을 유지하고, 벤치클리어링 때도 보호받는 게 투수의 존재 아닌가. 엘리펀트 펍까지 1킬로가 넘는 거리. 아무리 다급해도 납득이 안 되는 대목이다.

꼬리를 무는 의문에 머리가 무거웠다. 머리를 비우고 싶었다. 답답증을 떨치고 싶었다. 조깅용 점퍼를 걸치고 밖으로 나와 무작정 빗속을 달렸다. 사법연수원 앞을 거쳐 호수공원까지 가서 트랙에 올라섰다. 달리는 사람은 없었다. 한 우산 아래서 데이트를 즐기는 커플만 띄었다. 수면에서 피어오른 안개가 몰려와 나무와 나무 사이를 휘감으며 흘러나갔다. 가로등 불빛마저 부옇게 번져서 길이 잘 보이지 않았다. 끊어질 듯 끊어질 듯 하다가 다가서면 다시 이어졌다. 아버지의 환영을 좇아 달리는 꿈길 같았다. 호흡이 가빠졌는데도 몸이 멈추지 않았다. 얼마나 달렸을까. 익숙한 풍경에 돌아보니 출발했던 그 자리. 점퍼는 빗물에 축축이 젖었다. 몸은 땀으로 미끈거렸다. 집으로 돌아와 샤워기의 뜨거운 물줄기 아래에 한참을 서 있었다.

알겠다. 아버지의 죽음, 사건의 전모를. 실과 바늘. 근처의 애인. 비오는 날의 술집. 사장의 호출. 쏟아지는 비……. 송도상이 앞뒤 없이 내뱉던 말들을 복기하는 과정에서 하나의 질서를 발견했다. 혹시 포수 미트로 잘 가린 채 다섯 손가락을 펼쳐서 내게 보낸 사인은 아니었을까. 이제는 내가 읽어야 할 차례다. 나도 모르게 입에서 문장 하나가 흘러나왔다. '투수 의지로 경기를 질 수는 있어도 이길 수는 없다.' 시범경기를 보고 온 기연이 했던 말이다.

* * *

낮 11시 40분. 곧 직장인들이 점심 먹으러 몰려나올 시간이다. 나는 마포 상암동의 한 5층짜리 건물 앞에 차를 세워 놓고 누군가가 등장하기를 기다렸다. 벌써 3시간째 뻗치기. 어제 오후부터 시작된 비는 오늘도 이어졌고, 나는 차 조수석에 앉아 반복적인 와이퍼 움직임만 쫓았다. 이제 돌아갈 수 없는 길까지 와 버렸다. 베이스 사이에서 런다운 걸린 신세는 악몽이지만, 다음 베이스가 아닌 이전 베이스로 되돌아가다 죽는 건 최악이다. 죽이 되던 밥이 되던 다음 베이스를 향해 돌진하는 수밖에.

오늘 새벽부터 정신없이 사건이 몰아쳤다. 우려했던 기사가 결국 터져버렸다. 현직 야구단 직원인 신충 선수의 아들과 과거 전담 포수와의 횟집 난투극. 한 온라인 매체가 먼저 보도했고 다른 곳에서 따라붙었다. 기사에 다툰 이유가 언급되지 않아 불필요한 추측들을 부추겼다. 그 와중에 손은재의 문자질이 아주 밉상이다.

아니, 그런 일이 있었으면 나한테 먼저 알렸어야지. 형아가 몹시 서운하잖아.

제보자는 누굴까. 나는 경찰에서 구체적으로 진술하지 않았다. 뒤끝 작렬 송도상을 의심해 봐야 하나.

기자들이 몰려올 것 같아 야구모자와 마스크를 쓰고 아침 일찍 구단 사무실에 들렀다. 직원들이 출근하기 전이었고 단장실을 찾았더니 홍희가 다소 어두운 표정으로 맞아 주었다. 구단 이미지를 훼손해서 미안했지만 따로 사과를 하기는 싫었다. 몽키스 모자를 꾹 눌러쓴 털보가 응접세트 소파에 굵직한 허벅지를 벌린 채 앉아 있었다. 내가 꾸벅 인사를 했더니 그도 가볍게 고개를 숙였다.

오필성 감독을 안 만날 수가 없었다. 홍희가 중간에서 마련해 준 자리였다. 내 감정이 격해지지 않도록 배려한 조치였다. 과거 사건으로 막 시즌 시작을 앞둔 사령탑의 심기를 건드리는 일은 조심스럽다. 털보는 오늘 시범경기를 위해 원정까지 가야 한다. 아침 일찍 잠시 시간을 내준 것이다. 역시나 인자하고 마음을 편하게 해줬다.

"신 팀장. 소식은 전해 들었고 내가 아는 건 말해 줘야겠다는 생각을 했네. 무엇이든 물어보게. 단, 오늘 이 자리에서만이야."

나는 소파에 마주앉지 않았다. 일부러 두 손을 모으고 그 앞에 섰다.

"딱 하나만 여쭙고 싶습니다. 1998년도 한국시리즈가 정정당당한 경기였습니까? 모든 야구팬에게 부끄럼이 없는."

털보가 빙그레 웃었다. 그의 얼굴은 순정만화의 주인공처럼 해맑았다.

"의표를 찌르는 질문이네. 뭐랄까, 투수의 힘만으로 경기를 질

수는 있어도 이길 수는 없다. 내가 그 현장에서 느낀 바는 그거야."

아! 연이어 듣는 모호한 대답. 그러나 명쾌한 해답이 됐다. 머리가 뻥 뚫리는 기분. 역시 만나 보길 잘했다. 통화만 했다면 저 속뜻을 못 읽었겠지.

나는 고개를 숙이고 바로 뒤돌아섰다. 털보가 내 등을 향해 덧붙였다.

"신 팀장. 날 설득할 수 있는 증거를 찾는 날, 다시 찾아오게. 감독 유니폼 벗을 각오로 편이 되어 줄게. 단순히 의욕만 앞서서는 안 되네. 야구와 사건은 기록과 증거라는 증명 방식이 있지 않은가. 내가 소년원 출신이란 꼬리표를 애써 떼려고 한 적은 없지만, 그 위에 또 다른 뭔가를 덧대고 싶지도 않아. 오해는 말게."

"그래, 급한 일 없으니 다 정리하고 와. 이번 기회에 다 날려 버리라고."

홍희 단장의 거듭된 배려에도 나는 고개를 숙였다.

비상계단을 통해 사무실을 빠져나왔다. 건물 모퉁이 스타벅스에 들러 라떼를 두 잔 담아서 나서는데, 손은재가 한손엔 우산을 다른 손에 노트북 가방을 들고 헐레벌떡 지하철역 출구에서 뛰어나오는 게 보였다. 나와 눈빛이 마주쳤는데도 몰라봤다. 모자와 마스크의 위력. 내 출근을 기다리며 죽치고 앉았겠지. 다짜고짜 진전된 이야기 내놓으라고 몰아세우겠지. 맨발의 기자정신. 이제 그만 거하나도 안 부럽다. 홍보팀장 대행만 종일 시달리게 생겼다.

나는 지하철역 표지판 앞에 깜빡이를 켜고 대기하고 있던 K5에 올랐다. 기연에게 라떼 컵을 내밀자 진심으로 감동 받은 듯했다.

"어머, 아침부터 살찌게 이러시면. 그래도 빈속에 먹는 달달한 한 잔은 진리이지 말입니다."

"미안해서 그래. 사적인 일에 끌어들여서. 그냥 음료 하나로 퉁치려고. 부탁한 건 확인했어?"

"네, 지구대 가서 신고 받은 경찰 만나 봤지 말입니다. 팀장님 예상이 맞았습니다. 신원 조회도 해 봤고. 어찌하다 보니 병원 방문 기록도 보게 됐는데 좀 짠하더라고요. 신충 선수와 예전에 같이 뛰었던 선수들도 좀 만나 봤습니다."

"신상털기 능력자가 다 되셨군. 우리 사회에서 진정 금지되는 행위를 말이야."

"아니, 일 시켜놓고 되레 협박하시는 겁니까? 팀장님 지금 그거 칭찬이시죠? 암튼 저희에겐 경찰이 선물한 감사 쿠폰이 하나 있지 않습니까. 그걸 사용했다고 생각하십시오. 기브 앤 테이크. 그나저나 모자와 마스크 좀 벗으시지 말입니다. 전혀 YG의 지디 같지가 않거든요?"

감사 쿠폰은 연초에 조선족 여인 살인사건 해결을 도와준 일을 말한다.

"팀장님. 그보다 문제의 그 전화번호 주인이 누군지 아십니까? 완전 대박! 완전 소름! 알아맞혀 보시지 말입니다."

그제 덕수기획 홍덕수 실장에게서 빼앗은 의뢰인 '김 선생' 연락처를 기연이 추적해 왔다. 내가 몇 번이나 전화를 걸어 봤는데 결번 메시지가 나왔다. 계약 해지를 했다고 통화기록이 사라질 리 없다. 그리고 기연의 입을 통해 생각지도 못했던 그 이름을 듣는 순간 놀라 자빠질 지경이다. 오필성 감독의 증언과 맞아 떨어지는 부분도 있었다. 아버지 죽음은 단순한 죽음이 아니다. 나를 그런 고민에 빠트렸다. 기연도 같은 생각인 모양이다.

"어쩌면 신충 선수는 조직적 음모의 희생양 같군요."

"단정하기 없기. 하지만 그 이름이 튀어나오다니 충격적이긴 해. 미행 붙인 거 뽀록났으니 좌불안석이겠지. 더 강하게 공격을 해 오려나?"

"아뇨, 아마 후회하고 있을 겁니다. 먼저 움직였다는 건 뭔가 찔린다는 뜻이겠죠. 그나저나 참 사람 보는 눈 없네요. 덕수기획 홍덕수 실장님을 만난 게 악운이지 말입니다. 싸구려 심부름센터가 다 비지떡인데. 저 같은 능력자를 섭외했어야지. 쯧쯧."

얼마 전 세종문화회관 사진전에서도 '김 선생'을 봤다. 나를 보고 불편해하던 표정. 그때만 해도 이유를 몰랐는데 이제 다 설명이 된다.

그래서 지금, 우리는 마포 상암동 5층짜리 건물 앞에 그를 만나러 왔다.

10분이 더 흘렀고 인고의 뻗치기가 마침내 끝이 보였다. 건장한 체구의 '김 선생'이 길 건너편에 모습을 드러냈다. 깔끔한 정장차림으로 건물 정문을 나와 횡단보도 앞까지 걸어왔다.

내가 차문을 밀고 나서려는데 기연이 뒤에서 어깨를 잡았다. 이쪽 정체를 먼저 드러낼 필요가 없다는 뜻이다.

"벌써 다 알고 있을 거야. 홍덕수 실장이 이실직고했겠지. 차라리 도발하는 편이 낫지 않아? 당황해서 실책이라도 유발하게끔.

이판사판 정면승부."

"그도 일리 있군요. 한 점짜리 스퀴즈보다 과감한 강공. 그렇다면 아주 화끈하게."

기연이 갑자기 엑셀을 콰콱 밟더니 차머리를 그대로 중앙선 너머로 밀어 넣었다. 찢어질 듯한 타이어 마찰음에 오가던 직장인들 시선이 일제히 쏠렸다. 차체는 빙판길을 미끄러지듯 180도 회전해서 길 건너 횡단보도 앞에 정확히 멈춰 섰다. 불과 몇 초 만에 벌어진 일이었다. 나는 야구모자를 벗으면서 차문을 밀고 나섰다.

"안녕하십니까? 사장님."

나의 요란한 등장에 '김 선생'이 토끼눈을 하며 놀랐다.

"아니, 몽키스 신 팀장…… 이 시간에 여긴 어쩐 일로?"

"위원님을 뵙고 싶어서요. 전화로 말씀 드리려고 했더니 갑자기 번호 바꾸셔서. 혹시 메이저리그의 더러운 양말 사건을 아는지 여쭤 보고 싶었거든요. 왜 화이트삭스가 아닌 블랙삭스인지. 저는 한 가지 강한 의심을 품고 있습니다."

'김 선생'이 입술을 씰룩거렸다. 불편한 기색이 역력했다.

"다짜고짜 뭔 말인지. 요즘 여기저기 사람치고 다닌다더니 진짜 예의가 없군."

"하하. 소문 들으셨군요. 야구판이 늘 정의로울 순 없죠. 하지만 경기 자체는 정정당당해야지 않겠습니까."

1998년 한국시리즈에 세 번 등판해서 다 패했던 핀토스 에이스 김보근. 지금은 인기 야구 해설위원이자 거대 스포츠 매니지먼트 대표인 '김 선생'의 이름이다.

* * *

비가 밤까지 이어졌다. 봄비 치고는 많은 양이었다. 사위의 땅은 깊숙이 젖었고 물기를 한껏 머금은 해풍은 비린내가 더 강해졌다.

"팀장님, 저는 여기서 대기하겠습니다. 편히 말씀 나누십시오."

기연은 에이스팀 업무용 차량 K5를 방파제 한쪽에 세웠다. 나는 고개를 한 번 끄덕이고 차에서 내렸다. 장우산을 펼쳐들자 좁은 골목길이 더 좁아보였다.

횟집 풍경은 나흘 전 그대로였다. 비 오면 회를 안 먹는 속설 탓인지 손님이 한 팀도 없었다. 비닐 앞치마를 두르고 TV 앞에 붙어앉아 사극을 보던 주인이 나를 보더니 눈매를 찡그렸고, 나는 사과의 의미를 담아 허리를 90도로 숙였다.

늙수그레한 남자가 소주를 한 병 시켜놓고 창가 자리를 지키고 있었다.

"와 또 불렀노. 너거 아버지 살인범이라도 잡혔나? 그카마 나는 한 푼도 못 챙기는 기네. 케케. 아니면 오늘 한 대 더 칠라꼬? 이번에는 경찰서에서 바로 못 나올낀데. 케케."

송도상의 입술은 찢어지고 팅팅 부어올라 벌침에 쏘인 사람 같았다. 웃긴 몰골인데 웃을 수가 없었다. 나는 의자를 끌어다가 마주 앉았다.

"아저씨, 목적이 수단을 정당화할 수 없는 겁니다. 방법이 틀렸다고요."

"보자마자 뭐 또 어려운 소리고? 쉽게 말해라. 꽁짜로 내 주둥이 열 생각은 말고."

"아버지 기록을 좀 살펴봤습니다. 여전히 믿기지 않지만 아저씨와 배터리를 이뤘을 때가 확실히 성적이 좋더군요. 모두 122경기에서 52승 30패. 평균자책점 2.97. 통산 기록이 3.41인걸 감안하면 확실히 짠물투였습니다. 통계는 거짓말하지 않으니까요."

"크하하. 달리 전담이겠나. 그래 그기 이번 사건이랑 뭔 관련이 있나?"

"며칠 전 아저씨와 나눈 대화를 다시 생각해 봤습니다. 떠도는 소문도 좀 들었고. 우리 아버지는 바람둥이가 맞고 이런저런 추문과 부정에 연루된 정황도 있습니다. 자식 입장에서 편치 않지만 그런 흠을 냉정히 인정해 버리니 되레 속이 편하더라고요. 사건을 객관적으로 볼 수도 있겠고……. 그리고 인생 경기. 그 노히트노런 영상도 구해서 봤습니다."

"미치긋네. 니 참 뜸 들이는 재주 있네."

"진짜, 그날 아버지는 포수를 믿고 두려움 없이 커브만 뿌려 댔습니다. 투수 손에 공이 긁힌 날이 아니라, 포수 리드가 신내림을 받은 날이죠. 농담이 아닙니다. 사진전에서 본 마지막 포옹 순간. 그건 아버지 진심이었습니다. 실종되기 겨우 넉 달 전의 일이고."

"포수 리드가 신내림을 받았다……. 표현은 쥑인다만 듣기는 편치 않네. 그냥 그런 건 서로 눈빛만 보면 척 모르나?"

"제 말이 바로 그겁니다. 눈빛만 척 봐도 아는 존재. 흔히 비유하는 안방마님과 찰떡궁합. 그런 아저씨에게 아버지가 아무 말도 없이 사라졌다는 건 인정할 수 없습니다. 경기 중에 눈빛만 봐도, 엿

침대에서 숨소리만 들어도 컨디션이 어떤지, 무슨 생각을 하고 있는지 다 아는, 불알 내놓고 샤워하면서 바람피운 얘기까지 낄낄낄다 터놓을 수 있는 관계. 2사 만루 풀카운트 상황에서 원바운드로 패대기치라는 사인을 내도 아버지는 그대로 던졌을 겁니다. 제 눈은 속일 수 없습니다."

"갑자기 그카이 당황스럽네. 그거 칭찬이가? 언제는 개 같은 영감탱이라 카더니만. 크하악."

송도상이 가래가 끓는 슬픈 웃음소리를 냈다. 나는 정중히 술잔을 채워 주었다.

"아저씨 행적을 좀 봤습니다. 그해 겨울 핀토스 구단이 매각되는 과정에서 방출되셨더군요. 명색이 프로 출신이면 하다못해 시골학교 코치라도 할 법한데 그냥 바닥을 뜨셨더라고. 그 후로 전국 돌면서 혼자 사셨고……. 아저씨 친형님이 포항에서 경찰 생활 하신 것도 압니다. 경감으로 명예 퇴직하신 거 맞죠?"

"이야! 니 진짜 발바리 형사 같네. 프로 출신이면 내처럼 살면 안 되는 기가? 늦장가라도 가서 하다못해 야구장 근처에서 닭다리라도 튀기야 하는 기가? 니 뭔가 부지런히 조사해 본 모양인데 그냥은 안 된데이. 크하학."

"저도 거래할 생각 없습니다. 다만, 제 얘기를 들어주십시오. 확인만 부탁드립니다."

"참 독하네. 고집 하나는 닮았네. 들어만 주는 거야 뭐 어렵겠냐만……. 대신 막회 하나 시켜도 되제? 마지막 성찬일라나."

마지막 성찬. 그 말을 듣자니 짠했다. 처음 만났을 때도 느꼈지만 송도상은 병색이 완연했다. 겨우 쉰여덟. 눈동자는 탁하고 얼굴은 검고 피부는 쪼그라들었다. 꾸부정한 거북이처럼 앉아 약병처럼 술잔만 들이켰다.

나는 잠시 창 너머 검은 밤바다를 응시했다. 수평선에서 번개가 쳤다. 뒤이어 강해진 빗줄기가 후두둑 횟집 지붕을 때리고, 처마를 타고 흘러내렸다. 송도상이 취하기 전에 진실을 들어야 한다. 긴 이야기라서 나도 모르게 말이 빨라졌다.

"아저씨. 복잡하게 꼬인 사건일수록 진실은 단순하다고 하죠. 그날 아버지는 조 사장을 만나서 뭔가 불편한 얘기를 들은 겁니다. 방을 나오자마자 바로 호텔 로비로 내려왔고요. 친분이 있는 기자와 급히 약속을 잡고 근처 펍에서 만나려고 했습니다. 여기까지는 확인된 행적입니다. 절망스럽게도 사장과 나눈 대화 내용은 알 길이 없더군요. 그건 영원히 두 사람만…… 아니, 이젠 한 사람만 알겠군요. 그게 사건의 핵심인데 말이죠. 암튼, 아버지는 호텔 밖으로 나서자마자 난감해진 겁니다."

"와?"

송도상이 물었고 내가 바로 답했다.

"비. 쏟아지는 비 때문에……. 로비 CCTV에 찍힌 아버지 손에는 우산이 없습니다. 급한 마음에 못 챙긴 거죠. 엘리펀트 펍까지 1킬로 정도 거리입니다. 평소 빠른 걸음으로 10여 분이면 되는데 의외로 빗줄기가 강했던 거죠."

"사내가 그 정도 비 좀 맞으면 어때서?"

"하하. 투수의 모든 걸 안다는 포수의 대답치고는 의외로군요.

동네 야구도 아니고 한국시리즈 등판을 앞둔 투수 어깨가 젖는다는 건 있을 수 없는 일입니다. 손톱이 살짝 깨지고, 가벼운 두통에도 영향을 받는 게 투수의 피칭 아닙니까. 아버지는 호텔 건물을 돌자마자 난감했던 거죠."

"택시를 타마 됐지?"

"네. 그 점도 생각해 봤습니다. 아버지는 운동복 차림으로 호출됐습니다. 지갑이고 뭐고 없었죠. 못 챙기고 나온 겁니다. 왜 그날 목격자가 없는 줄 아십니까? 비가 많이 와서? 인적 드문 길을 가서? 후드를 뒤집어써 얼굴을 가려서? 다 아닙니다."

"또 무슨 소리 할라꼬? 무섭네."

"아저씨. 그건 말입니다, 아버지가 그날 밤 움직이지 않았기 때문입니다. 아버지는 객실로 되돌아왔죠? 우산 챙겨가려고. 호텔 뒷문에서 바로 화물용 승강기를 탄 거죠? 고참들이 밤마다 코치 눈 피해 술 먹으러 다닌다는 그 개구멍. 경찰은 다급하게 호텔을 뛰쳐나가는 CCTV와 자율방범대원의 부정확한 진술에 갇혀서 처음부터 헛발질한 거고. 자, 이제 말해 주십시오. 맞죠? 우리 아버지 되돌아왔죠? 그게 진실이죠?"

"케케. 니 진짜 대단네. 너거 아부지는 야구 빼고는 어리바리 했는데. 경찰은 아무도 그리 생각 안 턴데. 처음부터 끝까지 인적 드문 길에서 깡패랑 시비 붙은 거라고 우기던데. 재밌네. 그래 계속 해 봐라."

웬일로 송도상이 소주병을 들고 내 잔을 채워 주었다.

"아저씨는 흥분한 아버지를 달래며 자초지종을 캐물었을 테고,

다시 나가려는 걸 막아섰겠죠. 성급하게 움직이지 말라고, 한 번 더 생각해 보라고 주저 앉혔을 겁니다. 그 후 아버지는 다시 세상에 모습을 드러내지 않았고."

"크하학. 시나리오 죽인다. 그럼 신충이는 길바닥에서 당한 게 아니고 호텔 방에서 당했다, 그런 거네? 그걸 우째 증명할긴데?"

"증거 없습니다. 오직 아저씨만 진실을 알고 있죠."

"케케. 글나? 무서버서라도 내가 입 꾹 다물고 있어야겠네. 니 말대로라면 살인범은 누고? 당연히 한 사람밖에 없네. 그자? 같은 방 쓰는 사람. 그자? 지금 바로 니 앞에 앉아 있는 사람. 그자?"

송도상이 탁한 눈동자를 부라렸다. 나도 지지 않고 노려보았다.

"아저씨가 살인범이라고 말하지 않았습니다."

"방금 객실로 돌아와서 죽었다며? 그기 그거 아이가?"

나는 소주잔을 단번에 비웠다. 침을 꿀꺽 삼키고 참았던 말을 던졌다. 승부를 결정짓는 결정구.

"우리 아버지, 자살했죠?"

송도상의 손이 부들거렸다. 입으로 가져가던 술잔을 그만 놓쳐 버렸다.

"뭐, 자살이라꼬? 김빠지게 거기 뭔 말이고? 와, 이리저리 추적해 보이 자신 없더나? 그리 결론 내는 게 제일 속 편하더나? 크하학. 약해 빠진 새끼. 뭐 그리 마음 굳혔다면 말릴 생각일랑 없고."

나는 그의 반응을 무시했다. 냅킨을 여러 장 뽑아 젖은 탁자 위를 꾹꾹 누르며 더 치고 들어갔다.

"시신을 타살로 보이게끔 위장에서 산기슭에 파묻은 사람은 아저씨죠? 야구방망이를 휘둘러 머리에 일부러 상처를 내서 말입니다. 추후에 무슨 원한이나 이해관계에 얽힌 싸움의 희생양처럼 만들려고. 방망이가 아니라 돌덩이나 보도블록을 사용했다고 해도 상관없습니다. 아, 백골 시신을 발견했다고 경찰에 신고한 등산객도 아저씨죠? 경상도 사투리 심하게 쓰는 장년의 남자. 지구대에 확인했습니다. 대질까지 하고 싶지는 않고요."

"니 진짜 대단네. 그기 사실이면 내가 시체도 옮긴 거네? 그자?"

송도상이 드디어 방어적으로 변했다. 하나의 결정구가 더 필요했다.

"제 추측은 이렇습니다. 아버지는 그날 밤이 아니라 다음 날 새벽에 사망했습니다. 시신은 다음 날 낮에 옮겨졌고요. 핀토스 선수들은 최소 한국시리즈 6차전까지 피닉스 호텔에 묵게 되겠죠. 룸 청소 필요 없다는 카드만 문고리에 내걸면 룸메이드가 방에 들어올 일을 없을 테고. 시신을 침대 아래에 한나절 숨겨두는 건 어렵지 않죠. 아저씨가 그러셨죠? 다음 날 게임이고 나발이고 구단 차 빌려서 아버지가 갈 만한 서울 바닥 다 뒤졌다고. 그건 아버지를 찾으러 다닌 게 아니고, 시신 유기의 시간이었습니다. 큰 가방과 역시나 개구멍인 화물용 승강기가 이용됐겠고."

"니 돌았나? 내가 그 미친 짓을 와 하는데?"

"그건, 사랑하는 동생 신충이가 허망하게 죽은 게 싫어서겠죠. 억울해서 목을 맨 못난 놈이라는 꼬리표를 달게 하지 않으려고요. 누군가의 악의에 맞서다 머리를 다쳐서 죽은 걸로 만들고 싶어서. 세월이 흘러서라도 말입니다. 그 누군가는 핀토스 사장. 그렇지 않습니까?"

긴 침묵이 생겼다. 송도상은 팔짱을 끼고 토라진 사람처럼 어깨를 웅크려 끙끙 앓는 소리를 냈다. 주문한 막회가 나왔으나 손도 안 댔다. 내 눈빛을 피했다. 어금니를 깨물었다가, 고개를 꺾었다가, 한쪽 다리를 달달 떨었다. 정서불안 환자의 발작 같았다. 그러다가 한순간, 광기의 눈빛이 번뜩였다. 쇠젓가락을 주먹에 끼워 높이 쳐들더니 탁자에 팍 내리찍었다. 미쳐 버렸나 싶을 정도였다. 그게 끝. 이내 등을 젖히고 두 팔을 늘어트리며 퍼져 버렸다. 몇 차례 거친 숨을 몰아쉬었다.

"그날 말이다, 내가 밤새 어떤 기도했는지 아나? 비가 계속 퍼부어서 경기 취소시켜 달라고, 잠실구장이 물에 잠겨서 등판을 미뤄 달라고 빌었데이. 근데 말이다, 하늘이 무심한지 새벽 창가에 환화이 빛이 터오는 거야. 비가 더 왔어야 했어. 비가 더 왔어야 했다고. 너거 아부지, 옆 침대에서 등을 맞대고 자는데 밤새 괴로워하더라. 끙끙 앓는 기 신경이 쓰여서 나도 잠을 설쳤고. 마운드에 오른다 캐도 호투는 물 건너갔구나, 한국시리즈는 이래 끝났구나 싶더라. 살풋 새벽잠 들었다가 깨보이 용구 가방이랑 공 하나만 침대에 덜렁 놓여 있는 기라. 불길하대. 이상타 싶어서 일나 봤더니 옷장에 끈으로 목을 맸더라. 그게 진실이다."

또 침묵이 흘렀다. 내가 주먹을 입술에 대고 헛기침을 했다.

"흠흠. 그래서 멀리 내다보고 복수를 다짐하신 겁니까?"

"처음에야 그리 거창하이 생각 안 했지. 몸을 축 늘어트리고 허공에 매달려 있는 놈을 보이 참말로 허망해서 속이 디비지더라. 도

저히 그냥은 못 넘기겠대. 파트너에 대한 의무감 같은 것일라나. 그때 감식반에서 오래 일한 형님한테서 들은 얘기가 퍼뜩 떠오르대. 백골은 사인 밝히기가 힘들다고. 골절만 아니면 목을 맸는지, 심장을 찔렸는지, 손목을 그었는지, 몸뚱이에서 살과 피가 다 썩어뿌면 모른다고. 하늘의 계신가 싶더라. 희한하제?"

또 침묵이 흘렀다.

"도대체 아버지가 조 사장한테서 뭔 얘기를 들은 겁니까? 누가 봐도 그게 비극의 시작입니다."

"그러게. 결국 거서 딱 막히제. 그걸 우째 알겠노. 둘만 아는 밀담을. 그날 신충이가 한마디는 털어놓더라. 사장이 자기를 세워놓고 캤다카네. 내일 설렁설렁 해라. 이유는 묻지 말고. 안 그러면 영원히 못 뛰게 될 거라고. 더는 말 안 터라. 내한테까지 불똥 튈까 봐 걱정돼서 그랬지 싶다. 웃기제? 적군인 호크스에서 승부조작 떡밥을 뿌린 게 아니고, 소속팀 사장이 정색하고 그 지랄했으니 얼마나 황당했겠노 그자? 니 말대로 그기 비극의 시작이제."

약간 답답했다. 화가 나려고 했다.

"아저씨는 왜 그 사실을 경찰이나 방송에서 안 밝혔습니까?"

"쿠헤헤. 니가 뭔 말 하고 싶은지는 알겠는데 척 보면 모르나. 경찰 수사 시작하자마자 조 사장이 그랬제. 지는 신충이를 불러서 격려한 거밖에 없다. 근데 내가 증거 하나 없이 승부조작 떠벌리고 다니면 니는 누구 말 믿을래? 사장이 자기 팀을 지게 하려고 승부조작 지시했다는 게 믿기나? 전담포수란 놈이 미쳐서 헛소리하는 거밖에 더 되겠나?"

당시 분위기를 정확히 모르겠지만 이해는 됐다. 자기 팀이 패하기를 원하는 사장이라니……. 표면상으로 믿기지 않았다.

"그렇군요. 진실이 드러나기 전까지는 보이는 것이 진실이죠. 근데 앞으로 못 뛰게 하겠다는 협박이 가능키나 합니까?"

"그때만 해도 구단은 왕 아이가. 신충이가 다쳐서 당분간 출전 못한다고 하면 그만이지. 아니다, 굳이 부상 핑계 댈 것도 없다. 신충이가 호방하게 이 짓 저 짓 많이 하고 다닌 거야 다들 아는 기고, 그중 아무거나 하나 쓱 흘려뿌면 2군에 처박아 두는 거 일도 아이잖아. 방출이나 이적은 절대 안 해 줄끼고. 그러면서 서서히 잊히는 거야. 구단 뒤에는 모그룹의 돈질과 언론들 짬짜미 있고……. 선수가 미쳐 날뛰도 경쟁에서 밀린 분풀이로 정리해 버리면 끝. 인터넷으로 폭로하고 그런 기 불가능했던 시절 아이가. 그냥 구단에서 기라면 기야지."

송도상은 남 얘기처럼 쉽게 이야기했다. 다들 선망하는 프로선수도 구단 앞에서는 장기판의 짝처럼 초라했다.

"아버지가 거짓말 할 이유야 없지만 그래도 믿기지 않네요. 우승을 바라지 않는 사장이라니."

송도상이 길게 한숨을 쉬었다.

"거기 참 설명하기 어렵제? 나도 처음엔 우승이 고픈 우리나라 최고 기업 호크스에서 겁도 없이 약 뿌렸다고 의심했지. 그거 아이고는 설명이 안 되잖아. 근데 밑바닥 소문 들어봐도 어떤 흔적이 없더라고. 결국 핀토스 쪽 문제라는 건데. 니 제일그룹 구단주 조대식이랑 사장 조대녕이의 고향이 어덴 줄 아나?"

나는 고개를 가로저었다.

"서울 토박이데이. 둘 다 점잖은 척 해도 은근히 욕심 많고. 연고지랑 인연은 제일그룹 창업주가 일제 때 조그만 비단가게를 거서 시작했다는 거 밖에 없다. 해방되자마자 본사고 공장이고 다 서울로 옮깄고. 근데 프로야구 생길 때 뭔 냄새를 맡았는지 제일그룹의 본향인 척 들이댄 거지. 시작이 그러이 야구단 운영에 철학이고 뭐고 있었겠나. 그쪽 사람들 우승 열망이 얼마나 강한지 알기나 했겠나. 그냥 계산기만 두드리는 장사치들 아이가. 그런 속내 몰랐던 팬들만 바보지. 진짜로 아이엠에푸 오니까 바로 팔아치웠잖아. 그룹이 휘청대는데 야구가 눈에 보있겠나?"

그때였다. 기연과 털보가 했던 말이 번개처럼 날아와 뇌리에 박혔다. 엉켜있던 머릿속 신경줄이 따뜻한 물에 스르르 풀리는 기분. 일부러 경기를 져야만 한다면 그 이유뿐이다.

"아저씨, 이틀 새 두 번이나 들은 말이 있습니다. 우연치고는 놀랍죠. 제가 봤을 때 가능성은 딱 하나입니다. 핀토스 조 사장이 불법 베팅에 전 재산을 걸었다. 구단이 팔리기 전에 사적인 권력을 활용해서."

"승부를 우째 알고 그런 위험한 짓을."

"투수의 힘으로 야구를 이길 순 없어도 질 수는 있다. 핀토스의 승리가 아니라 핀토스의 패배에 걸었던 겁니다. 대외비였겠지만 어차피 구단은 팔릴 운명. 미리 그걸 알고 자신의 영향력을 총동원해 한몫 챙기려고 했던 거죠. 메이저리그 '블랙삭스 승부 조작' 사건 아시죠? 일본의 '검은 안개' 사건과 더불어 역대 최악의 스캔들로 불리는."

"선수들 중 그거 모리는 사람 있나?

"그게 들통 난 이유가 뭡니까? 결국 너무 많은 사람이 관여했다는 겁니다. 비밀유지가 어려웠던 거죠."

"다 아는 이야기지. 돈 나누고 자시고 할 때부터 싸워 댔으니."

"그 점을 염두에 두고서, 만약 조 사장이 자신의 권력을 활용해 한국시리즈에서 고의로 패하려면 어떻게 해야 합니까?"

"그야 에이스 하나만 딱 꼬드겨서……. 어엇? 기, 김보근이가?"

송도상이 놀라서 입을 떡 벌렸다.

"맞습니다. 딱 한 명이면 됩니다. 에이스는 한국시리즈 마운드에 세 번 오를 수 있습니다. 1,4,7차전은 이미 승패가 결정된 겁니다. 또 호크스의 전력을 감안하면 1승 이상은 자력으로 충분하죠. 처음에 조 사장은 김보근만 포섭해서 그렇게 세팅을 한 겁니다. 그런데 문제가 생겼습니다."

"알겠데이. 신충이가 2차전에서 고전했는데 호크스 마운드가 더 박살났제. 거기다 더 큰 문제는 3차전. 기대 안 했던 오필성이가 괴력투를 선보인 거야. 상대 베테랑과 맞붙어 2대1 완투승."

"맞습니다. 그래서 야구는 해 봐야 아는 거죠. 2승 2패. 만약에 5차전에서 아버지가, 6차전에서 오필성이 압도해 버리면 김보근이 나올 7차전은 의미 없는 거고. 오필성의 컨디션이 워낙 좋아서 순서를 바꿀 수도 없었을 겁니다. 사장은 막대한 재산을 날릴 위기에 몰린 거죠. 생각해 보니 당시가 체육진흥투표권 사업을 도입하려고 로비가 불붙던 시점이고, 그때 사설 베팅시장 규모는 엄청났다고 알려져 있습니다. 어쩌면 자기 재산만이 아니라 회사 공금까지 때려 넣었을 가능성이 있습니다. 회사를 구하려는 일생일대의 도박. 자기가 보기엔 승률 99.9%의 게임이었는데 그게 꼬여 버린 겁니다. 어쩔 수 없이 급히 한 사람 더 포섭해야 했고 그 타깃이 아버지. 한창 혈기 넘치는 오필성보다 닳고 닳은 아버지가 더 적격이라고 판단했겠죠. 아버지는 그 사실을 듣자마자 옥 기자에게 알리려고 했고. 그렇게밖에 정리가 안 됩니다."

내가 말해 놓고도 전율이 일었다. 송도상은 고개만 끄덕였다. 그런 거였어. 그런 거였어. 내가 둔했어. 생각을 못했어. 그렇게 나지막이 되뇌었다.

또 침묵이 흘렀다. 어색하게 서로 술잔을 들었다. 처음으로 잔을 부딪쳤다. 언제 주먹다짐을 했던가 싶었다. 나란히 회 한 점을 입에 쑤셔 넣었다. 어떤 맛도 나지 않았다. 다른 궁금증이 몰려들었다. 내 목소리에 힘이 들어갔다.

"아버지가 기자를 만나기로 한 건 결국 양심선언을 택했다는 뜻이겠죠?"

포수는 모든 걸 읽는 사람. 내 속내를 들켜버렸다. 째려보는 눈빛이 비꼬는 것 같았다.

"와? 그래야 쪼매라도 뿌듯하나? 너가 아부지 말이다, 똥고집 장난 아니데이. 온가족이 뜯어 말리도 지 하고 싶은 거 다 해 봐야 직성 풀리는 집안의 막내 같았제. 사생활 가지고 손가락질도 좀 받았고……. 근데 야구를 대하는 자세나 팬을 생각하는 마음, 그거 하나는 진짜 프로였다. 빚진 사람처럼 지역민에게 우승컵 안겨 주고 싫어 했다. 서울에서 자랐지만 자신을 뽑아준 구단과의 인연을 중시했다. 원클럽맨을 훈장으로 여겼고. 다들 귀찮아하는 팬 미팅 행사 꼬박꼬박 자원하고 구단 직원들 대소사도 직접 챙겼고. 내 똑똑히 들었는데 어느 날 이카더라. 형님, 야구는 의리의 게임 아닙니까. 선수와 구단과 팬들이 서로 욕해대다가 승리 앞에서는 다 뭉치는 의리의 게임요. 저는 핀토스가 우승하기 전까지 억만금 줘도 딴 데 안 갑니다. 한국시리즈에서 우승하는 순간, 이 도시의 모든 사람들이 외야 담장을 타 넘고 마운드로 우르르 달려오는 꿈을 꿉니다. 그 광경을 꼭 보고 은퇴할 겁니다. 신충이 아들내미 신별아. 내 장담한다. 목을 맨 게 사장 협박에 겁먹거나 사생활이 폭로될까 봐 두려버서 그런 게 아이다. 핀토스를 우승 시키고 싶은 열망, 은퇴까지 핀토스에서 뛰고 싶은 열망, 그 꿈이 박살나서 순간적으로 그랬지 싶다. 돌이켜보면 신충이는 그날 밤 고독하게 마운드에 서 있었던 거다. 밤새 직구를 던질까 변화구를 던질까 고민하다가 결국 폭투를 던져 버린 거다."

그런 비유를 듣자 눈물이 나려 했다. 목을 젖히면서 눈을 감았다. 그 상태에서 나직이 입을 열었다.

"아저씨, 슬프게도 다 증명할 수 없는 이야기들이겠죠."

"그거 찾아볼라꼬 온데 다 디볐는데……. 깝깝하지."

"분명 어딘가에 있을 겁니다. 기자를 만나는 제보자들은 다 증거 챙겨옵니다. 그래야 이야기가 흘러가니까. 아버지가 옥 기자를 만나러 갔을 때 증거를 품고 있었다는 게 정확하겠죠. 말뿐인 폭로가 무슨 의미가 있겠습니까. 확실합니다."

"그렇제? 무책임한 놈은 아니니까. 나도 그 생각은 했는데 어디 있는 뭔지를 알아야지."

"아저씨가 얼마 전에 만났다는 몽키스 구단 사람이 오필성 감독이죠? 궁금한 걸 물어보셨습니까? 오 감독도 당시에 경기를 치르면서 뭔가 찜찜했군요?"

"걔가 그냥 이카더라. 도상 선배, 우물에 퍼진 독 한 방울이 모두의 꿈을 망쳐놓았어. 그기 뭔 뜻인지 몰랐는데 오늘 니 말 들으니 알겠네. 걔는 눈치 챘던 거야. 김보근이 공의 미묘한 변화. 구속은 유지하면서 회전을 덜 걸어서 의도적으로 밋밋하이 던진 거. 어느 정도 경지에 오른 투수의 눈은 못 속이는 갑더라. 하지만 증명하기는 힘들끼다."

오늘 오필성과 김보근을 잇달아 만난 사실은 굳이 꺼내지 않았다. 대신 다른 상상을 했다. 야구에 만약은 없다고들 하지만 오필성이 3차전을 완투승으로 이끌지 않았더라면, 그날 밤에 비가 내리지 않아서 아버지가 호텔로 되돌아오지 않았더라면, 다시 나가려는 아버지를 송도상이 말리지 않았더라면……, 그랬다면 아버지 운명도 바뀌어 있지 않았을까. 다 독 한 방울 때문에 벌어진 비극이다.

"궁금한 게 하나 더 있습니다. 왜 처음부터 제게 솔직히 말씀하지 않으셨습니까? 왜 20년이나 지난 지금입니까?"

송도상은 또 한참을 침묵했다. 횟집 주인이 측은한 표정으로 눈길을 한번 줬다. 그만 영업을 끝내고 싶다는 재촉의 표정일 수도 있다.

"그런 걸 결자해지라 카나. 어떻게든 혼자 처리해 볼라 캤다. 대를 이어서 니한테까지 상처 주기 싫었다. 그냥 일이 넌 파디비 보면 뭐라도 툭 튀어 나올 줄 알았는데, 근데 그기 안 그렇더라. 사진이나 녹음 같은 증거라도 있어야 뭐 해 볼 거 아이가. 3년이 되고 5년이, 10년이 되더라. 사람 의지란 게 그렇대. 세월이 갈수록 부딪치는 게 아니라 받아들이는 게 편하더라꼬. 결국 20년이 됐붓다. 근데 말이다, 내가 이제 살날이 얼마 안 남았거든. 의사가 그 카네. 크하학. 여한은 없는데 막상 신충이 곁으로 갈라카이 찜찜해 미치겠는 기라. 목맨 그 모습이 꿈에 계속 나타나는데……. 우짜겠노. 내 업보인걸. 정리하고 가야겠더라꼬. 신충이 아들 신별아, 니는 또 얼마나 괴롭겠노만 니한테 맡기는 방법밖에 없더라. 근데 니가 무관심할까 봐 겁났고, 어떻게라도 끌어들일라카이 자극해서 화가 나도록 해야 했다. 사건을 다시 파디비도록. 내가 매듭 못 지어서 미안테이. 정말 미안테이."

포구에 비바람이 몰아치고 있었다. 느슨해진 창틀이 덜컹거렸다. 유리창을 때린 빗물이 방향성 없이 흘러내렸다. 주방 옆 스피커에서 뽕짝이 흘러나왔다. 주인 남자는 그새 켜 놓은 TV 앞에서 팔짱을 끼고 졸았고, 내 앞 중늙은이는 끄이끄이 흐느꼈다. 이 밤이 지나도 멈추지 않을 것 같은 눈물. 나는 직접 냉장고 문을 열고 소주를 챙겨왔다. 조용히 그의 잔을 채워 주고 내 잔도 채웠다. 어쩌면 생에 가장 짧고도 긴 밤을 새워야 할 것 같았다. 그제야 방파제에 대기하고 있는 기연이 걱정스러웠다. 휴대폰 너머에서 그녀가 말했다.

"팀장님, 저는 새벽까지라도 기다릴 수 있습니다. 천천히, 궁금증 다 풀고 오십시오. 대신 울지는 마시고요."

그 말을 듣는 순간, 갑자기 눈물이 핑 돌았다. 유행가, 유행가 신나는 노래. 나도 한번 불러본다아. 낡은 스피커에서 나지막이 흐르는 그 노래가 몹시도 구슬픈 밤이다.

* * *

적절한 농도의 어둠은 심적인 안정을 준다. 사무실 의자에 등을 젖히고 앉아 천장을 응시했다. 이틀 전, 만취한 송도상이 횟집 탁자에 이마를 처박기 직전에 꺼이꺼이 내뱉던 말을 되새겨보았다.

"신별아, 잘 들거래이. 기자를 만나러 가겠다는 신충이를 말린 건 내 인생 최대의 실수였다. 나는 걔의 모든 걸 안다고 생각했거든. 근데 잘못 읽어 버렸어. 놔뒀어야 했는데. 분노가 폭발해서 다 까디비도록. 근데 내가 우산을 빼앗아서 문 앞을 막았어. 주먹으로 가슴을 쿡쿡 쳤다. 아침까지 기다리 보는 게 좋을 끼다. 잘못했다간 역풍 맞을 끼다. 다 잃게 될 끼다. 니 인생도, 니 애인도. 그카이 신충이가 대들더라꼬. 형, 바람났다고 흉보는 그런 손가락질 두렵지 않아. 그딴 거 신경 안 쓴다고. 내가 말했지. 니도 참 이기적인 새끼네. 나는 니 치다꺼리 하고 앉았는데, 니는 혼자 정의의 사도 할라꼬? 함부로 까불거면 그냥 뒈져 버려! 그 카다가 진짜 마운드에 다시 못 오르는 수 있다! 그 한마디에 신충이 얼굴색이 싹 변하더라꼬. 바로 시무룩해졌붓제. 밤새 울더라. 마지막 말만은 말았어야 했는데, 그기 너거 아부지 마음을 약하게 했뿟다. 고백컨대, 거기엔 위로하는 척 내 이기심도 숨어 있었데이. 혹시 나까지 버림받지 않을까 하는 두려움 말이다. 그날 밤에 비가 안 왔어야 했다고. 그냥 호텔 앞에서 앞만 보고 달려갔어야 했다고. 내가 사인을 잘못 냈다. 진실은 감추는 게 아닌데, 모두를 비극의 주인공으로 만들어 버렸다. 신충이의 판단을 믿었어야 했는데. 내가 사인을 잘못 낸기라. 사인을 잘못 냈다고. 꼿꼿한 직구를 던지겠다고, 타자가 뭘 노리는지 간 보는 공이 아니라 세상에 직접 부딪히는 꼿꼿한 직구를 던지겠다고, 너거 아부지가 외롭게 마운드에 서서 밤새 고개를 휘휘 젓고 있었단 말이다. 내가 그걸 받아줬어야 했는데. 저 마운드 위에서 입 꽉 다물고 있는 투수, 우리 신충이 던지겠다는 대로 미트를 댔어야 했다 말이다. 흐흐흑."

나는 시선을 천장에서 천천히 아래로 끌고 내려왔다. 책상 가운데 스냅볼이 놓여 있었다. 원래 매끈매끈했을 가죽 표면은 세월이 흘러 누렇게 변색됐고, 빨간 실밥은 살짝만 긁혀도 끊어질 듯 닳았다. 안에 코르크를 빼내고 쇠구슬을 넣어 손수 만들었다는 스냅볼이 의외로 무겁지 않다는 사실을 지금에야 깨달았다.

서랍에서 커터 칼을 꺼냈다. 번뜩이는 날 끝을 빨간 실밥 아래에 찔러 넣었다. 톡, 톡, 톡……. 한 줄, 한 줄씩 끊어 나갔다. 108개인 야구공 실밥을 인생사 백팔번뇌에 빗댄 표현은 고루하지만 지금 순간만큼은 그만한 비유도 찾기 힘들었다. 소가죽의 솔기가 벌어지면서 이내 두 개의 조각으로 분리됐다.

실을 두툼하게 뭉쳐서 만든 완충 부위는 벌써 누가 절단한 흔적이 남아 있었다. 커터 칼날을 그 틈에 넣고 찌르자마자, 구는 잘 익은 수박처럼 툭 쪼개졌다. 내부 공간을 파내고 그 자리에 비닐로 싼 직사각형 플라스틱 조각을 끼워 놓았다. 오래전 소니 마이크로카세트에 들어가는 녹음용 테이프. 크기가 워낙 작아 일명 수사용 녹음기라고 불렸던 그 골동품.

둔했다. 아버지의 이름 아래 공이 유품으로 남겨졌을 때 알아챘어야 했다. 송도상은 잘못된 사인을 냈다고 자책했고, 나는 아버지의 마지막 사인을 읽지 못했다. 그 정도 공감하기엔 우리가 함께 산 세월은 짧았다.

녹음테이프가 상하거나 늘어지지 않았을까. 혹시 야구공을 물속에 담근 적이 있었던가. 사소한 걱정이 들었다. 재생 가능한 구형 소니 카세트를 구하려면 내일 청계천 최뱀한테 가 봐야 한다. 아버지와 조 사장과의 마지막 호텔방 대화. 혹 예상과 어긋나는, 더 잔혹한 거래가 담겼다고 해도 두렵지 않다. 아버지의 더 큰 부정을 알더라도 숨길 생각은 없다. 그건 당신 뜻이 아닐 테니. 들어보고 순리대로 처리하면 된다. 그래서인지 조급증은 들지 않았다.

"절대 서두르마 안 된다. 상대는 막강하다. 딱 한 번 찬스에서 역전포로 끝내뿌야 한데이."

횟집을 떠나는 내 등에 대고 송도상은 그렇게 말했다. 상상 이상의 세력과 맞서야 하는 건 확실하다. 제일그룹 사촌 형제는 야구계에서 멀어졌을 뿐 아직 건재하다. 김보근도 여전히 이 바닥에서 영향력을 행사하고 있다. 어설프게 대들었다간 역공을 받는다. 그 조언대로 완벽한 전략을 세워 한방에 끝내야 한다.

협상은 대등한 가치의 교환. 「사건과 진실」 PD를 만나 볼까 싶다. 테이프의 존재를 정확히 전할 것인가, 적당히 흘려서 유도하게 만들 것인가. 그 전략은 이제부터 고민하면 된다. 잘생긴 형사와 뚱땡이 형사와 어떤 식으로 공조할지도 마찬가지다.

스스로가 대견해 격려해 주고 싶다. 짧게는 엿새, 길게는 20년. 주저앉고 싶었던 세월을 견뎌 줘서. 이제 내가 위로 받을 시간. 내 안의 어둠을 밝히고 싶다. 볕이 들고 바람이 통해서 습한 마음이 잘 마르도록. 늘 밝고 긍정적인 생각만 하도록.

에이스팀 문을 밀치고 나와 긴 복도를 걸었다. 회의실에 들어서자 야구 모자를 쓴 원숭이 로고 깃발이 반겨 주었다. 통유리를 통해 환한 빛이 쏟아졌고, 홍희 단장이 팔짱을 낀 채 얼마 전 보수 공사를 끝낸 몽키스 파크를 내려다보고 서 있었다. 나는 조용히 곁에 다가갔다.

"홍 단장, 배려해 줘서 고마워. 진심이야. 사건 해결에 도움이 됐어. 우리 곁의 멋진 그림자 단장도 봤고."

홍희는 그냥 고개만 끄덕였다. 내외야 잔디는 제법 파란색을 띠고, 왼쪽 펜스는 보스턴 레드삭스 구장처럼 솟아 있다. 가슴이 뛰었다. 즐거운 상상을 해 본다. 모두의 야구. 그녀의 꿈이 실현되길 응원해 본다.

"최고의 투수는 확신을 가지고 공을 던지는 투수이고, 최고의 포수는 투수가 그런 공을 던지도록 만드는 것이다. 내 말이 아니고 이 땅에서 살날이 얼마 남지 않은 무명 포수의 말씀이야."

내가 시니컬하게 읊조리자 홍희 얼굴에 잔잔한 미소가 번졌다.

서른넷에 이직을 한다는 것. 여전히 확신에 찬 선택은 아니다. 하지만 야구가 점점 좋아진다. 그것 하나는 확실했다. 내일은 프로야구 시즌 개막일. 경기 시작을 알리는 구심의 우렁찬 목소리가 벌써 들리는 듯하다.

"플레이 볼!"

〈끝〉

* 이 작품은 픽션이며 특정 구단이나 이름, 사실과 관련이 없습니다.
* 4막 중 '괴목' 에피소드는 이종남 지음 『이중노출』(지성사 · 1995년)중 일부를 참고했습니다.

해설

>>>>>

우리나라에서 가장 인기 있는 스포츠는 무엇일까?

2017년 7월 한 여론조사기관이 한국인 2600명을 대상으로 조사한 결과 '한국인이 가장 관심 있는 스포츠 종목은 야구(62.0%), 축구(52.6%), 골프(30.9%) 순으로 나타났다'*는 조사 결과를 발표했다. 물론 여론조사가 국민 전체의 의견을 완벽하게 나타내는 것은 아니지만, 간접적으로나마 야구의 인기를 보여 주고 있다.

여타 스포츠 종목에 비해 월등히 많은 프로야구 경기 수(팀당 144경기, 총 720경기)는 사람들의 관심을 끄는데 가장 적합한 조건

---

* "한국인이 가장 관심 있는 스포츠 종목은 '야구'와 '축구'", 닐슨코리아, 2017년 7월 6일(http://www.nielsen.com/kr/ko/press-room/2017/press-release-20170706.html)

이기도 하다.* 쌀쌀한 이른 봄부터 손이 시릴 만한 늦가을까지 경기가 열리고 한겨울에는 구단 연봉계약과 이적 등 다양한 소식이 전해지며 1년 내내 야구 기사가 사람들의 눈에서 사라지는 날이 없다.

그러나 단순히 눈에 띈다는 것만으로 관심을 끌기는 불가능하다. 최근 10년 동안 경기당 평균 관중수가 1만 명을 넘으며 호황을 구가하는 중이지만, 2000년대 초반에는 프로야구 창설 이후 최저 수준인 4000명 정도에 불과했다. 이를 극복한 시점은 2006년 월드 베이스볼 클래식(WBC) 대회에서의 선전과 2008년 베이징 올림픽에서의 금메달 획득인 것 같다. 국제경기에서 세계 정상급 국가(미국이나 일본, 쿠바 등)와 충분히 상대할 만한 실력을 보여 준 뒤 야구에 별로 관심 없던 사람들까지 끌어들이며 연간 800만 명 이상이 관람하고 있다.

하지만 모든 세상 일이 거의 그렇듯 빛이 있으면 그림자도 있기 마련이다. 종종 뉴스에 나오는 경기 외적인 문제, 즉 야구선수의 폭행, 음주운전, 도박 등의 사건 소식은 팬들의 눈살을 찌푸리게 한다. 또한 자주 있는 일은 아니었지만, 개인적 일탈행위 수준을 넘어서 야구계 전체를 뒤흔들었던 심각한 사건들이 세계 프로야구의 역사 속에 남아 있다. 미국에서는 지금도 승부조작 도박의

* 프로야구 정규 경기 수는 프로축구(K리그 클래식, 12개 팀 38경기-228경기)나 프로농구(10개 팀 54경기-270경기)등 여타 프로스포츠 종목 중 가장 많다(2017년 기준).

대명사처럼 자주 언급되는 '블랙삭스 스캔들'*이나 1990년대의 수많은 스타급 선수들이 연루된 스테로이드 스캔들**이 있고, 일본에서는 '검은 안개 사건'으로 불리는 1960년대의 승부 조작 사건이 유명하다. 상대적으로 역사가 짧은 한국 프로야구에서도 병역 비리 사건이나 경기 관련 도박 사건이 이어지며 팬들에게 충격과 실망을 안겨주었던 기억이 생생하다.

문학은 음울한 그림자를 예술로 승화시켰다. 특히 야구를 국기(國技, national pastime)로까지 여기는 미국에서는 적지 않은 수의 야구 관련 소설을 찾아볼 수 있는데, 블랙삭스 스캔들은 많은 작품의 직·간접적 소재가 되었다. 그 중 버나드 맬러머드의 『내추럴The Natural』(1952)이나 W.P 킨셀라의 『꿈의 구장Shoeless Joe』(1982) 등은 걸작으로 꼽히며 영화로도 제작되어 호평을 받았다.

추리소설가들도 이런 야구의 어두운 면을 놓칠 리가 없다. 미국 추리소설의 거장인 엘러리 퀸은 프로야구 경기 도중 벌어진 살인사건을 다룬 단편 추리소설 「사람이 개를 물었다Man Bites Dog」(1939)를 발표했고, 렉스 스타우트는 명탐정 네로 울프가 등장하는 중편 추리소설인 「이건 너를 죽이지 않을 거야This Won't Kill You」

---

* 1919년 시카고 화이스삭스와 신시내티 레즈와의 월드시리즈에서 벌어진 승부조작 사건. 화이트삭스는 도박사들과 연루되어 고의적으로 패배했고, 이 사건이 드러나면서 8명의 선수들이 메이저리그에서 영구추방 되었다. '화이트삭스'가 더렵혀졌다는 의미에서 '블랙삭스 스캔들'이라는 이름이 붙었다.

** 경기 성적을 올리기 위해 약물을 사용하는 행위로, 2007년의 보고서(일명 '미첼 리포트')에는 금지약물을 사용한 메이저리그 선수의 이름이 89명이나 기록되어 있다.

(1952, 미번역)을 발표했다.(공교롭게도 이 두 작품 모두 뉴욕 자이언츠(현 샌프란시스코 자이언츠)의 홈구장인 폴로 그라운드 구장을 배경으로 삼고 있다.) 또 로버트 파커의 『최후의 도박Mortal Stakes』(1975)과 리처드 로젠의 미국추리작가협회상 수상작인 『스트라이크 살인Strike Three, You're Dead』(1984) 등이 번역 소개되었다.

작가뿐만 아니라 전직 메이저 리그 선수도 추리소설을 발표했다. 1967년부터 1986년까지의 선수 생활 동안 통산 311승, 3차례나 사이영상*을 받으며 명예의 전당에 헌액된 시버는 은퇴 후 추리소설가 허버트 레즈니코우와의 합작 추리소설인 『빈볼Beanball』(1989, 미번역)을 내 놓으며 화제를 모았다.

미국 다음으로 야구의 인기가 높은 일본에서도 많은 작품이 나오고 있다. 히가시노 게이고의 『마구』(1988), 미야베 미유키의 『퍼펙트 블루』(1989), 시마다 소지의 『최후의 일구』(2006) 등 유명 작가들의 야구 관련 추리소설이 번역되어 등 미국 작품보다 쉽게 구해 볼 수 있다. 정확한 숫자는 확인할 수 없지만, 미국이나 일본의 야구 관련 추리소설은 적어도 세 자릿수에 달할 것으로 여겨진다.

우리나라에도 프로야구와 관련된 미스터리가 없었던 것은 아니다. 1982년 프로야구 개막 후 가물에 콩 나듯 띄엄띄엄 출간된 적은 있지만 별다른 화제를 모으지 못하면서 명맥이 이어지질 않았

---

* Cy Young Award. 기자들의 투표로 매년 메이저 리그의 최고 투수에게 주어지는 상.

으며, 『수상한 에이스는 유니폼이 없다』는 대단히 오랜만에 출간되는 야구 추리소설인 셈이다.

여섯 편의 연작 단편으로 이루어진 『수상한 에이스는 유니폼이 없다』는 지금까지 흔히 볼 수 있었던 야구 추리소설과는 제법 차이가 있다. 이 연작집의 주인공이면서 화자(話者)인 '신별'은 스타급 야구선수나 명탐정이 아닌 '프런트', 즉 프로야구단 직원이라는 점에서부터 뭔가 다른 분위기를 풍긴다. 서른네 살의 전직 신문기자 출신인 그는 대학 동창인 신임 여성 단장 홍희의 요청에 의해 창단 4년, 1군 입성 2년차인 신생 프로야구단 조미 몽키스 프런트로 자리를 옮긴다. 그가 맡게 된 업무는 약간 독특하다.

> 내게는 단장 직속의 '에이스팀' 팀장 직함이 주어졌다. 관할이 없는 잡다하고 애매한 업무를 처리하는 자리였다. …(중략)… 쉽게 말해 고충처리반.(1막 중에서)

야구 성적만 좋으면 모든 것이 괜찮았던 프로야구 초창기와는 달리, 요즘의 프런트는 경기 외적으로 신경 써야 할 일이 너무나 많다. 선수들의 뒷바라지, 신인 스카우트, 트레이드나 방출 등의 선수단 구성, 홍보 업무, 연봉 계약 등 잘 알려진 업무는 물론 난감한 사고도 해결해야 한다. 모두가 미디어를 지니고 있어 사소한 실수조차 걷잡을 수 없이 퍼져 나가는 시대에서, 예고 없이 벌어진 사건을 수습해야 하는 것이 '에이스팀', 즉 고충처리반의 임무이다. 구성도 조촐해 같은 부서 직원으로는 전직 경찰이자 태권도 유단자인 기연이 유일하다. 천재적인 두뇌나 권력도 없는, 가진 것이라고는 끈기와 인맥뿐인 두 사람은 좌충우돌 하면서도 서로의 부족한 부분을 채워 주며 문제를 해결해 나간다.

이 작품은 뉴스에서 쉽게 볼 수 없는, 즉 겉으로 드러나지 않는 구단의 움직임을 생생하게 풀어나간다. 구단 프런트 업무를 비롯하여 감독 선임을 둘러싼 파워 게임, 프리에이전트 선수의 영입과 보상선수의 선택에 대한 구단의 고심, 인터넷의 옐로우 저널리즘, 2군 선수의 애환, 신인 스카우트, 외국인 선수 문제, 그리고 금지약물과 승부조작 등 ……. 몽키스의 '고충처리반'은 쉴 틈도 없이 이런 다양하고 난감한 사건들을 해결해 나간다. 물론 '이 작품은 픽션이며 특정 구단이나 이름, 사실과 관련이 없습니다'라는 작가의 말처럼 과장된 부분도 있겠지만, 현실의 프로야구 구단 역시 자신들의 팀을 최고로 만들기 위해 팬들의 눈에 보이지 않는 곳에서 노력한다는 점은 소설과 별다른 차이가 없을 것이다.

특히 이 작품은 '야구'와 '추리소설'의 경계선에서 어느 한 쪽으로만 치우치지 않는 적절한 균형을 이루고 있다.

이른바 추리소설이라 하면 범죄, 그 중에서도 주로 '살인'을 다루는데, 그것은 야구 추리소설에서도 예외는 아니었다. 야구(경기, 선수 등)와 관련된 살인사건이 벌어지고 탐정(혹은 수사관)이 해결하는 과정이 그려지다 보니 '범죄 〉 야구'의 공식은 당연시되었고, 야구 관련 서술은 자세한 묘사 없이 두루뭉술하게 흘러가는 경우가 대부분이었다.

『수상한 에이스는 유니폼이 없다』에서도 범죄는 자주 묘사된다.

그러나 '살인'은 신 팀장과 기연이 풀어야 하는 문제에 부수적으로 연결되는 별개의 사건일 뿐 주된 소재가 아니며, 전체적으로는 오히려 '야구 ≧ 범죄'의 공식에 가까운 흐름으로 이어진다.

한국의 프로야구 역사가 30년을 훌쩍 넘어서는 동안 경기를 바라보는 팬들의 수준도 대단히 높아졌다. 선수들 이름이나 타율, 평균자책 등의 일반 상식적 기록을 넘어 OPS(출루율+장타율)나 WAR(Wins Above Replacement, 대체선수 승리기여도) 등 마치 수학 공식 같은 생소한 기록 용어까지 꿰고 있는 팬들이 적지 않다. 『수상한 에이스는 유니폼이 없다』는 이러한 열성적 야구팬이 보더라도 고개를 끄덕일 정도로 정확한 묘사가 돋보인다. 특히 작품 속 신 팀장의 '베이스볼 카페'는 야구의 멋과 아름다움을 되새기게 해 주는 멋진 칼럼이다.

한편으로 각각의 에피소드마다 떠오르는 수수께끼 같은 사건과 그것을 해결하는 과정, 그리고 오랜 기간 동안 신 팀장의 트라우마로 남아 있는 부친의 실종 사건 등은 추리소설로서의 면모를 유감없이 보여 준다.

야구와 추리소설을 나란히 놓고 보았을 때, 공통점을 찾기는 어렵다. 넓은 마음으로 바라본다면 제법 인기 있는 취미 또는 여가 활동이라는 점과, 미국과 일본에서 둘 다 대단한 인기를 끈다는 약간 억지스러운 공통점을 꼽을 수도 있겠지만 그보다는 오히려 '동적(動的)인 스포츠'와 '정적(靜的)인 문학'이라는 상대적인 면만 떠오를 것 같다. 그러나 저자 두 사람(중견 추리소설가와 오랜 기간 야구를 취재해 온 기자)은 공동 집필이라는 쉽지 않은 작업을 통해 자신들의 전문분야를 서로 돋보이게 하는 결과물을 세상에 내 놓았다. 추리소설 팬과 야구 팬 모두에게 권하고 싶은 작품이다.

— **박광규** (추리소설 해설가)

수상한 에이스는 유니폼이 없다

1판 1쇄 펴냄 2017년 12월 4일
1판 2쇄 펴냄 2023년 11월 28일

지은이 | 최혁곤·이용균
발행인 | 박근섭
편집인 | 김준혁
펴낸곳 | 황금가지

출판등록 | 2009. 10. 8 (제2009-000273호)
주소 | 06027 서울 강남구 도산대로 1길 62 강남출판문화센터 5층
전화 | **영업부** 515-2000 **편집부** 3446-8774 **팩시밀리** 515-2007
홈페이지 | www.goldenbough.co.kr

도서 파본 등의 이유로 반송이 필요할 경우에는 구매처에서 교환하시고
출판사 교환이 필요할 경우에는 아래 주소로 반송 사유를 적어 도서와 함께 보내주세요.
06027 서울 강남구 도산대로 1길 62 강남출판문화센터 6층 민음인 마케팅부

ISBN 979-11-5888-345-4 04810
ISBN 979-11-7052-333-8 04810 (set)

㈜민음인은 민음사 출판 그룹의 자회사입니다.
황금가지는 ㈜민음인의 픽션 전문 출간 브랜드입니다.